Heidrun Hurst · Das Opfer des Wikingers

Heidrun Hurst

Das Opfer des Wikingers

Roman

Rechtenachweis:
S. 191: »Nähme ich Flügel der Morgenröte«
Text: Christfried Wendt
Melodie: Christfried Wendt & Christoph Lange
© 2000 SCM Hänssler, 71087 Holzgerlingen

Bibliografische Information der Deutschen Nationalbibliothek
Die Deutsche Nationalbibliothek verzeichnet diese Publikation in der
Deutschen Nationalbibliografie; detaillierte bibliografische Daten sind im Internet über
http://dnb.d-nb.de abrufbar.

ISBN 978-3-8429-2303-4

Bestell-Nr. 512 2303
© 2011 mediaKern GmbH, Friesenheim-Schuttern
Umschlagfoto: © Paul Moore/Fotolia
Umschlaggestaltung: Ch. Karádi
Layout: Ch. Karádi
Gesamtherstellung: CPI – Ebner & Spiegel, Ulm
Printed in Germany 2011

www.media-kern.de

Für Jochen, Kai, Torsten und Daniel,
in Liebe gewidmet

Die im Prolog angedeutete Vorgeschichte von »Das Opfer des Wikingers« findet sich ausführlicher erzählt in Heidrun Hursts Buch »Der weiße Rabe« (Johannis, Lahr, 2009).

PROLOG

Eine seltsame Geschichte erzählte man sich in jenen Tagen. Rätselhaft und geheimnisvoll war sie. Die Menschen tuschelten an ihren nächtlichen Herdfeuern darüber und verbreiteten sie von den Hügeln des Fjordufers bis in die *Fjells*. Der große Hakon, *Jarl* der Siedlung am Nid, hatte plötzlich seinen Neffen als Sohn und Erben angenommen, obwohl jeder wusste, dass dessen Mutter zu diesem Zeitpunkt mit Hakons Bruder verheiratet war. Niemand wäre je auf den Gedanken gekommen, dass sie ihrem Mann ein Kuckucksei ins Nest gelegt hatte. Doch der vermeintliche Erbe nahm diese Ehre nicht an und wies die damit verbundenen Annehmlichkeiten zurück. Er war sogar aus der Siedlung ausgezogen und zu den Bauern am Fluss gegangen. Dort baute er sich ein Haus und redete von einem neuen, barmherzigen Gott, der so gar nichts mit ihren kriegerischen Göttern zu tun hatte. Ganz zu schweigen von Mut, Stärke, Ruhm und Ehre, jenen edlen Tugenden, die jeder Nordmann zu erlangen suchte. Es lag etwas in der Luft. Die Menschen fühlten, dass Dinge geschehen würden, die jetzt noch im Verborgenen lagen. Wie eine gespannte Bogensehne warteten sie auf den nächsten Schritt. Wollte Leif seinen Vater vom Thron stürzen oder glaubte er wirklich an das Reich des Friedens und der Liebe, von dem er redete? Und was würde Hakon tun? War es nicht an ihm zu zeigen, wer der uneingeschränkte Herrscher dieser Gegend war? Doch bis jetzt hatte Hakon die Frechheiten seines Sohnes mit stummer Gleichmütigkeit ertragen. Wollte der große Jarl sich das wirklich gefallen lassen? Wartete er auf eine günstige Gelegenheit oder war es das Alter, das langsam seine Finger nach ihm ausstreckte und an ihm zehrte? Seine Macht begann zu bröckeln. Stimmen, die früher leise gemurrt hatten, wurden lauter, obwohl sie es immer noch im Verborgenen taten. Denn noch hatte Hakon die meisten Männer hinter sich und wer wusste schon, welche Fäden die drei Spinnerinnen, die am Fuße *Yggdrasils* saßen, in Hakons Schicksal spannen?

TEIL I

**Norwegen
im Jahre 802 nach Christi Geburt**

Werft euer Vertrauen nicht weg,
denn es hat eine große Belohnung.
Hebräer 10,35

kornskurðarmánaðr – Herbstmonat

»So, fertig.« Leif Svensson betrachtete mit einem letzten kritischen Blick das Bild, das er auf den Giebel seines Hauses gemalt hatte und das den dort üblichen Tierschädel ersetzte. »Nun, was meint Ihr?«, fragte er den alten Priester Cuthbert, als er von der Leiter kletterte.

»Hm …«, antwortete Cuthbert zögerlich und griff nachdenklich an sein bartloses Kinn. »Dem Schnabel nach bin ich mir nicht ganz sicher, ob es sich bei dem Vogel um einen Raben oder einen Adler handelt.«

Leif sah ihn entgeistert an. »Ist das Bild so schlecht?«

Cuthbert lächelte verschmitzt. »Nein, nein. Je länger ich es betrachte, desto sicherer bin ich mir, dass es ein Rabe ist. Ein weißer Rabe. Kein Tier könnte besser an dein neues Heim passen als dieses.«

Es war nun schon über ein Jahr her, dass Hakon mit zwei Schiffen voller beutegieriger Krieger in Cuthberts Heimat, dem Dorf Rouhegy in Ostanglien eingefallen war. Zwar konnte sie Raedwald, der Herr von Rouhegy, wieder vertreiben, doch die Nordmänner hatten eine Spur aus Tod und Verwüstung hinterlassen. Kein Wunder, dass sich der ganze Hass der Überlebenden auf Leif, den einzigen Gefangenen, konzentrierte, der nur wegen seiner Gutmütigkeit nicht mit den anderen flüchten konnte. In der Nacht nach dem Überfall hatte

Cuthbert einen Traum. Er sah Scharen von Nordmännern in sein Land einfallen. Erbarmungslose Krieger, die alles niedermachten, was sich ihnen in den Weg stellte. Hoffnungslosigkeit legte sich wie eine schwere Last auf Cuthberts Seele. Sie hatten diesen Männern nicht viel entgegenzusetzen! In seinem Traum fühlte er, dass die fremden Krieger sein Volk zerstören würden. Doch ehe er gänzlich verzagte, sah er einen Raben, dessen Gefieder so weiß war wie Schnee. Cuthbert konnte es sich nicht erklären, denn plötzlich fasste er neuen Mut.

Der Traum ließ den alten Priester nicht mehr los. Allmählich begriff er, dass Gott ihm damit eine Botschaft sandte. Es gab keine weißen Raben, aber Cuthbert zweifelte nicht daran, dass der Herr über Leben und Tod ein solches Tier schaffen konnte, wenn er es wollte. – So wie er auch das Herz eines Heiden verändern konnte. Immer wieder kam ihm der junge Gefangene in den Sinn, der in einer schäbigen Grube auf seine Hinrichtung wartete. Auch er war ein Heide und Cuthbert wurde immer gewisser, dass es das Herz dieses Jungen war, das Gott verändern wollte. Alles, was Cuthbert tun musste, war ihm die Botschaft des Evangeliums zu bringen, den Rest würde der Herr schon selbst tun. Zusammen mit Aryana, Raedwalds Tochter, befreite er Leif und fütterte ihn auf ihrer waghalsigen Flucht mit den Geschichten der Heiligen Schrift. Es war keine leichte Zeit, weder für Aryana noch für Leif und auch nicht für ihn, doch am Ende geschah das Wunder: Leif nahm den neuen Glauben an und ließ sich taufen. Aus dem Heiden, der bis dahin Odin, Thor und den anderen nordischen Göttern geopfert hatte, war ein weißer Rabe geworden. Nun waren sie hierhergekommen, um den Menschen in Leifs Heimat Gottes gute Botschaft zu bringen.

»Komm, mein junger Freund«, sagte Cuthbert fröhlich. »Lass uns das Zeichen des Herrn an deiner Haustür anbringen.« Er hielt ein Holzkreuz in den Händen, das er selbst geschnitzt und an den Rändern mit hübschen Ornamenten verziert hatte. In der Mitte des Kreuzes befand sich eine dreikantig geschliffene Erhebung. Ein kläglicher Versuch, den leidenden Christus darzustellen.

Einträchtig gingen sie zur Längsseite des Hauses, wo sich die einzige Tür befand. Cuthbert holte vier Nägel aus einem Beutel hervor, der an seinem Gürtel hing. Vorsichtig trieb er Nagel für Nagel mit einem Hammer durch die Enden des Kreuzes und von dort in das rohe Holz der Tür. Er war noch nicht ganz fertig, als diese mit einem Ruck aufgerissen wurde.

Aldis, Leifs Mutter, starrte ihn zornig an. »Was ist das für ein Lärm?«, fragte sie mit erboster Stimme. »Man könnte meinen, das Dach bricht gleich über uns zusammen.«

»Keine Angst, Mutter«, versuchte Leif sie zu beruhigen. »Das Haus ist solide gebaut. Solange kein Feuer ausbricht, wird es viele Winter überdauern.«

»Und was ist *das* hier?« Aldis' Stimme klang nicht sanfter, als sie anklagend ihren Finger hob und damit nach dem Kreuz stieß, das nun am oberen Drittel der Tür hing.

»Dies ist ein Kreuz«, erwiderte Cuthbert geduldig. Er war ein paar Schritte zurückgetreten, um Platz für Aryana und den kleinen Floki zu schaffen, deren Köpfe ebenfalls im Türrahmen erschienen.

»Das weiß ich selbst«, entgegnete Aldis bissig. »Doch warum befestigt Ihr es an unserer Haustür? Es hat hier nichts zu suchen!«

Aryana, die hinter ihrer Schwiegermutter stand, verdrehte überdrüssig die Augen.

»Doch, das hat es«, mischte sich Leif erneut ein. Sein Tonfall ließ keinen Widerspruch zu. »Es ist das Zeichen Gottes.«

»Wir dienen diesem Gott nicht.«

»Du weißt, dass das nicht stimmt, Mutter. *Du* dienst diesem Gott nicht, doch ich für meinen Teil tue es und da es sich hier um *mein* Haus handelt, wünsche ich, dass dieses Zeichen sichtbar für alle an unserer Tür hängt. Hast du verstanden?«

Aldis funkelte ihn zornig an. Sie wusste, dass sie diesen Streit nicht gewinnen konnte. Sie war die Einzige im Haus, die nicht an den Lippen des Priesters hing, wenn er seine Lügengeschichten erzählte und den Rest besorgte ihre Schwiegertochter. Wie konnte Leif nur solch dummem Geschwätz glauben? Oh, wie sie die beiden hasste!

Erbittert senkte Aldis den Kopf und griff nach der Hand ihres zweijährigen Sohnes. »Komm, Floki. Lass uns wieder nach drinnen gehen. Wir haben noch viel zu tun.« Krachend schloss sie die Tür hinter sich und machte sich daran, einen Korb Blaubeeren zu säubern, die sie morgens gesammelt hatte. Sie kochte vor Wut. Mühsam zwang sie ihre zitternden Hände, die Beeren nicht in die flache Schütte aus Birkenleder zu schmettern, in der sie aufbewahrt werden sollten – wenn die Beeren zerdrückten, bräuchte sie sich nicht mehr die Mühe machen, sie in der Nähe des Feuers zu trocknen. Floki hockte indessen neben seiner Mutter, stopfte sich die Backen mit Beeren voll und schmatzte behaglich vor sich hin. Aldis beachtete ihn nicht. Sie war viel zu sehr mit ihren eigenen Gedanken beschäftigt. Die Liebe hatte ihren Ältesten blind gemacht, sie konnte nur hoffen, dass er eines Tages wieder zur Vernunft kommen würde. Wenigstens war es ihr gelungen, ein dünnes goldenes Plättchen, das Knut, der Schmied für sie angefertigt hatte, unbemerkt unter einem Pfosten des Hauses zu verstecken. Sie hatte genug von dem Silber dafür abgezweigt, das ihr Sven, ihr verstorbener Ehemann, einst als Brautgeld gegeben hatte, den Rest bekam Leif. Zum Glück war der Wert des Hacksilbers groß genug gewesen, doch sie hätte lieber gehungert, als sich dem Zorn der Götter auszusetzen. Das Plättchen war winzig klein, kaum größer als ihr Daumennagel. Die dort eingeprägten Figuren stellten ein Liebespaar dar: den Fruchtbarkeitsgott Freyr und seine Ehefrau, die Riesin Gerd. Die beiden galten als Beschützer des Hauses und Aldis hoffte, dass es die Götter milde stimmen würde, wenn wenigstens einer im Haus am alten Glauben festhielt.

Leif schnaubte, als die Tür hinter Aldis zufiel.

»Du musst Geduld mit ihr haben«, sagte Cuthbert leise. »Solcherlei Dinge brauchen Zeit.«

»Ich weiß«, erwiderte Leif, »aber Ihr kennt sie ja. Sie nützt jede Gelegenheit, um mir den Glauben an Christus auszureden, außerdem quält sie Aryana, wo sie nur kann.«

Die kleinen, blauen Äuglein des Priesters blickten verständnisvoll. »Trotzdem bleibt uns nichts anderes übrig als zu beten und geduldig zu sein.«

Leif seufzte. »Ich weiß, dass Ihr recht habt, Pater, auch wenn mir dies unendlich schwer vorkommt.«

Cuthbert nickte nachdenklich, dann lächelte er und sein Gesicht zersprang in unzählige kleine Fältchen. »Ich denke, es ist an der Zeit, dass ihr beide euch ein wenig Ruhe gönnt.«

»Nun, ich weiß nicht so recht«, antwortete Leif zögernd. »Es gibt noch so viel zu tun …«

»Nichts da«, fiel ihm Cuthbert ins Wort. »Die schönste Arbeit wird beschwerlich, wenn man sich nicht gelegentlich einmal ausruhen kann. Ihr habt es euch redlich verdient. Vergesst für eine Weile eure Sorgen und genießt den Rest des Tages. Außerdem könntet ihr nach Solveig sehen und ihr helfen, die Tiere heimzutreiben.« Cuthbert zwinkerte ihnen schelmisch zu, was Leif dazu veranlasste, seine bloßen Zehen genauer zu betrachten. Wusste der Priester etwa, dass es auf dem Weg dorthin eine kleine verborgene Lichtung gab, wohin er sich mit Aryana manchmal zurückzog?

Aryana hingegen schien kein bisschen verlegen zu sein. »Ihr habt doch immer die besten Einfälle, Pater«, strahlte sie. »Ich hole nur schnell meinen Mantel. Es wird abends schon empfindlich kühl.«

Leif machte ein zerknirschtes Gesicht, als sie im Haus verschwand. »Meine Mutter wird nicht sehr freundlich zu Euch sein.«

»Das ist sie ohnehin nie«, erwiderte der magere Priester gelassen. »Geht nur. Ich werde schon einen Weg finden, um den alten Drachen eine Weile in Schach zu halten.«

Leif grinste schief. »Also gut. Wenn Ihr meint. Ein bisschen Zerstreuung wird uns bestimmt nicht schaden.«

Cuthbert sah den jungen Leuten lächelnd hinterher, die eilig dem Weg folgten, der sie von den Häusern wegführte. Nachdenklich kratzte er über sein eisengraues Haar, das wie ein Kranz um seinen Kopf wuchs. – Trotz des spärlichen Haarwuchses rasierte er regelmäßig seine Tonsur und schnitt das Haar, zur Belustigung der anderen Männer, nach der Art der Mönche. – Er verstand, was die beiden bedrückte, denn auch ihm fiel es nicht immer leicht, in diesem Land zu leben. Er vermisste seine Heimat. Die lauen Sommernächte, die Milde des Winters, die wunderbare Landschaft, die er auf seinen Wanderungen kennengelernt hatte. Hier schien es nur das kalte Meer auf der einen und gewaltige, Furcht einflößende Fjells auf der anderen Seite zu geben. Raues Wasser und schroffes Gestein, untrennbar miteinander verbunden. Mit Schaudern dachte er an den letzten Winter, den er im Nordland verbracht hatte. Die beißende Kälte war ihm durch Mark und Bein gedrungen. Nicht zu vergessen, dass auch die Frostigkeit, mit der Aldis ihn die meiste Zeit bedachte, alles andere als herzerwärmend war. Ob er die große Insel der Angelsachsen jemals wiedersehen würde? Doch dann erinnerte ihn eine innere Stimme daran, weshalb er gekommen war. Er hatte einen Auftrag zu erfüllen. Leif und Aryana brauchten ihn, um das zu tun, was sie sich vorgenommen hatten: Gottes Wort unter die Menschen zu bringen, die noch nichts von ihm gehört hatten.

Mit drei vorsichtigen Hammerschlägen trieb er den letzten Nagel durch das Kreuz, dann holte er tief Luft und öffnete die Tür. Er wusste, was ihn erwartete. Aldis würde ihn mit Vorwürfen überschütten und ihm den Teufel und Schlimmeres an den Hals wünschen. Das war wohl der Preis, den er zahlen musste, um in diesem Land zu leben.

Leif und Aryana spazierten eine Weile am Fluss entlang, der sich wie ein glitzerndes Band zum Fjord hinzog, und folgten danach dem Weg, der sie zu der Waldlichtung führte, auf der Solveig die Tiere hütete. Es war ein herrlicher Tag. Die Sonne schien warm vom blauen Himmel herab und schimmerte in den verfärbten Blättern der Bäume. Bunte Farbtupfer aus Herbstblumen leuchteten zwischen sattgrünem Gras. Man hörte das Summen der Bienen, die auf den purpurnen Blüten des Heidekrauts nach Vorräten für den Winter suchten und das vielstimmige Zwitschern der Vögel. An solchen Tagen war es für Aryana nicht schwer, dieses Land zu lieben. Doch die kühler werdenden Nächte erinnerten sie daran, dass ihnen bald ein langer Winter bevorstand, dessen Tage kurz und trostlos waren. Sie würden sich fast nur noch im Haus aufhalten, wo es unmöglich war, ihrer Schwiegermutter zu entkommen. Aryana fürchtete sich vor dieser Zeit, denn es war offensichtlich, dass Aldis ihre Schwiegertochter nicht mochte, obwohl sie sich große Mühe gab, ihr zu gefallen.

Der Weg, kaum breiter als eine Karrenspur, stieg nun langsam an und führte sie über sanft gewellte Hügel, von denen einer ihnen einen weiten Blick über den Fjord, Hakons Siedlung und das Dorf schenkte, das sich an die Biegung des Nidflusses schmiegte.

»Sieh nur, Aryana«, sagte Leif. Er trat hinter sie und nahm sie in die Arme. »Man kann sogar unser Haus sehen.«

»Natürlich«, entgegnete sie nüchtern. »Es steht ja auch am äußersten Ende der Reihe.«

Ein leichter Wind scheuchte trockenes Laub durch die Luft und umrahmte wie ein Schleier den Anblick der geduckten Holzhäuser, die vor dem Tor von Hakons Siedlung lagen. Jene, deren Hallen groß und prächtig waren, schützte ein palisadengespickter Ringwall, der wie ein riesiges Vogelnest neben den bloß stehenden Häusern des Dorfes wirkte. Diesen Schutz hatten die Bauern gegen ein unabhängigeres Leben eingetauscht, in dem man sein eigener Herr war. Sie hatten lediglich die Abgaben zu entrichten, die der Jarl für die Bebauung seines Landes verlangte. Jeder, der ein neues Haus baute, bekam von der Dorfgemeinschaft eine Stelle am Rand der Siedlung zugewiesen. Sie war am schlechtesten zu verteidigen, schützte aber diejenigen, die schon länger hier wohnten.

Trotz dieser Tatsache erfüllte Leif der Anblick des Hauses mit Freude. Sie hatten es tatsächlich geschafft! Das hatten sie nicht zuletzt den Bauern zu verdanken, die sich als hilfsbereit erwiesen und alles mit ihnen teilten, was sie zum Arbeiten brauchten. So konnte Leif im letzten Frühjahr Land roden und mit einem Hakenpflug Furchen in die Erde ritzen. Die Frauen streuten Saatgut hinein und bedeckten die Körner, während Solveig und Floki die Vögel verscheuchten, die sie liebend gern wieder aus dem Boden gepickt hätten. Mutters Silber hatte für die Saat herhalten müssen. Fast den ganzen Rest verbrauchten sie für Korn, ein frisch entwöhntes Ferkel – das sie bald schlachten würden –, zwei Schafe und eine Ziege, Kochkessel, Pfanne und Nägel aus Knuts Schmiede.

Während sich die Frauen um Felder, Tiere und die Dinge des Haushalts kümmerten, hatte er den Wald nach ebenmäßigen Baumstämmen abgesucht, die er fällte. Dank eines Ochsengespannes, das ihm die Bauern immer dann zur Verfügung stellten, wenn sie die Tiere selbst nicht brauchten, hatte er die Stämme mit Cuthberts Hilfe zum Nid geschleift. Es war eine harte Arbeit, doch noch anstrengender war es, Pfosten in die Erde zu treiben und die Stämme so zusammenzufügen, dass ein bewohnbares Haus daraus entstand. Leif musste die natürlichen Formen der Stämme berücksichtigen, bevor sie übereinandergeschichtet wurden und ihre Enden mit der Axt nach einem bestimmten Muster einkerben. So verzahnte er die Ecken der Wände ineinander, die das Haus fest und sicher hielten. Es war ein Glück, dass die Männer des Dorfes mit anpackten, wann immer es ihnen möglich war, zumindest bis Mittsommer, denn zu diesem Zeitpunkt ging Hakon wieder auf Wikingfahrt, was bedeutete, dass etwa die Hälfte der Bauern mit ihm ging. So halfen nur noch wenige, das Gerippe des Dachs mit Birkenrinde zu decken, doch Leif kam es trotzdem sehr gelegen, denn Cuthbert war nicht schwindelfrei und taugte höchstens als Handlanger. Über die Rindenschicht legten sie Grassoden, die jetzt im Sonnenlicht herbstlich schimmerten. Die Rinde würde den Regen abhalten und der Grasbewuchs dafür sorgen, dass sie es im Winter warm hatten. Nachdem die Fugen der Wände mit Moos verstopft und die Herdstelle fertig war, konnten sie endlich einziehen und mussten die Gastfreundschaft von Asvald und Helga nicht mehr länger in Anspruch nehmen, bei denen sie die letzten Monate verbracht hatten.

Das Haus war nicht größer als der Rest der Bauernhäuser, doch es bot genügend Platz für die Familie, denn außer Aryana, Mutter und Cuthbert musste er noch seine beiden jüngeren Geschwister

Floki und Solveig versorgen. Die Tiere lebten, durch ein Holzgatter getrennt, im hinteren Teil des Hauses. Nächstes Jahr würde er eine Scheune bauen, die den Wintervorrat an Heu und Stroh beherbergen konnte. Den Ertrag ihrer ersten Ernte hatten sie zum Teil im Stall und den Rest bei Asvald untergebracht. Es war nicht besonders viel. Sie würden es mit trockenem Laub und Zweigen strecken müssen, um die Tiere über den Winter zu bringen.

Leifs Blick glitt weiter zu dem kleinen Vorratshaus, das seit ein paar Tagen unweit des Hauses stand. Im Haus war nicht genügend Platz, um alle Vorräte zu lagern. Außerdem mussten sie das Schwein schlachten, um Futter zu sparen und damit sie selbst etwas zu essen hatten. Sein Fleisch würde sich in dem kleinen Häuschen den ganzen Winter über halten.

»Es war ein harter Sommer für uns alle«, sagte Leif versonnen und sog den Duft von Aryanas Haar ein, das nach frischem Heu roch. »Aber es hat sich gelohnt.«

Durch den Stoff ihres Kleides fühlte er, wie schwer sie in den letzten Monaten gearbeitet hatte. Aus der zarten Tochter eines Adligen, gut einen Kopf kleiner als er, war eine Bäuerin geworden, doch er fand sie deshalb nicht weniger anziehend.

Sie schmiegte sich eng an ihn, nahm eine seiner großen Hände und zeichnete mit dem Finger die Schwielen und Risse nach, die sich dort gebildet hatten. »Ja, das hat es«, erwiderte sie, nicht weniger stolz als er. Der Wind strich sacht über sie hinweg. Eine Strähne, die wie poliertes Kupfer in der Sonne leuchtete, löste sich aus ihrem geflochtenen Zopf und kitzelte ihn in der Nase.

Trotz der Zufriedenheit beschlich Leif ein leises Gefühl von Sorge. Würden sie den Winter überstehen? Obwohl die Ernte nicht üppig ausgefallen war, musste ein Teil des Ertrags für die nächste Saat zurückbehalten werden. Das nötige Land, das sie für eine größere Ernte brauchten, würde er im nächsten Frühjahr roden. So lange mussten sie durchhalten und sich mit dem wenigen zufriedengeben, das ihnen blieb. Leif sog tief die Luft in seine Lungen. Es half alles nichts. Sie mussten den Gürtel enger schnallen. Gott sei Dank hatten sie noch das Schwein und das Korn konnte mit Birkenrinde und Eichelmehl gestreckt werden. Zur Not würde er Schneehasen oder Birkhühner jagen, denn sein großer Eibenbogen war zerbrochen. Er musste sich einen neuen bauen und sich solange mit einem kleineren Jagdbogen zufriedengeben, der nicht dazu taugte, größeres Wild zu töten. Leif zwang sich, die unbehaglichen Gedanken zu verscheuchen. Cuthbert sagte immer, dass man mit Gottes Hilfe alles bewältigen konnte. Der Gedanke daran tröstete ihn und ließ neue Hoffnung in ihm aufkeimen. Er hatte schon so viel Gutes mit diesem Gott erlebt. Er war stärker als Odin, Thor und alle anderen nordischen Götter. Daran gab es keinen Zweifel. Nur mit seiner Hilfe war es ihm gelungen, Aryana wiederzufinden und sie zu befreien, nachdem sie von fremden Nordmännern verschleppt wurde. Und nun hatten sie ein Dach über dem Kopf und wenigstens das Nötigste zu essen. Gott war wie ein starker Gefährte an seiner Seite, wie ein Freund, auf den man sich verlassen konnte, und Leif war sich in diesem Moment ganz sicher, dass sich dies auch in Zukunft nicht ändern würde. Sacht legte er sein Kinn auf Aryanas Scheitel, bevor er die Arme noch fester um sie schlang. »Dort unten«, sagte er, »auf jenem fruchtbaren Stück Erde werden wir das Land bebauen, unsere Kinder großziehen und Gottes Liebe in die Herzen der Menschen tragen. – Und nichts und niemand wird uns daran hindern.« Er drehte sie zu sich herum, küsste sie auf den Mund und strich zärtlich über ihr herzförmiges Gesicht. Die grünen Katzenaugen, von denen eines ein wenig höher stand als das andere, blickten ihn voller Sehnsucht an. Jede Faser seines Körpers zog ihn zu ihr hin. Er liebte sie, wie er noch nie zuvor einen Menschen geliebt hatte. »Komm«, sagte er, »lass uns zu der kleinen Lichtung gehen, wo wir vor allen neugierigen Blicken verborgen sind.«

»Ich dachte, du wolltest nach Solveig sehen«, neckte sie ihn.

»Ooch, das hat Zeit«, erwiderte er ohne großes Interesse. Er hatte Besseres im Sinn, denn das Glück war wie eine launische Gefährtin. Man musste es festhalten, solange man es vermochte.

Die Lichtung war an ihrer breitesten Stelle nicht mehr als zwölf Schritt lang. Der ideale Platz für zwei Menschen, die ungestört sein wollten. Ein Saum aus dichten Büschen und Bäumen umschloss die freie Fläche, die mit Moos und einzelnen Grasbüscheln bewachsen war. Nur durch ein kleines Schlupfloch konnte man in ihr Inneres vordringen. Sie lagen auf dem weichen Waldboden und genossen die letzten Strahlen der Sonne, die immer mühsamer ihren Weg durch das kreisrunde Loch fand, das sich über ihnen öffnete. Die Luft war erfüllt von dem Geruch nach feuchter Erde, Moos und Laub. Am Fuß einer alten Eiche wuchs eine Flut gelber Pilze, die wie ein Teppich die knorrige Wurzel bedeckten.

Aryana rekelte sich wohlig unter dem Mantel, den Leif über sie beide gebreitet hatte, und genoss die seltene Ungestörtheit. Er hatte sich eng an sie geschmiegt und hielt genießerisch die Augen geschlossen. Eine Waldamsel huschte unbemerkt, auf der Suche nach Würmern, an ihnen vorbei. Aus der Ferne hörte man das hohle Dröhnen eines Spechts, der seinen Schnabel auf einen Baumstamm hämmerte. Aryana betrachtete Leif zärtlich, schob träge ihren Arm unter dem Mantel hervor und strich ihm das wirre, goldfarbene Haar aus dem Gesicht. Sie waren so gut wie nie allein. Die meisten Langhäuser der Nordmänner besaßen nur einen einzigen Raum, in dem man tagsüber arbeitete und nachts schlief. Früher hatte sie das nie gestört, denn auch ihr Schlafplatz befand sich neben Knechten, Mägden und den Familien der Krieger in der Halle ihres Vaters. Doch seit sie verheiratet war, sehnte sie die kleine Kammer ihrer Eltern herbei, die ihnen allein zur Verfügung stand. Ein seltener Luxus, selbst im Land der Angelsachsen, und nur deshalb möglich, weil ihr Vater einst ein großes Haus besessen hatte. Die Sehnsucht durchzuckte sie wie ein Blitz. In aller Deutlichkeit sah sie die Siedlung vor sich, die von einer hohen Dornenhecke umgeben war, das Marschland und den Colne, der an ihrem Zuhause vorbeifloss. Nein! Sie zwang sich, von diesen Gedanken Abschied zu nehmen. Sie hatte dort keine Heimat mehr. Ihre Eltern waren tot. Die gesamte Familie von den Nordmännern ausgelöscht. Nur sie allein war übrig geblieben. Leif war nun ihre

Heimat, der Mann, den sie liebte und der sie in dieses raue, sonderbare Land gebracht hatte.

»Was denkst du?«, fragte Leif träge.

»Oh, nichts Besonderes«, antwortete sie leichthin, doch er fühlte, dass sie ihm nicht die Wahrheit sagte.

»Wie es wohl Bronagh gehen mag?«, fragte sie kurz darauf. Sie spürte, wie Leif ahnungslos mit den Schultern zuckte. Die arme Bronagh! Sie war Hakons Sklavin. Keiner wusste, was mit ihr geschehen war. Hakon hatte sie auf sein Schiff geschleppt, kurz bevor er mit seinen Männern abfuhr. Niemand konnte ihr helfen. Die *Drekis* waren schon in See gestochen, als Bard ihnen die schlechte Nachricht brachte. Seither lief er wie ein verwundetes Tier durch die Gegend.

»Ich wünschte, wir könnten etwas für sie tun.«

»Wie willst du das anstellen?«, entgegnete Leif. »Selbst wenn wir wüssten, wo sie ist, könnten wir nicht genügend Hacksilber aufbringen, um sie zurückzukaufen. Und Bard ist ein Sklave. Hakon würde ihn töten, wenn er jemals die Siedlung verlässt, um nach ihr und seinem Sohn zu suchen.« Leif war sich sicher, dass Bronaghs Sohn nicht von Hakon, sondern von Bard stammte, denn er wurde ihm mit jedem Tag ähnlicher. Möglich, dass auch Hakon diese Tatsache nicht entgangen war.

»Ich weiß es ja selbst«, erwiderte Aryana. »Aber vielleicht gibt es im Laufe der Zeit noch einen anderen Weg. Einen, der jetzt noch verborgen ist. Gottes Wege sind oft unerforschlich.«

»Ja, das sind sie in der Tat«, sagte er und küsste sie ausgiebig.

Bald darauf kamen die Drekis zurück. Hruts Tante Unn eilte mit ihrer Tochter Halla neben Frauen, Kindern und Alten zu dem natürlichen Hafen, den seit Kurzem zwei neue Bootshäuser zierten. Der Tag war düster. Bleierne Wolkenbänke durchzogen den Himmel und der Rauch der Kochfeuer hing wie ein schwarzer Kriegsschild über den Häusern. Keine guten Vorzeichen für die Ankunft der Männer. Ein ungutes Gefühl schlich sich in Unns Bauch. Bei der letzten Wikingfahrt waren mehrere Krieger gestorben. Sigrid, die

Frau des zweiten Schiffsführers, traf es damals besonders hart. Sie hatte Mann und Sohn verloren und somit alles, was von ihrer Familie noch übrig war. Unn schluckte schwer bei dem Gedanken, dass ihr das Gleiche passieren könnte. Sie hatte zwar keinen Sohn auf den Schiffen, doch Hrut war ihr ebenso sehr ans Herz gewachsen wie ihre beiden erwachsenen Töchter. Und Rollo, ihr Mann, war nicht mehr der Jüngste. Sie sorgte sich jedes Jahr mehr, wenn er auf Wikingfahrt ging. Die Ruder der näherkommenden Schiffe durchpflügten in kräftigen Zügen das graue Wasser. Hier und da wurden Rufe laut. Kurz darauf dröhnte der klagende Ruf eines Horns durch den Fjord. Die Menschen am Ufer winkten und erwiderten ihn mit lautem Jubel.

Halla stemmte beide Hände in ihren Rücken und schob stöhnend den schweren Bauch nach vorne. Unn bedachte sie mit einem Kennerblick. Es würde nicht mehr lange dauern, bis Hallas erstes Kind zur Welt kam. »Du hättest besser im Haus bleiben sollen«, sagte sie besorgt.

Halla schnaufte wie ein ausgepumptes Pferd, doch sie dachte nicht daran, umzukehren. »Ich gehe erst zurück, wenn ich weiß, dass es Sverri gut geht«, erwiderte sie trotzig.

»Er ist jung und stark. Ihm wird schon nichts passiert sein.« Unn hoffte, dass ihre Worte der Wahrheit entsprachen, während sie durch das bunte Knäuel der hin- und herwogenden Menge einen Blick auf die Männer zu erhaschen suchte. Ein Anker wurde klatschend über Bord geworfen. Kurz darauf sprangen die Krieger ins hüfthohe Wasser und wateten ans Ufer. Die Möwen schienen nur darauf gewartet zu haben. Die mutigsten unter ihnen setzten sich frech auf das Dollbord, um nach leichter Beute zu spähen. Die Luft roch nach Seetang und dem Schweiß der Menschen, die sich immer enger um Unn und Halla drängten.

»Lasst ihr ein wenig Platz zum Atmen«, rief Unn. Energisch schob sie ein paar Halbwüchsige aus dem Weg, die noch zu jung für die Seefahrt waren. »Komm, lass uns zur Seite gehen.« Sie nahm den Arm ihrer Tochter und zog sie von den anderen weg. Halla war seit einem Jahr mit Sverri verheiratet. Sie wohnten im gleichen Langhaus wie Unn, Rollo und Hrut. Hallas ältere Schwester lebte mit ihrem Mann auf einem Hof in den Fjells.

Plötzlich entdeckte Unn, wonach sie suchte. »Dort vorne ist dein Vater«, rief sie erleichtert und winkte dem lachenden Rollo zu, der mit Hrut und Sverri schon auf dem Weg zu ihnen war. Gegen die anderen Männer wirkte Rollo klein und schmal, aber drahtig. Sein langes Haar, das er zu einem Zopf zusammengebunden hatte, war grau. Nur ein paar braune Flecke im Bart erinnerten an seine eigentliche Haarfarbe.

Sverri kam ihnen mit schnellen Schritten entgegen. »Bei allen Göttern«, rief er, als er das volle Ausmaß seiner Frau zu Gesicht bekam. »Dein Bauch ist dicker als ein Bierfass!«

Halla stieß ihm angesichts dieses Kompliments den Ellbogen mit einem teuflischen Grinsen in die Rippen. »Das ist ganz allein deine Schuld, Liebster«, flötete sie. Die Umstehenden lachten, während Sverri pfeifend die Luft aus den Lungen stieß, bevor er Halla versöhnlich umarmte. Überall erklangen fröhliche Stimmen und Gelächter. Kinder sprangen wie kleine Ziegenböcke um ihre Väter herum und verursachten hier und da ein Durcheinander, doch niemand schien ihnen heute böse zu sein.

»Thor sei Dank, der euch unbeschadet zu uns zurückgebracht hat.« Unn musterte ihre drei Männer vom Kopf bis zu den Zehenspitzen. Sie schienen gesund und munter zu sein. »Ich bin froh, euch wiederzusehen.«

»Ach was«, erwiderte Rollo leichthin. »Du sorgst dich viel zu sehr. Dieses Mal war es ganz leicht. Wir haben keinen einzigen Krieger verloren und trotzdem reiche Beute gemacht.« Er legte ihr liebevoll den Arm um die fülligen Schultern. Unn betrachtete ihn zärtlich von der Seite. Rollo war ein guter Mann, doch sein Aussehen strafte ihn Lügen. Das wettergegerbte Gesicht unter dem grauen Schopf zeigte tiefere Falten und die Krähenfüße unter seinen Augen dehnten sich mehr aus als zuvor, wenn er lachte. In Gedanken ging sie die Schätze ihrer Vorratskammer durch. Etwas Gutes zu essen und eine warme Schlafbank würden ihm jetzt guttun.

»Was gibt es heute zu essen, Tante?« Unns Blick glitt hinüber zu Hrut. Ihr Neffe schien Gedanken lesen zu können. »Ich könnte einen ganzen Bären verschlingen«, seufzte er und verzog dabei gequält das entstellte Gesicht. »Wir haben seit Tagen nichts Anständiges mehr zwischen die Zähne bekommen.«

»Ein Bär ist mir zwar keiner über den Weg gelaufen«, schmunzelte Unn. »Aber wir haben noch Fischsuppe übrig, die ich dir mit Gerstengrütze verfeinern kann.«

Sie konnte sich das Lachen nicht verkneifen, als sich Hruts Gesichtsausdruck angesichts ihrer Worte dramatisch verschlechterte, doch schon im nächsten Augenblick verwandelte sich seine leidende Miene in fasziniertes Staunen. Er schien seinen Hunger vergessen zu haben, stattdessen glotzte er wie ein Trottel auf etwas hinter ihr. Als sie sich umdrehte, erkannte sie den Grund für Hruts Verhalten: ein Mädchen von fünfzehn Wintern, das neugierig die ihr unbekannten Krieger musterte. Unn seufzte leise. Dieses Mädchen würde die Aufmerksamkeit sämtlicher junger Männer auf sich ziehen, doch sie war sich sicher, dass ihr Neffe nicht die geringste Chance hatte, ihre Gunst zu erwerben.

Hrut stockte beim Anblick von so viel Schönheit der Atem. Das schmale Gesicht mit den hohen Wangenknochen war vollkommen. Große blaue Augen, die den Ausdruck eines staunenden Kindes hatten, stachen daraus hervor und passten zu dem weizenblonden Haar, das schwer über zarte Schultern fiel. Sie war das schönste Mädchen, das er je gesehen hatte. Plötzlich hefteten sich ihre Augen an die seinen. Sie schien bemerkt zu haben, dass er sie beobachtete. Ihr Blick durchfuhr ihn wie ein Blitz und er sah schnell weg, bevor er sich zum Narren machte.

»Wer ist das?«, raunte er seiner Tante ins Ohr.

»Oh, das«, sagte Unn zerstreut, als ob sie von den Blicken ihres Neffen nichts bemerkt hätte. »Das ist Svanhild, die Nichte von Knuts Frau. Sie wohnt jetzt bei ihnen.«

Auch Hakon gefiel das Mädchen. Obwohl die Augen in ihrem hübschen Gesicht vor Staunen fast überquollen, war ihre Haltung anmutig und gerade. Sie trug eine einfache Tunika aus ungefärbtem Wollstoff, die lediglich mit einem Gürtel geschmückt war und bis zu den Knöcheln reichte. Der Stoff zeichnete ihren voll entwickelten Körper darunter ab, der jedoch so schmal und zerbrechlich wirkte, als wäre sie nie in den Genuss eines reich gedeckten Tischs gekommen. Etwas mehr Speck auf den Hüften würden ihr nicht schaden, dachte Hakon. Neben Knuts dicker Frau, die das Mädchen wie eine Glucke bewachte, wirkte sie wie ein Weidenröschen neben einer Eiche. Hakon grinste in sich hinein. Er würde dem Schmied bald einen Besuch abstatten müssen, um sich die Kleine genauer anzusehen.

Wie üblich machte sich Hakon daran, die Beute der Wikingfahrt an Ort und Stelle zu verteilen. Es war mehr als genug, denn dieses Mal hatte er es nicht nur auf Gold und Silber abgesehen, sondern sich die lebenden Reichtümer der Angelsachsen zunutze gemacht: junge, kräftige Männer und hübsche Mädchen. Er hatte einen Umweg in Kauf genommen und war mit Bronagh nach *Hedeby* gefahren, einem Handelsplatz der Dänen, von dem er durch andere Nordmänner gehört hatte. In Hedeby gab es Sklavenhändler aus den verschiedensten Gegenden der Erdscheibe. Dort hatte er seine einstige Lieblingssklavin an einen hageren Mann mit einer großen Hakennase und einer Haut, die an gegerbtes Ziegenleder erinnerte, verkauft. Der florierende Sklavenhandel der Siedlung beeindruckte Hakon. So beschloss er, es selbst mit diesem Geschäft zu versuchen und war mit seiner Beute noch einmal nach Hedeby zurückgefahren, um die kleine Schar gefangener Menschen dort zu verkaufen.

Zwei seiner Männer brachten nun eine Truhe an Land, in der sich die Beute und das Hacksilber befanden, dass er für die Sklaven bekommen hatte. Hakon stellte sich neben den großen Kasten aus Eichenholz und blickte mit seinen eisgrauen Augen gebieterisch in die Runde. Er war groß, kräftig und immer noch stattlich gebaut, obwohl das Alter auch an ihm nicht spurlos vorübergegangen war. Er hatte nun schon fünfundvierzig Winter hinter sich und jedes Jahr wurden seine einst dunklen Locken von mehr silbernen Strähnen durchzogen. Auf Hakons Zeichen hin öffneten die Männer den Deckel, damit der Inhalt sichtbar wurde. Ein Raunen ging durch die Zuschauer, obwohl jeder wusste, dass ihr Jarl den größten Teil der Beute für sich behalten würde. Er griff in die Truhe, holte eine Handvoll Silber heraus und hielt es der Menge bedeutungsvoll entgegen.

»Dieses Silber wird uns dazu verhelfen, ein weiteres Schiff zu bauen«, rief er in die Runde. »Ein Schiff mit einer neuen Mannschaft, die es uns ermöglicht, noch reichere Beute zu machen.«

Das Raunen verstärkte sich. »Doch zuvor müssen Opfer gebracht werden«, sprach Hakon weiter. »Ich brauche Männer, die noch vor dem Winter Holz schlagen und Ingjald zur Hand gehen, wenn er das Schiff in der Nähe unserer Bootshäuser baut.« Er wies mit der Hand auf die beiden Häuser, deren Form an ein auf den Kopf gestelltes Schiff mit einem mächtigen Bauch erinnerte. Sie waren groß genug, um ein ganzes Langschiff darin unterzubringen. Hakon hatte sie errichten lassen, damit die Drekis ein geschütztes Winterquartier besaßen. »Ich brauche Frauen, die zusätzliche Segel und Taue herstellen«, sprach er weiter. »Und wir werden aus anderen Siedlungen das herbeischaffen müssen, was an größeren Vorräten benötigt wird. – Seid ihr dazu bereit?«

Ein kräftiges »Ja« erklang aus unzähligen Mündern. Die Menschen wussten, dass der Wohlstand der Siedlung ganz entschieden von ihrer Mithilfe abhing. Sie würden die Opfer bringen und wenn Hakons Plan aufging, hatten auch sie etwas davon.

Anschließend verteilte Hakon die Beute nach der Rangfolge seiner Männer und machte sich dann auf zu seiner Halle.

In diesem Moment platzte Hallas Fruchtblase. Sverri wurde kreidebleich, als er die blutige Pfütze sah, die sich unter dem Rocksaum seiner Frau rasch vergrößerte.

»Trag sie ins Haus, während ich die alte Erindís hole!«, herrschte Unn ihren Schwiegersohn an. »Dein Sohn hat eben beschlossen, zur Welt zu kommen.«

Hakon konnte es kaum noch erwarten, sich auf seiner gemütlichen Schlafbank auszustrecken. Sein Körper war bis zur Schmerzgrenze erschöpft. Du wirst alt, – alt und grau, dachte er wohl zum hundertsten Mal und fuhr sich wie zur Bestätigung über den Bart, in dem sich mehr silberne als dunkle Haare fanden. Im Gehen betrachtete er sein rechtes Handgelenk, das ihn in den letzten Wochen erheblich geplagt hatte. Oft konnte er nur mit Mühe das Ruder halten. Er schnaufte verächtlich. Sein ganzes Leben hatte er sich stark und unbesiegbar gefühlt, doch nun schwanden seine Kräfte dahin wie Wasser aus einem löchrigen Eimer und er konnte nichts dagegen tun. Die Ausweglosigkeit seiner Lage machte ihn mürrisch. Sie passte nicht zu seinen Plänen, denn es gab noch so viel zu erledigen.

Die drei Sklavinnen begrüßten ihn unterwürfig. Keine erkundigte sich nach Bronagh, obwohl er ihnen ansah, dass sie fast vor Neugierde platzten.

»Bringt mir Essen und Met«, knurrte er und ließ sich von Inga die nassen Stiefel ausziehen, während Vigdis und Raghild ihm eilig ein Horn mit Met und eine Schüssel mit gekochtem Fleisch und zerstampften Erbsen brachten. Er gestand es sich nicht gern ein, aber Bronagh fehlte ihm. Vielleicht war sie die Quelle seiner Kraft gewesen? Doch es musste sein. Er musste sie wegschicken, wenn er die unangenehme Erinnerung an jene Zeit auslöschen wollte, in der Aldis bei ihm gelebt hatte. Aldis, die Frau, die er einst liebte - aber auch die größte Enttäuschung seines Lebens. Ausgerechnet Bronagh war diejenige gewesen, die sich regelrecht mit Aldis verbündet hatte. Deshalb hatte sie gehen müssen. Er sah sie noch vor sich: ihre zierliche Gestalt, die rotblonden Haare und die grünen Augen, die stumm darum bettelten, ihr und dem kleinen Jungen in ihren Armen dieses Leid zu ersparen, während der adlergesichtige Sklavenhändler sie mit lüsternen Augen anstarrte. – Er hatte darüber hinweggesehen. Mitleid war etwas für *Skrälinge* und *er* würde nie ein Skräling sein. Zornig wischte er die Gedanken an Bronagh fort. Stattdessen dachte er an das blonde Mädchen, als er sich nach dem Essen auf seiner Bank ausstreckte, um seine müden Knochen vom

Feuer wärmen zu lassen. Er rief sich jede Einzelheit ihres hübschen Gesichts in Erinnerung. Die ebenmäßigen Züge, die großen, kindlichen Augen und das dichte, helle Haar. Ihren jungen, zarten Körper. Er spürte, wie er sie begehrte und wie neue Kraft in seinen Körper floss. Er musste dieses Mädchen haben, jetzt auf der Stelle! Doch selbst ein Jarl hatte den Anstand zu wahren. Knuts Frau würde sie nur dann mit ihm allein lassen, wenn er deutliche Heiratsabsichten bekundete, doch Hakon dachte nicht daran zu heiraten. So begnügte er sich stattdessen mit Inga, deren Haare ebenso blond wie die Svanhilds waren.

Ein paar Tage später steuerte Hakon auf das Haus des Schmieds zu. Knuts Werkstatt lag still da. Hakon grinste verstohlen. Auch der Schmied wurde älter und gönnte sich noch ein wenig Ruhe, bevor er seine Arbeit wieder aufnahm. Hakon klopfte an die Tür und das blonde Mädchen öffnete ihm. Sie stutzte, als sie in ihm den Jarl der Siedlung erkannte, und senkte sittsam die Augen. »Was wünscht Ihr, Herr?«, fragte sie höflich. Ihre Stimme war ebenso lieblich wie ihre Erscheinung.

Hakon lächelte entwaffnend, während seine grauen Augen sie aufmerksam musterten. »Nun, eigentlich wollte ich den Schmied besuchen. Ich muss mich wohl im Haus geirrt haben, denn noch nie hat mir ein solch hübsches Mädchen die Tür geöffnet.«

Svanhild errötete. »Oh nein«, erwiderte sie. »Ihr habt Euch nicht geirrt. Knut ist mein Onkel.« Sie ging einen Schritt zur Seite und lud ihn mit einer Geste ein, das Haus zu betreten.

Knut hatte sich zu einem tüchtigen Schluck Bier niedergelassen und genoss die wohltuende Abwesenheit seiner Frau, einer meist übel gelaunten Matrone. Er ließ sich das Horn noch einmal von Svanhild füllen, dann hielt er es Hakon hin. Sie sprachen eine Weile über das Wetter und den neuesten Klatsch in der Siedlung: Innigund, die Frau von Thorbrand Steinbeißer war sich mit Björns jungem Eheweib in die Haare geraten, weil diese ihren Sohn einen Taugenichts genannt hatte. Ein Wort gab das andere und schließlich schlug Innigund ihrer Gegnerin so fest ins Gesicht, dass deren Nase brach. Björn kochte vor Wut und verlangte eine Entschädigung für das malträtierte Gesicht seiner Frau, aber Thorbrand dachte nicht daran zu bezahlen.

»Ich werde einschreiten müssen«, sagte Hakon, »bevor aus dem Streit eine Blutfehde wird. Björn und Thorbrand sind beide gute Männer. Ich kann es mir nicht leisten, auch nur einen von ihnen zu verlieren.«

»Besser du legst ein Knochengeld fest, ehe sie sich gegenseitig erschlagen«, erwiderte Knut zustimmend. Dann lenkte er das Gespräch auf den eigentlichen Grund für Hakons Besuch. »Was führt dich zu mir?«, fragte er ohne Umschweife.

Hakon genehmigte sich noch einen Schluck, bevor er antwortete. »Ich brauche Eisennieten und alles, was Ingjald sonst noch an geschmiedeten Teilen für das neue Schiff benötigt.«

»Ich werde mich darum kümmern.« Ein Ast im Feuer fiel Funken sprühend in sich zusammen. Knut betrachtete nachdenklich die tanzenden Punkte, die wie funkelnde Sterne nach allen Seiten stoben. »Du wirst mehr Krieger brauchen, um noch ein Dreki zu bemannen.«

»So viele werden es nicht sein. Das Schiff soll einen größeren Frachtraum als die Drekis bekommen. Dieser wird auf Kosten der Riemen gehen. Und wenn erst einmal bekannt wird, dass der große Hakon ein neues Schiff baut, werden junge Männer, die ihr eintöniges Bauernleben satthaben, wie die Fliegen ins Tal kommen, um einen Platz an diesen Riemen zu ergattern.«

Knut nickte, ohne dabei zu übersehen, dass Hakon nicht ganz bei der Sache war. Er folgte Hakons Blick und erkannte den Grund für seine Unaufmerksamkeit. So war das also. Der alte Hahn konnte das Balzen nicht lassen. »Die Nichte meiner Frau«, sagte er mit einem knappen Nicken in Svanhilds Richtung, die mit flinken Händen den Webrahmen bediente. »Ihr Name ist Svanhild. Bis jetzt wohnte sie auf einem Bauernhof in den Fjells. Thora hat sie vor Kurzem zu sich geholt, nachdem sie meinen Vater eines Morgens tot auf seiner

Schlafbank fand. Es wird langsam Zeit, dass sie heiratet. Hier hat sie bessere Aussichten auf eine anständige Vermählung als auf dem abgelegenen Hof ihrer Eltern. Überdies haben die beiden noch genügend Mäuler zu stopfen. Sie hat noch zehn Geschwister.«

»Zehn Geschwister«, Hakon schnalzte anerkennend mit der Zunge. »Ihr Vater scheint mir ein tüchtiger Mann zu sein.«

Oder ein Narr, dachte Svanhild erbost, deren scharfe Ohren jedes Wort gehört hatten. Wie konnte Mutter nur so dumm sein, einen Mann zu heiraten, der über so wenig Besitz verfügte? Trotzdem zeugten ihre Eltern jedes Jahr ein Kind und Mutter musste hart arbeiten, um die vielen Mäuler auch nur halbwegs zu stopfen. Mit jeder Geburt schmolz die einstige Schönheit ihrer Mutter ein wenig mehr dahin und ihr Vater machte keine Anstalten, dem Kindersegen ein Ende zu setzen. Nun war sie eine alte, ausgemergelte Frau von gerade mal dreißig Wintern. Svanhild war sich sicher, dass sie das nächste Jahr nicht überstehen würde. Sie selbst erinnerte sich noch gut an das bohrende Gefühl eines nur halb gefüllten Magens. Nichts konnte schlimmer sein! Wie schon viele Male zuvor schwor sie sich, dass *ihr* das nicht passieren würde. *Niemand* würde ihr so etwas antun. Ohne dass sie es merkte, verengten sich ihre Lider zu schmalen Schlitzen. Sie presste die Lippen fest aufeinander und reckte entschlossen das Kinn. Ein berechnender Ausdruck lag plötzlich auf ihrem lieblichen Gesicht. Sie wusste, weshalb sie hier war, doch sie hatte nicht vor, sich der Herrschaft eines Mannes zu unterstellen, schon gar nicht der eines armen Schluckers, wie es ihr Vater war. Sie würde einen reichen Mann heiraten und die Fäden in der Hand halten, so wie die Spinnerinnen, die am Fuße Yggdrasils saßen und das Schicksal der Menschen spannen. Während der wenigen Wochen, die sie in der Siedlung verbrachte, hatte sie herausgefunden, dass der Jarl noch nie einer Frau die Ehe versprochen hatte. Vielleicht gelang es ihr, seine Ehefrau zu werden? Zwar war er nicht mehr der Jüngste, doch er schien nicht unempfänglich für ihre Reize zu sein.

»Bring uns mehr Bier«, schreckte Knut sie aus ihren Gedanken.

Svanhilds Miene änderte sich schlagartig und nahm wieder einen lieblichen Ausdruck an, als sie den beiden Männern nachschenkte. Hakon war die Veränderung ihres Gesichts nicht entgangen. Die Kleine schien nicht so harmlos zu sein, wie sie vorgab.

»Ich möchte deine Nichte um einen Gefallen bitten«, sagte er zu Knut, bevor Svanhild sich wieder abwenden konnte. Ihre blauen Augen musterten ihn erwartungsvoll. »Geh zu Hrut Thorkilsson und richte ihm aus, dass ich ihn heute noch sprechen will.«

Es klopfte an der Tür. Halla, die mit ihrem schreienden Säugling auf und ab ging und ihm dabei begütigend den Rücken tätschelte, öffnete mit glasigen Augen. Ihre Mutter hatte tatsächlich recht behalten. Sie hatte einen Sohn geboren, doch der Kleine schrie ohne Unterlass und strapazierte die Nerven der Familie aufs Äußerste.

Halla gähnte erschöpft. Sie hatte seit der Geburt, die erstaunlich leicht verlaufen war, so gut wie nicht mehr geschlafen. »Du genießt den besonderen Schutz der Götter«, meinte Unn anerkennend, nachdem das kleine verschrumpelte Wesen so schnell aus ihrem Körper geschlüpft war, dass sie es kaum bis zur Schlafbank schaffte. »Möge ihre Gunst auf dir bleiben und dir noch viele Kinder schenken.« Nach den Anstrengungen der letzten Tage war sich Halla nicht mehr so sicher, ob ihr in diesem Fall viel an der Gunst der Götter gelegen war.

»Hrut, du hast Besuch«, rief sie, nachdem Svanhild ihr erklärt hatte, warum sie hier war.

Hrut riss erstaunt die Augen auf, als er Svanhild im Türrahmen entdeckte. Sogar Unns Brauen schnellten angesichts dieser Überraschung in die Höhe.

»Komm nur herein«, sagte Halla freundlich und wies mit einer einladenden Geste ins Hausinnere. Hrut erhob sich nervös von seiner Bank, während Svanhild eintrat. Der rußgeschwärzte, dunkle Raum machte sie nach der Helligkeit des Tageslichts, das draußen herrschte, fast blind. Sie konnte kaum etwas erkennen. Mit vorsichtigen Schritten ging sie auf den Mann zu, der neben dem Feuer stand.

»Bist du Hrut Thorkilsson?«

In Hruts Bauch schienen Schmetterlinge zu tanzen, als er in die großen Augen blickte, die im Schein des Feuers so blau wie der Sommerhimmel schimmerten. Ein Lächeln lag auf ihren Lippen, das ihn alles um sich herum vergessen ließ. Hrut räusperte sich: »Ja … der bin ich.« Ihr Anblick war bezaubernd. Er besaß gerade noch genug Verstand, um zu sehen, wie sich ihre Lider in dem Augenblick verengten, in dem sie sich an das flackernde Licht des Feuers gewöhnt hatten. Sie verbargen nur dürftig den Schreck, als ihr Blick auf seine entstellte Gesichtshälfte fiel. »Natürlich!«, dachte Hrut erbittert. Sie würde ihn genauso wenig anziehend finden wie alle anderen Mädchen. Selbst sein Bart konnte die verbrannten Stellen in seinem Gesicht nicht vollständig verdecken, da er dort nur spärlich wuchs.

»Was willst du von mir?«, fragte er barsch.

Svanhilds Mund verwandelte sich in einen Strich. Sie blickte hastig zu Boden. »Der Jarl schickt mich«, erwiderte sie abweisend. »Er möchte dich heute noch sehen.« Ohne einen Gruß drehte sie sich um und verließ das Haus.

Hrut biss so fest die Zähne zusammen, dass sie schmerzten. Heißer Zorn schoss ihm in die Magengrube und verbreitete sich bis in seine Glieder. »Dein Geschick bei Frauen ist kaum noch zu überbieten«, dachte er voller Wut. Sein Gesicht gefror zu der Maske, die seiner Familie wohlvertraut war.

Unn bedachte ihre Tochter mit einem bedeutsamen Blick, doch beide zogen es vor, den Mund zu halten, während Hrut sich ärgerlich murmelnd auf die Bank fallen ließ und damit fortfuhr, einen neuen Holzlöffel zu schnitzen.

Hrut war schlecht gelaunt, als er auf Hakons Langhaus zusteuerte. Ein leichter Regen benetzte seine Tunika aus grobem Wollstoff. Er wischte die Tropfen ärgerlich fort. Die Begegnung mit Svanhild ging ihm nicht mehr aus dem Kopf. Warum war er nur so grob zu ihr gewesen? Er war ein Dummkopf, ein nichtsnutziger Trottel! Schließlich konnte sie nichts dafür, dass er hässlich war. Hrut war es gewohnt, dass die Leute bei seinem Anblick erschraken. Doch dieses Mal bekümmerte es ihn mehr als sonst.

Raghild, wie immer tadellos gekleidet, öffnete ihm die Tür und führte ihn in die große Halle, deren Anblick Hrut mit Ehrfurcht erfüllte. Er schritt zwischen den mit Schnitzereien verzierten Pfeilern hindurch bis zum Feuer, das die Sklavinnen in einem Teil der großen Herdstelle entzündet hatten.

Dort saß Hakon auf seiner Schlafbank. Er begrüßte ihn freundlich und bot ihm ein Horn mit Met an. Hrut schüttete die warme Flüssigkeit in sich hinein, während Hakons graue Augen ihn eingehend musterten. Es war nicht zu übersehen, dass ihm etwas über die Leber gelaufen war, aber das war Hruts Sache, nicht die seine. Hakon hatte durch die vielen Jahre, die er nun schon auf Beutezug ging, genug Erfahrung gesammelt. Er wusste, wen er vor sich hatte. Aus dem schwer gezeichneten Jungen, der kaum seine Schwerthand gebrauchen konnte, war ein überaus guter Krieger geworden, ehrgeizig, rücksichtslos und gehorsam. Auch Hruts Vater war ein solcher Mann gewesen, doch anders als sein Sohn hatte er ein allzu empfindliches Gewissen gehabt. Thorkil konnte es nicht lassen, sich in Dinge einzumischen, die ihn nichts angingen. Mit dieser Unart hatte er schließlich seinen eigenen Tod besiegelt. Zuverlässigere Männer hatten einen Überfall vorgetäuscht, Thorkils Hof angezündet und – um eine Blutfehde zu vermeiden – die gesamte Familie umgebracht. Niemand fand je heraus, dass Hakon hinter dieser Sache steckte, auch Hrut nicht, der als Einziger überlebte. Anfangs war Hakon wütend über diese Tatsache. Warum starb er nicht einfach wie der Rest seiner Familie? Aber Hrut war ein Kämpfer und überstand die schweren Verbrennungen. Wie seltsam doch das Werk der Nornen war. Hakon war sich damals sicher, dass sie ihm einen Streich gespielt hatten. Trotzdem fügte er sich in sein Schicksal. Er begann den Jungen zu fördern und bald war er den drei Spinnerinnen dankbar, dass sie ihn am Leben gelassen hatten. Trotz aller Widrigkeiten lernte Hrut, ein Schwert zu gebrauchen. Hakon ahnte, dass er eines Tages ein gutes Werkzeug in seinen Händen sein würde. Ein besseres als sein Vater. Nun war die Zeit gekommen, dieses Werkzeug zu benutzen.

»Du fragst dich sicher, warum ich dich habe rufen lassen.«

Hrut nickte. Der herbsüße Geschmack des Mets brannte ihm angenehm in der Kehle. Er spürte die Wärme des Alkohols bis in die Fußspitzen.

»Ich brauche Männer. Aufrichtige Männer, auf die ich mich verlassen kann. – Du scheinst mir ein solcher Mann zu sein.« Hakon hielt kurz inne und betrachtete die schmeichelnde Wirkung seiner Worte. »Ich habe dich beobachtet«, sprach Hakon weiter. »Du hast dich in letzter Zeit als fähig erwiesen. – Fähiger als alle anderen. Und du scheinst ehrgeizig zu sein.«

Hrut nickte nachdenklich. »Wie du weißt, gibt es für mich keinen anderen Weg als den, durch eigenen Fleiß zu Besitz zu kommen. Es gibt keinen Hof mehr, den ich erben kann.«

»Ich könnte dir dabei helfen, das zu erreichen, was du begehrst«, erwiderte Hakon. »Vorausgesetzt du tust, was ich sage.«

»Tue ich das nicht immer?« Hakons Worte ließen Hrut aufhorchen. Was führte er im Schilde?

»Doch, das tust du.« Hakon öffnete einen Teil der Verschalung unter seiner Schlafbank und zog ein kleines hölzernes Kästchen hervor, das durch eiserne Beschläge zusammengehalten wurde. Der Deckel knarrte leise, als er es öffnete. »Ich möchte dir etwas geben«, sagte er so beiläufig, als läge ein Stück Brot darin.

Hrut riss beim Anblick des Hacksilbers, das im Feuerschein matt glänzte, die Augen auf.

»Es gehört dir«, sagte Hakon und ermutigte ihn mit einer Geste, das Kästchen in die Hand zu nehmen. »Eine kleine Anerkennung deiner Tapferkeit und Treue während unserer letzten Fahrt.«

»Dies alles soll mir gehören?«, stammelte Hrut.

»Nimm es«, sagte Hakon milde. »Du hast es verdient. Niemand wird je etwas davon erfahren.«

Das Silber glitzerte begehrlich vor Hruts Augen. Sein Verstand arbeitete fieberhaft. Dieses Silber würde ihn seinem Traum von einem eigenen Hof ein ganzes Stück näherbringen. Er griff danach und hielt es staunend in den Händen.

»Erinnere dich an den Eid, den du mir geschworen hast: Treue wird in meiner Gefolgschaft immer reich belohnt werden.«

»Ich danke dir«, stammelte Hrut.

»Trinken wir darauf«, erwiderte Hakon. »Inga, füll uns das Horn.«

Während sie tranken, erzählte ihm Hakon von seinen Plänen. »Mein neues Schiff muss breiter sein als die beiden anderen, damit es genügend Sklaven aufnehmen kann. Mehr im Stil eines *Knorr*, doch immer noch schnell genug, um mit den Drekis mitzuhalten. Der Bau dieses Schiffes und die Versorgung der Mannschaft werden eine Menge Hacksilber verschlingen. Doch der Gewinn, den der Verkauf der Sklaven einbringt, wird um vieles größer sein. Ich werde einen fähigen Mann brauchen, der in der Lage ist, es zu lenken und seine Fracht sicher ans Ziel zu bringen.«

»Du hast viele Männer in deiner Mannschaft, die würdig sind, diese Aufgabe zu übernehmen«, erwiderte Hrut.

Hakon lächelte säuerlich. »Doch die wenigsten sind vertrauenswürdig genug, um ihnen eine solche Kostbarkeit anzuvertrauen.« Er ließ sein Horn von Raghild noch einmal füllen und hielt es Hrut hin. »Du könntest der Mann sein, der dieses Schiff steuert«, sagte er gedehnt.

»Ich?«, platzte Hrut erstaunt heraus.

»Warum nicht? Du bist jung und stark und du hast die Fähigkeit zu lernen. Ich erinnere mich noch gut daran, wie verbissen du den Umgang mit dem Schwert geübt hast, obwohl du große Schmerzen dabei hattest. Du bist ein Kämpfer, Hrut, und ich bezweifle nicht, dass du ein fähiger Steuermann werden kannst.«

Hakons Worte verfehlten ihre Wirkung nicht. Ein Ausdruck von Stolz entstand in Hruts Zügen. Wie aus dem Nichts sah er plötzlich Svanhilds schönes Gesicht vor seinem inneren Auge. Wenn er der Steuermann dieses Schiffes würde, war er in kurzer Zeit ein reicher Mann. Wäre sie dann immer noch abweisend zu ihm? War es nicht gerade der Besitz eines Mannes, der ihn anziehend machte? Und neigten Väter nicht eher dazu, ihre Töchter mit einem angesehenen Mann zu verheiraten, als mit einem armen Wicht?

»Wirst du diese Aufgabe annehmen?«, entgegnete Hakon.

Hrut konnte nur noch nicken.

Hakon lächelte zufrieden. ›Wenn du dir einen Mann gefügig machen willst, so ködere ihn mit Reichtum, Macht oder Frauen. Wenigstens einem von diesen drei Dingen wird er nicht widerstehen können‹, pflegte sein Vater zu sagen. Nachdem der alte Egil gestorben war, fand Hakon heraus, wie klug es war, diesen Ratschlag zu beherzigen.

Nun war es an der Zeit, Forderungen zu stellen: »Ich möchte, dass du regelmäßig in meine Halle kommst, damit ich dir alles beibringen kann, was ein Schiffsführer wissen muss. Und ich möchte, dass du dich wieder mit meinem Sohn anfreundest.«

»Mit Leif?«, fragte Hrut verdutzt. Früher waren sie die besten Freunde gewesen, doch seit Leif aus dem Land der Angelsachsen zurückgekehrt war, hatte Hrut nicht mehr als Verachtung für ihn übrig. Er verstand diese seltsame Wandlung nicht, die aus einem entschlossenen Krieger einen sanftmütigen Skräling gemacht hatte, der es ablehnte, unter Hakons Dach zu leben. Leif und Hakon hatten sich nie besonders gut verstanden, obwohl Hrut zugeben musste, dass Hakon das Seinige dazu beigetragen hatte. Hrut erinnerte sich noch gut an den Tag, als Hakon vor seinen Männern verkündete, dass Leif sein Sohn war, und ihm alles zu Füßen legte, was dieser sich immer erträumt hatte. Doch Leif war so töricht gewesen, die ausgestreckte Hand, die sich ihm bot, auszuschlagen.

»Ich erwarte nicht, dass deine Zuneigung echt ist«, unterbrach Hakon Hruts Gedanken. »Du sollst sein Vertrauen gewinnen und in seinem Haus ein und aus gehen, damit du mir berichten kannst, was er – und vor allem der alte Kauz – dort unten treiben. Ich möchte wissen, wovon er spricht, was er den Leuten erzählt und ich möchte wissen, was er tut, wenn er sich unbeobachtet fühlt. Ein kleines Opfer für all die Annehmlichkeiten, die dich erwarten.«

Die Erkenntnis traf Hrut wie ein Schlag ins Genick. Es waren nicht seine Fähigkeiten, die Hakon dazu bewogen, ihn zum neuen Steuermann zu machen. Er brauchte einen Kundschafter, der ihm von seinem Sohn berichtete. *Dies* war der eigentliche Grund. Hakon warf die Angel nach Leif aus und er sollte den Köder spielen. Bis jetzt war Hrut immer ehrlich gewesen. Falsche Spiele lagen ihm nicht. Er dachte voller Abscheu an Óttar, diese schleimige Kröte, die versucht hatte, sich durch Lügen und Schmeichelei einen Vorteil zu sichern. Und jetzt verlangte Hakon das Gleiche von ihm? Doch andererseits war die Belohnung mehr als verlockend. Hrut zögerte lange mit der Antwort und starrte Löcher in den gestampften Lehmboden. Doch er musste eine Entscheidung treffen. Mühsam rang er sich zu einer Antwort durch. »Nein!«, sagte er säuerlich. »Wenn du etwas über deinen Sohn erfahren willst, musst du einen anderen schicken.«

Hakon verzog keine Miene. »Du solltest darüber nachdenken«, erwiderte er leichthin. »Zu viel hängt für dich davon ab. Sei dir aber im Klaren darüber, dass ich keinen Steuermann brauche, der mir den Gehorsam verweigert.«

Hrut nickte missmutig. »Ich glaube nicht, dass es noch viel zu überlegen gibt«, sagte er bockig.

Kurz darauf verließ Hrut ebenso missgelaunt, wie er gekommen war, die Halle. Hakon blieb gelassen. Er war noch nicht fertig mit ihm. Es gab noch andere Möglichkeiten, um Hrut gefügig zu machen und er wusste auch schon welche. Niemand war für diese Rolle geeigneter als er. Hakon wusste, dass Leif immer noch freundschaftliche Gefühle für ihn hegte. Falls Hrut, wenn auch nur scheinbar, seine Meinung änderte und sich wieder mit Leif anfreundete, konnte er in seinem Haus ein und aus gehen. Hrut würde ihn und seine Familie beobachten können und ihm so die nötigen Informationen liefern, die er brauchte, denn er würde nicht zulassen, dass seine Sippe durch einen lächerlichen Skräling beschmutzt wurde. Erst recht nicht, wenn es sich dabei um sein eigenes Fleisch und Blut handelte. Er würde wieder einen Krieger aus ihm machen, wie es sich für einen Nordmann gehörte. Er würde nicht aufgeben, denn er war Hakon, Sohn des Egil und Erbe eines stolzen Geschlechts, zu dem auch Leif zählte. Noch war nicht alles verloren. Er hatte noch genug Kraft in den Knochen, um zu kämpfen. Noch gab es Hoffnung, diesem erniedrigenden Schauspiel ein Ende zu setzten. Alles, was er brauchte, waren die richtigen Handlanger – und Zeit.

Leif öffnete verschlafen die Augen. Der helle Schein des frisch geschürten Feuers ließ ihn blinzeln. Es war höchste Zeit aufzustehen. Er musste noch einmal eingenickt sein, nachdem Aryana ihn geweckt hatte. Er schlug seinen Mantel zurück, der ihnen als Zudecke diente. Die wenigen Felle, die sie hatten, reichten nur als Unterlage für die behelfsmäßigen Schlafstätten auf dem Fußboden. Nicht weit von der Herdstelle entfernt sah er Aryanas Gestalt neben der seiner Mutter. Die beiden Frauen fingen gerade damit an, das Frühmahl zuzubereiten. Er rieb sich mit beiden Händen über das Gesicht und setzte sich auf. Eine Schicht trockenes Laub, das als zusätzliches Polster auf dem Boden lag, raschelte unter seiner Kehrseite. Er bezweifelte, dass es irgendeinen Nutzen hatte, denn es rutschte im Laufe der Nacht auseinander, sodass man doch wieder auf dem harten Boden landete. Er jedenfalls hatte jeden Morgen einen schmerzenden Rücken, der ihn daran erinnerte, wie dringend nötig es war, dass er Schlafbänke zimmerte. Leif seufzte. Die Arbeit nahm nie ein Ende. Er schenkte seiner jungen Frau ein Lächeln, das sie mit einem Augenzwinkern erwiderte.

»Hast du endlich ausgeschlafen?«, fragte sie in gespielt vorwurfsvollem Ton, dann konzentrierte sie sich wieder auf ihre Handmühle: zwei dicke, übereinanderliegende Steinscheiben, die sie auf ein Stück Lederhaut gestellt hatte. Sie hockte sich davor und ließ mit der Hand Haferkörner in eine Öffnung in der Mitte der Mühle rieseln. Ein kräftiger Stab hielt die beiden Steine an dieser Stelle zusammen, während Aryana mithilfe eines weiteren Stabes, den sie in den Rand der oberen Scheibe steckte, die Mühle drehte. Das mahlende Geräusch lockte Floki herbei.

»Will helfen«, seine helle Kinderstimme schallte gebieterisch durch den Raum.

Aryanas Gesicht war inzwischen rot vor Anstrengung, doch sie lächelte den kleinen Jungen freundlich an, der fordernd das Kinn reckte. Er war ein hübscher kleiner Kerl mit Pausbäckchen und blondem Haar, das ihm, noch vom Schlaf zerzaust, unordentlich vom Kopf abstand. »Aber gerne, mein Schatz. Du kannst die Körner einfüllen, während ich sie mahle.« Sie nahm ein paar Haferkörner in ihre Hand und zeigte ihm, was er tun sollte. »Sieh her, Liebling. So wird es gemacht.« Dann füllte Floki sein kleines Händchen und gluckste vor Vergnügen, als das grobe Mehl zwischen den rotierenden Steinen hervorrieselte und auf die Lederhaut fiel.

»So ist es richtig«, lobte ihn Aryana.

Freude und Stolz stiegen in Leif auf, als er die beiden beobachtete. Aryana bewies im Umgang mit seinen Geschwistern viel mehr Herzwärme, als es Mutter jemals getan hatte. Sie würde seinen Kindern eine gute Mutter sein. Solveigs helles Lachen klang zu ihm herüber. Sie kämmte ihr langes, blondes Haar und scherzte mit Cuthbert, den sie schon längst in ihr Herz geschlossen hatte. Genüsslich sog Leif den heimeligen Duft aus Kochgerüchen, Laub, getrockneten Kräutern, Rauch und frischem Holz ein, und lehnte dabei den Rücken behaglich an die Hauswand. Nichts konnte schöner sein, als dieses Bild des häuslichen Friedens zu betrachten. Sogar Mutter schien heute guter Laune zu sein. Eine leise Hoffnung keimte in ihm auf. Würde sie mit der Zeit erkennen, dass er recht hatte? Gedankenverloren zog Leif seine Hosen an. Er gähnte herzhaft. Gestern war es spät geworden. Immer mehr Männer und Frauen folgten der Einladung Cuthberts, um sich eine Geschichte über seinen Gott anzuhören. Die Bauern liebten es, wenn Cuthbert erzählte, obwohl Leif die Befürchtung hegte, dass sie den Geschichten nicht mehr Bedeutung zumaßen als jenen, die man sich in den langen Wintern am Herdfeuer erzählte, wo sie jeder Mund auf seine eigene Weise ausschmückte. Überdies schienen sie nicht zu verstehen, warum sie sich *einem* Gott zuwenden sollten, wo es doch so viele gab, schon gar nicht, wenn er ihrer Meinung nach nichts nützte.

»Was nützt es mir, ewiges Leben im Himmel zu haben, wenn ich stattdessen in Odins großer Halle so viel essen und trinken kann, wie ich will?«, mischte sich Asvald eines Tages ein, als Cuthbert ihnen von der Auferstehung erzählte.

Cuthbert schmunzelte. »Mein lieber Asvald. Soviel ich weiß, schlagen sich die Männer in Odins Halle. Sie bekämpfen sich den ganzen Tag mit Schwertern, Speeren und Fäusten. – Im Himmel dagegen ist Friede.«

»Wie langweilig«, warf Helgi, Asvalds zwölfjähriger Sohn ein. »Ich für meinen Teil kann mir nichts Schöneres als eine anständige Rauferei vorstellen.« Er erntete zustimmendes Gelächter für seine Antwort.

Es war schwer, die Herzen der Bauern zu erreichen. Cuthbert hatte ihm erklärt, dass es nicht nur wichtig war, von Gott zu erzählen, sondern auch nach Gottes Wort zu leben, damit die Menschen an ihrem Beispiel sahen, dass sein Reden kein leeres Geschwätz war. Und wenn Gott im Herzen eines Menschen wohnte, erkannte man dies an der Liebe zu seinen Mitmenschen. So versuchten sie zu helfen, wo es ging, und waren freundlich und barmherzig zu jedermann. Aryana unterstützte Cuthbert auf ihre Weise: Sie kümmerte sich um die Kranken, so wie es schon der heilige Benedikt in seinen Regeln festgelegt hatte, und versuchte ihnen zu helfen, wann immer man nach ihr verlangte. Bis jetzt waren es nur wenige. Die Leute holten sie nur, wenn Svala, die *Völva,* auf ihren Wanderungen war. Doch Aryana schien sehr geschickt zu sein und hatte eine Frau aus dem Dorf gesund gepflegt, als diese ein böses Fieber hatte.

Die Tiere im hinteren Teil des Hauses regten sich. Leif hörte das fordernde Grunzen des Schweins, das mit jedem Ton lauter wurde. Er seufzte.

»Ich werde dem Krach ein Ende bereiten und die Tiere füttern gehen«, sagte er in die Runde.

Solveig drückte ihm einen Holzeimer in die Hand. »Dann kannst du auch gleich die Ziege melken. Die Hafergrütze braucht sowieso noch ein Weilchen, bis sie gar ist.«

Leif nickte ergeben. Auf dem Weg zur Tür überlegte er, welches Holz sich am besten für die Schlafbänke eignete, als lautes Klopfen ihn unsanft aus seinen Gedanken riss. Erschrocken öffnete er und sah Svala, die Völva, vor sich stehen. Ihr schönes Gesicht verzerrte sich bei seinem Anblick zu einer zornigen Maske. Bevor Leif ein Wort zur Begrüßung sagen konnte, schwang sie ihren Stab so unvermittelt, dass er sich duckte. Einen kurzen Moment lang dachte er, sie wolle ihm damit eins über den Schädel ziehen, doch die Spitze hielt direkt vor seiner Nase an.

»Du«, zischte sie, »hast unseren alten Göttern abgeschworen, um einen lächerlichen Skräling anzubeten, der sterbend an einem Stück Holz hängt?«

Leif schluckte. Sie nahm sein Schweigen als Bestätigung, dass er immer noch nicht zur Vernunft gekommen war.

»Du bist ein Narr. Ein Narr und ein Verräter, der Odin den Hohen beleidigt!«, spie sie verächtlich hervor. »Deine Torheit wird uns noch alle ins Verderben führen. Ich verfluche dich, Leif Svensson! Odins Rache soll über dich kommen! Ich verfluche dich und dein ganzes Haus!« Inzwischen schrie sie so laut, dass man sie weithin hören konnte. Hier und da liefen Kinder und neugierige Frauen herbei, um nachzusehen, was dieser Aufruhr zu bedeuten hatte. Leif sah in betretene Gesichter, bevor sie sich wieder abwendeten, um in ihre Häuser zurückzukehren. Sie denken es auch, schoss es Leif durch den Kopf. Sie wagen es nicht zu sagen, aber sie glauben es auch. Ich bin ein Unglücksbote! Beschämt sah er in Svalas zorniges Gesicht. Sie wirkte unheimlich in ihrer Wut.

»Es gibt bessere Wege als die unserer alten Götter ...«, versuchte er ihr zu erklären.

Sie fiel ihm ins Wort:

> *Weißt du zu ritzen? Weißt du zu raten?*
> *Weißt du zu färben? Weißt du zu fragen?*
> *Weißt du zu wünschen? Weißt du zu weisen?*
> *Weißt du zu schicken? Weißt du zu schlachten?«*

Leif suchte verzweifelt nach einer Antwort.

»Du hast keine Ahnung von der magischen Wirkung der Runen. Du kannst weder die Zukunft voraussehen, noch kannst du das

Schicksal wenden«, sagte sie verächtlich. »Und du willst den Leuten sagen, dass dein Gott besser ist als unsere?« Sie bedachte ihn mit einem letzten flammenden Blick, der einen Ochsen niedergestreckt hätte, dann drehte sie sich um und stapfte davon.

Es war merklich still im Haus, als er sich umdrehte. Mutter betrachtete ihn mit einem Gemisch aus Zorn und Genugtuung, während er in den Gesichtern von Aryana, Solveig und Floki die Angst sah, die auch ihn ergriffen hatte. Einzig Cuthbert schien unerschütterlich zu sein. Leif knurrte ärgerlich. »Luft! Ich brauche frische Luft«, sagte er, ging hinaus und schmetterte donnernd die Haustür zu. Das Holzkreuz auf der Außenseite bebte anklagend. Er schenkte ihm keine Beachtung und machte sich auf den Weg in Stall.

Hrut nahm das Langschwert in die Hand und betrachtete bewundernd die makellose Klinge, mit einer Kerbe, der Blutrinne, in ihrer Mitte. Sie war weder stumpf noch schartig und so glänzend, dass sich sein Gesicht darin spiegelte. Er hielt das Schwert näher ans Feuer, um die Inschrift im oberen Teil der Schneide zu betrachten: +VLFBERH+T, der Name des Schmieds, der es hergestellt hatte.

»Solch ein Schwert müsste man haben«, murmelte er.

Es war Teil der Beute ihrer letzten Wikingfahrt. Hrut hatte es einem angelsächsischen Krieger abgenommen, der zur Halle seines Gottes aufgebrochen war, wo immer diese auch sein mochte. Er hätte die Waffe gern für sich gehabt, denn sein eigenes Schwert, ein Geschenk Hakons, war alt und schartig und verbog sich allzu leicht. Doch Hakon beanspruchte die Klinge für sich selbst. Gute Schwerter waren selten und Hakon erkannte ein gutes Schwert, wenn er eines sah, obwohl der angelsächsische Krieger nicht sehr sorgfältig mit ihm umgegangen war. Das Leder, das den Holzgriff schützen sollte, wies brüchige Stellen auf und selbst die Klinge war alles andere als gepflegt. Der Krieger kämpfte so liederlich, wie er seine Waffe behandelte, eine Nachlässigkeit, die er letztendlich mit dem Leben bezahlt hatte. Knut bekam den Auftrag, das Schwert zu reinigen, er schliff und polierte es, bis es glänzte, erneuerte den Griff und umwickelte ihn mit frischen Lederstreifen. Welchen Schatz Hakon am Gürtel trug, erfuhren sie jedoch erst durch den Schmied von Hedeby. Ein redseliger Bursche, der eine erstaunliche Menge Bier in sich hineinschütten konnte, ohne die geringsten Anzeichen eines Rausches zu zeigen. Hakon hatte ihm stolz seine Beute hingehalten und der Schmied wusste sofort, mit was er es zu tun hatte. »Eine fränkische Klinge«, meinte er und wog sie anerkennend in den Händen. »Hart und scharf, aber dennoch elastisch genug, um nicht beim Kampf zu zerbrechen. Etwas Besseres gibt es nicht.« Wie zum Beweis rasierte er sich die dunklen Härchen auf seinem Unterarm damit ab.

»Kannst du solch eine Klinge schmieden?«, hatte ihn Hakon interessiert gefragt.

»Nein. Nur die Franken verstehen sich darauf. Das Geheimnis liegt in dem Material, aus dem sie hergestellt wird – sie hüten es besser als die Ehre ihrer Jungfrauen. Der König der Franken hat sogar den Handel mit diesen Schwertern verboten, aus lauter Angst, sie könnten seinen Feinden in die Hände fallen.«

Hrut grinste in sich hinein. Die Angst des Königs war nicht unberechtigt.

»Was hast du damit vor?«, fragte er Knut, der mit dem Blasebalg Luft in die Esse blies, damit die Kohle heißer brannte.

»Hakon will, dass ich den Knauf mit Kupferdrähten verziere.«

Hruts Augen leuchteten auf. »Kann ich dir dabei zusehen?«

Knut nickte. »Natürlich«, erwiderte er. »Vorausgesetzt, du stehst mir nicht im Weg.« Er versetzte Hrut einen kameradschaftlichen Schlag auf die Schulter. Knut mochte den Jungen. Es war nicht das erste Mal, dass er seiner Schmiede einen Besuch abstattete, obwohl er ahnte, dass Hrut dieses Mal weder wegen ihm noch wegen des Schwertes gekommen war. Neuerdings kamen viele junge Männer unter den fragwürdigsten Vorwänden in die Schmiede und hofften dabei ein paar Worte mit Svanhild wechseln zu können. Knut schmunzelte leise. Wenn er es sich recht überlegte, waren es nicht nur die Jungen, die sich an Svanhilds Anblick erfreuten. Hoffentlich entschloss sich bald ein geeigneter Verehrer, sie zu heiraten, damit wenigstens in seiner Werkstatt wieder Ruhe einkehrte. Er runzelte überdrüssig die Stirn. So wie er seine Frau kannte, würde dieser Glücksfall noch eine ganze Weile auf sich warten lassen. Sie hatte die Verantwortung für das Mädchen übernommen und nun lag es an ihnen, die richtige Wahl für Svanhild zu treffen. Doch Thora würde bestimmt an jedem, der als Bräutigam infrage kam, etwas auszusetzen haben.

Hakon verlagerte sein Gewicht und presste *Flugnir* die Fersen in die Flanken. Der dunkelbraune Hengst trabte an. Weiße Atemwölkchen stoben aus seinen Nüstern, während sich eine blassgelbe Sonne über die unsichtbare Grenze zwischen Himmel und Erde schob. Ihre Strahlen warfen ein silbriges Licht auf reifbedeckte Wiesen und Felder. Hakon fröstelte. Es war empfindlich kühl an diesem Morgen, doch die klare, reine Luft war um einiges besser als in seiner verräucherten Halle. Er sog sie tief in seine Lungen und betrachtete dabei die bunten Farben des Waldes, der die Fjells im Hinterland überzog. Das Land war hier nicht so schroff wie an anderen Stellen der Küste, aber gerade diese Sanftheit machte seine Heimat zu etwas Besonderem. Er liebte dieses Land. Hier war er geboren und wenn die Nornen es guthießen, würde er auch hier sterben. Der Körper des Pferdes begann ihn zu wärmen. Nach einer Weile ließ Hakon es wieder in den Schritt fallen. Er war nicht zufällig hier. Die Zeit war reif, Dinge in Gang zu bringen, die ihn seinem Plan ein Stück näher brachten. Leider schien Hrut seinem Vater ähnlicher zu sein, als er dachte, denn er ging ihm seit jenem Tag aus dem Weg. Doch es gab noch andere Möglichkeiten, um ihn gefügig zu machen. Hinter einer Wegbiegung fand Hakon, was er suchte: Svanhild. Sie trieb eine Handvoll Ziegen, die zu Knuts Haushalt gehörten, auf die Weide. Ihr helles Haar, das ihr schwer über die Schultern fiel, sprühte Funken in der Sonne. Hakon ritt zu ihr hin und brachte Flugnir zum Stehen.

»Guten Morgen. Bist du ganz allein?«, fragte er freundlich.

»Ja, Herr.«

Hakon schwang sich aus dem Sattel und führte den Hengst am Zügel. »Ich werde dich ein Stück begleiten.«

Die Ziegen hatten die kleine Unterbrechung auf ihre Weise genutzt. Sie standen mit gesenkten Köpfen am Wegesrand und knabberten an den Kräutern, die hier üppig wuchsen. Mit einer Haselrute trieb Svanhild sie weiter. Sie bemühte sich um Haltung und wippte verführerisch mit den Hüften, während sie an einer Reihe Birken vorbeigingen, deren Blätter goldfarben schimmerten. Es war ein gutes Zeichen, dass ausgerechnet der Jarl sich herabließ, ein Stück mit ihr zu gehen. Hakon registrierte ihre Bemühungen, ohne mit der Wimper zu zucken. Sie war genau das, was er vermutet hatte: ein durchtriebenes kleines Weibstück, das ihn um den Finger wickeln wollte. Doch nicht mit ihm. Er ließ sie noch eine Weile schmoren und schwieg. Nur das melodische Klingeln der Glocke am Halsband der Leitziege unterbrach die lastende Stille.

Nach einer Zeit, die ihm angemessen schien, fing Hakon zu sprechen an: »Du sollst demnächst heiraten?« Es war mehr eine Feststellung als eine Frage.

»Ja, Herr.«

»Hat Knut schon einen Mann für dich ausgesucht?«

»Nein, Herr. – Im Übrigen benötige ich Knuts Dienste in diesem Fall nicht. Ich bin durchaus in der Lage, mir selbst einen Mann zu suchen.« Sie hatte die Augen züchtig niedergeschlagen, doch ihre Hüften wippten immer noch mit jedem Schritt.

Hakon grinste. »Das glaube ich gern.« Elendes, kleines Luder, dachte er. »Nun, dann habe ich dir einen Vorschlag zu machen.« Für einen kurzen Moment hob sie hoffnungsvoll die Lider und sah ihm direkt in die Augen, bevor sie den Blick wieder senkte.

»Ich habe einen Mann für dich.«

»Wen?«, fragte sie so belanglos wie möglich.

»Hrut Thorkilsson.«

Die Enttäuschung war ihr anzusehen. »Ihr meint den jungen Mann, den ich neulich zu Euch schicken sollte«, stellte sie verächtlich fest.

Er nickte.

»Ich will ihn nicht!«

»Warum nicht?«

»Er ist hässlich!«

Hakon lachte auf. »Die Qualitäten eines Mannes liegen nicht allein bei seiner Schönheit.«

»Doch sind sie ein wesentlicher Bestandteil davon«, erwiderte sie schneidend.

»Trotzdem rate ich dir, ihn zu nehmen«, Hakons Stimme klang nun drohend.

Sie schluckte schwer, reckte aber energisch das Kinn empor. »Warum sollte ich das tun?«

Er packte sie grob am Handgelenk und drückte zu. Er sah den Schmerz in ihren Augen, während er sein Gesicht so nah vor ihres schob, dass er ihre Angst riechen konnte. Die Ziegen grasten indessen unbeeindruckt am Wegesrand. »Weil ich es so will«, sagte er scharf. »Vergiss nicht, wer ich bin. Ich bin der Jarl dieser Siedlung und *niemand* wagt es, mir zu widersprechen. Wenn ich Knut befehle, dass er dich zu den Deinen zurückschicken soll, wirst du so rasch wie ein Sturmwind wieder in jene jämmerliche Hütte zurückkehren, aus der du gekrochen bist. – Ist es das, was du begehrst?«

»Nein«, gab sie kleinlaut zu.

Er ließ sie los. Eine steile Zornesfalte hatte sich zwischen seinen eisgrauen Augen gebildet, die sie immer noch drohend ansahen. »Das dachte ich mir. Du magst dein wahres Wesen vor anderen sorgsam hüten können, aber ich habe dich durchschaut. Du bist nichts weiter als eine kleine Schlampe, die auf ihren eigenen Vorteil bedacht ist!« Seine Stimme wurde milder. »Aber ich bin auch derjenige, der dir dazu verhelfen kann.«

In ihren Augen blitzte es. »Wie sieht dieser Vorteil aus?«, fragte sie vorsichtig.

»Hrut wird bald ein reicher Mann sein. Du kannst die Vorzüge einer wohlhabenden Frau genießen – vorausgesetzt, du tust, was ich dir sage.«

»Ich soll ihn also heiraten?«

Hakon nickte. »Hrut ist kein übler Mensch. Ein guter Krieger, treu und verlässlich. Er wird dir ein ebenso guter Ehemann sein.«

Svanhild erinnerte sich an ihre Begegnung mit Hrut. Die wulstigen, bläulich verfärbten Narben in seinem Gesicht und sein unfreundliches Benehmen. Es widerte sie an, sich ein Leben an seiner Seite vorzustellen. Doch blieb ihr eine andere Wahl? Hakon würde nicht damit zögern, seine Drohung wahr zu machen, falls sie nicht gehorchte. Andererseits hatte sie sich geschworen, ihr Leben an der Seite eines reichen Mannes zu führen; und sie konnte hier bleiben, wo es sich viel angenehmer leben ließ als oben im Bergland. Aber wie konnte Hakon so sicher sein, dass Hrut ein reicher Mann werden würde?

»Ich werde ihn zu einem meiner Günstlinge machen«, sagte Hakon. »Ihr werdet euch ein Haus bauen können und euren eigenen Hof miteinander bewirtschaften, sobald Hrut von der nächsten Wikingfahrt zurückgekehrt ist.« Er schien ihre Gedanken erraten zu haben.

»Nun gut«, sagte sie immer noch zögernd.

»Du willigst also ein?«

»Es wird mir kaum etwas anderes übrig bleiben.«

Hakon lächelte siegessicher. »Ich dachte mir, dass du ein vernünftiges Mädchen bist. Du wirst nett zu ihm sein und ihm so lange den Kopf verdrehen, bis er dich zur Ehefrau nimmt. – Um den Rest werde ich mich kümmern.« Ungeniert legte er die Arme um ihre Schultern und zog sie an sich. »Doch bis es so weit ist, gehörst du mir.« Er küsste sie ungeniert auf den Mund. Sie machte nicht einmal den Versuch, sich zur Wehr zu setzen.

Leif schlenderte hinüber zu Asvalds Haus, um ihm die Sichel zurückzubringen, die er zum Schneiden neuer Binsen geliehen hatte. Asvald, der gerade dabei war, Feuerholz zu hacken, fuhr, ohne aufzusehen, mit seiner Arbeit fort. »Bist du fertig damit?« Asvald vernahm ein bestätigendes Brummen, während er einen großen Ast auf den Hackklotz wuchtete, um ihn zu zerteilen.

»Leg die Sichel an ihren Platz zurück«, sagte er, doch Leif machte keine Anstalten, zu der kleinen Werkstatt zu gehen, in der Asvald seine Geräte aufbewahrte. Nun sah er doch auf und blickte in Leifs sorgenvolles Gesicht. Etwas schien ihn zu bedrücken. Asvald ahnte, was es war. Das Geschrei der Völva hatte sich im ganzen Dorf herumgesprochen. Er legte den Ast auf den Boden zurück und reckte fragend das Kinn: »Nun, was hast du auf dem Herzen?«

»Asvald«, brach es aus Leif hervor. »Was denken die Leute über mich?«

Asvald setzte sich auf den Hackklotz und strich sich mit dem Ärmel über die schweißnasse Stirn, bevor er sich zu einer Antwort durchrang. »Nun, zunächst einmal denken sie, dass du ein netter Kerl bist. Was ich nur bestätigen kann, wenn du auch manchmal etwas verwirrt zu sein scheinst.«

»Verwirrt?«

»Nun, ich meine die Sache mit deinem Gott. Viele wissen nicht, was sie davon halten sollen.«

»Ist es so schlimm?«, unterbrach ihn Leif. »Denken die Leute etwa das Gleiche wie Svala? Dass ich ein Verräter und Unglücksbote bin?«

»Nicht alle sind der Meinung, dass du das bist. – Ich übrigens auch nicht.« Asvald gab sich Mühe, die richtigen Worte zu finden. »Du bist ein ehrlicher, hart arbeitender Mann und deine Frau hilft den Kranken, wo man sie lässt. Die Leute fassen Vertrauen zu euch und auch zu Cuthbert, der wundervolle Geschichten erzählen kann. Aber bist du wirklich der Meinung, dass sie wahr sind? Ich für meinen Teil wäre etwas vorsichtiger mit dem, was ich sage. Nicht jeder ist begeistert davon.«

»Aber es ist wahr«, erwiderte Leif trotzig.

»Bist du dir da so sicher?«

»Das bin ich.«

»Du weißt, welche Macht Svala in dieser Gegend hat.« Asvald legte seine Hand freundschaftlich auf Leifs Schulter. »Und du weißt, dass ich dich gern habe, aber ich muss dich warnen. Wenn du weiter an deinen Worten festhältst, könnte es sein, dass du eines Tages den

Lohn dafür ernten musst. Svala hat die Macht, euch alle zu vernichten. Ist dein neuer Gott dieses Opfer wirklich wert?«

Leif wusste darauf keine Antwort. Zum ersten Mal bekam er Angst, dass etwas Unheilvolles, das schlimmer als Hunger war, geschehen könnte.

Auf dem Heimweg begegnete er Thorbrand Steinbeißer, der noch mürrischer dreinblickte als Leif. Leif bemerkte es nicht. Er war viel zu sehr mit seinen eigenen Gedanken beschäftigt, um zu erkennen, wie wütend Thorbrand war. Der Krieger, dessen Zähne so hässlich waren wie die jenes Fisches, nach dem man ihn nannte, grübelte verbissen vor sich hin. Das Knochengeld, das Hakon für die gebrochene Nase von Björns Frau festgesetzt hatte, war eine Unverschämtheit! Es war doch nicht seine Schuld, wenn dieses freche Weibstück den Mund nicht halten konnte, und Innigunds gutes Recht, sich zu wehren, schließlich war es *ihr* Sohn, den man beleidigt hatte. Doch anstelle der Gerechtigkeit, die Thorbrand erwartet hatte, musste er nun das hochnäsige Gesicht Björns ertragen, der seit Hakons Richtspruch mit einem zufriedenen Grinsen an ihm vorüberging. Thorbrand schüttelte nachdenklich den Kopf, während er ans Ufer des Flusses lief, um mit sich allein zu sein. Hakon war nicht mehr derjenige, der er einmal war: ein Herrscher, dessen Urteil man sich gern gebeugt hatte. Er schien langsam alt und töricht zu werden. War Leif nicht der beste Beweis dafür? Er wagte es, ihm vor aller Augen auf der Nase herumzutanzen und Hakon ließ ihn einfach gewähren. Früher hatte Hakon Männer wegen belangloserer Dinge umgebracht. Und bei der letzten Wikingfahrt hatte er Sklavinnen an Bord genommen, wo doch jeder wusste, dass Frauen auf einem Dreki Unglück brachten. Thorbrand verstand die Welt nicht mehr.

Bronagh stellte für einen Moment ihren Schöpfeimer neben dem Brunnen ab und richtete sich auf. Ihr Blick glitt über den kleinen Ort, in den es sie verschlagen hatte: Hedeby, eine Siedlung der Dänen, in der sich hauptsächlich Händler angesiedelt hatten. Hier fanden sich die idealen Voraussetzungen, um Waren aus Nord, Süd,

Ost und West auszutauschen. Zwar lag die Siedlung ein Stück vom Meer entfernt, war aber dennoch gut zu erreichen. Nicht nur die Dänen wussten, dass Hedeby ein idealer Platz zum Handeln war. Den ganzen Sommer über waren fremde Händler gekommen. Friesen, Svear, Nordmänner, Sachsen, Franken, Wenden und Männer aus anderen Ländern der Erdscheibe, deren Namen Bronagh nicht einmal aussprechen konnte. Sie waren mit ihren Schiffen das Noor heraufgerudert, einem Nebenarm der Schlei, die wiederum ins Meer mündete, oder waren mit ihren Karren den großen Heerweg heraufgezogen, um sich für eine Weile am schilfreichen Ufer des Noors niederzulassen. Wer in den Häusern keine Unterkunft fand, musste sich selbst ein Heim schaffen. Und so konnte man in den letzten Wochen neben den prunkvollen Zelten der reichen Svear die schlichteren Stücke anderer Händler entdecken, die nicht so gut gestellt waren. Und wie überall, wo es etwas zu holen gab, zog dieser Ort die Sklavenhändler an wie faules Fleisch die Fliegen. Eyvind, Bronaghs neuer Herr, war ebenfalls ein Händler. Ein schmächtiger Mann mit schütterem Haar, der die Blüte seiner Jugend schon längst überschritten hatte. Er handelte mit hübschen Borten, die Þóra, Eyvinds Frau, webte. Er selbst stellte kunstvolle Kämme und andere Dinge aus Hirschgeweih her und erstand von den Bauern aus dem Umland alle möglichen Waren, um sie weiterzuverkaufen. Eyvind war ein guter Herr, stets liebenswürdig und freundlich, vor allem aber hatte er sie aus den Fängen des abscheulichen Sklavenhändlers befreit, an den Hakon sie verkauft hatte. Bis zuletzt hatte Bronagh gehofft, Hakon würde seine Meinung ändern und sie wieder mit nach Hause nehmen, doch er war hart geblieben. Ohne mit der Wimper zu zucken, hatte er das Hacksilber des Mannes entgegengenommen, sich grußlos von ihr und ihrem Sohn abgewandt und war auf sein Schiff gestiegen. Der fremdartige Händler, der sich nicht nur durch seine Hautfarbe von den anderen unterschied, machte Bronagh Angst. Er trug ein langes, weibisches Gewand und spitze Schuhe, die wie Schnäbel emporragten. Das dunkle Raubvogelgesicht mit den stechenden Augen zierte ein Stück Tuch, das er sich um den Kopf geschlungen hatte. Eine schier übermächtige Sehnsucht nach Bard überwältigte sie in jenem Moment. Auf seinen Schutz hätte sie sich verlassen können, selbst wenn er nur ein Sklave war. Doch Bard war weit weg und sie dem Fremden auf Gedeih und Verderb ausgeliefert. Seine gierigen Blicke verschlangen sie, als er sie ans Ende einer Reihe anderer trauriger Gestalten kettete, die als Kriegsgefangene oder Beutegut ihr Schicksal teilten. Er würde sie verkaufen wie Vieh, das seinen Besitzer wechselte. Ungeniert befühlte er ihren Körper durch den Stoff des dünnen Kleides, das sie trug. »Den kleinen Jungen mag nehmen, wer will«, raunte er ihr zu. »Dich aber werde ich noch ein Weilchen behalten, denn heute Nacht gehörst du mir.«

Bronagh erstarrte vor Schreck. War ihr Leid nicht schon groß genug? Wollte man ihr nun auch noch ihren Sohn wegnehmen? Sie schickte ein Stoßgebet zum Himmel. Gott, nicht auch noch das, betete sie im Stillen. Lass mir wenigstens mein Kind. Die zäh dahin fließenden Stunden an jenem Tag waren entsetzlich. Bronaghs Körper verkrampfte sich bei jedem, der die Reihe der Sklaven unweit der hölzernen Landebrücke musterte. Sie wartete auf das Unausweichliche, während sie ihren Sohn an die Brust drückte. Er war noch viel zu klein, um von seiner Mutter getrennt zu werden! Der Kleine spürte Bronaghs Angst und schmiegte sich fest an sie. Doch Gott schien sie erhört zu haben, denn gegen Abend besuchte Eyvind den Sklavenhändler. Er suchte eine junge Frau, die seinem Weib bei der Arbeit helfen konnte. Die Sklavin, die sie gehabt hatten, war an einem Fieber gestorben. Mit prüfendem Blick schritt Eyvind die Reihe der Männer und Frauen entlang, in der Bronagh stand. Der Anblick des kleinen Jungen, der ihn mit großen, ängstlichen Augen ansah, verlieh seinem Gesicht eine nicht übersehbare Milde. Er scheint eine Schwäche für Kinder zu haben, dachte Bronagh, denn er hob die Hand und tätschelte die Wange ihres Sohnes. Dann blickte er zu ihr und was er sah, schien ihm zu gefallen. Er nahm eine ihrer Hände in die seine und betrachtete sie.

»Bist du geschickt mit den Fingern?«

»Wie meint Ihr das, Herr?«, fragte Bronagh vorsichtig.

»Kannst du spinnen und weben?«

»Oh ja, Herr, das kann ich gut.«

»Wie viel willst du für die beiden?«, fragte Eyvind den Sklavenhändler.

»Die Frau ist nicht verkäuflich«, erwiderte dieser. »Aber den Jungen würde ich Euch für ein paar Brocken Silber überlassen.«

»Warum steht sie dann hier, wenn du sie nicht verkaufen willst?«

»Damit sie mir nicht wegläuft. Ihr wisst ja, wie die Frauen sind«, sagte der Sklavenhändler und lachte als Einziger über seinen Witz.

»Bitte, Herr«, flüsterte Bronagh Eyvind zu. »Nehmt mir mein Kind nicht weg.«

Eyvind war ein gutmütiger Mann. Er wusste, dass er auf solcherlei Dinge keine Rücksicht nehmen sollte, doch die junge Frau und ihr Kind erregten sein Mitleid. »Ich nehme entweder beide, oder ich lasse auch den Jungen hier«, herrschte er den Sklavenhändler an.

Das Gesicht des fremdländischen Händlers verdunkelte sich noch mehr. »Es tut mir leid, Herr, aber die Frau steht nicht zum Verkauf.«

Eyvind tat so, als ob er nicht zugehört hätte, und löste einen Beutel mit Hacksilber von seinem Gürtel. »Wie viel verlangst du für eine Sklavin wie sie?«

»Ein halbes Pfund Silber, Herr«, log der Sklavenhändler.

Eyvind wog nachdenklich den Beutel in seiner Hand. »Hier drin ist mehr als ein halbes Pfund Silber. Mehr als genug, um sie beide zu kaufen. Meinst du nicht auch?«

Der Sklavenhändler sah unschlüssig von Bronagh zu dem Beutel. Solch eine Schönheit sollte er sich nicht entgehen lassen, andererseits wurde ihm selten ein besseres Geschäft angeboten.

»Der Inhalt des Beutels gehört dir«, meinte Eyvind gelassen. »Vorausgesetzt, du gibst mir den Jungen *und* die Frau.«

Der Sklavenhändler nickte und holte seine Waage. »Gut, dann lasst uns nachsehen, wie viel sich darin befindet.«

Der Inhalt des Beutels wog fast ein Dreiviertelpfund. Mehr als der Händler normalerweise bekommen hätte. Er musterte noch einmal bedauernd Bronaghs Gestalt. »Gut, dann soll es so sein, Herr. Nehmt sie mit, wenn Ihr es unbedingt wollt.«

Eyvind nickte und der fremdländische Mann löste die Ketten. Bronagh hätte am liebsten laut gejubelt, doch sie gab keinen Ton von sich, als Eyvind ihr bedeutete, ihm zu folgen. Nun lebte sie schon mehrere Wochen in seinem Haushalt.

Auf den schmalen Knüppelwegen herrschte emsiges Treiben, als Bronagh sich anschickte, die beiden gefüllten Wassereimer ins Haus zu tragen.

Im Gegensatz zu Hakons Siedlung waren die Häuser in Hedeby kleiner und standen dichter, in Reihen geordnet, nebeneinander. Sklaven schleppten Feuerholz aus den angrenzenden Wäldern und eine Gruppe Frauen ging an dem hüfthohen, geflochtenen Holzzaun vorbei, der Eyvinds Grund und Boden begrenzte, um am Noor Wäsche zu waschen. Bronagh grüßte ihren Nachbarn, der einen Korb voller Aale nach Hause trug, die er gefangen hatte, dann öffnete sie die Tür und ging nach drinnen.

»Wie lange brauchst du, um frisches Wasser zu holen, du faules Stück«, schrie ihr Þóra entgegen. Die Frau ihres Herrn war eine vertrocknete, alte Vettel, der es nie vergönnt war, Kinder zu gebären. Von Anfang an ließ sie Bronagh von morgens bis abends hart schuften. Allein Bronaghs Anblick schien sie zu beleidigen. Der kleine Leif saß ungerührt auf einem mit Fell bedeckten Podest und spielte mit den Steinen aus Hirschgeweih, die Eyvind eigens für ihn geschnitzt hatte. Er hatte sich an das Geschrei gewöhnt.

»Mach, dass du an die Arbeit kommst. Kehr den Vorratsraum und dann scher dich an deine Spindel. Ich brauche neue Fäden für meine Borten«, tobte Þóra weiter.

Bronagh unterdrückte ihren Zorn und holte den Reisigbesen. Sie hatte keine andere Wahl als klaglos zu gehorchen, denn ihre Herrin würde sie erbarmungslos bestrafen, sobald sie ihr auch nur die geringste Gelegenheit dazu gab. Im Vorübergehen lächelte sie ihrem Sohn zu und strich ihm liebevoll über den Kopf. Wenigstens er konnte ein unbeschwertes Leben führen. Eyvind vergötterte ihn und tat alles, um den Jungen glücklich zu machen. Sie selbst behandelte er wie eine Gleichgestellte, was Póras Wut noch mehr reizte. Eyvind war ein besserer Herr, als Hakon es je gewesen war, wenn er auch über seine Frau nicht viel Macht zu besitzen schien. Was Bronagh aber am meisten fehlte, konnte auch Eyvind nicht ersetzen. Bronagh fühlte einen Stich in ihrem Herzen, als sie an Bard dachte. Ihre Augen wurden feucht bei dem Gedanken an seine stattliche Gestalt, die hellen Augen und das kurz geschnittene blonde Haar, das ihn als Sklaven kennzeichnete. Wie gerne wäre sie jetzt bei ihm. Doch es war hoffnungslos, auch nur daran zu denken, denn ein Wiedersehen mit Bard würde es nur in ihren Träumen geben. Sie waren beide Gefangene. Nichts weiter als eine rechtlose Ware, die man benutzen oder sich ihrer entledigen konnte. Gefühle spielten dabei überhaupt keine Rolle.

górmánaðr – Schlachtmonat

Das Schwein wurde vors Haus getrieben und wühlte mit seiner langen Nase aufgeregt im Schnee. Das schmutzig-braune Borstenkleid hob sich deutlich vom reinen Weiß des Neuschnees ab, der in den letzten Tagen fast ohne Unterlass gefallen war. Doch heute hatte sich das trostlose Grau des Himmels in ein unschuldiges Blau verwandelt und nur ein paar harmlose Schäfchenwolken schwebten über sie hinweg. Wenigstens für ein paar Stunden würde die fahle Wintersonne scheinen – Zeit genug, um ein Schwein zu schlachten. Von Tag zu Tag wurde es nun kälter. Nebel hing über dem Wasser und der Schnee überzog die Landschaft mit seinem glitzernden Weiß.

Leif ließ das Tier eine Weile gewähren, bevor er mit der stumpfen Seite seiner Axt ausholte, um es mit einem gezielten Schlag auf die Stirn niederzustrecken. Sobald es betäubt war, schnitt er in die Halsschlagader und ließ das Blut in eine Schale laufen.

Floki, der in seinem kurzen Leben noch nie gesehen hatte, wie ein Schwein getötet wurde, blieb in respektvoller Entfernung stehen.

Er betrachtete entsetzt und interessiert zugleich die letzten Zuckungen des Tieres, das er vor nicht allzu langer Zeit noch mit Solveig in den Wald getrieben hatte, um es mit Eicheln zu mästen.

Der kräftige Schwall des Blutes füllte die Schale, doch Solveig stand schon mit einer großen Schüssel an Leifs Seite, um die wertvolle Flüssigkeit darin aufzufangen. »Hm … ich freue mich jetzt schon auf die Blutwürste«, sagte sie sehnsüchtig und fuhr mit der Zunge genießerisch über ihre Lippen.

Cuthbert, Aldis und Aryana schleppten inzwischen einen großen Zuber ins Freie. »Solveig«, rief Aldis. »Komm her und hilf uns, den Zuber zu füllen!« Solveig schickte sich an zu gehen.

Leif legte schnell eine Hand auf ihren Arm. »Halt, warte noch einen Moment.«

»Was ist denn noch?«

»Komm näher«, raunte er verschwörerisch. »Ich muss dir etwas sagen.«

Solveig, die jede Neuigkeit gierig in sich aufsog, beugte sich vor und streckte erwartungsvoll ihren Kopf in Leifs Richtung. Sie merkte nicht, wie Cuthbert, Aldis und Aryana schmunzelnd die Köpfe reckten. In diesem Moment schnellte Leifs blutige Hand nach vorne und zu Solveigs Entsetzen landeten seine Finger mitten in ihrem Gesicht.

»Du gemeiner Mistkerl!«, schrie sie empört.

Das schallende Lachen der anderen ließ sie rasch verstummen. Natürlich. Sie hätte es wissen müssen. Solche Scherze gehörten zum Schlachten genauso dazu wie der Verzehr gekochter Innereien nach getaner Arbeit. Und *sie* war darauf hereingefallen. »Na warte«, sagte sie, während sie mit einer Handvoll Schnee ihr Gesicht säuberte. »Das werde ich dir heimzahlen!« Ihre großen blauen Augen musterten ihn geringschätzig. Dann machte sie kehrt und stapfte hoheitsvoll davon.

»Nun sei nicht gleich beleidigt, Schwesterherz«, rief Leif ihr begütigend hinterher. »Es war nur ein Spaß, weiter nichts.« Er hatte in Solveigs Alter genügend solcher Scherze über sich ergehen lassen müssen.

Nachdem das Schwein ausgeblutet war, hievten sie es mit vereinten Kräften in den dampfenden Zuber, der nun mit kochendem Wasser gefüllt war. Dort ließen sie es eine Weile liegen, damit es sauber wurde und sich die dichten Borsten, die man anschließend mit einem Messer abschabte, besser von der Haut lösten. Danach hängten sie das Tier kopfüber an ein Holzgestell. Leif schnitt den Bauch auf und nahm die dampfenden Eingeweide heraus, während ein Seeadler kreischend seine Bahnen über ihm zog. Möwen saßen frech auf dem Hausdach, jederzeit bereit, einen Leckerbissen zu erhaschen, sobald sich die Menschen nur weit genug entfernen würden. Jetzt hieß es schnell sein. Jeder Handgriff musste sitzen, damit nichts verdarb. Solveig und Aryana reinigten die Därme, die als Hülle für die Blutwurst dienten. Cuthbert kümmerte sich derweil um den Magen. Leif brachte die Innereien in Sicherheit, blies die Schweinsblase auf und hängte sie zum Trocknen unter die Dachbalken – ein Spielball für Floki. Aldis rührte ohne Unterlass in der Schüssel mit Blut, um es flüssig zu halten. Danach machten sie sich daran, den Rest zu verarbeiten.

Am späten Abend, als die letzte Speckseite mit Salz eingerieben, das Schmalz ausgelassen war, einige Fleischstücke in der gefrorenen Erde des Vorratshauses ruhten und die Würste in heißer Brühe garten, streckte Leif seine müden Knochen in der feuchtheißen Luft des Hauses. Aryana zwinkerte ihm schelmisch zu, dann schlenderte sie zu dem großen Kessel, der über dem Feuer hing, um nach den Würsten zu sehen. In einem zweiten Kessel kochte derweil der Festschmaus: Leber, Lunge, Herz und Nieren.

»Dauert es noch lange, bis das Essen fertig ist?« Leifs Magen knurrte vernehmlich. »Ich kann es kaum noch erwarten.« Trotz des vielen Fleisches hatte noch keiner einen Bissen davon angerührt.

»Nur noch einen kleinen Augenblick«, Aryana hob mit einer langen Gabel das Ende der Wurstkette aus dem Kochwasser. »Lass uns noch die Würste versorgen, dann können wir essen.«

Sie schafften die Würste ins Vorratshaus und hängten sie zum Trocknen über eine Stange. Mit einem Kienspan leuchtete Leif an den rauen Wänden des kleinen Häuschens entlang, das eher wie eine Kammer wirkte. Hier lagerte nun mehr als die Ausbeute eines ganzen Schweins. An einer Wand standen Fässer, von denen eines gepökeltes Fleisch, Schinken und Speck enthielt, der zuerst in Salz reifte, bevor er in den Rauch gehängt wurde. Ein zweites Fass enthielt eingelegten Kohl und in einem dritten, das wesentlich kleiner als die beiden anderen war, hatten sie Fleisch in Molke eingelegt, damit sie nicht ewig das Gleiche essen mussten. An einer anderen Wand hatte Leif ein Regal für Töpfe und Schüsseln mit ausgelassenem Schmalz, Butter und Käse angebracht. Über ihnen baumelten die Würste und unter den Dachbalken hingen ein paar geräucherte Forellen, die sie im Nid gefangen hatten. Leif war mit sich und der Welt zufrieden. Sicher, es war kein allzu großes Schwein gewesen. Aber wer wusste schon, ob sie es über den Winter gebracht hätten? Im Übrigen brauchten sie das Fleisch *jetzt*. Es würde ihnen helfen, einen Großteil der kalten Jahreszeit zu überstehen, alles andere würde sich finden. Selbst Svala schien sich beruhigt zu haben, denn sie hatten schon eine ganze Weile nichts mehr von ihr gehört.

Aryana fröstelte in der kalten Luft. Eine Gänsehaut überzog ihre nackten Unterarme. Leif zog sie an sich, um sie zu wärmen.

Sie sträubte sich nicht, schmiegte sich stattdessen noch enger an seinen warmen Körper und spielte gedankenverloren mit seinen blonden Locken, die sich dank der ständig feuchten Kochluft im Haus heute stärker kräuselten als sonst. Eine ganze Weile standen sie so da und vergaßen, dass man im Haus auf sie wartete. Dann griff Leif nach ihrer Hand, zog sie an sein Gesicht und begann, wie ein Hund ihre Finger zu beschnüffeln. »Hm, wie das duftet! Fast so gut wie die Würste, die du angefasst hast. Ich würde zu gern probieren, ob diese Fingerchen genauso gut schmecken, wie sie riechen.« Er biss spielerisch in einen hinein, bis Aryana einen entrüsteten Schrei ausstieß.

»Tu das ja nicht«, zischte sie und entriss ihm ihre Hand.

Leif grinste. »Du bist süß, wenn du dich so aufregst.« Er sah sich suchend um. »Trotzdem ist es schade, denn nun werde ich statt deiner Finger eine Wurst essen müssen. Ich halte diesen köstlichen Geruch einfach nicht mehr länger aus.«

»Hältst du das für eine gute Idee? Bestimmt hat deine Mutter jede einzelne Wurst abgezählt. Ihre Rache wird schrecklich sein, wenn auch nur eine einzige fehlt.«

Leif zog die Stirn kraus. »Meinst du wirklich? Nun, dann werde ich ihr gestehen müssen, dass du sie gegessen hast.« Seine braunen Augen blitzten schelmisch.

Aryana versank für einen Moment in seinem Blick. Sie hatte diesen sanften Augen, die in so verstörendem Gegensatz zu seinem kräftigen Körper und dem langen wilden Haar standen, noch nie widerstehen können. »Du elender Schuft, willst mir die ganze Schuld in die Schuhe schieben?«, sagte sie in gespielter Entrüstung. »Ich habe eine bessere Idee. Du gibst mir die Hälfte davon und ich sage, dass du die Wurst gegessen hast.«

»Einverstanden«, sagte er und schnitt eilends eine herunter.

Eine Welle von Übelkeit überrollte Aryanas Körper so plötzlich wie ein Gewitter. Nur mit Mühe konnte sie den Brechreiz unterdrücken, der sie seit ein paar Tagen in regelmäßigen Abständen quälte. Bis jetzt hatte sie es vor Leif verbergen können, doch die intensiven Gerüche des Schlachtens und der Heißhunger, der nun an ihr nagte, machten ihr zu schaffen. Vielleicht würde es helfen, wenn sie schnell etwas aß. Sie nahm ihren Teil der Beute in Empfang und würgte ihn lächelnd hinunter. Ihr Magen schien sich tatsächlich etwas zu beruhigen und die klare, kalte Luft tat ihr Übriges, als sie zum Haus zurückgingen.

»Da seid ihr ja endlich«, murrte Aldis. »Das Essen ist längst fertig.«

Ein aufdringlicher Geruch nach Fett und Kräutern fegte das gute Gefühl in Aryanas Bauch hinweg, sobald sie das Haus betraten. Ekel stieg in ihr auf, als sie sich neben Leif auf eine der neu gezimmerten Schlafbänke setzte, die seit Kurzem für mehr Bequemlichkeit sorgten. Solveig reichte jedem eine kleine Specksteinschüssel, gefüllt mit Fleischbrocken und Grütze in einer dicken braunen Soße. Aryana musste sich zwingen, ihre zu nehmen.

Cuthbert sprach ein Gebet und langte dann, wie alle anderen, tüchtig zu. »Ah, frisch gekochte Innereien«, schwärmte er zwischen zwei Bissen. »Wie sehr ich diesen seltenen Genuss liebe.«

Niemand bemerkte, dass Aryana nicht einmal den Versuch machte, ihren Löffel in den Mund zu schieben. Sie hatte das Gefühl, in dem fensterlosen Raum zu ersticken. Die Luft, erfüllt mit Feuchtigkeit und Fett war für ihre Nase kaum noch zu ertragen. Mit jedem Atemzug ging es ihr schlechter und die Essensgerüche, die aus ihrer Schüssel strömten, verstärkten den Ekel noch, den sie empfand. Ihr Magen ballte sich zusammen, während sie eine neue Welle von Übelkeit überrollte. Sie ließ die Schüssel fallen, presste die Lippen zusammen und sprang auf, um nach draußen zu eilen. Schon auf halbem Weg zur Tür erbrach sie sich.

Leif sprang auf. »Aryana, was ist? Bist du krank? Tut dir etwas weh?«

Er nahm ihr Gesicht in beide Hände und betrachtete es voller Sorge. Sie sah mitgenommen aus. Feine Schweißperlen glänzten auf ihrer Stirn, doch sie wirkte nicht wie eine Kranke. Ihre Haut schimmerte so glatt und rosig wie immer.

»Es ist nichts«, erwiderte Aryana. »Ich brauche nur etwas frische Luft.«

Leif legte schützend den Arm um sie. »Komm, ich bringe dich nach draußen.«

»Deine Frau ist nicht krank«, entgegnete Aldis nüchtern, als er den Riegel öffnete.

Leif sah sie fragend an.

»Sie bekommt nur ein Kind – das ist alles.«

Svanhild trieb die Ziegen auf die Weide. Ein gutes Stück vor den Toren der Siedlung lehnte Hrut zwanglos an einem Baum. Sie schlug lächelnd den Weg zu ihm ein. Er verfolgte jeden ihrer anmutigen Schritte mit den Augen, bis sie endlich vor ihm stand. Es war Frühling. Das hölzerne Schnarren eines balzenden Auerhahns ertönte aus der Ferne.

»Welche Ausrede musste dieses Mal herhalten, damit du deinem Onkel entkommen konntest?« Ihre Augen blitzten schelmisch, als sie sich bei ihm einhängte.

Hruts Herz klopfte wie ein Schmiedehammer. »Och. Es war nicht schwierig, ihn davon zu überzeugen, dass Hakon mich heute Morgen in seiner Halle zu sehen wünscht. Was sollte er schon gegen den Befehl des Jarls ausrichten?«, erwiderte er leichthin. Svanhild kicherte beifällig.

Sie plauderten angeregt weiter, bis sie schließlich ihr Ziel erreichten: eine saftige Weide am Waldrand, versteckt am Fuße eines Hügels. Dort setzten sie sich ins Gras und neckten sich freundschaftlich. Svanhild behielt die Ziegen im Auge, damit sie nicht an den Zweigen junger Bäume knabberten, während Hrut nur Augen für Svanhild hatte. Ihre Wangen waren in den letzten Wochen voller geworden, was ihr gut zu Gesicht stand. Das Leben in der Siedlung schien ihr zu bekommen. Sie ist wie Sleipnir, Odins achtbeiniges Pferd, ging es Hrut durch den Kopf. Anmutig und schön. Nicht wie die anderen Mädchen, von denen zugegebenermaßen manche auch sehr hübsch waren. Nein, sie war etwas Besonderes.

Hrut hatte einen Korb mit Brot und Käse dabei, das er beides heimlich beiseitegeschafft hatte. Nun bot er es Svanhild an. Sie aßen und scherzten miteinander, bis er sich wieder auf den Weg machen musste.

»Du bist ein netter Kerl«, sagte Svanhild zum Abschied. »Viel netter, als ich anfangs dachte.« Ihre Augen blickten verheißungsvoll und ihr Gesicht kam dem seinen so nah, dass ihm schwindlig wurde. Bei allen Göttern! Er musste gehen, doch er wollte nicht fort von diesem Gesicht, dieser Anmut und dem Versprechen, das in ihren Augen lag. Es zog ihn magisch zu ihr hin, bis er schließlich nicht mehr anders konnte. Voller Ungestüm schlang er die Arme um sie. Sie wehrte sich nicht. Seine Aufregung wuchs mit jedem Herzschlag. Er zog sie noch näher an sich. Der Moment, den er schon so lange herbeigesehnt hatte, war endlich da. Nicht mal eine Handbreit trennte sie von ihrem ersten Kuss!

Das Weinen eines Säuglings störte mit einem Mal seine leidenschaftlichen Gefühle aufs Empfindlichste. Er versuchte, nicht weiter darauf zu achten, doch das leise Weinen ging in schrilles Geschrei über, das Hrut mit einem Schlag seiner Illusion beraubte. Er hatte geträumt! Ungehalten sah er, wie Halla im Schein des Feuers mit ihrem schreienden Säugling auf und ab ging. Er stöhnte leise. Dieses Kind wurde langsam zur Plage. Besonders nachts plärrte es und störte den Schlaf der anderen. Er setzte sich auf und verkniff sich eine schneidende Bemerkung, als er in Hallas erschöpftes Gesicht sah. Jede Nacht war sie auf den Beinen, während der gute Sverri schnarchend auf seinem Kissen lag.

»Komm, gib mir den Kleinen«, sagte er sanft und nahm Halla den Säugling ab. »Leg dich hin. Ich kümmere mich eine Weile um ihn.«

»Danke!«, erwiderte Halla erleichtert. Sie gab Hrut einen Kuss auf die Wange.

Er lächelte verlegen. Nicht gerade der Kuss, den er sich erträumt hatte, aber immerhin ein Kuss. Hallas Sohn beruhigte sich erstaunlich schnell in seinen Armen, doch Hrut wagte nicht, stehen zu bleiben, und so wanderte er weiter durch das Haus, während seine Gedanken wieder bei Svanhild weilten. Neulich hatte sich eine ganze Schar junger Männer bei Knut eingefunden. Hrut grinste in sich hinein. Der arme Knut, er konnte einem leidtun. Knut war nicht der Mann, der sich über ein volles Haus freute, doch das schien im Moment niemanden außer ihn selbst zu stören. Missmutig hatte er nach Svanhild geschickt, damit sie den Männern Bier brachte, und obwohl sich die Miene des Hausherrn an diesem Abend nicht mehr erhellte, ging es in der Schmiede bald laut und fröhlich zu. Selbst Knuts zänkisches Weib lachte über die Späße, mit denen man sich gegenseitig zu übertreffen suchte. Kraki tat sich dabei besonders hervor. Er erheiterte die anderen mit seinen Witzen, bis ihnen die Tränen über die Wangen liefen. Hrut war längst nicht so geschickt in solchen Dingen, doch ihm schien, als ob Svanhild nur Augen für ihn gehabt hätte. Überhaupt schenkte sie ihm in letzter Zeit immer mehr Beachtung und war sehr freundlich zu ihm. Auch Kraki schien das nicht entgangen zu sein, denn an diesem Abend spiegelte sich in seinem Blick grenzenlose Verwunderung, Hrut glaubte sogar einen Funken Neid darin entdeckt zu haben. Eigentlich gewann er immer mehr den Eindruck, dass Svanhild ihn mochte. Sein Herz machte einen Sprung. Sollte es tatsächlich möglich sein, dass sie sich in ihn verliebt hatte? Er betrachte zärtlich das kleine Geschöpf, das zwischen seinen großen Händen selig schlief. Wie gerne hätte er auch so ein Kind gehabt. Er stellte sich vor, wie es sein würde, wenn er mit Svanhild eine Familie gründete. Die Sehnsucht danach brachte ihn fast um. Der Kleine jammerte plötzlich und zog die Beinchen an. In seinem Bauch rumpelte es. Hrut nahm ihn hoch, legte sein Köpfchen so an die Halsbeuge, wie er es bei Halla gesehen hatte, und klopfte ihm sacht auf den Rücken. Das Glück schien ihm so nah, als ob er danach greifen könnte. Doch es lag an ihm, sein Leben auf den richtigen Weg zu bringen. Er wusste, was er tun musste. Er spürte nicht, wie gerührt Unn ihn beobachtete, er hatte Wichtigeres im Sinn. Sein Entschluss stand fest! Er würde auf Hakons Angebot eingehen. Was kümmerte ihn sein Gewissen? Durch Hakon würde er reich werden und konnte Svanhild ein Leben bieten, das ihrer würdig war. Vorausgesetzt, sie würde ihn heiraten. Mach dir keine allzu großen Hoffnungen, warnte ihn eine innere Stimme. Das wird dir eine Menge Kummer ersparen. Hastig schob er die Zweifel beiseite, die plötzlich in ihm hochkrochen. Er musste es versuchen, selbst wenn er sich dabei blamierte. Er würde alles tun, um sie glücklich zu machen, denn sie war mehr, als er sich jemals erträumt hatte!

Der *Järv* kam geräuschlos durch die Nacht. Ein makelloser Sternenhimmel beleuchtete sein dunkelbraunes Fell, die helleren Flanken und den buschigen Schwanz. Es handelte sich um ein großes Männchen mit langen Beinen, einem kompakten Kopf und hellen Augenflecken. Einen Moment lang schnupperte er an der Wand des Vorratshauses, dessen Geruch ihn unwiderstehlich anzog. Abrupt hielt er inne und horchte. Seine Augen waren nicht sehr scharf, doch

Menschen waren die lautesten Geschöpfe, die er kannte. Er konnte sie hören, bevor er sie sah. Normalerweise wagte er sich nicht in ihre Nähe, aber nun war er verletzt und hatte schon seit Tagen nichts mehr gefressen. Die Winternacht war still. Selbst das Plätschern des Flusses wirkte bei Schnee und Kälte leiser als sonst. Er konnte nichts Verdächtiges hören und so begann er, das Haus neugierig zu umrunden. Das Gehen fiel ihm etwas schwer. Eine Wunde am Hinterbein machte ihm zu schaffen, was ihn beim Jagen hinderte. Die Wunde stammte von einem anderen Männchen, das ihm sein Revier streitig machen wollte. Obwohl er schon älter war, hatte er seinen Gegner in die Flucht geschlagen, doch dieses Mal war er nicht ohne Blessuren davongekommen. Wieder schnüffelte er am rauen Holz der Wand. Dahinter schien die Lösung all seiner Probleme zu liegen – genug Fleisch, um sich satt zu fressen. Gespannt hörte er sich noch einmal um. Alles war ruhig und friedlich. Ein starkes Ziehen fuhr ihm ins Bein, als er sich auf die Hinterbeine stellte. Die Wand war solide gebaut, aber irgendwo gab es immer ein Schlupfloch. Er würde so lange suchen, bis er eines fand.

Die schwere Arbeit forderte ihren Tribut. Die Menschen im Haus schliefen tief und fest bis zum nächsten Morgen. Als Floki erwachte, glimmte das Feuer nur noch schwach in einem Haufen aus Asche und den Resten schwarz verbrannten Holzes. An der gegenüberliegenden Wand nahm er vage die dunklen Umrisse von Leif und Aryana wahr, die sich eng aneinandergeschmiegt eine Schlafbank teilten. Die gleichmäßigen Atemzüge seiner Schwester strichen sacht über sein Ohr hinweg. Auch er schlief nicht allein. Er seufzte zufrieden, drehte sich ein wenig zur Seite und genoss die Geborgenheit, die eine warme Schlafstätte und die Nähe seiner Familie mit sich brachten. Lautes Schnarchen zerriss plötzlich die Luft. Floki stöhnte auf. Anscheinend hatte sich Cuthbert, der zu seinen Füßen schlief, auf den Rücken gedreht. Der alte Mann konnte nachts zur Plage werden. Oft hatte Floki das Gefühl, dass die Balken unter seinen Lauten erzitterten. Ein neuer Ton erschütterte bald darauf die kurze Stille. Dieses Mal war es ein Pfeifen, das Floki ganz kribbelig machte. Er konnte gar nicht verstehen, warum die anderen es nicht bemerkten. Selbst seine Mutter, der die Schlafbank am Kopfende gehörte, rührte sich nicht. Dann erinnerte er sich an den Ball, der seit gestern vom Dachbalken hing und bei jedem Luftzug so sanft hin- und herschaukelte, als würde er schweben. Leif hatte versprochen, dass er heute mit ihm spielen durfte. Entschlossen schlug er die Decke zurück, die auch seine Schwester gewärmt hatte. Solveig grunzte und tastete mit geschlossenen Augen danach. »Schlaf weiter, Floki«, murmelte sie schlaftrunken.

Doch Floki besaß die Erbarmungslosigkeit aller Zweijährigen. Er zog die Decke gänzlich von Solveig herunter und warf sie zu Boden. »Aufstehen«, krähte er.

Solveig blinzelte angestrengt. »Gib mir sofort die Decke zurück. Mir wird kalt.«

»Nein! Du sollst aufstehen«, krähte Floki, ungeachtet der Tatsache, dass er auch alle anderen weckte. Seine Füße glitten auf den mit Binsen bestreuten Lehmboden, der empfindlich kalt war, aber das kümmerte ihn nicht. »Ball! Ich will meinen Ball!«, forderte er energisch. Vielstimmiges Murren ertönte, doch Floki lamentierte lautstark weiter, bis Leif sich erbarmte und die Schweinsblase herunterholte.

Der glückliche Ausdruck in Flokis Augen brachte Leif zum Schmunzeln. »Wirf ihn nicht ins Feuer«, warnte er. »Sonst geht er entzwei.« Dann schlüpfte er schnell in Hose und Stiefel, während Solveig das Feuer schürte.

Leif warf einen prüfenden Blick auf seine Frau. »Geht es dir heute besser?«

Ihr gezwungenes Lächeln brachte ihn zu der Überzeugung, dass dies nicht der Fall war. Er tröstete sich mit der Tatsache, dass Mutter vermutlich recht hatte und ihr Zustand nicht bedrohlich war. Wenigstens etwas Gutes schien die Sache zu haben, denn Aldis übernahm ohne Murren Aryanas Aufgabe, das tägliche Korn zu mahlen. »Solveig, geh ins Vorratshaus und hol mir etwas Butter und Honig für die Hafergrütze«, befahl sie ihrer Tochter.

Solveig gehorchte schmollend. Immer war sie es, die springen musste, wenn es etwas zu holen gab. Sie hatte keine Lust, in die Kälte zu gehen, doch was tat man nicht alles für ein anständiges Frühmahl. Sie zog den Mantel über ihr Kleid und ärgerte sich, wie schäbig es mittlerweile aussah. Sie hätte gern ein neues gehabt, doch die Wolle der beiden Schafe musste erst gesponnen und gewebt werden, bevor sich etwas daraus machen ließ. So oder so würde der Stoff nur für das Notwendigste reichen. Sie würde sich also noch lange gedulden müssen, bis sie eine neue Tunika und den dazugehörigen Trägerrock bekam. Seufzend ging Solveig nach draußen. Es war immer noch dunkel. Mit leisem Knistern leckte die Flamme ihres Kienspans gierig nach der frischen, kalten Luft. Die hell aufleuchtende Flamme beschien ein vereistes Spinnennetz, das wie eine Blume aus einer fremden Welt im Schutz des Dachvorsprungs hing. Eiseskälte fuhr unter Solveigs fadenscheinige Röcke und raubte ihr für einen Moment die Luft zum Atmen. Der gefrorene Schnee knirschte und knackte unter ihren Stiefeln, als sie zum Vorratshaus hinübereilte. Myriaden kleiner Eiskristalle glitzerten im Lichtschein des Spans, den sie in der vor Kälte zitternden Hand hielt. Schlaftrunken öffnete sie die Tür – und war mit einem Mal hellwach. Im ganzen Raum herrschte ein einziges Durcheinander. Der Boden war übersät mit zerschlagenen Töpfen, umgestoßenen Fässern und den Resten von Fleisch, Butter, Schmalz, Käse und in Streifen geschnittenem Kohl. Über all dem schwebte der widerliche Geruch eines Tieres. Solveig keuchte auf, bevor ihr Blick nach oben wanderte. Die Stange hing noch an Ort und Stelle, doch die geräucherten Fische und – was das Schlimmste war – die Würste: Sie waren verschwunden!

Leif betrachtete fassungslos den Schaden, den das Tier angerichtet hatte. Monatelang hatten sie das Schwein gehegt und gepflegt – und nun war alles umsonst! Ganz zu schweigen von dem Gestank, der aus jeder Ritze des Vorratshauses strömte und ihm unerbittlich in die Nase stach. Er würde es abreißen und ein neues bauen müssen.

»Hier ist eine Spur«, Solveig beleuchtete eine mittelgroße Tatze, die sich mithilfe von Schmutz und Fett am Boden abgebildet hatte, während Aryana sich im Freien erbrach.

Sie ist tatsächlich schwanger, schoss es Leif durch den Kopf. Heute Nacht hatten sie nachgerechnet und festgestellt, dass Aryanas allmonatliche Regel in der Tat überfällig war. Sie hatten es bei der vielen Arbeit gar nicht bemerkt. Ein freudiger Schreck fuhr ihm durch die Glieder, der ebenso rasch von Sorge überwältigt wurde. Wie um alles in der Welt sollte er seine Familie und noch dazu eine schwangere Frau ernähren? Jetzt, wo kaum noch etwas da war, das sie am Leben halten würde! Er verdrängte diesen Gedanken und versuchte sich auf das Naheliegende zu konzentrieren. Später! Er würde später darüber nachdenken. Erst musste das Biest aufgespürt und beseitigt werden, dem sie dies alles zu verdanken hatten. »Ein Järv«, sagte er zu Solveig. »Es kann sich eigentlich nur um einen Järv handeln.«

Alles deutete darauf hin. Das Loch im Dach, die Größe der Pfoten und dieser grässliche Gestank. Sie folgten den Spuren nach draußen und fanden im fahlen Licht des beginnenden Morgens dieselben Abdrücke im Schnee. Sie führten auf eine Eberesche zu, die nicht weit vom Vorratshaus entfernt stand. Einer ihrer Äste wies wie ein großer Finger auf das beschädigte Dach, das er lediglich mit Schindeln bedeckt hatte.

»Wahrscheinlich ist er auf diesen Ast geklettert und dann auf das Dach gesprungen. Dort war es für seine scharfen Krallen ein Leichtes, das Dach zu zerstören.«

»Irgendetwas scheint mit seinem linken Hinterbein nicht zu stimmen«, bemerkte Solveig. »Er zieht es hinter sich her.«

»Ein gutes Merkmal, um ihn wiederzufinden«, entgegnete Leif zufrieden.

Aryanas Magen schien sich in der Zwischenzeit wieder beruhigt zu haben. Ihr herzförmiges Gesicht war so grau wie der Morgen, doch das hinderte sie nicht daran, zornig zu werden. »Das gute Essen«, zischte sie. »Alles verdorben. Wenn er sich wenigstens nur *etwas* davon genommen hätte, damit der Rest für uns übrig geblieben wäre. Am liebsten würde ich dem Biest den Hals umdrehen!«

Leif lächelte. »Ich werde das für dich erledigen, während du artig im Haus bleibst und dafür sorgst, dass unserem Kind nichts geschieht.«

Aryana seufzte, obwohl sie sich eingestehen musste, dass Leif recht hatte. In ihrem derzeitigen Zustand wäre sie ohnehin nicht in der Lage gewesen, zu Fuß weite Strecken zurückzulegen.

Leif warf den Mantel über und setzte seine Pelzmütze auf den Kopf. Bald wird es einen Pelz mehr in diesem Haus geben, dachte er grimmig. Dann hängte er sich Köcher und Bogen um die Schulter, steckte seine Axt in den Gürtel, gab seiner Frau einen Kuss und schloss die Tür hinter sich. Er prallte fast zurück, als er den Mann sah, der in diesem Moment auf sein Haus zuritt.

»Hrut«, rief er erstaunt. »Was führt dich zu uns?« Seine Verblüffung wuchs, als er Hruts Pferd erkannte. *Skridur!*

»Dein Vater schickt mich«, erwiderte Hrut, während er abstieg. »Ich soll dir ausrichten, wie sehr er es bedauert, dass immer noch keine Freundschaft zwischen euch herrscht.«

Leif gab einen verächtlichen Ton von sich, der Hrut klar machte, dass *er* dies keineswegs bedauerte.

»Da dein Haus inzwischen fertig gebaut ist«, sprach Hrut weiter, »sendet er dir dein Pferd, als Zeichen seines guten Willens.«

»Und das fällt ihm ausgerechnet im Winter ein, wo es am schwersten ist, noch ein weiteres Tier durchzufüttern«, schnaubte Leif wütend. Trotzdem ging er zu dem Falben und tätschelte ihm freundschaftlich den Hals. »Du hast mir gefehlt«, flüsterte er ihm ins Ohr. Skridur sah prächtig und wohlgenährt aus. Bard hatte wie immer gut für ihn gesorgt. Als Leif aus Hakons Halle auszog, hatte er das Tier zurückgelassen. Es war unmöglich, außer seiner Familie auch noch ein Pferd mitzunehmen. Er konnte schon froh sein, dass er für *sie* einen Unterschlupf gefunden hatte. Im Grunde freute er sich, dass er ihn nun zurückbekam. Ein Pferd war ein kostbarer Besitz, doch es bedeutete auch, noch einen Esser mehr durchfüttern zu müssen.

»Sei nicht ungerecht«, erwiderte Hrut scharf. Seine Augen blickten kalt. »Er hätte Skridur genauso gut behalten können. Im Übrigen lässt er dir ausrichten, dass er dir dieses Jahr die Abgaben erlässt, die ein gewöhnlicher Bauer bezahlen muss, der das Land des Jarls bebaut, denn als solcher willst du ja behandelt werden. Nächstes Jahr allerdings hat diese Gnade ein Ende.«

Leif atmete auf. Wenigstens diese Sorge blieb ihm erspart.

Hrut zügelte seine Verachtung und versuchte ein freundliches Gesicht aufzusetzen. Er durfte jetzt keinen Fehler machen, sonst würde er alles verderben. Gleich heute Morgen war er bei Hakon gewesen. Hakon hatte nicht gefragt, was dieser Sinneswandel zu bedeuten hatte, sondern Nägel mit Köpfen gemacht: Er gab ihm das Pferd als Grund für einen Besuch. Doch es war nicht einfach, dort anzuknüpfen, wo man einmal aufgehört hatte.

»Willst du nicht ein Stück auf ihm reiten?«

»Warum nicht. Ich wollte sowieso gerade auf die Jagd gehen. Ein Järv hat unsere Vorräte zerstört. Ich will ihn töten, bevor er noch mehr Schaden anrichten kann.«

Obwohl Leif sich darüber wunderte, dass ausgerechnet Hrut sein Pferd zurückbrachte, war er doch froh, ihn wiederzusehen. Er mochte Hrut immer noch sehr und vermisste die Freundschaft, die sie einmal verband.

»Möchtest du nicht mitkommen?«, platzte es aus ihm heraus. »Wir könnten zusammen reiten. – So wie früher.« Er sah Hrut in die Augen und entdeckte ein Zögern darin, doch dann hellte sich Hruts Miene auf und er lächelte.

»So soll es sein«, erwiderte er. »Gehen wir gemeinsam auf die Jagd.«

Sie ritten abwechselnd. Zwei ausgewachsene Männer konnte Skridur nicht tragen. Hrut war noch einmal nach Hause geritten, um seine Sachen zu holen. Unn konnte kaum glauben, dass er mit Leif auf die Jagd gehen wollte. Er sah ihr misstrauisches Gesicht, doch sie stellte keine weiteren Fragen und so zog er seiner Wege.

Der Schnee war heute Nacht weich gewesen, bevor er gegen Morgen zu einer harten Masse gefror. Sie konnten der Spur mit dem typischen Schleifen des Hinterbeins mühelos folgen. Sie führte in den Wald, immer weiter in die Einsamkeit einer stillen, verschneiten Winterwelt.

Der Järv hatte trotz seiner Verletzung eine erstaunliche Strecke zurückgelegt. In der Astbeuge einer alten, halb verfallenen Fichte entdeckten sie hoch oben sein Vorratslager: den Rest der Blutwurstkette, die er dort in Sicherheit gebracht hatte. Die meiste Zeit schwiegen sie, und die Fremdheit legte sich wie eine Last über die beiden Männer. Sie waren froh, als die Spuren des Tieres vor einer Höhle endeten, die dem Järv wohl als Behausung diente, denn er war nirgends zu sehen. Nun mussten sie still sein, sich im Dickicht auf die Lauer legen und warten. Ihre Geduld wurde auf eine harte Probe gestellt. Gelegentlich wurden die durch Schnee und Kälte gedämpften Geräusche des Waldes durch das Geschrei eines Vogels oder das laute Bersten eines Asts unterbrochen, der das Gewicht des Schnees nicht mehr tragen konnte. Doch der Järv dachte nicht mehr daran herauszukommen. Wahrscheinlich schlief er satt und zufrieden in seiner warmen Höhle, während Leif und Hrut die Kälte durch Kleider und Stiefel drang, bis ihre Zehen schmerzten. Beide Männer hingen ihren Gedanken nach und verloren sich in der Eintönigkeit des Wartens. Die Felsspalte, die den Eingang der Höhle bildete, ließen sie dabei nicht aus den Augen. Es dämmerte bereits, als ihr Warten endlich belohnt wurde. Schnüffelnd und vorsichtig nach beiden Seiten spähend streckte der Riesenmarder seinen breiten Kopf durch den Spalt. Seine gute Nase warnte ihn vor dem Geruch der Menschen, doch er hörte und sah nichts Ungewöhnliches und so schlüpfte er aus der Höhle, um frische Luft zu schnappen und einem anderen Duft nachzugehen, der ihm in diesem Moment in die Nase stach. Die Wunde an seinem linken Bein nässte. Er leckte sie ab, bevor er weiterging und das Bein in der typischen Weise hinter sich herzog. Leif gab Hrut einen leichten Stoß. »Das ist das richtige Tier«, flüsterte er. Er legte einen Pfeil in den Bogen, dessen hölzerne Spitze wie ein Kegel aussah. Der Bogen war kürzer als bei der Jagd auf größeres Wild, damit der Pfeil den Körper des Tieres nicht durchschlagen und den Pelz durch ein Loch beschädigen konnte. Leif spannte ihn lautlos, während der Järv nicht weit von ihnen entfernt interessiert am Boden schnüffelte. Der intensive Geruch seines Gegners, der hier eine Duftmarke gesetzt hatte, war das Letzte, womit er sich beschäftigte, bevor der Pfeil wie ein Hammer seinen Kopf traf und ihn tötete.

»Der wird mit Sicherheit keinen Schaden mehr anrichten«, meinte Hrut, als er den gebrochenen Schädel des Tieres betrachtete.

Es war bereits dunkel, als sie sich im Schutz einer großen Kiefer eine Hütte aus Zweigen errichteten. Im Schein des Feuers teilten sie den hart gewordenen Brotfladen, den Leif von Aryana als Wegzehrung mitbekommen hatte, dann zog er dem Tier das dunkle Fell ab.

In der glasklaren Luft des nächsten Tages entdeckten sie einen Auerochsen zwischen den Bäumen. Einen jungen Stier mit schwarzem Fell und einem hellen Aalstrich auf dem Rücken. Er schnaubte, scharrte mit den Vorderhufen und war so sehr damit beschäftigt, an das kümmerliche Gras zu kommen, das sich unter der dicken Schneekruste befand, dass er sie nicht bemerkte. Hrut stieg leise vom Pferd und nickte sacht in die Richtung des majestätischen Tieres. »Na bitte«, flüsterte er. »Dies sollte Ersatz genug sein für das, was du verloren hast. Erledige ihn und deine Familie hat diesen Winter genug zu essen.«

Leif war hin- und hergerissen, während der Ochse friedlich nach Gras suchte. Ein Berg voller Fleisch türmte sich verlockend vor seinen Augen auf. Doch sie hatten beide nur einen kleinen Jagdbogen dabei und ein Auerochse war ein gefährliches Tier. »Diese Ochsen sind unberechenbar. Sieh dir an, wie mächtig er ist. Ein falscher Schuss und er wird auf uns zudonnern wie Thor auf seinem Wagen. Außerdem fehlen uns die richtigen Waffen, um solch ein großes Tier zu töten. Weder Pfeil noch Bogen haben die nötige Durchschlagskraft.«

Hrut schnaubte ärgerlich und zog ihn zusammen mit Skridur in den Schutz einer großen Hecke. Leif hatte zwar recht, was die Waffen betraf, aber manchmal musste man auch etwas wagen. »Und doch gibt es einen Weg«, zischte er. »Richte den Pfeil auf sein Auge. Mit einem gezielten Schuss kannst du ihn zur Strecke bringen.«

»Und was ist, wenn ich auch nur einen Fingerbreit daneben schieße? Nein, das ist mir zu gefährlich. Ich muss an meine Frau denken. Alles deutet darauf hin, dass sie schwanger ist. Sie braucht jetzt einen Ehemann, der für sie und das Kind sorgen kann und keinen Toten, um den sie trauern muss.«

»Hat dir das dein Christgott eingeflüstert? Ist das der Grund, warum du so ein verdammter Skräling geworden bist?«, zischte Hrut. »Sei ein Mann und sorge für deine Frau, indem du ihr Fleisch bringst, damit sie ihr Kind ernähren kann. Oder ist es dir lieber, wenn sie vor deinen Augen verhungert?« Die letzten Worte spie er zwischen den Zähnen hervor und riss dabei seinen Bogen von der Schulter. Er hatte genug. Die halbe Nacht hatte Leif ihm vom Gott der Christen erzählt. Von Frieden, Liebe und Barmherzigkeit. Und nun war er noch nicht einmal dazu imstande, das Geschenk zu erbeuten, das ihm Odin vor die Füße legte.

Der Ochse schien sie immer noch nicht bemerkt zu haben. Arglos suchte er weiter nach Nahrung.

»Erinnere dich daran, wer du einmal warst«, flüsterte Hrut weiter, obwohl er vor Wut hätte brüllen können. »Ein Krieger, ein mächtiger Kämpe Hakons, der mutig genug war, etwas zu wagen. Und nun sieh, was aus dir geworden ist.« Hastig spannte er einen Pfeil mit lanzenförmiger Eisenspitze in den Bogen, zielte und schoss. Der Auerochse zuckte zusammen. Ein schauerliches Brüllen schallte über die Lichtung. Er taumelte und aus dem Auge, das der Pfeil durchbohrt hatte, rann eine trübe Flüssigkeit. Doch der Ochse dachte nicht daran zusammenzubrechen. Der Pfeil war nicht tief genug eingedrungen. Stattdessen suchte er wütend nach der Ursache seines Leids. Fieberhaft legte Hrut einen weiteren Pfeil ein und schoss noch einmal, doch seine zittrige Hand verfehlte das

Ziel. Hruts Mut begann zu sinken. Ein zorniger Auerochse war eine ernsthafte Gefahr.

Starr vor Schreck verharrten die beiden Männer hinter ihrer Deckung und beobachteten ihn. Der Ochse schien sie zu wittern. Er legte den Kopf schief und fixierte die Hecke, hinter der sie sich versteckt hatten. Nur einen Atemzug später rannte er auf sie zu.

»Lauf«, schrie Leif.

Sie rannten um ihr Leben.

Im Rennen blickte Hrut hinter sich. Nur noch ein paar Schritte trennten sie von dem wütenden Tier. Sein massiger Kopf mit den großen Hörnern, die wie Spieße nach vorne ragten, schob sich bedrohlich auf sie zu. Hrut hörte sein zorniges Schnauben und bemühte sich mit ganzer Kraft, schneller zu laufen. Erleichtert stellte er fest, dass die Distanz zwischen ihm und dem Ochsen größer wurde. Rasch richtete er den Blick wieder nach vorne. Ein großer, abgebrochener Ast tauchte plötzlich am Boden auf. Zu lang, um ihm auszuweichen, aber dünn genug, um darüber zu springen. In fliegender Hast setzte er zum Sprung an, doch er glitt aus und verlor dabei an Schwung. Entsetzt spürte er, wie sich sein Fuß in den Zweigen verfing. Er versuchte ihn herauszuziehen, doch er schaffte es nicht mehr rechtzeitig. Seine Finger umklammerten immer noch den Bogen, als er der Länge nach hinschlug. Der Auerochse senkte den Kopf. Mühelos fegte er das Hindernis beiseite, dann nahm er Hrut auf seine langen Hörner. Hrut wirbelte durch die Luft und flog krachend gegen einen Baumstamm. Das unheilvolle Knacken eines berstenden Asts drang an sein Ohr, doch zur gleichen Zeit lehrte ihn ein stechender Schmerz in seinem Bein, dass dies kein Ast, sondern sein eigener Knochen war. Leuchtende Sterne tanzten plötzlich vor seinen Augen, während der Schmerz wie tosendes Feuer in ihm aufwallte. In seinen Ohren rauschte es. Er kämpfte gegen eine Ohnmacht an. Wenn er jetzt besinnungslos wurde, war er verloren. Doch er hörte nicht einmal mehr den Schrei, den er ausstieß. Ein schwarzer Mantel legte sich über seine Sinne, bis er weder dachte noch fühlte.

Während seiner Flucht sah Leif Hrut wie eine Strohpuppe durch die Luft fliegen. Er schlug einen Haken und suchte Schutz hinter dem mächtigen Stamm einer alten Eiche, nicht weit von der Stelle entfernt, an der Hrut zu Boden gegangen war. Er rang keuchend nach Atem und sein Herz klopfte wie ein Schmiedehammer in seiner Brust. Der Auerochse kümmerte sich nicht weiter um ihn. Er war viel zu sehr mit der Vernichtung seines Opfers beschäftigt, das bleich und schutzlos am Boden lag. Noch einmal musste Leif mit ansehen, wie er Hrut auf die Hörner nahm und ihn durch die Luft schleuderte. Blut tröpfelte aus Hruts Mund und bildete scharlachrote Tropfen im Schnee, als er auf dem Boden aufschlug. Der mächtige Ochse schnaubte böse und schnüffelte neugierig an den Haaren der reglosen Gestalt. Ein leises Stöhnen drang aus Hruts Kehle. Die nächsten Augenblicke hätte man friedlich nennen können, denn der Auerochse beschnüffelte nun auch Hruts Kleider, während dieser still dalag.

Leif überlegte fieberhaft, was er tun konnte, um seinem Freund zu helfen. Denk nach, sagte er sich. Überlege, was du tun kannst. Es musste eine Möglichkeit geben, ihn von Hrut wegzulocken. Ein weiterer Gedanke schoss ihm durch den Kopf, während er das Tier beobachtete: Warum erledigte der Ochse nicht auch ihn? Das Auge! Es ist das Auge! Er kann dich nicht sehen. Die leere Augenhöhle, in der immer noch der Pfeil steckte, starrte in seine Richtung. Für den Ochsen war er vollkommen unsichtbar. Plötzlich wusste er, was er tun würde. Was hatte Hrut gesagt? Er war nicht mehr mutig genug, um etwas zu wagen? Nun, er würde ihm beweisen, dass das nicht stimmte. Er *würde* etwas wagen, um das Leben seines Freundes zu retten. In diesem Moment berührte das Maul des Ochsen Hruts gebrochenes Bein. Hrut stöhnte auf. Blindlings tastete er mit der Hand danach. Erschrocken wich der Ochse zurück und senkte erneut die Hörner. Dieses Mal wird er ihn umbringen, schoss es Leif durch den Kopf. Seine Hand fuhr an den Gürtel. Er riss die Axt heraus und stürmte auf die Lichtung. Er schwang sie wie eine Streitaxt, während der Auerochse sein Opfer ins Visier nahm. Ein wuchtiger Schlag fuhr zwischen die Halswirbel des Tieres und fällte es wie einen schweren, alten Baum.

Leif warf die Axt weg und stürzte zu Hrut. Außer den Narben in seinem Gesicht, die von der Kälte blau schimmerten, war er bleich wie ein Toter, doch sein Brustkorb hob und senkte sich regelmäßig. Leif untersuchte die Wunden, die ihm der Auerochse zugefügt hatte. Seine Hände waren aufgeschürft und in den Haaren fand er eine blutende Wunde. Anscheinend hatte er sich auf die Lippe gebissen, doch nichts von alledem schien weiter schlimm zu sein. Die Hörner des Tiers hatten seine Kleider an mehreren Stellen zerfetzt. Die Fleischwunden, die er darunter fand, waren harmlos, doch sein Bein sah merkwürdig verdreht aus. Leif betastete die Knochen. Das Schienbein musste gebrochen sein. Er konnte die scharfen Kanten der Bruchstelle fühlen. Mit ein bisschen Glück blieb Hrut so lange ohnmächtig, bis er den Bruch notdürftig geschient hatte. Er pfiff nach Skridur, der sich ebenfalls aus dem Staub gemacht hatte. Er konnte es ihm nicht verdenken. Gehorsam trabte das Pferd heran. Dann stabilisierte er das Bein mithilfe eines starken Asts, den er mit Stoffstreifen befestigte, und hievte den immer noch besinnungslosen Hrut auf Skridurs Rücken. Den toten Ochsen beachtete er nicht weiter. Das Leben seines Freundes war jetzt wichtiger. Er würde später zurückkommen, und wenn es Gottes Wille war, würde von dem Tier noch so viel übrig sein, dass es das tote Schwein ersetzte.

Während er sich auf den Heimweg machte, dachte Leif über Hruts Worte nach. Es tat weh, dass er ihn für einen Skräling hielt. Das war wohl auch der Grund dafür, weshalb er so lange fortgeblieben war. Leif dachte an die Zeit, in der nichts ihre Freundschaft trüben konnte. Einst waren sie drei Freunde gewesen. Hrut, Leif und Kraki. Doch auch Kraki behandelte ihn neuerdings so, als ob er an Aussatz litt. Warum verstanden sie nicht, dass er sich verändert hatte? Und was hatte Hrut dazu bewogen, ihm so plötzlich einen Besuch abzustatten? War es nur Hakons Befehl gewesen? Oder wollte Hrut die Freundschaft erneuern, die sie einmal verbunden hatte? Er wusste es nicht, aber er würde alles daransetzen, dass es wieder so wurde, wie es einmal war.

Hrut war immer noch nicht bei sich, als sie endlich zu Hause ankamen. Gemeinsam mit Cuthbert trug er ihn ins Haus und legte ihn auf eine Schlafbank. Dann brachte er Skridur in den Stall. So schnell er konnte, kehrte er zurück. Die Wärme des Feuers trieb Leif den Schweiß aus den Poren. Er nahm den Mantel von seinen Schultern. »Wie geht es ihm?«

Aryana warf ihm einen bekümmerten Blick zu.

»Was ist geschehen?«, fragte Aldis, während Aryana Hrut auszog, damit sie seine Wunden versorgen konnte.

Mit knappen Worten erzählte Leif, was sich zugetragen hatte.

»Er ist ganz kalt«, stellte Aryana besorgt fest. Sie deckte seinen Oberkörper mit einem Fell zu, bevor sie die notdürftige Schiene entfernte. Der verletzte Unterschenkel war verdreht und stark geschwollen. Sie betastete das Schienbein vorsichtig mit den Fingern und fühlte, dass es gebrochen war. Die gezackten Ränder der Bruchstelle hatten sich übereinander geschoben. Eine scharfe Spitze steckte direkt unter der Haut. Es war ein Wunder, das sie diese nicht durchstochen hatte. »Leif hat recht. Sein Bein ist gebrochen. Es muss gerichtet werden, sonst wird er nie wieder darauf laufen können!«

»Wie willst du das anstellen?« Cuthbert runzelte vor Kummer seine ohnehin schon faltige Stirn.

»Erinnert Ihr Euch an Sigebert? Er war ein Krieger in Vaters Heer. Bei der Jagd ist er vom Pferd gefallen. Sein Bein war fast an derselben Stelle gebrochen wie Hruts. Vater schickte nach Elgiva, einer heilkundigen Frau, die sich solcher Dinge annahm. Ich habe damals dabei zugesehen, wie sie den Bruch richtete.«

»Und wie soll das gehen?«, fragte Aldis misstrauisch wie immer, während sie eine vorwitzige, goldene Haarsträhne unter ihr Kopftuch schob.

»Man muss den Knochen auseinanderziehen und ihn so zusammenfügen, dass er an der richtigen Stelle einrastet. Wir tun es am besten gleich, solange er nichts davon merkt.« Aryana blickte in die

Runde und sah, dass Aldis und Solveig erbleichten. Keiner sprach ein Wort.

»Also gut«, meinte Cuthbert schließlich. »Versuche es.«

»Du musst ihn gut festhalten«, forderte Aryana Leif auf und zeigte ihm, wie er unter Hruts Achseln durchgreifen und die Arme vor seiner Brust verschränken sollte. Dann hockte sie sich ans Fußende der Schlafbank. »Dem Herrn sei Dank, dass er immer noch ohnmächtig ist. So wird er den Schmerz nicht spüren.«

Leif beobachtete seine Frau. Die Übelkeit schien nicht nachgelassen zu haben. Sie sah mitgenommen aus, doch ihr Blick war entschlossen und kehrte sich nach innen, als sie noch einmal prüfend mit den Fingern über Hruts Schienbein fuhr, um die Bruchstelle zu ertasten. Dann packte sie mit einer Hand seine Ferse und mit der anderen den Vorderfuß. Mit der ganzen Kraft ihres zierlichen Körpers zog sie daran und versuchte gleichzeitig, den Knochen in seine natürliche Stellung zu drehen. Hruts Muskeln verkrampften sich augenblicklich.

»Halt ihn fest«, keuchte sie. »Stemm dich dagegen, während ich in die andere Richtung ziehe.« Sie versuchte es erneut, doch so sehr sie sich auch anstrengte, sie kam nicht gegen die Kraft von Hruts Muskeln an. Ein lang gezogenes Stöhnen ließ sie erschrocken innehalten. Kurz darauf riss Hrut die Augen auf und starrte sie ungläubig an.

»Beim Thor! Was macht ihr mit mir?«, schrie er. Das Entsetzen in seiner Stimme war unüberhörbar.

»Ruhig, bleib ruhig, mein Junge. Wir wollen dir nur helfen«, Cuthberts Worte sollten Hrut trösten, doch Hrut wollte nicht getröstet werden. Er zerrte an Leifs Armen.

»Lass mich los, du Bastard«, kreischte er. Ein mörderischer Schmerz durchzuckte sein Bein. Erschrocken hielt er inne. »Mein Bein! Was ist mit meinem Bein?«

»Es ist gebrochen«, erwiderte Leif sanft. »Wir werden es richten, damit du wieder laufen kannst.«

Natürlich, jetzt fiel es ihm wieder ein. Der Ochse! Er hatte ihn gegen einen Baum geschleudert. Das schaurige Krachen, mit dem sein Knochen geborsten war, hallte plötzlich in seinen Ohren wider und versetzte ihn in Panik. »*Ihr* werdet gar nichts tun«, spie Hrut hervor. »Ich gehe nach Hause.« Er versuchte sich aufzurichten. Erneut fuhr der Schmerz wie ein feuriger Pfeil durch seinen Unterschenkel. Er stöhnte auf bei dem Gedanken, dass es unmöglich war, aufzustehen, geschweige denn davonzulaufen. Kalter Schweiß rann ihm den Rücken hinunter.

»Verstehst du jetzt? Du kannst nicht nach Hause gehen«, sagte Leif in aller Ruhe. »Dein Bein wird dich so nicht tragen.«

Hrut kämpfte gegen eine neue Ohnmacht an. Er fühlte sich wie ein Gefangener, auf Gedeih und Verderb seinen Peinigern ausgeliefert. Und nichts anderes hatten sie getan! Sie hatten ihm Schmerzen zugefügt und sie würden es wieder tun! »Geht weg von mir! Alle! Dies ist mein Bein«, schrie er. »Ich bestimme, was damit gemacht wird. Sicher heilt es auch von allein.«

Leif ließ ihn los und setzte sich still neben ihn. In seinem Innern kochte es. Sie wollten Hrut doch nur helfen und er führte sich auf, als ob sie vorhätten, ihn umzubringen. Dabei war es seine *eigene* Schuld, dass er verletzt war. Doch eine leise Stimme mahnte ihn. Die Schmerzen mussten mörderisch sein. Es war besser, Hrut toben zu lassen, bis er wieder zur Vernunft kam.

»Nun, es ist deine Entscheidung«, erwiderte Aryana. »Du kannst natürlich auch nichts tun und warten, bis der Knochen an der falschen Stelle zusammenwächst, aber dann wirst du ein Krüppel sein. Nie wieder wirst du richtig laufen können und nie wieder wirst du mit Hakon in den Kampf ziehen, um Beute zu machen. Und im schlimmsten Fall«, sie schluckte, »wird man dir das Bein abschneiden müssen.«

Hrut sah sie böse an. Was bildete sich dieses angelsächsische Weib eigentlich ein? Doch dann erschien Svanhilds Bild vor seinem geistigen Auge. Svanhild! Was, wenn Aryana recht hatte? Niemals würde er dann der Steuermann auf Hakons Schiff werden. Er würde ein Krüppel sein, der weiter auf die Güte seines Onkels angewiesen war und *niemals* würde Svanhild ihn so heiraten! Er verkniff sich ein Stöhnen und rang stattdessen nach Luft. »Also gut«, lenkte er ein, »dann soll es so sein. Doch ich will, dass Svala kommt und sich um mein Bein kümmert.«

»Die Völva wohnt zwei Tagesreisen weit entfernt«, erwiderte Aryana verächtlich. »Eine lange Zeit für ein gebrochenes Bein, das nicht gerichtet ist.« Sie ließ Hrut nicht aus den Augen. »Warum vertraust du mir nicht?«

Er zuckte mit den Schultern. Er wusste es selbst nicht. Alles in ihm schrie nach Gefahr, doch blieb ihm ein anderer Weg, um wieder der Hrut zu werden, der er einmal war? »Versprichst du mir, dass ich wieder gesund werde?«

Aryana zögerte. »Das kann ich nicht. Aber ich werde mein Bestes geben. Den Rest muss ich Gott überlassen.«

Schutz suchend griff Hrut nach dem Thorshammer, einem kleinen Anhänger, den er aus einem Tierknochen geschnitzt hatte. Er hing an einer Lederschnur um seinen Hals. »Überlass das lieber meinen Göttern und tue deine Arbeit.«

Aryana schluckte die Beleidigung hinunter. »Gut, aber ich werde Hilfe brauchen. – Solveig, lauf schnell hinüber zu Asvald. Sag ihm, dass er gleich kommen soll.«

Solveig, die froh war, dem grässlichen Schauspiel für eine Weile zu entkommen, warf sich den Mantel über und eilte davon.

Der kleine Floki hielt sich Schutz suchend am Rock seiner Mutter fest und betrachtete ängstlich den großen Mann, der mit schmerzverzerrtem Gesicht auf Cuthberts Schlafbank lag, während sie ihm einen Becher mit Starkbier reichte. »Etwas anderes habe ich nicht. Ich hoffe, es wird dir guttun.«

Der Mann nickte dankbar und trank gierig. Seine braunen Haare hingen in schweißnassen Strähnen um das seltsame Gesicht, dessen narbige Wange einen dunklen Ton angenommen hatte.

Asvalds Kopf erschien in der Tür. »Bei allen Göttern! Was ist denn hier passiert?«

Aryana erklärte es ihm mit knappen Worten und dass sie einen kräftigen Mann brauchte, um Hruts starke Muskeln zu lockern. Sobald der Schmerz wieder einsetzte, würden sie sich erneut verkrampfen. Cuthbert und sie selbst waren zu schwach, aber vielleicht gelang es Asvald, das Bein in die Länge zu ziehen. »Würdest du das tun?«

Asvald nahm seine Kappe vom Kopf und hielt sie wie einen Schild vor die Brust. Sein Gesicht drückte nicht viel Zuversicht aus, doch er nickte tapfer. »Natürlich«, sagte er. »Schließlich sollst du wieder gesund werden. Nicht wahr, mein Junge?«

Asvalds Gegenwart beruhigte Hrut ein wenig. Er ließ sich wieder in Leifs Arme sinken, der erneut die Hände verschränkte.

»Bist du bereit?«, fragte Aryana.

Hrut nickte tapfer.

»Einen Moment noch«, warf Cuthbert ein. »Ich möchte ein Gebet sprechen.«

»Untersteh dich«, zischte Hrut. »Bleib mir vom Leib mit deinem Christenzauber. Ich habe meine eigenen Götter!«

»Gut, wie du willst«, erwiderte Cuthbert ruhig und wurde einmal mehr von Leif dafür bewundert, wie sanftmütig er auch dann noch sein konnte, wenn man ihn beleidigte. »Ich hoffe, du hast nichts dagegen, wenn ich den Herrn still darum bitte, dir die kommende Stunde nicht allzu schwer zu machen.«

»Tu, was du nicht lassen kannst«, knurrte Hrut, dann spürte er, wie Asvald seinen Fuß so packte, wie Aryana es ihm zeigte. Das Bier hatte Hrut zwar etwas benebelt, aber der Schmerz wurde so stark, dass er mit einem Schlag wieder nüchtern war. Er unterdrückte einen Schrei, konnte es aber nicht verhindern, dass seine Zähne laut übereinander knirschten. Er presste seinen Oberkörper fester in Leifs Arme.

Asvald strengte sich gewaltig an. Durch gleichmäßigen Zug versuchte er Hruts Knochen zu bewegen, während Aryana ihm Anweisungen gab, die Bruchstelle befühlte und Cuthbert auf den Knien lag und still betete.

Aryanas Herz klopfte zum Zerspringen, während Hrut immer lauter mit den Zähnen knirschte. Sie wusste, dass sie ihm unsägliche

Schmerzen bereiteten. Du Närrin, schrie eine Stimme in ihr. Wenn es dir nicht gelingt, das Bein zu retten, wird man dir die Schuld dafür geben! Und Svala hätte einen Grund mehr, um das Volk gegen euch aufzuwiegeln. Sie fühlte, wie sich ihr Magen verkrampfte und die Übelkeit ein weiteres Mal ihren Hals heraufkroch. Trotzdem musst du es versuchen, sagte eine andere Stimme. Wenn du nichts unternimmst, wird er für immer ein Krüppel sein. Plötzlich fühlte sie, wie sich die scharfe Kante der Bruchstelle bewegte. Ein freudiger Stich fuhr durch ihren Leib.

»Noch ein kleines bisschen, Asvald. Gleich haben wir es geschafft.«

Der Schmerz in Hruts Bein explodierte. Seine Lippen bebten und Schweiß rann in Strömen über sein Gesicht. Als die scharfkantigen Bruchstellen übereinanderglitten, konnte er nicht anders: Er brüllte seinen Schmerz hinaus. Kurz darauf spürte Hrut, wie Asvald seinen Fuß losließ. Dumpf nahm er triumphierendes Freudengeheul aus Aryanas Mund wahr.

»Wir haben es geschafft. Alles scheint wieder an der richtigen Stelle zu sein.« Sie sah erschöpft aus, als sie sich zu ihm umdrehte, doch ihr Lächeln war strahlend. »Nun muss es nur noch zusammenwachsen. Dann kannst du wieder laufen.«

Mit einem Mal fühlte sich Hrut grenzenlos erleichtert. Er hatte es durchgestanden! Alles schien gut zu werden. Leif klopfte ihm freundschaftlich auf die Schulter, auch ihm war die Freude anzusehen.

Der Schmerz, den Aryana verursachte, als sie Hruts Bein schiente, war eine Kleinigkeit, verglichen mit dem, was er zuvor aushalten musste. Plötzlich schämte er sich über die hässliche Art, mit der er sie behandelt hatte. Die Menschen in diesem Haus waren freundlich zu ihm und wie hatte er es ihnen gedankt? »Aryana«, er brachte den Namen kaum über die Lippen.

»Ja?«, überrascht sah sie auf.

»Ich danke dir und … es tut mir leid, dass ich … so unfreundlich zu dir war.« Die Worte fielen ihm nicht leicht, doch sie zuckte gleichgültig mit den Schultern und schenkte ihm erneut ein Lächeln.

»Wer weiß schon, was ich an deiner Stelle getan hätte«, sagte sie leichthin.

Beruhigt legte sich Hrut anschließend auf der Schlafbank zurecht und wischte verstohlen die Tränen weg, die ihm in die Augen stiegen. Leif flößte ihm warme Wurstbrühe ein, die noch vom Schlachtfest übrig war. Dann schloss er erschöpft die Augen. Vielleicht war es hier gar nicht so übel, wie er gedacht hatte. Ein tiefer Friede erfüllte sein Herz und sein letzter Gedanke galt Svanhild, bevor er in einen traumlosen Schlaf hinüberglitt, der ihn aller Last beraubte.

»Eines kann ich nicht verstehen«, sagte Leif nachdenklich zu Cuthbert. Er lenkte den Schlitten, den ihnen Asvald geliehen hatte, um das Fleisch des Auerochsen zu holen. Skridur trabte gleichmäßig in der bleichen Sonne des kurzen Wintertages.

»Was kannst du nicht verstehen, mein Junge?« Cuthbert fröstelte in der kalten Luft. Sein Gesicht fühlte sich wie eine starre Maske an.

»Warum ist Hrut so bösartig? Ihr habt ihn ja gestern gehört. Wir sind eine Bedrohung für ihn. Warum kann er nicht verstehen, dass wir so sind, wie wir sind?«

»Die meisten Menschen reagieren so, wenn sie das erste Mal mit dem Gott der Christen in Berührung kommen. Sie haben ihre eigenen Götter und können sich nicht vorstellen, dass es etwas Besseres gibt.« Er lächelte und seine kleinen, blauen Augen verzogen sich schelmisch bei dem Gedanken, den er gerade hatte. »Im Übrigen warst du nicht anders.«

Nun musste auch Leif lächeln. Cuthbert hatte recht. Auch er hatte sich zuerst gegen den Gott der Christen gewehrt. Aber vieles war in der Zwischenzeit passiert und er hatte seine Meinung geändert.

»Kannst du ihn jetzt verstehen?«, fragte Cuthbert.

Leif wiegte nachdenklich den Kopf. »Ja – und nein. Am liebsten hätte ich ihn geohrfeigt, als er seine Beleidigungen über uns ausschüttete.«

»Und warum hast du es nicht getan?«

Leif zuckte mit den Schultern.

Cuthbert rieb seine kalten Hände gegeneinander, um sie zu wärmen. »Wenn du Menschen für den dreieinigen Gott gewinnen willst, musst du sie lieben. Ganz gleich, was sie dir antun. Und du musst bereit sein, ihnen zu verzeihen. Nur so kannst du sie von der Wahrheit überzeugen.«

»Ich weiß«, erwiderte Leif resigniert. »Lieben, beten und abwarten. – So wie bei Mutter. Wenn das nur nicht so verdammt schwer wäre.«

»Nun, gestern hast du es auf jeden Fall getan. Und bist du nicht heute Morgen dafür belohnt worden? Hrut war viel freundlicher, als er aufwachte. Einmal hat er sogar gelächelt.«

»Nur um danach wieder zu nörgeln.«

»Rom ist auch nicht an einem Tag erbaut worden. Du erinnerst dich an die große Stadt, von der ich dir erzählt habe?«

»Dort, wo die Menschen Christen sind und wo das Oberhaupt aller Christen lebt? Wie schön muss es sein, dort zu wohnen.«

»Nun, auch dort gibt es Ärger und Zwietracht. Und es gehört nun mal nicht zu deinen Aufgaben, im sonnigen Rom zu leben, sondern hier, wo du hingehörst. Ich bin sicher, Gott wird dich eines Tages dafür belohnen.«

»Das hoffe ich, auch wenn ich es mir im Moment nicht vorstellen kann. Es ist, als ob man gegen die stürmische See ankämpft, obwohl man weiß, dass man nicht gewinnen kann.«

»Nur eines hast du vergessen«, erwiderte Cuthbert tröstend. »Du hast den lebendigen Gott an deiner Seite und wenn es ihm gefällt, kann er große Wunder tun.«

Mit dem Schlitten kamen sie schnell voran und bald zeigte ihnen eine Schar Raben den Weg zum Kadaver des Auerochsen, der wie ein dunkler Hügel im Schnee lag. Die Raben flogen krächzend auf, als sie näher kamen.

»Na bitte«, sagte Cuthbert triumphierend. »Hier hast du schon ein Wunder.«

Tatsächlich war der Ochse unversehrt. Die Raben hatten sich zwar an dem verbliebenen Auge und Maul des Tiers gütlich getan, aber sein mächtiger Bauch war nicht aufgebrochen. Sein Fell unangetastet. Kein Wolfsrudel schien ihn entdeckt zu haben.

Sie banden dem Ochsen ein Seil um den großen Schädel und zogen ihn mit Skridurs Hilfe auf den Schlitten. Dann trabte Skridur mit seiner schweren Last nach Hause.

»Was soll dieser Knoten hier?«, keifte Póra anklagend und hielt Bronagh das gesponnene Knäuel vor die Nase. »Wie soll ich eine schöne Borte weben, wenn der Faden nicht richtig gesponnen ist?« Póra schlug Bronagh mitten ins Gesicht. »Dieses Miststück ist einfach zu nichts zu gebrauchen. Nicht einmal einen anständigen Faden kann sie spinnen.«

Bronagh fuhr mit bebender Hand über ihre blutende Lippe. Mühsam unterdrückte sie ihre Tränen. Póras Boshaftigkeit war kaum noch zu ertragen.

Ein lautes Seufzen, mit dem Eyvind bekundete, wie sehr ihm das Benehmen seiner Frau missfiel, drang an ihr Ohr. In dem dreigeteilten Haus, dessen Hauptraum an den Stirnseiten durch einen Vorratsraum und eine Werkstatt ergänzt wurde, hätte es gemütlich sein können. Ein warmes Feuer prasselte auf der Herdstelle. Die aus Lehm und Flechtwerk bestehenden Wände schützten sie vor dem nasskalten Wetter und der Wind blies seufzend über das reetgedeckte Dach. Trotzdem war es hier alles andere als gemütlich.

»Was ist denn nun schon wieder? Musst du immer so auf Bronagh herumhacken?« Eyvind hatte seine Werkbank zwischen die Podeste an den Seitenwänden gestellt, die sie zum Schlafen und Sitzen gebrauchten. Er nutzte wie die beiden Frauen das Licht des Feuers, um kleine längliche Platten aus einem Hirschhorn zu sägen. Bronaghs Sohn saß neben ihm und spielte mit seinem Holzpferd.

Póra bleckte ihre abgenutzten Zähne. »Nimm *du* sie nur weiter in Schutz. Denkst du etwa, ich merke nicht, wie sie dir schöne Augen macht?«

»Aber«, versuchte Bronagh sich zu rechtfertigen. »Das ist überhaupt nicht wahr.«

»Sei still, du nichtsnutziges Ding. Wenn die Sklavenhändler im Frühjahr zurückkommen, werde ich mir eine neue Sklavin aussuchen. Und dich mögen sie mitnehmen, wohin immer sie wollen!«

»Du wirst nichts dergleichen tun«, erwiderte Eyvind in frostigem Tonfall. Sein gutmütiges Gesicht nahm energische Züge an. »Bronagh bleibt hier!«

»Das lasse ich nicht zu«, keifte Póra. »Das Miststück wird verkauft, und wenn es das Letzte ist, was ich tue.«

»Damit könntest du recht haben.« Eyvinds Ton war nun drohend. »Wenn du es jemals wagst, Bronagh fortzuschaffen, werde ich dich aus dem Haus jagen!« Bronagh sah, wie Póra erschrocken den Satz hinunterschluckte, den sie eben zu erwidern gedachte. Keine der beiden Frauen war es gewohnt, dass Eyvind so sein Recht einforderte.

Während er die kleine Säge beiseitelegte, die er in der Hand gehalten hatte, sprach er weiter: »Da dir das Schicksal unserer Sklavin aber so sehr am Herzen liegt, sollst du erfahren, was *ich* mit ihr vorhabe.« Eyvind erhob sich und baute sich vor Póra auf. »Ich werde Bronagh zur Zweitfrau nehmen, denn du, Weib, wärmst mich schon lange nicht mehr. Und ihr Sohn soll mein Ziehsohn sein.« Zur Bestätigung setzte er sich wieder hin, nahm den Kleinen auf sein Knie und herzte ihn. »Von nun an bist du mein Sohn und ich will dir ein guter Vater sein.«

»Du liebe Zeit, Hrut. Was ist denn mit dir passiert?« Rollo und Unn traten bekümmert an die Schlafbank, auf der Hrut wie ein gefällter Baum lag. Er sah mitgenommen aus. Dunkle Ringe umschatteten seine Augen und sein Gesicht war vom Fieber unnatürlich gerötet.

»Nun, ich würde sagen, ein Ochse ist mir zwischen die Beine geraten«, versuchte Hrut zu scherzen und grinste dabei schief. In seinem Bein pochte es, doch das war kein Wunder nach dem, was gestern geschehen war. Als Aryana heute Morgen danach gesehen hatte, war es dick geschwollen. Ein riesiger Bluterguss bedeckte fast den gesamten Unterschenkel. »Wird wohl noch eine Zeit dauern, bis ich wieder laufen kann«, sagte er leichthin. In Wirklichkeit hasste er diesen Zustand, der ihn so nutzlos und hilfsbedürftig wie Hallas Säugling machte. Aryana hatte ihm streng befohlen, liegen zu bleiben. So lange, bis das Wundfieber und die Schmerzen nachgelassen hatten. Er wäre ohnehin nicht in der Lage gewesen, seine Bank zu verlassen. Er zitterte vor Schwäche und fühlte sich nicht einmal dazu imstande, auch nur zu sitzen. Stattdessen musste man ihn füttern und pflegen wie ein kleines Kind.

»Sein Bein ist gebrochen?«, fragte Unn.

Aryana nickte. »Der Bruch ist zwar gerichtet, aber er muss es schonen, damit der Knochen wieder zusammenwachsen kann. Was mir im Moment mehr Sorgen macht, ist das Fieber, das ihn seit heute Morgen plagt.«

Unn legte ihrem Neffen die Hand auf die Stirn, während Rollo ihn mit sorgenvoller Miene betrachtete. Seine Haut fühlte sich heiß an. »Das wird schon wieder«, sagte sie tapfer. »Ein starker, junger Mann wie du kann viel wegstecken. Wir werden dich jetzt heimbringen und noch ehe der Winter vorüber ist, wirst du wieder springen wie ein junger Hirsch.«

»Ihr könnt ihn unmöglich mit nach Hause nehmen«, widersprach Aryana. »Es würde ihm mehr schaden als nützen.« Ihr Blick schweifte von Rollo und Unn zu Hrut, der kaum noch die Augen offen halten konnte. »Lasst ihn stattdessen bei uns. Ich werde mich um ihn kümmern.«

»Nun, ich weiß nicht …«, erwiderte Rollo unschlüssig. »Wir können ihn doch nicht einfach hierlassen. Die ganze Arbeit würde an euch hängen bleiben.«

»Es würde mir nichts ausmachen – vorausgesetzt, Hrut ist damit einverstanden.« Aryanas Augen blickten gespannt zu Hrut.

»Besser, ihr tut, was Aryana sagt«, erwiderte er matt. »Sie kann sehr streng sein«, schwach grinste er. »Ich bin hier in den besten Händen.« Aus den Augenwinkeln sah er das Lächeln, das über Aryanas Gesicht huschte.

»Das können wir unmöglich annehmen«, widersprach Unn. Sie musterte erstaunt das Gesicht ihres Neffen. Was ging hier vor? Vor ein paar Tagen wäre es Hrut nicht einmal in den Sinn gekommen, sich diesem Haus auch nur zu nähern und jetzt wollte er gar nicht mehr fort?

»Doch das könnt ihr«, erwiderte Aryana. »Es wäre mir sogar eine Ehre, euren Neffen zu pflegen. Ihr könnt ihn später abholen, wenn es ihm besser geht.«

Unn zuckte resigniert mit der Schulter. »Also gut, wenn du meinst, aber ich werde morgen wiederkommen und einen gefüllten Proviantkorb mitbringen, damit er euch nicht die Haare vom Kopf frisst.«

Hruts Glieder waren so schwer wie Blei, als sich Rollo und Unn verabschiedeten. Als sie fort waren, flößte Aryana ihm etwas Brühe ein. Sie zuckte vor Schreck zusammen, als er plötzlich ihre Hand umklammerte.

»Warum hilfst du mir?«, murmelte er.

»Weil ich dich gern habe«, sagte sie schlicht. »Und weil mein Gott will, dass wir anderen helfen.«

»Ach, so ist das.« Hrut erinnerte sich daran, weshalb er gekommen war. Er wollte sich die Freundschaft dieser Menschen erschleichen, um Hakon die Information zu liefern, die er benötigte. Er wollte sich an ihnen bereichern und sie beschämten ihn mit Freundlichkeit und Güte. Hrut ließ Aryanas Hand los, als ob er sich verbrannt hätte. Er ekelte sich vor sich selbst. Eine ganze Weile lag er so da und hüllte sich in Schweigen. Dann begannen seine Lider zu flattern. Eine neue Welle des Fiebers trieb ihm den Schweiß aus den Poren. Der Schlaf griff wie eine unsichtbare Hand nach ihm und hüllte ihn in einen Zustand der Schwerelosigkeit ein. Doch bevor seine Gedanken wie eine sanfte Meereswoge hinweggespült wurden, änderte er seine Absichten: Er würde aufhören damit. Er konnte Leif und seine Familie nicht belügen. Nicht nach dem, was in der Zwischenzeit geschehen war.

Ein Gewirr von Stimmen weckte Hrut aus seinem Dämmerzustand. Das ganze Haus war erfüllt von hektischer Betriebsamkeit und dem Geruch nach gekochtem Fett und frischem Fleisch, der ihm fast den schwachen Magen umdrehte. In der feuchtheißen Luft sah er

Aryana, die eifrig in dem eisernen Kessel rührte, der an einer Kette über dem Feuer hing. Leif zerteilte große Stücke Fleisch. Aldis und Solveig rieben es mit Salz ein, während Cuthbert zwei neue Fässer ins Haus schaffte. Hrut biss die Zähne zusammen und setzte sich auf. Die Wände begannen sich um ihn zu drehen, doch der Schmerz in seinem Bein war nicht mehr so schlimm wie zuvor.

»Er ist aufgewacht«, piepste Floki mit seinem Kinderstimmchen.

Als Hrut wieder klar sehen konnte, bemerkte er, dass alle ihn anstarrten.

»Geht es dir besser?«, fragte Aryana freundlich.

Er lächelte matt. »Ich weiß es noch nicht genau«, erklärte er, »aber ich muss dringend nach draußen.«

Leif stand auf und kam zu ihm hinüber. »Komm, ich helfe dir.«

Dankbar ergriff Hrut seinen Arm und die Krücke, die sie ihm zurechtgezimmert hatten. Sie bestand aus einem langen, stabilen Stock mit einem Querschaft, den er sich unter die Achselhöhle klemmen konnte. Langsam humpelte er mit Leif hinaus. Der Schwindel kam zurück, sobald er sich bewegte, doch die klare Winterluft tat ihm gut. Der Schnee vor dem Haus war blutig. Möwen balgten sich um die ungenießbaren Teile eines Tieres.

Hrut entleerte mit einem genüsslichen Seufzer seine Blase. »Du hast die Reste des Ochsen nach Hause geholt?«, fragt er.

»Nicht nur die Reste«, erwiderte Leif zufrieden. »Er war noch unversehrt.«

»Dein Gott muss es tatsächlich gut mit dir meinen, wenn er dir ein solches Geschenk macht.«

Leif sah Hrut verwundert an. Noch vor ein paar Tagen wäre ein solcher Satz aus Hruts Mund eine Ungeheuerlichkeit gewesen. »Das denke ich auch«, erwiderte er.

Hrut blickte verlegen zur Seite. »Habe ich lange geschlafen? Ich scheine eine Menge verpasst zu haben.«

Leif lächelte. »Es waren fast zwei Tage. Du hattest hohes Fieber.«

»Zwei Tage?«, erwiderte Hrut. »Kein Wunder, dass ich solchen Hunger habe.«

Leif grinste breit. »Dem kann abgeholfen werden. Es ist genug zu essen da. Außerdem hat deine Tante einen riesigen Proviantkorb herbeigeschleppt, damit du uns ja nicht vom Fleisch fällst. – Sie macht sich große Sorgen um dich.«

Im Haus sank Hrut erschöpft auf seine Bank. Er nörgelte nicht, als ihm Aryana trockenes Brot und Wasser brachte, um seinen Magen zu schonen. Langsam kaute er die harten Brotstücke, die ihm nie köstlicher geschmeckt hatten. Dann legte er sich nieder und ließ sich vom Gemurmel und der Betriebsamkeit um ihn herum treiben. Geborgenheit erfüllte sein Herz und er fasste neuen Mut. Er würde wieder gesund werden. Dann würde er zu Hakon gehen und ihm sagen, dass er diesem Spiel ein Ende machte, bevor es richtig begonnen hatte.

»Sieh nur, wen ich dir mitgebracht habe.« Leif, der eben nach draußen gegangen war, um sich um das Fell des Ochsen zu kümmern, kam mit einer jungen Frau zurück.

»Svanhild«, flüsterte Hrut entsetzt. Er schämte sich, dass sie ihn in diesem Zustand sehen musste, und setzte sich mit einem Ruck auf. Sein Bein schmerzte zur Strafe fürchterlich, doch es war ihm gleichgültig, als er erkannte, dass sie kam, um ihn zu besuchen.

»Sei willkommen in unserem Haus«, hörte er Aryana sagen. Sie blinzelte Hrut schelmisch zu.

Svanhild kam näher und schlug züchtig die Augen nieder. »Ich habe gehört, was mit dir geschehen ist«, sagte sie schüchtern, »und wollte nachsehen, wie es dir geht.«

Hrut lächelte etwas gequält. »Es geht mir gut«, erwiderte er genauso schüchtern wie sie.

»Ich habe mir Sorgen gemacht. Deine Tante sagte, du hättest hohes Fieber.«

Ihre Blicke trafen sich und Hruts Herz machte vor Freude einen Sprung.

»Hier, ein Geschenk für dich.« Svanhild reichte ihm ein rundes Amulett, das aus einem Knochen gefertigt war. »Ich habe es selbst gemacht.«

Die polierte Oberfläche glänzte wie ein Edelstein. In der Mitte erkannte Hrut zwei eingeritzte Raben.

»Hugin und Munin«, erklärte sie ihm, »Odins Raben, damit sie in Zukunft besser auf dich aufpassen.«

Sie empfindet etwas für dich, dachte Hrut erstaunt. Es ist tatsächlich wahr!

»Wenn es dein Wunsch ist, werde ich es von nun an immer an meinem Herzen tragen«, sagte er gerührt.

Sie nickte lächelnd.

Er nahm mit beiden Händen die Lederschnur, an der das Amulett hing, und hängte es sich um den Hals.

»Ich muss jetzt gehen. Meine Tante erwartet mich.«

Bevor sie sich umdrehte, nahm er ihre Hand. Ihre langen schlanken Finger sahen so zerbrechlich aus in seiner Pranke. »Bitte komm wieder«, flüsterte er.

Sie schenkte ihm ein strahlendes Lächeln. »Das tue ich gern.«

Dann war sie fort. Hrut konnte sein Glück kaum fassen. Svanhild war in ihn verliebt! Sein Gewissen war jetzt nicht so wichtig. So kurz vor dem Ziel konnte und durfte er nicht aufgeben. Er musste sein Spiel weiterspielen. Alles, was jetzt zählte, war Svanhild – und Hakons Silber, das ihn zu einem reichen Mann machen würde.

Der Winter verlief friedlich. Während die Häuser in einer alles überdeckender Schicht aus Schnee und Eis versanken, erholte sich Hrut zusehends. Was nicht zuletzt daran lag, dass Svanhild ihn besuchte, sooft sie konnte. Durch Hruts Genesung wurden die Menschen zugänglicher. Sein Schienbein verfestigte sich langsam wieder und außer einer harten Beule über der Bruchstelle schien alles in Ordnung zu kommen. Manche begannen Leifs Worte ernst zu nehmen, wenn er ihnen in den langen Winternächten vom dreieinigen Gott erzählte. Cuthbert hatte ihm diese Aufgabe vor nicht allzu langer Zeit übertragen. Er fand, dass Leif nun genug gelernt hatte und sprang nur dann ein, wenn er nicht mehr weiterwusste.

Leif erinnerte sich noch gut an das erste Mal, als er allein zu den

Bauern sprach, während sie es sich auf den Schlafbänken gemütlich machten. Selbst Hrut hörte ihm interessiert zu, als er ihnen erzählte, wie Christus zwei Blinde geheilt hatte. Anfangs kamen ihm die Worte etwas stockend über die Lippen, als er aber feststellte, dass er die Geschichte mühelos aus dem Gedächtnis wiederholen konnte, wurde er sicherer:

»Als Christus mit seinen Jüngern von einer Siedlung zur nächsten wanderte, folgte ihm eine große Menschenmenge. Zwei Blinde saßen am Wegesrand und als sie hörten, dass Christus vorüberging, schrien sie: ›Herr, du Sohn Davids, erbarme dich unser!‹ Aber diejenigen, die mit ihm gingen, fuhren sie an, dass sie schweigen sollten. Da schrien sie noch lauter: ›Ach Herr, du Sohn Davids, erbarme dich unser!‹ Nun blieb Christus stehen, weil er ihr Schreien gehört hatte. Er rief sie zu sich und sprach: ›Was wollt ihr von mir?‹ – ›Herr, dass unsere Augen aufgehen.‹ Da erbarmte sich Christus über sie und er berührte ihre Augen. Plötzlich konnten sie wieder sehen. Voller Freude über dieses Wunder schlossen sie sich den Menschen an, die Christus nachfolgten.«

Leif hatte die Geschichte nicht ohne Grund erzählt. Er wollte, dass die Bauern begriffen, dass sie nicht nur durch die Götter, sondern auch durch Christus geheilt werden konnten.

Aryana wurde mit jedem Tag schöner. Ihr ganzer Leib erblühte und rundete sich an Brust, Bauch und Hüften. Selbst ihr Gesicht schien voller zu werden, was ihre katzenhaften Augen noch mehr betonte. Sie strotzte vor Fruchtbarkeit und weckte in Leif eine Sehnsucht auf das ungeborene Kind, die er bisher nicht kannte.

Der Klang von Hammer und Axt schallte beständig vom Hafen herauf. Ingjald baute mithilfe einiger Männer ein neues Schiff unter einem behelfsmäßigen Dach in der Nähe der Bootshäuser.

Doch kam in diesem Winter der Hering nicht so häufig wie sonst zur Küste. Die Leute fingen nur wenig und als Hrut wieder nach Hause gehen konnte, schoss so viel Schmelzwasser ins Tal, dass das Land überschwemmt wurde, bis die Häuser feucht und klamm waren. Als ob das nicht schon genügte, fing es danach zu regnen an. Die Nahrung wurde knapp, weil die Erde zu nass und das Wetter feucht und kalt blieb. Die Menschen fingen zu hungern an. Kinder und Alte starben und das Volk begann zu murren.

Svala war übler Laune, als sie Hakon in seiner Halle aufsuchte. Die Sklavin Vigdis nahm ihr den nassen Mantel ab und führte sie zu Hakons Platz am Feuer.

»Was bringst du für Neuigkeiten?«, fragte er, ohne das leuchtende Muster der Flammen aus den Augen zu lassen.

Svala verzog hämisch ihr Gesicht. »Du weißt bestens über meine Neuigkeiten Bescheid. Die Menschen hungern und daran ist einzig und allein dein missratener Sohn schuld.«

»So? Dann beweise es«, erwiderte Hakon spöttisch.

»Ich brauche nichts zu beweisen. Ich habe die Runen befragt und ich *fühle es!*« Sie schlug mit der Spitze ihres langen Stabes energisch auf den Boden. Hakon musste endlich etwas unternehmen. Es war nicht nur Leifs und des Priesters Geschwätz, das langsam zur Bedrohung wurde, neuerdings spielte sich seine junge Frau auch noch als Heilerin auf. Eine Stellung, die nur ihr, Svala, gebührte!

Hakon schmunzelte. Svala war eine bemerkenswerte Frau. Nie zeigte sie Angst, wenn sie mit ihm stritt. Das machte ihr so leicht keiner nach. Ihr schlanker Körper zitterte vor Wut, als sie näher an Hakon herantrat.

»Wie lange noch willst du dich zum Narren machen? Du wirst die Herrschaft über diese Siedlung verlieren, wenn du nicht endlich etwas unternimmst. Niemand, der die Götter beleidigt, kommt ungeschoren davon!«

»Was schlägst du also vor?« Hakons Gesicht war so unbeweglich wie immer, doch seine Stimme wirkte kraftlos. Immer größere Schwierigkeiten türmten sich vor ihm auf. Er wusste nicht, wie er mit ihnen fertigwerden sollte.

»Töte sie. Töte sie alle!«

»Du willst die ganze Familie auslöschen? Vier erwachsene Menschen und zwei Kinder?«

»Keiner von ihnen hat es verdient, am Leben zu bleiben. Weder diejenigen, die den Göttern lästern, noch jene, die ihnen dabei zusehen.«

In Hakons Herz fuhr ein Stich. Er wusste nicht, warum, aber dieses Mal gelang es ihm nicht, die Dinge ohne jegliches Gefühl zu regeln. Es war sein Sohn, über dessen Schicksal er entscheiden musste. Er hatte noch andere Söhne. Kinder von Sklavinnen, die er, ohne mit der Wimper zu zucken, fortgeschickt hatte, als er ihrer überdrüssig wurde. Obwohl er es nicht wollte, merkte er, dass er für diesen etwas empfand, so wie er einst für seine Mutter empfunden hatte. Vielleicht war es auch das Alter, das ihm zu schaffen machte? Trotzdem war Leif ein verdammter Sturkopf. Doch es spielte keine Rolle. Das Band des Blutes, das sie verband, war stärker.

»Was, wenn du dich täuschst? Wenn du die Menschen opferst, und der Regen hört nicht auf? Willst du das wirklich riskieren?«

»Er wird aufhören, du wirst sehen.«

Hakons Blick richtete sich nach innen. Zu gern hätte Svala gewusst, was er dachte, doch sein unbewegliches Gesicht verriet keine Silbe davon.

»Ich erlaube es nicht, dass du dich an der Familie meines Sohnes vergreifst«, sagte er barsch. »Richte ein Opferfest aus. Nimm dazu die besten Tiere, die du in meiner Herde finden kannst, und stimme die Götter freundlich. Dann werden wir sehen, was passiert.«

Svalas Blicke durchbohrten ihn fast. Statt einer Antwort hüllte sie sich in ein ungläubiges, frostiges Staunen. »Wie du wünschst«, erwiderte sie endlich. Zornesröte stieg in ihr blasses Gesicht. Ohne sich zu verabschieden, entriss sie Vigdis den Mantel. Das Letzte, was Hakon von ihr sah, war das weizenblonde Haar, das ihr in einem geflochtenen Zopf über den Rücken fiel.

Svala blieb nichts anderes übrig, als das Opferfest abzuhalten. Um Hakon zu strafen, opferte sie mehr Tiere aus seiner Herde, als nötig gewesen wären, und forderte die anderen dazu auf, das wenige, was sie noch hatten, zu behalten. Hakon verzog keine Miene, als er ihr auf die Schliche kam.

Nach ein paar Tagen wurde das Wetter tatsächlich besser. Die Stimmung der Menschen hob sich. Alle waren froh, als die Pfützen versiegten, der Schlamm trocknete und die Erde wieder bebaubar wurde.

gaukmánaðr – Kuckucksmonat

Aryana reckte ihr Gesicht der Sonne entgegen. Endlich! Die warmen Strahlen prickelten auf ihrer Haut. Sie blieb einen Moment stehen und genoss die angenehme Empfindung. Ein zartes Klopfen in ihrem Bauch erinnerte sie daran, dass sie nicht allein war. Unbändiges Glück durchströmte sie. Zärtlich legte sie ihre Hand auf die immer größer werdende Wölbung, die sich deutlich unter ihrer Tunika abzeichnete. Bald würde sie ein Kind gebären. Sie konnte es kaum noch erwarten.

Auch Leif genoss die Wärme der Sonne. Er hockte vor dem Haus und spannte eine Sehne in den neu gefertigten Eibenbogen, der ihn viele Tage beschäftigt hatte. Am schwersten war es, Ingjald geeignetes Holz dafür abzuschwatzen, das lange Zeit trocken gelagert werden musste, bevor es sich zum Bogenbau eignete. Aryana gab ihm einen Kuss auf die Wange. Er hatte aufgrund des Wetters die Ärmel seiner Tunika hochgekrempelt. Die dunklen Härchen seiner Unterarme bildeten einen deutlichen Kontrast auf der winterweißen Haut. Die Sonne würde bald dafür sorgen, dass sie mit der Zeit einen bronzefarbenen Ton annahm und seine Härchen golden darauf schimmerten.

»Ich gehe zum Fluss«, sagte sie. Sie stemmte sich den großen Wäschekorb in die Seite.

»Lass mich das machen.« Leif nahm ihr den Korb ab. »Du sollst doch nicht so schwer tragen.«

»Ich bin nicht krank«, erwiderte sie entrüstet. »Ich bekomme lediglich ein Kind.«

Er achtete nicht auf ihre Worte, sondern trug den Korb runter zum Fluss. Seufzend lief sie hinter ihm her.

»Darf ich jetzt meine Wäsche waschen?«

»Ruf mich, wenn du fertig bist«, sagte er väterlich, bevor er sie verließ.

Aryana schüttelte lächelnd den Kopf, während sie die Flecken auf der Wäsche, die sie zuvor in einer Lösung aus Asche und Wasser ausgekocht hatte, mit einem kurzen Knüppel bearbeitete und den Stoff anschließend im Fluss spülte. Leif machte sich zu viele Sorgen um sie. Wenn es nach ihm ginge, dürfte sie nicht einmal die Hälfte ihrer Arbeit verrichten. Dabei ging es ihr gut. Die Übelkeit war nach ein paar Wochen verschwunden, dank des Ochsen hatte sie genug zu essen gehabt und selbst in der Fastenzeit vor Ostern hatte sie keine Schwäche gefühlt. Überdies war ihr Bauch noch nicht dick genug, um sich schwerfällig und träge zu fühlen. Sie fühlte sich jung, stark und voller Lebenskraft, wie die Natur, die um sie herum zum Leben erwachte. Der betörende Duft des Frühjahrs strömte aus unzähligen Blüten und Knospen in ihre Nase. Überall schossen junge Triebe wie Pilze aus dem Boden. Der Fluss, der Massen von Schlamm in den Fjord geschwemmt hatte, war nun wieder so klar, dass man Fische darin erkennen konnte, die sich dümpelnd zwischen den im Wasser wogenden Pflanzen verbargen. An seinem Ufer hatten Bachnelken erste Knospen gebildet. In ein paar Tagen würden sich die zarten, glockenförmigen Blüten öffnen. Eines von vielen Zeichen, dass es einen schönen Sommer geben würde. Einen Sommer wie geschaffen, um ein Kind zu gebären.

»Aryana«, der Ruf einer Frau riss sie aus ihren Träumen.

Aryana sah auf. Es war Helga, Asvalds Frau. Ihr Gesicht wirkte bekümmert.

»Helga! Fehlt dir etwas?«

»Nein«, erwiderte Helga voller Sorge. »Mir fehlt nichts. Aber Fríða ist sehr krank. Könntest du sie dir einmal ansehen?«

»Gerne«, erwiderte Aryana. »Am besten komme ich gleich mit. Ich bin hier sowieso fertig.«

Sie wusch das letzte Wäschestück im Flusswasser aus und legte es in den Korb zurück. Gemeinsam mit Helga trug sie ihn ins Haus, was ihr einen missbilligenden Blick von Leif einbrachte.

Fríða war Helgas Nichte. Sie wohnte nur drei Häuser von Asvald und Helga entfernt. Auf dem Weg dorthin erzählte Helga, was geschehen war: »Fríða musste ihrem Vater helfen, das Feld zu pflügen. Gísl nahm das Pferd, weil die beiden Ochsen schon von anderen benutzt wurden. Meine Schwester wollte nicht, dass er die Stute nimmt. Sie ist temperamentvoll und hat ihren eigenen Kopf, doch Gísl hörte nicht auf sie. Er lenkte den Pflug, während Fríða das Pferd führte. Plötzlich wurde die Stute wild. Gísl sagt, er weiß nicht warum, vielleicht wurde sie von einer Mücke gestochen.«

Sie erreichten das Haus. Als Helga die Tür öffnete, vernahm Aryana unterdrücktes Schluchzen. Auða, Helgas Schwester, führte sie mit besorgtem Blick zu ihrer Tochter.

»Sie hat hohes Fieber«, sagte sie.

Fríða lag auf ihrer Schlafbank und blickte ihnen voller Angst entgegen. Ihr Vater saß neben ihr. »Es ist alles meine Schuld«, sagte er beschämt.

Fríðas schmales Gesicht wirkte schmerzgeplagt und bleich. Sie war etwa so alt wie Solveig. Aryana hatte die beiden Mädchen schon oft miteinander scherzen sehen.

»Tut dir etwas weh?«

»Meine Hand«, jammerte Fríða.

Aryanas Blick fiel auf die rechte Hand des Mädchens, die mit einem Tuch umwickelt war.

»Fríða hatte die Zügel um die Finger geschlungen, als das Pferd stieg«, erklärte Helga. »Das hätte sie nicht tun sollen.«

Aryana wickelte die Hand des Mädchens vorsichtig aus, trotzdem wimmerte Fríða leise vor sich hin. Ein übler Geruch stieg ihr in die Nase. Aryana schluckte, als sie sah, was darunter lag, während Gísl sich entsetzt abwandte.

»Bei allen Göttern«, sagte er. »Das sieht ja immer schlimmer aus.«

Die Hand war stark geschwollen. Die ersten beiden Glieder von

Zeige- und Mittelfinger fehlten vollständig. Dicke Krusten hatten die Wunden inzwischen verschlossen, aber darunter schimmerte gelblicher Eiter. Aryana schob die Hand vorsichtig näher ans Licht. Sie hatte so etwas schon einmal gesehen. Damals war es ihr Vater gewesen, bei dem sich die Wunde nach einem Schwertstreich entzündet hatte. Schlechte Säfte vergifteten seinen Körper und er war trotz ihrer Bemühungen daran gestorben. Der Gestank des Eiters war ekelerregend, doch Aryana befürchtete, dass er nicht nur vom Eiter herrührte.

»Was hast du mit der Wunde gemacht?«, fragte sie Auða.

»Ich habe Gänseschmalz darauf getan, damit es schneller heilt, dann habe ich sie verbunden. Am ersten Tag hatte sie nur Schmerzen, aber seit gestern geht es ihr immer schlechter.«

»Hast du noch etwas von dem Schmalz übrig?«

Auða reichte ihr einen kleinen Topf. Aryana öffnete den Deckel. Ein übler Gestank wehte ihr entgegen.

»Das Schmalz ist viel zu alt, um es auf eine Wunde zu schmieren«, erwiderte Aryana besorgt. »Wahrscheinlich hat sie sich deshalb entzündet.«

Auða hielt mit Mühe ihre Tränen zurück. »Was hätte ich den sonst tun sollen? Wenn wir die Völva holen, verlangt sie eine Gegenleistung, aber wir haben nichts mehr, das wir ihr geben könnten.«

Aryana nickte. »Ich werde versuchen, die Wunde zu säubern. Bring Wasser zum kochen und besorge mir saubere Lappen. Ich gehe schnell nach Hause, um ein paar Sachen zu holen.«

Aryana eilte zur Tür hinaus. Ihr Gehirn arbeitete fieberhaft. Es musste eine Möglichkeit geben, das Mädchen zu retten. Sie durfte nicht das gleiche Schicksal wie ihr Vater erleiden. Als sie zurückkam, befanden sich Zwiebeln, getrocknetes Zinnkraut und Gundelrebe in ihrem Beutel. Sie schnitt die Pflanzen in kleine Stücke, kochte daraus einen Sud und wartete, bis er sich abkühlte. Dann presste Aryana die lauwarme Lösung durch ein Tuch und schüttete einen Teil davon in eine flache Schale. Vorsichtig badete sie Fríðas Hand darin. Danach entfernte sie den Eiter. Fríða biss sich dabei zitternd auf die Unterlippe.

»Tut es sehr weh?«, fragte Aryana mitfühlend.

Fríða konnte nur noch nicken. Feine Schweißperlen überzogen ihre zarten Gesichtszüge.

»Leider kann ich nichts dagegen tun«, sprach Aryana weiter. »Ich muss den Eiter entfernen, damit sich deine Hand nicht noch mehr entzündet.«

Als Fríðas Wunden gesäubert waren, legte Aryana einen mit Sud getränkten Lappen über die Stümpfe, bevor sie die Hand verband.

»Die Pflanzen wirken der Entzündung hoffentlich entgegen«, erklärte sie Auða. »Ich werde heute Abend wiederkommen und nach Fríða sehen.«

Als Aryana sich auf den Heimweg machte, wanderten ihre Gedanken zu dem Mädchen zurück. Das Leid Fríðas erschütterte sie, doch trotz allem empfand sie das Gleiche wie bei Hrut: Eine tiefe Befriedigung, wenn sie anderen Menschen helfen konnte, gesund zu werden. Vielleicht war das ihre Bestimmung? Ihre Mutter hatte sie die Wirkung jener Kräuter gelehrt, die sie selbst gesammelt und getrocknet hatte, um einen Vorrat an Heilkräutern anzulegen, falls jemand krank wurde. Doch sie kannte längst nicht alle. Außerdem wuchsen im Nordland Pflanzen, die sie noch nie zuvor gesehen hatte. Wenn ihr nur jemand erklären könnte, welches Kraut gegen welche Krankheit gewachsen war. Plötzlich musste Aryana lächeln. Sie wusste, wer dies am besten konnte: die Völva. Aber diesen Gefallen würde ihr Svala nicht tun. Sie zuckte gedankenverloren mit den Schultern. Wenn es Gottes Wille war, dass sie Krankheiten heilte, würde er auch jemanden schicken, der ihr diese Dinge erklären konnte.

»Aryana! Sieh dir an, wie nett unsere Zicklein miteinander spielen.« Solveig kam gerade mit Floki an der Hand aus dem Stall.

Aryana eilte mit ihnen, um die Zicklein zu bestaunen. Der Anblick der beiden vollkommenen Wesen, die inzwischen eifrig am Euter ihrer Mutter saugten, ließ sie ihre Gedanken vergessen.

Als sie abends zu Fríða zurückkehrte, waren die Schmerzen nicht mehr ganz so schlimm. Rasch entfernte Aryana frischen Eiter, der sich im Laufe des Tages gebildet hatte, und badete die Hand noch einmal in Sud. »Morgen früh komme ich wieder«, sagte sie sanft.

Fríða schloss die Augen und nickte zustimmend.

Aryana strich dem Mädchen über das feuchte Haar. Ihre Stirn fühlte sich immer noch heiß an. »Bitte, Herr«, betete sie still, »hilf mir, das Richtige zu tun, und mach die Kleine wieder gesund.«

Am nächsten Morgen brachte Fríða ein mattes Lächeln zustande, als sie Aryana erblickte. Die Hand schien nicht mehr ganz so geschwollen zu sein und auch das Fieber war zurückgegangen.

Drei weitere Tage wiederholte Aryana ihre Behandlung morgens und abends, dann atmete sie erleichtert auf. Kein frischer Eiter war zu sehen und Fríða ging es deutlich besser.

»Ich glaube, es hilft«, sagte sie zu Auða, Fríða und Gísl. »Die Entzündung ist zurückgegangen. Nun können wir die Wunden mit Honig bestreichen, damit sie sich verschließen.«

Gísl stieß befreit die Luft aus den Lungen.

Auða drückte scheu ihre Hand. »Dein Gott segne dich«, sagte sie schüchtern.

Aryana lächelte und nahm sie in die Arme. »Das tut er.«

Aryana war glücklich, als sie Gísls Haus verließ. Fríða würde wieder gesund werden! Zwar konnte sie ihr die Finger nicht ersetzen, aber bei guter Pflege würden die Wunden verheilen. Ja, sie war wirklich gesegnet. Ein tiefer Friede zog in ihr Herz und gleichzeitig erfüllte sie eine Sehnsucht, noch mehr Menschen helfen zu können.

Die Heilung Fríðas sprach sich herum. Genau wie bei Hrut fragten sich die Siedler am Nid, ob Aryanas Gott nicht doch mächtiger war, als sie angenommen hatten. Argwohn und Vorsicht, mit denen die Menschen Leifs Worten begegneten, begannen langsam zu bröckeln, wie eine alte Mauer vor dem Zerfall.

»Fühlst du es?«, wisperte Aryana.

Leif schüttelte den Kopf. Sie lagen auf ihrer gemeinsamen Schlafbank. Das schwache Herdfeuer tauchte die Sparren des Dachs in ein heimeliges Licht. Von der gegenüberliegenden Seite waren Solveigs, Aldis' und Flokis gleichmäßige Atemzüge vernehmbar und Cuthberts Schnarchen, das zitternd durch die Luft hallte. Leif und Aryana störten sich nicht daran. Leif konzentrierte sich auf seine Handfläche, die er auf Aryanas gewölbten Bauch gelegt hatte, um die Bewegungen darunter zu erfühlen. Welch ein Wunder, dass in diesem zarten Leib ein Kind heranwuchs. Und noch dazu seines! Er versuchte sich vorzustellen, was für ein Kind aus ihrer Verbindung entstehen würde. Würde es rotes oder goldenes Haar haben? Welche Farbe hatten seine Augen? War es ein Junge oder ein Mädchen? Die Zeit, bis es geboren wurde, erschien ihm unendlich lang, obwohl er sich auch davor fürchtete. Schließlich gab es immer wieder Frauen, die bei der Geburt starben.

»Da ist es wieder«, wisperte Aryana erneut. Und tatsächlich fühlte er rasche Stöße, die durch die Bauchwand drangen.

»Ganz schön kräftig für so einen kleinen Kerl«, flüsterte Leif anerkennend.

»Oder eine energische junge Dame«, erwiderte Aryana.

Wie zur Antwort fühlte Leif noch kräftigere Tritte, die er wie kleine Beulen ertasten konnte. Leif grinste. »Er scheint empört darüber zu sein, dass du ihn für ein Mädchen hältst.«

»Und wenn es trotzdem ein Mädchen wird?«

»Dann soll es mir recht sein, aber du wirst schon sehen. Es wird bestimmt ein Junge.« Zärtlich fuhr er mit der Hand über den warmen Bauch und entspannte sich. Er war sich fast sicher, dass sie einen Sohn bekommen würden. Nichts schien sein Glück trüben zu können. Sie hatten den Winter trotz seiner Befürchtungen gut überstanden. Ihre Vorräte waren, dank des Ochsen, nie ausgegangen. Ein leichter Wind seufzte ums Haus und verstärkte das Gefühl der Geborgenheit. Es wäre gar nicht nötig gewesen, sich Sorgen zu machen. Gott hatte für alles gesorgt. Sein Glaube war durch die jüngsten Ereignisse tiefer und fester geworden. »Ich vermag alles durch den, der mich stark macht«, hatte der Apostel Paulus gesagt. Und nun durfte Leif erleben, dass das auch auf ihn zutraf. Ihr Gott hatte ihnen Kraft gegeben, als sie das Haus gebaut und die Felder bestellt hatten und ihnen den ganzen Winter hindurch genügend Nahrung geschenkt. Sogar mehr als genug! Das Leben war trotz seiner Mühe leicht und sorglos geblieben. Leif hatte das gute Wetter der letzten Tage genutzt, um neues Land zu roden. Es war schwer, den Boden von Gestrüpp zu befreien. Noch war nicht alles geschafft, doch der gewonnene Boden würde ihre Ernte dieses Jahr fast verdoppeln und ihnen das sichere Gefühl geben, genug Vorräte für den nächsten Winter zu haben. – Auch ohne einen Ochsen.

Einmal war ihm Bard über den Weg gelaufen, als er mit Skridurs Hilfe eine dicke Wurzel aus dem Boden zog. Bard sammelte Feuerholz für Hakons Herdstelle. Er sah schrecklich aus und trauerte um Bronagh, als ob sie gestorben wäre. Leif konnte Bard gut verstehen. Hrut hatte ihm erzählt, wohin Hakon Bronagh gebracht hatte. Die weite Entfernung kam einem Todesurteil gleich. Es bestand so gut wie keine Hoffnung auf ein Wiedersehen. Leif hatte den Arm um Bards Schultern gelegt und mit ihm getrauert, doch gleichzeitig schämte er sich für die große Dankbarkeit, die ihn ergriff, weil es ihm so viel besser ging.

Hrut hingegen strahlte vor Glück. Es war offensichtlich, dass er in Svanhild verliebt war – und sie in ihn. Vor ein paar Tagen hatte ihm Hrut hinter vorgehaltener Hand gestanden, dass er vorhatte, mit Knut eine Heirat auszuhandeln. Sechs Monate waren seit dem Unfall vergangen. Der Bruch war in der Zwischenzeit gut verheilt. Hrut humpelte zwar immer noch, doch das Laufen fiel ihm von Tag zu Tag leichter, was Leif natürlich freute. Doch noch mehr freute er sich darüber, dass sie wieder Freunde geworden waren.

Überrascht erblickte Aryana ein Haus, nicht viel größer als eine Hütte, das einsam auf einer Lichtung stand. Sie war in den Wald gegangen, um jungen Farn zu suchen, dessen zarte Triebe im Frühjahr wunderbar schmeckten. Doch sie hatte noch andere Pflanzen entdeckt, die sich in der milden Luft entfalteten. Pflanzen, die sie nicht kannte. Sie beschloss, von jeder etwas mitzunehmen, um sie Aldis zu zeigen. Wenn sie Glück hatte, ließ sich ihre Schwiegermutter dazu herab, ihr zu erklären, wozu man sie gebrauchen konnte. Eifrig suchte sie weiter, legte die unbekannten Blüten, Blätter und Stängel in ihren Korb und vergaß die Zeit dabei. Plötzlich erkannte Aryana, dass sie in eine Gegend gelangt war, die sie noch nie zuvor betreten hatte.

Das Haus, von hohen Kiefern umrahmt, wirkte verlassen. Außer dem fröhlichen Gezwitscher der Vögel drang kein Laut an ihr Ohr. Das Dach war an mehreren Stellen beschädigt, die Tür trotz des warmen Wetters geschlossen und der übliche Geruch eines Kochfeuers fehlte gänzlich. Selbst der kleine Garten wirkte nicht sonderlich gepflegt. Unkraut wucherte auf einst ordentlich angelegten Beeten. Ein unheimliches Gefühl kroch Aryana den Nacken empor. Warum hatten die Bewohner das kleine Häuschen verlassen? War ihnen die Last der Einsamkeit zu groß geworden? Vielleicht hatte man sie dazu gezwungen? Oder sie waren gestorben und vermoderten drinnen auf ihren Bänken. Wer wusste es schon? Sie packte ihren Korb fester und beeilte sich fortzukommen. Es war höchste Zeit, nach Hause zu gehen. Leif würde sich schon Sorgen machen. Aryana war noch nicht weit gegangen, als das klagende Meckern einer Ziege an ihr Ohr drang. Sie blieb wie angewurzelt stehen. Ihr Blick streifte noch einmal das Haus. Niemand war zu sehen. Konnte es sein, dass man die Ziege darin vergessen hatte? Das Meckern wurde lauter. Es hörte sich an, als ob sie Schmerzen hätte. Aryana betrachtete unschlüssig die verblichenen Wände und versuchte zu ergründen, was sich dahinter abspielte. Die Ziege ließ nun nicht mehr locker. Ihre durchdringenden Schreie zerrten an Aryanas Nerven. Niemand kam, um dem Tier zu helfen. Schließlich konnte sie die klagenden Laute nicht mehr ertragen. Mit vorsichtigen Schritten näherte sie sich dem Haus. Ihr Herz pochte bis zum Hals, als sie zaghaft die Tür öffnete. Eine Ratte huschte an ihr vorüber. Aryana erschrak zu Tode und unterdrückte nur mit Mühe einen Schrei. Zwielicht, das von den brüchigen Stellen des Dachs herrührte, erfüllte den kleinen Raum. Als sich Aryanas Augen daran gewöhnt hatten, erkannte sie die Ziege, die in einer Ecke angebunden war und immer noch schrie. Ein überwältigender Geruch nach Unrat lag in der Luft. Kalte Asche ruhte auf der Herdstelle, der Kochkessel hing immer noch darüber. Ein bespannter Webrahmen lehnte an der Wand, während sich auf der gegenüberliegenden Seite eine Schlafbank befand. Zu ihrem Entsetzen erkannte Aryana ein kleines Mädchen darauf, das mit dem Oberkörper hin und her wippte.

»Um Himmels willen«, sagte sie bestürzt und ging auf das Mädchen zu. Ihr kleines Gesicht war schmutzig. Sie schien Aryana kaum zu hören. »Bist du ganz allein?«

Das Kind saß vor einem Bündel alter Felle, die den üblen Geruch eines entleerten Darms verströmten, und sah sie mit großen Augen an. Aryana ging in die Knie. »Wo sind deine Eltern?«

Plötzlich bewegte sich das Fellbündel. Aryana sprang vor Schreck auf, doch dann erkannte sie zwischen den schmutzigen Fellen eine Frau. Sie schien sehr krank zu sein und auch das Mädchen erschien ihr alles andere als gesund.

»Was ist mit euch geschehen?«, fragte Aryana.

Die Frau war nicht in der Lage, zu antworten. Gab es denn niemanden, der ihr beistand?

»Wo ist dein Vater?« Aryana sah dem Mädchen in die dumpf blickenden Augen.

»Papa ist tot«, flüsterte sie endlich. »Wir sind ganz allein.«

Das erklärte den Zustand des Hauses. Die Frau schaffte es nicht allein, Haus und Hof in Ordnung zu halten und nun war sie auch noch so krank, dass sie nicht einmal mehr ihre Tochter versorgen konnte. Nun gut, dachte Aryana, dann werde ich mich eben um sie kümmern. Sie suchte und fand den Brunnen und brachte das Feuer in Gang, um Wasser zu wärmen. Während dieser Zeit befasste sie sich mit der Ziege. Als sie an das geschwollene Euter griff, trat sie heftig nach ihr.

»Bleib stehen, du störrisches Vieh«, knurrte Aryana und nahm die Ziege in die Zange, bis die Milch in den Holzeimer strömte und das Tier vor Behagen von allein stehen blieb. Sie gab der Kleinen von der warmen Milch, dann wusch sie vorsichtig die Frau, die bei jeder Bewegung leise stöhnte. Ihr Bauch war sehr empfindlich, was verständlich war, die Spuren des Durchfalls befanden sich überall. In der hauseigenen Truhe fand Aryana eine alte Tunika, die sie der Frau überzog. Ihr Körper wirkte völlig ausgedörrt. Sie musste schon eine Ewigkeit nichts mehr getrunken haben. Ein Wunder, dass sie überhaupt noch lebte.

»Hier trink das«, sagte sie und flößte der Frau etwas warmes Wasser ein. Danach wusch sie das Mädchen und bettete es neben seiner Mutter zwischen zwei saubere Decken, die sie ebenfalls in der Truhe gefunden hatte. »Wie ist dein Name?«

»Aldríf.«

Aryana nahm Aldrifs kleine Hände und drückte sie sanft. »Ich komme bald wieder«, versprach sie. So schnell sie ihre Füße trugen, hastete sie nach Hause.

»Wo warst du?« fragte Leif empört. »Du hättest schon längst zu Hause sein sollen.«

Aryana würdigte ihn kaum eines Blickes und suchte fieberhaft ein paar Sachen zusammen. »Bitte«, sagte sie. »Ich habe jetzt keine Zeit für lange Erklärungen.« Mit raschen Blicken durchsuchte sie die Reste der Kräuter, die in getrockneten Bündeln von den Dachbalken hingen, und packte diejenigen, die sie brauchte, in ihren Beutel. »Ich habe im Wald eine Frau und ihre Tochter gefunden. Beide sind sehr krank.«

»Weißt du, welche Angst ich um dich ausgestanden habe?«

Aryana gab keine Antwort und packte stattdessen ein Proviantbündel.

»Du willst doch nicht etwa schon wieder fort?«

»Natürlich! Ich muss ihnen helfen.«

»Und wie willst du das anstellen?«

»Ich werde ein paar Tage bei ihnen bleiben und sie so lange pflegen, bis sie wieder gesund sind.«

»Du willst *dort bleiben*? In einem fremden Haus im Wald? Das kann nicht dein Ernst sein«, erwiderte Leif.

»Du kannst gern mitkommen. Ich brauche ohnehin deine Hilfe.«

Aldis, die gerade Butter stampfte, warf ihrem Ältesten einen verärgerten Blick hinter hochgezogenen Brauen zu, was Leif noch mehr verstimmte. »Aryana, bleib stehen«, rief er aufgebracht und eilte seiner Frau hinterher, die schon zur Tür hinaus war. »Was fällt dir ein, mich vor Mutter so bloßzustellen?«

»Warum sollte ich dich bloßstellen?«, fragte Aryana verwundert. »Ich versuche lediglich, jemandem zu helfen.«

»Du kannst nicht einfach tun, was du für richtig hältst. Du bist meine Frau. Ich habe das zu entscheiden.«

»Mach dich nicht lächerlich«, erwiderte Aryana schnippisch. »In ein paar Tagen bin ich wieder zu Hause.«

Leif unterdrückte nur mit Mühe seinen Zorn, bis sie das einsame Haus im Wald erreicht hatten.

»Das Dach muss repariert und der Unrat hinausgeschafft werden, damit es sich hier wieder leben lässt«, wies ihn Aryana auf das hin, was sie von ihm erwartete.

»Wie stellst du dir das vor? Wer soll das neue Feld pflügen? Wer die Saat in den Boden bringen?« Aryanas bestimmender Ton erboste ihn, doch der Zustand der Frau brachte das Fass zum Überlaufen. »Diese Frau ist schwer krank«, sagte er entsetzt. »Und ihrer Tochter scheint es kaum besser zu gehen.«

»Eben. Deswegen sind wir hier. Um ihnen zu helfen.«

Leif schüttelte den Kopf. »Weißt du, was den beiden fehlt?«

»Nicht genau.«

»Und wenn du selbst krank wirst? Willst du deine und die Gesundheit unseres Kindes für jemanden aufs Spiel setzen, der schon dem Tode geweiht ist?«

»Wie kannst du so etwas sagen«, erwiderte Aryana aufgebracht. »Niemand weiß, ob sie leben oder sterben werden, doch wenn sich niemand um sie kümmert, werden sie mit Sicherheit sterben. *Bitte*«, ihre Augen sahen ihn bettelnd an, »lass es mich wenigstens versuchen.« Aryana wusste, dass Leifs Sorge nicht unbegründet war, doch der unwiderstehliche Drang zu heilen drängte sie, dieses Wagnis einzugehen. Sie konnte einfach nicht anders. Sie konnte nicht fortgehen und die beiden ihrem Schicksal überlassen. Sie *musste* es einfach tun.

»Dann soll sich jemand anders um sie kümmern.«

»Und wer sollte das deiner Meinung nach tun?«

»Ich könnte Helga fragen.«

»Niemand, der sieht, wie krank die beiden sind, wird hierbleiben, solange er nicht mit ihnen verwandt ist. Selbst Helga nicht.«

»Aha, du gibst also zu, dass es gefährlich ist.«

Aryana stampfte mit dem Fuß auf. »Ich werde bei ihnen bleiben. Egal, welche Gründe dir noch einfallen werden!«

Leifs Gesicht wurde rot vor Zorn. Ehe er wusste, was geschah, hatte er sie am Arm gepackt. Sein Griff war hart und fordernd. »Du hast mir zu gehorchen, Weib«, knurrte er.

Der Schmerz trieb Aryana die Tränen in die Augen, doch sie hielt seinem Blick stand. »Ist das alles, was dir dazu einfällt?«, entgegnete sie bissig. »Dass ich dir gehorche? Unser Gott will, dass wir anderen Menschen helfen, und du, der du diesem Gott dienen willst, solltest das Gleiche tun. Oder hältst du es plötzlich wieder mit der alten Gewohnheit der Nordleute, die Menschen opfert, damit andere ein besseres Leben haben?«

Sein Griff wurde abrupt schlaffer. Energisch befreite sie sich davon.

Leif starrte sie verblüfft an. Seine Augen spiegelten den Schmerz, den sie ihm zugefügt hatte, bevor sie sich zornig verengten. »Aha! Du hältst mich also für ein Tier. Mich und meine ganze Sippe. Wir sind nichts anderes als hartherzige, gewissenlose Tiere ohne Verstand!«

Aryana schleuderte ihm einen flammenden Blick entgegen, der keiner Antwort bedurfte. Seine Hand ballte sich zur Faust. Er musste seine ganze Willenskraft aufbringen, um sie nicht zu schlagen. »Du tust, was du willst, nicht wahr?«, fauchte er. »Ganz gleich, ob ich es gutheiße oder nicht. Aber lass dir gesagt sein: Wenn unserem Kind etwas zustößt, ist es ganz allein *deine* Schuld!« Mit diesen Worten stürmte er aus dem Haus. Sein Herzschlag dröhnte ihm in den

Ohren. Er fühlte sich so wund und zerschlagen, als ob er einen Schwertkampf durchgestanden hätte. Zum ersten Mal erhielt seine Liebe zu Aryana einen empfindlichen Riss. Warum hatte sie das getan? Sie setzte ihrer beider Glück aufs Spiel – und das alles für zwei Menschen, die sowieso sterben würden und die sie noch nicht einmal kannte!

Cuthbert und Solveig betrachteten bekümmert sein zorniges Gesicht, während Aldis mit hoch erhobenem Kinn auf ihn zukam.

»Hast du nun erkannt, von welcher Sorte dieses Weib ist?«, fragte sie voller Genugtuung. »Aber du musstest diese Fremde ja unbedingt heiraten.«

Leif baute sich drohend vor ihr auf. Seine Stimme war beängstigend leise: »Noch ein Wort! Nur ein einziges Wort und ich werfe dich aus dem Haus!«

Aldis zuckte erschrocken zurück und trollte sich.

»Hör nicht auf sie«, flüsterte ihm Solveig zu.

Cuthbert legte ihm begütigend die Hand auf den Arm. »Lasst uns wenigstens für Aryana beten.« Selbst er wagte nicht zu fragen, was geschehen war.

Leifs Körper war so gespannt wie eine Bogensehne. Eine längst vergangen geglaubte Brutalität blitzte plötzlich aus seinen Augen. »Lasst mich in Ruhe«, zischte er. Er war immer noch wütend und fühlte sich gleichzeitig so hohl und leer wie ein hölzerner Kübel. Lange lag er in dieser Nacht einsam auf seiner Schlafbank und starrte in die Flammen des Herdfeuers, bis es verglommen war.

Aryana stellte einen Sud aus Fieberklee und den Blättern der Moltebeeren her, die sich gut dazu eigneten, den Durchfall zu beheben. Die ganze Nacht hindurch gab sie der Frau und ihrem Kind in kleinen Schlucken davon zu trinken. Auch Aldríf glühte nun vor Hitze und lag entweder zitternd unter ihrer Decke, oder warf diese schwitzend von sich. Gegen Morgen schlief Aryana erschöpft ein. Als sie erwachte, schien es der Frau etwas besser zu gehen. Aldrífs Zustand hatte sich jedoch nicht verändert. Sie hatte die Augen geschlossen und murmelte in ihren Fieberträumen leise vor sich hin.

»Hier«, sagte Aryana. Sie bot der Frau etwas trockenes Brot an. »Du musst etwas essen.«

Die Frau schüttelte den Kopf, doch Aryana ließ nicht locker.

»Iss davon. Nur ein paar Bissen, damit du wieder zu Kräften kommst.« Sie blickte zu dem Mädchen, das mit hochrotem Kopf neben seiner Mutter lag. »Deine Tochter braucht dich jetzt. – Mehr als je zuvor.«

Endlich nahm die Frau das Brot, doch nach wenigen Augenblicken würgte sie alles wieder heraus. Aryana seufzte, entfernte den Unrat und gab ihr von dem Sud. »Es wird schon wieder werden«, versuchte sie zu trösten. Dann gönnte sie sich selbst etwas Brot und frische Ziegenmilch.

Während sie das Haus sauber machte, wanderten ihre Gedanken zu Leif. Wütend fuhr sie sich über den schmerzenden Arm. Seine Finger hatten sich wie die Klauen eines Bären darin vergraben. Er wollte ihr Angst machen. Sie zwingen, mit ihm nach Hause zu gehen, doch sie ließ sich nicht zwingen. Wie konnte er auch nur daran denken, diese Menschen ihrem Schicksal zu überlassen? War es nicht Gottes Wille, dass sie sich anderer Menschen annahmen, wenn sie Hilfe brauchten? Trotzige Tränen krochen ihr in die Augen. Sie jedenfalls würde es so halten, anstatt sich nur um sich selbst zu drehen. Sollte er doch zu Hause schmollen. Sie würde nicht von hier fortgehen. Jetzt erst recht nicht! Nicht bevor die beiden wieder gesund waren.

Die Tage vergingen, in denen Aryana Leif nicht ein einziges Mal zu Gesicht bekam. Ihr anfänglicher Zorn verpuffte. Sie sehnte sich danach, von ihm in die Arme genommen zu werden und in seine sanften, braunen Augen zu blicken, während er ihr sagte, dass er sie liebte. Sie vermisste den warmen Ton seiner Stimme, seine Gesten, sein Lachen und seine Liebkosungen. Am liebsten wäre sie auf der Stelle nach Hause geeilt, um ihm zu sagen, wie leid ihr das Ganze tat. Doch sie konnte jetzt nicht einfach gehen.

Die Frau, deren Name Signy war, erholte sich nur langsam. Ihrer Tochter hingegen ging es von Tag zu Tag schlechter. Man konnte förmlich zusehen, wie der kleine Körper des Mädchens verfiel. Aryana bemühte sich nach Kräften. Sie kühlte Aldríf, wenn das Fieber sie zu verzehren drohte, deckte sie zu, wenn sie fror, flößte ihr von dem Sud ein und sandte stille Gebete zu Gott. Trotz aller Bemühungen starb Aldríf schließlich. Enttäuscht und müde schaufelte Aryana neben dem Haus ein Grab. Ihre Unwissenheit quälte sie. Vielleicht gab es ja ein Kraut, das gegen Aldrífs Krankheit gewachsen war? Vielleicht hätte sie das Mädchen damit retten können? Möglicherweise wuchs es direkt neben dem Haus, oder irgendwo im Wald. – Und sie hatte keine Ahnung davon.

Aryana trat respektvoll zur Seite, als Signy ihre Tochter in die Erde legte. Sie hatte sie für ihre letzte Reise zurechtgemacht. Aldríf war frisch gewaschen, ihr langes Haar sauber gekämmt und zu zwei Zöpfen geflochten. Sogar den kleinen Mantel hatte Signy ihr umgehängt. Sie stellte einen Krug Milch neben das Kind und bedeckte den zierlichen Körper mit einem Fell. Signy schluchzte verzweifelt, als Aryana die Grube mit Erde und Steinen bedeckte, damit sich die wilden Tiere nicht daran zu schaffen machten.

Währenddessen nahm die Natur ihren gewohnten Lauf. Nichts schien die Gesänge der Vögel zu trüben, die ihre vielstimmigen Lieder durch das Blätterdach des Waldes schickten, und die Ziege, die an einem Strick angebunden war, rupfte seltsam ungerührt frisches Gras.

Aryanas Glieder schmerzten, nachdem sie wieder ins Haus gegangen waren, um eine Suppe zu kochen. Es war kein üppiges Mahl und bestand lediglich aus wildem Knoblauch und frischen Kräutern, die sie im Wald gefunden hatte. Sie dickte die Suppe mit den letzten Resten des Brots an, das sie mitgebracht hatte.

Signy aß schweigend. Die Trauer lastete schwer auf ihrem Gesicht, doch wenigstens konnte sie wieder etwas zu sich nehmen, ohne es zu erbrechen.

Aryana legte tröstend die Hand auf ihren Arm. »Es ist schwer für dich, nicht wahr?«

Signy nickte unglücklich. »Zuerst haben mir die Götter meinen Mann genommen und nun auch noch das Kind«, sagte sie bitter. »Wenn ich nur auch tot sein könnte!«

»Das darfst du nicht sagen«, erwiderte Aryana erschrocken.

»Warum? Ich habe niemanden mehr. Keiner ist da, für den ich sorgen könnte – und niemand wird für mich sorgen.«

»Hast du denn keine Verwandten?«

Signy schüttelte den Kopf. »Wenn ich welche hätte, wäre ich schon längst von hier fortgegangen, doch wo soll ich hin?«

Leise Zweifel erschütterten Aryanas Gewissen. Sie hatte jemanden gerettet, der gar nicht gerettet werden wollte! Hatte sie das Richtige getan? Wäre es besser gewesen, Signy dieses Leid zu ersparen? Die Suppe in ihrem Mund schmeckte plötzlich schal und ballte sich in ihrem Magen zu einer schmerzenden Kugel zusammen. Sie krümmte sich. Mit einem Mal fühlte sie sich matt und ausgelaugt.

»Was hast du?«, fragte Signy dumpf. »Bist du krank?«

Aryana schüttelte den Kopf. »Es ist nichts. Ich bin nur ein bisschen müde.« Doch in Wahrheit fühlte sie sich hundeelend.

Aryana erwachte aus einem Zustand zwischen Dahindämmern und tiefem Schlaf. Eine schier unglaubliche Schwäche drückte sie auf ihr Lager. Sie war kaum dazu imstande, den kleinen Finger zu rühren. Ihre trockenen Lippen bebten, sie hatte fürchterlichen Durst. Ein Becher mit Wasser wurde an ihren Mund geführt. Über dem Rand des Bechers erkannte sie Leifs besorgtes Gesicht. Gierig trank Aryana ein paar Schlucke. Signys Stimme dröhnte plötzlich in ihren Ohren und verschlimmerte das Pochen in den Schläfen. »Seit gestern liegt sie im Fieber. Ich weiß nicht mehr, was ich tun soll.«

Leif befühlte Aryanas Stirn. Heute Morgen hatte er es nicht mehr ausgehalten. Er war immer noch wütend und enttäuscht, aber schließlich überwog die Sorge und er hatte sich aufgemacht, um nach Aryana zu sehen. All seine Wut war verpufft, als er seine Frau in der armseligen Hütte erblickte. Sie sah grauenhaft aus. Ihr Gesicht glühte, das kupferfarbene Haar klebte schweißnass an den Schläfen und ihre Augen blickten stumpf und trübe. Seine schlimmsten Befürchtungen waren eingetroffen. Die Krankheit hatte von ihr Besitz ergriffen! Der Frau hingegen schien es besser zu gehen, doch er vermisste das Mädchen, das neben ihr gelegen hatte.

»Wo ist dein Kind?«

Signys trauriger Blick traf den seinen. »Gestorben.«

Ihre Antwort raubte ihm jegliche Hoffnung. Die Verzweiflung griff wie eine große Hand nach seinem Herzen, um es in ihrer Faust zu zerdrücken. Aryana würde sterben! »Sorge für sie, bis ich wieder zurück bin«, sagte er zu Signy. »Ich werde sie nach Hause bringen.«

Dann war er verschwunden. Aryana merkte es kaum. Ein Meer von Träumen quälte ihre Seele, bis sie darin versank.

Leif kam mit Skridur zurück. Er hatte den Falben vor einem vierrädrigen Karren gespannt, dessen Boden er mit Stroh und einem Fell gepolstert hatte. Aryana stöhnte leise, als er sie darauf legte. Er schenkte Signy ein knappes Nicken und ergriff Skridurs Zügel. »Du weißt, wo wir zu finden sind, wenn du etwas brauchst.«

Signy nickte wortlos und verschwand im Haus. Er hatte ihr etwas zu essen mitgebracht. Genug Proviant für die nächsten Tage. Er wusste, dass er mehr für sie tun sollte, doch er war zu sehr in seinem eigenen Elend gefangen, um einen weiteren Gedanken an sie zu verschwenden.

Solveig stieß einen entsetzten Schrei aus, als Leif Aryana ins Haus trug. Cuthbert erbleichte, als er die dunklen Schatten sah, die sich um Aryanas Augen gelegt hatten.

Aryanas Glieder waren schwer wie Blei, als man sie auf die Schlafbank bettete. Die Erleichterung, endlich dem Rütteln des Karrens entkommen zu sein, trieb ihr die Tränen in die Augen. Sie entspannte sich, doch das Wohlbehagen hielt nur einen kurzen Augenblick an. Jeder Knochen tat ihr weh, ihr Kopf schmerzte zum Zerspringen und die Hitze des Fiebers glühte wie Feuer in ihr. Trotz ihrer Schwäche erkannte sie in aller Klarheit, dass Leif recht behalten hatte. Sie litt an der gleichen Krankheit wie Signy und Aldrif. Sie wusste, dass sie nichts dagegen tun konnte. Die Trostlosigkeit ihrer

Lage zog sie wie der beständige Sog eines Strudels in die Tiefe. Hilfe suchend tastete ihre Hand nach einem rettenden Anker. Sie spürte, wie Leif sie ergriff. Seine kühlen Finger umschlangen ihre eigenen. Doch er konnte ihr nicht mehr helfen, der Sog wurde stärker und stärker – bis das Wasser sie verschlang.

Zwei lange Wochen kämpfte Aryana gegen das Fieber, das in ihrem Körper wütete. Sie war in dieser Zeit kaum ansprechbar. Nur ab und zu schien ihr Blick klarer zu werden und sie fühlte sich dazu imstande, mit Leif ein paar Worte zu wechseln. Leif hatte oft das unheimliche Gefühl, dass sie bereits in einer anderen Welt lebte, zu der er keinen Zutritt mehr hatte. Cuthbert betete fast ohne Unterlass, während sich der Rest der Familie um Aryanas Pflege und die anfallende Arbeit kümmerte. Leif war hin- und hergerissen zwischen der Angst um seine Frau und das Kind, und einer neuen unbeschreiblichen Wut, weil sie nicht auf ihn gehört hatte.

Danach schien das Fieber zu sinken und das Schlimmste überstanden zu sein. Doch bevor Leif aufatmen konnte, bekam Aryana schlimmen Durchfall. Nun blickte er auf ihr blasses, eingefallenes Gesicht. Sie war nur noch Haut und Knochen. Eine dünne Hülle mit einem riesigen Bauch, der nicht zu ihr zu passen schien.

»Du musst etwas essen«, sagte er und führte einen Löffel mit Brühe an ihre Lippen.

Nach wenigen Löffeln schloss sie matt die Augen und schlief ein. Niemand sonst war im Haus. Aldis, Solveig und Floki waren auf die Felder gegangen, um Cuthbert beim Bau eines geflochtenen Zauns zu helfen. Eine Rotte Wildschweine hatte einen Teil des neuen Feldes zerwühlt, aber auch das war Leif inzwischen egal. Er rechnete täglich damit, dass Aryana starb und flehte zu Gott, dass er es verhindern möge. Leif betrachtete wehmütig ihr herzförmiges Gesicht, aus dem einst temperamentvolle grüne Augen leuchteten. Nun waren sie nur noch stumpf und müde. Er schluckte die Tränen hinunter und gestattete sich selbst für einen Moment, die Augen zu schließen. Auch er war über alle Maßen erschöpft. Er musste eingenickt sein, denn plötzlich weckte ihn ein heiserer Schrei. Aryana krümmte sich. Ihr

Mund stand offen. Sie sah ihn entsetzt an, während sie sich mit beiden Händen den Bauch hielt.

»Das Kind«, stieß sie hervor. »Du musst die alte Erindís holen. Sofort!«

Aryana wand sich in Krämpfen, während Leif zu Erindís rannte. Er zerrte die Alte fast zu seinem eigenen Haus zurück.

»Nicht so hastig, Söhnchen«, protestierte Erindís. »Meine Beine tragen mich nicht mehr so schnell.« Erindís, deren Haar so grau wie das Fell einer Maus war, hatte in ihrem Leben siebzehn Kinder geboren. Allein durch diese Tatsache eignete sie sich dazu, anderen Frauen bei der Geburt zu helfen, aber sie hatte auch ein feines Gespür und verfügte über wirksame Mittel, den Schwangeren beizustehen. Als sie Aryana erblickte, verstand sie Leifs ängstliche Hast. Aryana keuchte. Ein kreisrunder Blutfleck hatte sich auf ihrer Tunika gebildet.

»Wie weit ist sie?«

»Im sechsten oder siebten Monat.«

Erindís wiegte bedauernd den Kopf. »Noch viel zu früh, um ein Kind zu gebären.« Ein hartes Stück Arbeit stand ihr bevor. Die junge Frau war viel zu schwach, um eine Geburt zu überstehen, doch sie lag eindeutig in den Wehen.

»Ich brauche kochendes Wasser und saubere Tücher«, verlangte sie sachlich. Leif beeilte sich zu tun, wozu er geheißen wurde.

Als die Wehe nachgelassen hatte, untersuchte Erindís Aryanas Bauch. Er fühlte sich ungewöhnlich an für eine Schwangere in diesem Stadium. Die junge Frau zuckte unter ihren Händen ängstlich zusammen. »Sei ganz ruhig. Ich tu dir nichts«, murmelte die alte Hebamme beruhigend, ohne die Empfindungen außer Acht zu lassen, die durch Finger und Handflächen in ihr Bewusstsein drangen. Dann legte sie ein Ohr an die Bauchwand und horchte. »Wann hast du dein Kind das letzte Mal gespürt?«, fragte sie endlich.

Aryana richtete ihren Blick auf Erindís und die Verzweiflung in den weit aufgerissenen Augen ließ die alte Hebamme ahnen, dass Aryana genau wusste, was sie eben festgestellt hatte. »Ich glaube, es war gestern.«

»Wie sieht es mit dem Wasser und den Tüchern aus?«, rief sie Leif zu, der vor lauter Sorge über einen Holzscheit stolperte.

»Das Wasser braucht noch ein Weilchen«, sagte er entschuldigend. »Die Tücher sind hier.«

»Gut, dann hinaus mit dir. Geh aufs Feld und hol deine Mutter. Ich könnte noch ein Paar zusätzliche Hände gebrauchen.«

Leif ließ sich das nicht zweimal sagen und stürmte davon, um seine Mutter zu holen.

Die nächsten Stunden waren eine einzige Qual. Man hatte Leif zusammen mit Cuthbert und Floki vor das Haus verbannt. Männer hatten bei einer Geburt nichts zu suchen, doch Aryanas Schreie drangen allzu deutlich durch die Wände und steigerten seine Angst, dass dort drinnen etwas Schreckliches vor sich ging. Cuthbert brachte es selbst in dieser Situation fertig zu beten und setzte sein ganzes Vertrauen auf Gott, während Leif den kleinen Floki in den Armen hielt, der ihn mit ängstlichen Augen ansah. Endlich hörten die Schreie auf.

Erindís erschien nach einer Zeit, die Leif endlos vorkam, mit einem Bündel an der Tür. »Dein Kind ist tot«, sagte sie nüchtern und legte ihm das Bündel in den Arm.

Leif schluckte. »Was ist mit meiner Frau?«, fragte er heiser.

»Sie ist sehr schwach, aber mit etwas Glück wird sie es überleben.« Sie wies mit ihrem Kinn auf das, was sie zwischen den Tüchern verborgen hatte. Es war ein winziger Säugling. »Mach ihr so schnell wie möglich ein Neues, wenn sie wieder bei Kräften ist, damit sie das hier vergisst.« Mit diesen Worten drehte sie sich um und verschwand wieder im Haus.

Leif schlug das Tuch zurück und betrachtete das zarte Köpfchen, das in seiner Armbeuge lag. Die zierliche Nase, die geschlossenen Augenlider, an denen man schon die Wimpern erkennen konnte, den kleinen Mund und die dünne, durchscheinende Haut. Seine Finger schoben den Stoff vollständig auseinander. Es war tatsächlich ein Junge. Alles an ihm war vollkommen und doch durfte er nicht leben. Mit zitternden Händen drückte er seinen Sohn an sich und hauchte einen Kuss auf die kleine Stirn, die schon kalt zu werden drohte. Er fühlte, wie ihm Tränen in die Augen stiegen und der Zorn über diese schreiende Ungerechtigkeit in ihm hochkochte. All seine Träume waren zerstört. Warum nur hatte Aryana nicht auf ihn gehört? Dieser kleine Kerl könnte noch leben, wenn sie nicht so verdammt stur gewesen wäre! Doch nun war es zu spät.

»Sieh nur meine Schöne, welch prächtiges Geweih ich gefunden habe.« Eyvind schwenkte triumphierend den abgeworfenen Kopfschmuck eines kapitalen Hirsches, der am Fuße eines Baums ruhte. Bronagh lächelte anerkennend und zeigte ihrem Sohn, was sein Ziehvater gefunden hatte. Seit dem Morgen waren sie unterwegs, um nach geeigneten Geweihen zu suchen, die Eyvind für seine Arbeit brauchte. Sie waren den verschlungenen Pfaden der Wildwechsel gefolgt, schmalen Schneisen im dichten Wald, dessen dunkles Blätterdach nur dann und wann den fingrigen Strahlen der Sonne erlaubte hindurchzuscheinen. Eyvind zeigte ihnen Fegespuren, narbig verheilte Stellen an der Rinde mancher Bäume, an denen die Hirsche den Bast ihrer Geweihstangen abgestreift hatten. »In ihrer Nähe ist es am wahrscheinlichsten, dass man etwas findet«, erklärte er ihnen und tatsächlich fanden sie mehrere Bruchstücke von Geweihen, die er in seinen Sack stopfte. Nun tat er auch dieses hinzu und schulterte ihn zufrieden. Aus dem prächtigen Geweih ließen sich schöne Kämme und Spielsteine herstellen und aus den Bruchstücken Nadeln und Pfrieme.

»Kommt, lasst uns ein Plätzchen suchen, an dem wir ein wenig ausruhen können.«

Kurz darauf stießen sie auf eine Quelle, deren klares Wasser flüsternd aus einem Felsen sprudelte, bevor es sich in einen Teich ergoss. Ein geheimnisvoller Ort inmitten eines kleinen Buchenhains. Funkelndes Sonnenlicht spiegelte sich auf der Oberfläche des Gewässers und bildete dort, wo sie das Rinnsal spritzend durchbrach, einen sprühenden Regenbogen. Ein Teppich aus Wasserlinsen schwebte im Wasser. Erschrocken flog eine Amsel davon, als sie sich näherten, die eben noch mit aufgeplustertem Gefieder an seinem Ufer gebadet hatte.

»Ist das nicht wunderbar?«, rief Eyvind entzückt aus. »Ein Platz wie geschaffen für zwei Liebende.«

Er küsste Bronagh. Sie ließ es geschehen, während der kleine Leif einen Hirschkäfer verfolgte, den er zwischen Blättern und Gras entdeckt hatte. Eyvind, dessen schütteres Haar keinen Zweifel an seinem Alter ließ, benahm sich in letzter Zeit wie ein Jüngling, der um seine Braut warb. Bronagh schmunzelte bei dem Gedanken, welch merkwürdige Wendung ihr Leben genommen hatte. Eyvind hatte sie tatsächlich zu seiner Zweitfrau gemacht und seit diesem Tag schlief sie nicht mehr wie ein Tier, das man an eine Kette gebunden hatte, auf ihrem Lager, sondern auf Eyvinds Podest. Er wusste, dass sie ihn nicht mehr als einen guten Freund liebte, doch er war mit dem zufrieden, was sie ihm geben konnte. Und das ist er wirklich, dachte Bronagh, ein guter Freund. Niemals würde er Bard ersetzen, aber sie fühlte sich sicher und geborgen in seiner Gesellschaft, obwohl Póra sie mit Blicken bedachte, die deutlich darauf hinwiesen, dass nur Eyvinds Schutz sie vor Schaden bewahrte.

Sie tranken von dem frischen Wasser der Quelle, setzten sich ins Gras und scherzten mit Leif, der den Käfer in seiner kleinen Hand versehentlich zerdrückt hatte und nun nach neuen Herausforderungen suchte. Eyvind zeigte ihm einen Schmetterling, der taumelnd durch die Luft schwebte. Der Junge jauchzte fröhlich und auch Eyvinds Gesicht strahlte. Die Liebe hatte ihn jünger gemacht. Als Bronagh ihn zum ersten Mal sah, wirkte er müde und ausgelaugt. Ein Mann mit leicht gebeugter Gestalt, an der Schwelle des Alters. Nun ging er aufrecht und seine Augen blickten wach und heiter. Sie blieben länger als nötig bei der Quelle, genossen die Idylle und das Fehlen von Póras anklagenden Blicken. Erst als sich die Sonne im Westen anschickte, den Horizont zu berühren, machten sie sich auf den Rückweg. Eyvind pfiff ein fröhliches Lied, während er Leif auf den Schultern nach Hause trug.

Ein Storch suchte mit staksigen Schritten nach Fröschen und anderem Getier auf den feuchten Wiesen, die das Noor begrenzten. Am gegenüberliegenden Ufer schaukelte ein Dreki mit geklinkertem Plankenkleid sanft im Wasser, das Schiff des Jarls von Hedeby. Hinter dem Landungssteg, an dem man es festgemacht hatte, stand sein Langhaus, groß und prächtig und weit genug vom Gestank der übrigen Siedlung entfernt. Das Gezwitscher der Teichrohrsänger wehte aus dem schaukelnden Schilf zu ihnen herüber. Sie liefen an den noch spärlich stehenden Zelten der reisenden Händler entlang und genossen den Frieden der letzten Gehminuten bis zu Eyvinds Haus. Póra erwartete sie dort. In den letzten Wochen war sie merklich still geworden, aber der stumme Hass auf ihre Mitbewohner verpestete die Räume wie eisige Zugluft im Winter. Trotz allem verstand Bronagh ihre Gefühle, die Verletztheit einer verschmähten Ehefrau, doch Eyvind mochte seine Gründe dafür haben.

Nach dem Spätmahl, das Póra zubereitet hatte, schlief Leif erschöpft in Eyvinds Armen ein. Zärtlich bettete er ihn auf das Podest, das groß genug war, um drei Menschen zu beherbergen und deckte ihn zu. Kurze Zeit später legte er sich mit Bronagh daneben. Póra, die auf der gegenüberliegenden Seite des Raumes schlief, drehte ihnen den Rücken zu. Mit einem Laut des Behagens nahm Eyvind Bronagh in die Arme und drückte sie an seine schmächtige Brust.

»Gleich morgen werde ich zum Jarl gehen, um ihm zu sagen, dass du von nun an eine Freigelassene bist. Ich werde dich und deinen Sohn als gleichberechtigte Erben neben Póra einsetzen, damit ihr nicht hungern müsst, wenn ich einmal nicht mehr bin«, flüsterte er. »Er wird sich dafür verbürgen.«

Misstrauisch musterte Bronagh Eyvinds Gesicht im hellen Feuerschein. »Du hast doch nicht etwa vor zu sterben?«

»Ganz gewiss nicht«, erwiderte Eyvind lächelnd. »Ich denke nicht daran, jetzt abzutreten und dich einem anderen zu überlassen. Das Leben erschien mir niemals schöner. Ich will den Kleinen aufwachsen sehen und über seine Schritte wachen, bis ein Mann aus ihm geworden ist. Vielleicht tritt er eines Tages ja sogar in meine Fußstapfen.« Er drehte sich um und legte dabei Bronagh auf den

Rücken. »Und nun komm, meine Schöne. Vielleicht gelingt es mir ja auf meine alten Tage noch, einen eigenen Sohn zu zeugen.«

Das Haus lag in tiefer Dunkelheit, als Bronagh plötzlich erwachte. Irgendetwas stimmte nicht. Sie wusste nicht, wie spät es war. Vielleicht früher Morgen? Bronagh richtete sich auf und starrte in die Finsternis. Was hatte sie nur geweckt? Sie tastete nach ihrem Sohn und hörte gleich darauf seine regelmäßigen Atemzüge. Von der anderen Seite drangen Póras Schmatzlaute, mit denen sie zu schlafen pflegte, an ihr Ohr. Sie stieß erleichtert die Luft aus und legte sich behaglich zurück. Es war alles in Ordnung. Vielleicht hatte ein Tier an den Wänden gescharrt, oder irgendein anderer Laut hatte sie geweckt. Bronagh schloss die Augen und versuchte erneut einzuschlafen, doch es gelang ihr nicht. Nur noch wenige Stunden trennten sie von ihrer Freiheit! Sie würde wieder eine Frau sein und nicht länger eine Ware, mit der jeder tun konnte, was er wollte. Ein Mensch, der selbst Entscheidungen traf! Und wenn Eyvind eines Tages starb, würde sie sogar etwas erben. Mit einem Schlag hatte sie wieder eine Zukunft! Sie dankte Gott und dem heiligen Patrick für diese wunderbare Fügung. Vielleicht gelang es ihr sogar, Bard eines Tages wiederzusehen? Jäh riss Bronagh die Augen auf. Die Erkenntnis traf sie wie ein Hieb auf die Stirn. Es war kein Geräusch, das sie geweckt hatte, sondern das Gegenteil: Eyvinds Schnarchen fehlte! Hastig beugte sie sich über ihn. Er atmete nicht.

»Eyvind«, schrie Bronagh, doch noch während sie ihn heftig schüttelte, wusste sie, dass es nichts mehr nützte. Er war so kalt wie die großen Runensteine, von denen manche den Heerweg säumten, um die Toten zu ehren.

Svanhild rekelte sich wie eine Katze auf Hakons Lager. Hakon betrachtete ihre glatte, weiße Haut und das lange, weizenblonde Haar, das sich über dem dunklen Fell ausbreitete. Eine vollkommene Schönheit. Er stützte den Kopf auf seinen angewinkelten Arm und zuckte zusammen. Sämtliche Knochen taten ihm heute wieder weh. Auch Svanhild hatte die Schmerzen nicht vertreiben können. Sein

Handgelenk war seit Tagen rot und geschwollen. Svala meinte, dass die Gicht in seinem Leib wütete, und hatte ihm Wasser statt Bier und Met sowie fleischarme Kost empfohlen. Er verzog verächtlich das Gesicht. Nicht im Traum dachte er daran, auf diese Genüsse zu verzichten, zählten sie doch zu den wenigen erfreulichen Dingen, die ihm noch blieben.

Durch den Rauchfang im Dach strahlte das Sonnenlicht wie ein Pfeiler in die düstere Halle hinein und vereinigte sich mit dem Feuer, das mit seinem züngelnden Licht den Raum dürftig erhellte. Draußen war es heller Mittag. Ein Spiel aus Licht und Schatten tanzte auf Svanhilds wohlgeformten Körper und spiegelte sich in dem Schwert, dessen dachförmige Knaufkrone Knut mit Kupferdrähten verziert hatte. Hakon hatte es an die Wand gehängt, wo es nur darauf zu warten schien, endlich gebraucht zu werden. Doch die Kraft seiner Jugend glitt aus ihm hinaus wie ein Schiff, das unter geblähten Segeln fuhr. Es würde ihn große Überwindung kosten, wieder in See zu stechen, aber er würde es trotzdem tun, denn das war es, was seine Männer von ihm erwarteten. Das neue Schiff war nun fast fertig. Groß und prächtig stand es am Hafen, beschirmt von einem offenen Dach, unter dessen Schutz es entstanden war. Trotz allem hatte das schlechte Wetter für eine erhebliche Verzögerung seines Baus gesorgt. Hochbordiger und breiter als die schlanken Drekis, beherbergte es einen großen Laderaum, was es aber auch langsamer machen würde, schon aufgrund der Tatsache, dass es schwerer war und nur wenige Ruderlöcher besaß. Hakon hoffte, dass es trotzdem mit den Drekis mithalten konnte. Nun hobelte und teerte Ingjald mit seinen Männern Riemen aus Kiefernholz und es waren noch viele kleine Handgriffe nötig, um es vollends seetüchtig zu machen. Hakon war es ganz recht. So blieb ihm noch Zeit. Zeit, in der er hoffte, wieder zu Kräften zu kommen. Dann würde er Männer losschicken, damit sie in den Fjells neue Krieger anwerben konnten. Wie viele neue Männer würde er brauchen? Der mächtige Bauch des Schiffes konnte zwar eine Menge Krieger darin verstecken, doch er brauchte auch Platz für die Sklaven, die er zu erbeuten gedachte. Später. Er würde sich später darüber Gedanken machen. Jetzt hatte er Wichtigeres zu tun.

»Ich habe ein Geschenk für dich«, sagte er und griff hinter sich. Jedes Mal, wenn Svanhild bei ihm war, bedrängte sie ihn, ihr etwas zu schenken. Nun sollte sie ihr Geschenk haben.

Svanhilds große, blaue Augen blitzten begehrlich. Ihr Blick fiel auf das glitzernde Flechtmuster des Schwertknaufs, der über ihren Köpfen schimmerte. Es war langsam an der Zeit, dass sich Hakon erkenntlich zeigte. Schließlich hatte sie sich gebeugt. Sie hatte Hrut den Kopf verdreht und war gleichzeitig Hakon zu Willen. Doch sie war niemand, der so etwas leichtfertig tat. Sie wollte eine Belohnung, denn es würde nicht einfach sein, Hrut von ihrer Jungfräulichkeit zu überzeugen. Sie würde sich eine Schweinsblase besorgen müssen und sie mit ein paar Tropfen Blut füllen, damit das Laken die geforderten Blutflecke der Hochzeitsnacht offenbarte. Dafür hatte sie eine Gegenleistung verdient, die über den erwarteten Reichtum ihres zukünftigen Ehemannes hinausging. Etwas Glitzerndes aus Gold oder Edelsteinen.

Hakon streckte ihr die geschlossene Faust hin. Sie öffnete neugierig seine Finger und entdeckte einen Anhänger. Er glitzerte, doch nicht so, wie sie es erwartet hatte. Augenblicklich verengten sich ihre gierigen Kinderaugen.

»Ein Bernsteinanhänger«, sagte sie enttäuscht. Sie nahm den tropfenförmigen Stein entgegen, in dessen oberes Ende man ein feines Loch gebohrt hatte, um ihn an einer Lederschnur zu befestigen.

»Gefällt er dir nicht?«

»Doch«, sagte sie gezwungen. »Ich hatte nur etwas anderes erwartet. Etwas aus Silber oder Gold.«

»Wie stellst du dir das vor?«, erwiderte Hakon eisig. Die kleine Hexe schien den Verstand verloren zu haben. »Was glaubst du, würde geschehen, wenn deine Tante solch wertvollen Schmuck bei dir findet?«

»Ich würde schon dafür sorgen, dass ihn niemand zu Gesicht bekommt«, sagte Svanhild unbekümmert. Sie hängte sich den Anhänger um den Hals. »Sei unbesorgt. Auch diesen hier wird sie nicht entdecken. Ich weiß, was ich tue.«

Inga näherte sich plötzlich. Ein lautes Räuspern drang aus ihrer Kehle. »Ihr habt Besuch, Herr.«

»Wer ist es?«, fragte Hakon ungehalten. Er hatte noch nicht vor, sein gemütliches Lager zu verlassen.

»Es ist der junge Hrut, Herr.«

Hakon zuckte zusammen. »Zieh dich an – sofort«, zischte er. »Und du«, befahl er Inga, »halt ihn an der Tür auf, bis sie verschwunden ist.«

Hastig streiften sich Hakon und Svanhild die Kleider über und während er sich um eine gelassene Miene bemühte, schlüpfte sie durch eine schmale Tür in den Pferdestall, wo sie Bard erschreckte. Die Tür wurde nur dann benutzt, wenn einer von Hakons Gästen heimlich verschwinden musste. Svanhild war solch ein Gast, wie Bard von den drei Sklavinnen wusste, mit denen er seine Mahlzeiten teilte. Ihr Blick war verächtlich, als sie ohne ein Wort an ihm vorüberging und eilig verschwand. Während sie den Hof betrat, fuhr Svanhild der Schreck durch die Glieder. Ihr hüftlanges Haar hing offen und unordentlich um ihre Schultern. Sie hatte es in der Eile völlig vergessen. Rasch flocht sie es zu einem Zopf, bevor sie hinter den Büschen verschwand.

Kraki duckte sich abrupt. Nur eine Armlänge trennte ihn von Svanhild, als sie sich heimlich durch die Büsche zwängte, die Hakons Hof säumten. Er atmete erleichtert auf. Sie lief weiter, ohne ihn zu entdecken. Zu sehr schien sie der Gedanke zu beschäftigen, wie sie am schnellsten unbemerkt verschwinden konnte. Nachdenklich schob er einen stechenden Zweig von seiner Brust. Das also war das Geheimnis des schönen Mädchens! Hatte er es doch gewusst, dass hier etwas nicht mit rechten Dingen zuging. Heute Morgen war er Svanhild heimlich gefolgt, in der Hoffnung, ein paar Worte mit ihr allein wechseln zu können. Wie fast alle jungen Männer der Siedlung begehrte er sie mehr als jede andere, doch in letzter Zeit ließ sie niemanden mehr an sich heran. Nur Hrut schien noch in ihrer Gunst zu stehen. Man munkelte, dass sie sich in Hrut verliebt hatte. Kraki konnte dies kaum glauben. Ausgerechnet der wunderliche Hrut sollte der Auserwählte sein, der auf eine Hochzeit mit ihr hoffen durfte, während sie ihm, dem fröhlichen und wortgewandten Kraki, die kalte Schulter zeigte? Seine Verwunderung wuchs, als er Svanhild durch Hakons Tür schlüpfen sah. Lange Zeit kam sie nicht mehr heraus.

Irgendwann wurde Kraki des Wartens müde. Seine rechte Wade war taub von der unbequemen Haltung, in der er verharrte. Sollte Svanhild dort drin tun, was sie wollte, er würde seinen Posten aufgeben. Er gähnte herzhaft und hielt erschrocken inne, als Hrut auf Hakons Haus zusteuerte. Nun schien die Sache interessant zu werden. Er ignorierte das hölzerne Gefühl in seinem Bein und blieb sitzen. Kurz darauf riss Kraki erstaunt die Augen auf. Svanhild verließ heimlich durch den Stall das Haus. Ihr aufgelöstes Haar und die Hastigkeit, mit der sie es ordnete, ließen keinen Zweifel daran, was sie bei Hakon getrieben hatte. Schließlich war es vorhin noch zu einem ordentlichen Zopf geflochten. Diese miese kleine Schlampe, dachte Kraki. All seine Hoffnungen flossen dahin, wie das Wasser des Meeres, wenn es dem Sog der Ebbe folgte. Ein plötzliches Mitgefühl für Hrut erwachte in ihm. Wenn es stimmte, dass er und Svanhild heiraten wollten, wurden ihm schon vor der Hochzeit Hörner aufgesetzt. Andererseits war es Hrut, der in der Gunst des Jarls stand. Wie konnte Hakon ihm so etwas antun? Plötzlich erkannte Kraki, was hier vor sich ging. Es war nichts als ein Spiel. Eine weitere Häme, die Hakon mit einem seiner Gefolgsmänner trieb. Trotzdem blieb ihm nichts anderes übrig als zuzusehen und zu schweigen, sonst würde er bald selbst der Mittelpunkt von Hakons zwielichtigen Plänen sein. Und wer wusste schon, was ihm als Nächstes einfiel? Schiere Wut über diese Ungerechtigkeit raubte Kraki für einen Moment den Atem. Doch dann fasste er sich. Er würde diese Neuigkeit in seinem Herzen bewahren. Die Zeit mochte kommen, wo sie ihm von Nutzen sein konnte.

»Ich habe Neuigkeiten für dich«, berichtete Hrut indessen. »Aryana hat ihr Kind verloren. Leif ist am Boden zerstört.«

Hakon kraulte nachdenklich seinen Bart. »Vielleicht bringt ihn das ja zur Vernunft?«, fragte er hoffnungsvoll.

Hrut zuckte mit den Schultern. »Der Priester wird schon dafür sorgen, dass er nicht von seinem neuen Glauben abfällt.«

»Dieser verdammte Priester.« Hakons Stimme klang aufgebracht. Eine steile Falte bildete sich zwischen seinen Brauen. »An allem ist nur er schuld.«

Hrut schluckte. Er hatte in der langen Zeit, die er in Leifs Haus verbracht hatte, den Priester als freundlichen und barmherzigen Mann kennengelernt, der niemandem etwas zuleide tat. »Dann musst du ihn beseitigen«, kam es mühsam über seine Lippen. Sein schlechtes Gewissen ballte sich wie ein brennendes Feuer in seinem Magen zusammen. Er zwang sich, an das Silber zu denken, das nach der nächsten Wikingfahrt auf ihn warten würde.

»Das wird sich zeigen«, erwiderte Hakon gelassen. »Behalte du sie nur weiter im Auge.«

Hrut nickte. »Ich habe mit Knut gesprochen. – Dein Silber und die Stellung, die du mir versprochen hast, haben ihn und sein Weib dazu bewogen, der Heirat zuzustimmen. Am Mittsommertag werden Svanhild und ich heiraten.«

Hakon klopfte Hrut kameradschaftlich auf die Schulter. »Das freut mich für dich.« Es wurde Zeit, dass er die kleine Hure endlich loswurde. Wenn sie erst einmal verheiratet war, würde sie keine Gelegenheit mehr bekommen, sich unbemerkt zu ihm zu schleichen. – Er würde ihr keine Träne nachweinen.

eggtið – Eierzeit

Aryana erhob sich mit zittrigen Beinen von ihrem Lager. Sie war ganz allein im Haus. Zwei Wochen waren seit der schrecklichen Geburt vergangen und nun versuchte sie zum ersten Mal aufzustehen.

Alle anderen waren irgendwo draußen bei der Arbeit. Es spielte keine Rolle. Sie fühlte sich, auch wenn sie hier waren, einsam und allein. Ihre Trauer um das, was sie verloren hatte, war entsetzlich, doch noch entsetzlicher war, dass Leif nicht kam, um sie zu trösten. Die meiste Zeit hielt er sich von ihr fern. Er stürzte sich in die Arbeit und fand erst kurz vor Sonnenuntergang den Weg nach Hause. Manchmal kam es ihr so vor, als ob sie sich in Luft aufgelöst hätte, aber dann traf sie sein Blick und sie sah den Vorwurf in seinen Augen. Jede Nacht legte er sich zu ihr auf die Schlafbank, doch er tat es nicht wie ein liebender Ehemann, sondern wie ein Fremder, der nicht wusste, wo er sonst hätte hingehen sollen.

Vorsichtig machte sie ein paar Schritte und klammerte sich dann erschöpft an einen der Pfosten, die das Dach stützten. Ihr Herz schlug so heftig, als ob sie gerannt wäre. Behutsam fuhr sie sich über den Bauch. Nur der Schmerz erinnerte daran, dass in ihm noch vor Kurzem ein Kind herangewachsen war. Die überdehnte Haut hatte sich vollständig zurückgebildet. Alles schien wieder an seinem Platz zu sein, fast so, als ob nichts gewesen wäre.

Sie schluckte die Tränen hinunter und ging mit schleppenden Schritten nach draußen. Fröhliches Vogelgezwitscher umfing sie. Die Sonne schien warm vom Himmel herab, doch heute hatte sie keine Freude daran. Die Natur hatte sich in den letzten Wochen verändert. Alles wuchs und gedieh und strotzte geradezu vor Fruchtbarkeit. Nur sie tat es nicht mehr. Ihre Augen streiften umher und fanden am äußeren Ende des Grundstücks ein kleines Grab mit einem schlichten Holzkreuz darauf. Sie stolperte darauf zu und sank dann auf die Knie. Die wenigen Schritte hatten sie völlig erschöpft. Das Grab war hübsch mit Steinen eingefasst. Jemand hatte ein paar Blumen daraufgelegt. Der leichte Wind, der ihr Haar umspielte, frischte kurz auf und wirbelte ein Vogelnest herbei. Es rollte torkelnd heran und verfing sich im Flechtzaun des Gartens. Ihre bedrückte Seele erkannte, wie kunstvoll es gestaltet war. Der Vogel, dem das Nest gehörte, hatte sich große Mühe gegeben, um mit seinem Schnabel eine Vielzahl von Gräsern und kleinen Zweigen miteinander zu verbinden. Aryana sah die Höhlung in der Mitte, in der sich winzige Eier befunden haben mussten, doch nun war sie so leer wie ihr Bauch. »Alles umsonst«, murmelte sie vor sich hin. Das überwältigende Bedürfnis zu weinen brannte in ihrer Kehle. Sie konnte es nicht mehr zurückhalten. Sie wollte tapfer und stark sein, doch der kleinste Hinweis führte ihr die Tragik dessen vor Augen, was geschehen war.

Eine Hand berührte plötzlich ihre zuckende Schulter. Erschrocken drehte sie sich um.

»Signy! Was tust *du* denn hier?«, fragte sie verschnupft.

Signy zuckte unmerklich zusammen, als sie Aryanas tränenüberströmtes Gesicht sah. Es war deutlich spitzer, als sie es in Erinnerung hatte. Eine kranke Blässe überzog ihre Wangenknochen und ihre Augen spiegelten eine Mischung aus Trauer und Elend. »Ich wollte sehen, wie es dir geht.«

Aryana verzog voller Bitterkeit das Gesicht. »Nicht sehr gut, fürchte ich.«

»Du hast dein Kind verloren, nicht wahr?«

Aryana nickte. »Eine ganze Weile dachte ich, ich würde ebenfalls sterben, doch zu meinem Bedauern ist dies nicht geschehen.« Signys Worte, die ganz ähnlich geklungen hatten, kamen Aryana plötzlich in den Sinn. Zum ersten Mal konnte sie diese verstehen.

Sie weinten beide um ihre verlorenen Kinder. Trotz allem war es tröstlich, jemanden an seiner Seite zu wissen, der verstand.

»Es ist schwer, ein Kind zu verlieren, aber du bist jung und stark – und du hast einen Mann«, sagte Signy endlich. »Du kannst noch viele Kinder gebären.« Sie half Aryana auf die Füße, führte sie zu einer Bank, die neuerdings an der Längsseite des Hauses stand, und setzte sich neben sie.

Aryana schüttelte entmutigt den Kopf. »Ich glaube nicht, dass es dazu kommen wird. Er beachtet mich nicht sonderlich.«

»Er gibt dir die Schuld am Tod eures Kindes?«

Aryana nickte. »Wahrscheinlich hat er recht.«

»Warum? Weil du dich um uns gekümmert hast? Dann bin auch ich schuld daran.«

Aryana betrachtete Signy von der Seite. Sie sah gesünder aus als das letzte Mal. Ihre Wangen hatten wieder Farbe bekommen und sie war nicht mehr ganz so mager. Doch ihr Gesicht wirkte bekümmert. Nun war es an ihr zu trösten. »Niemand trägt die Schuld für etwas, nur weil er krank ist. – Aber *ich* hätte wissen müssen, worauf ich mich einlasse.« Sie verzog grüblerisch die Stirn. »Und doch konnte ich nicht anders, als euch zu helfen.«

Signy legte die Hand auf ihren Arm und lächelte. »Du bist eine bemerkenswerte Frau und obwohl ich anfangs nicht so empfand, bin ich dir nun dankbar, dass du mich gesund gepflegt hast.« Ihr Blick schweifte in die Ferne. »Mein Leben ist alles andere als einfach und doch finde ich manchmal neuen Gefallen an jeder Blume, die ich sehen kann und jedem Sonnenstrahl, der meine Haut trifft. In diesen Momenten beginne ich zu spüren, dass Schmerz und Trauer eines Tages nachlassen werden und ein kleines Fünkchen Hoffnung keimt in mir auf. Die Hoffnung, wieder ein normales Leben führen zu können, ohne dieses lastende Gefühl auf meiner Seele.« Sie sah Aryana direkt in die Augen. »Auch du wirst eines Tages wieder Freude empfinden.«

Aryana sah zu Boden. Sie konnte sich in diesem Augenblick nicht vorstellen, jemals wieder lachen zu können.

Signy nahm sie in den Arm und drückte sie. »Ich würde mich freuen, wenn du mich einmal besuchen kommst – und falls du Hilfe brauchst … weißt du, wo ich zu finden bin.«

Sie brachte Aryana wieder ins Haus. Nun war Signy es, die sie ermunterte, von dem frisch gebackenen Brot zu essen, das sie als Geschenk mitgebracht hatte. Dann schüttelte sie Fell und Decken auf und bettete die inzwischen vor Schwäche zitternde Aryana auf ihre Schlafbank, bevor sie zu dem einsamen Haus im Wald zurückkehrte. Danach war Aryana wieder allein und versank in ihrer Trauer, bis sie vor Erschöpfung einschlief.

Kurz vor der Dämmerung tauchten die letzten Strahlen der Sonne die ganze Landschaft in ein unwirkliches Licht. Zwielicht, dachte

Leif. Ein goldener Hauch überzog Felder, Wiesen und den Zaun, den sie neu angelegt hatten. Leif schnaubte verdrossen. Inmitten des Flechtwerks aus Haselnussruten prangte ein großes Loch. Der Zaun hatte der Wildschweinrotte nicht standhalten können, die hier nachts ihr Unwesen trieb. Dahinter sah er die von gierigen Rüsseln umgegrabene Erde. Die Hälfte der Pflanzen war zerstört. Auch dieser Traum verflüchtigte sich wie schmelzendes Eis im Frühling – wie Butter in der Sonne – genau wie alles andere, das er sich erträumt hatte. Das Bild eines Säuglings erschien vor seinem inneren Auge. Das seines Sohnes! Ein kunstvoll geschaffenes Wesen, zum Leben bestimmt und doch nur ein Raub des Todes. Leif schüttelte gedankenverloren den Kopf. Welche Hoffnungen und Pläne hatte er noch vor wenigen Wochen gehabt. Und nun das! Groll und Trauer schwelten wie ein gieriges Feuer in seinem Herzen. Er brachte es nicht fertig, seine Frau zu trösten, obwohl er wusste, dass sie seinen Trost dringend brauchte. Schließlich trug *sie* die Schuld an all ihrem Leid. Leif ballte die Faust. Und nun machten ihm auch noch diese verdammten Biester zu schaffen, die seine Hoffnung auf eine größere Ernte langsam zunichtemachten. Doch heute würde er es ihnen zeigen! Er duckte sich tiefer ins Gebüsch des nahen Waldrandes. Sein Bogen lag griffbereit neben ihm, zusammen mit einem Köcher voller Pfeile. Ein morsches Krachen hinter ihm schreckte ihn plötzlich auf. »Pater Cuthbert«, rief er, »Ihr habt mich zu Tode erschreckt!«

»Tut mir leid, mein Junge. Ich bin aus Versehen auf einen morschen Ast getreten.« Ohne viel Umschweife setzte sich Cuthbert neben seinen Schützling, dem der Unmut darüber deutlich anzusehen war.

»Was wollt Ihr hier?«, fragte Leif ungehalten.

»Ich muss mit dir reden.«

Leif warf ihm einen missmutigen Blick zu. Das Licht war immer noch gut genug, um den Priester, der sich nun direkt neben ihm befand, näher zu betrachten. Leif bekam einen leisen Schreck bei seinem Anblick. Cuthberts Züge waren sorgenvoll. Tiefere Falten als bisher hatten sich um seine Mundwinkel gegraben. Die fröhlichen kleinen Augen blickten ohne jeglichen Glanz und der Stoff seiner schwarzen Kutte hing dem ohnehin schon schmächtigen alten Mann schlotternd an der Brust. Warum hatte er diese Veränderung nicht schon früher bemerkt? Anscheinend war er viel zu sehr mit seinen eigenen Sorgen beschäftigt gewesen. »Also schön«, lenkte Leif ein. »Aber tut es bitte leise.«

Cuthbert nickte. »Du kannst dir sicher denken, weshalb ich hier bin.«

»Ich habe nicht die geringste Ahnung«, erwiderte Leif eisig, obwohl das nicht stimmte.

»Gut, dann werde ich es dir sagen: Es bereitet mir Sorge, wie kalt und hartherzig du dich deiner Frau gegenüber verhältst. Sie bräuchte Trost statt Strafe und Warmherzigkeit anstelle kalter Ablehnung.«

Leif spürte das leise Kribbeln, mit dem sich seine Nackenhaare aufstellten. »Und doch trägt sie die Schuld an unserem Leid«, erwiderte er bissig. »Dies alles wäre nicht geschehen, wenn dieses sture Weib auf mich gehört hätte!«

»Wie lange willst du sie noch dafür büßen lassen? Meinst du nicht, dass es an der Zeit wäre, ihr endlich zu verzeihen?«

»Wozu? Damit sie die nächste Dummheit begehen kann?«

»Sie hat es aus Liebe getan.«

»Aus welcher Liebe denn? Bestimmt nicht aus Liebe zu mir.«

»Aus Liebe zu Gott«, erwiderte Cuthbert strenger als er vorgehabt hatte. »Und um seine Liebe anderen Menschen zu zeigen.«

Leifs Gesicht verfinsterte sich. »In letzter Zeit scheint er diese Liebe nicht sehr großzügig zu verteilen. Zumindest *ich* spüre nichts davon.«

»Aber Gott liebt dich, mein Junge. Hast du nicht schon genug Segnungen von ihm empfangen, um dies zu wissen?« Cuthbert wollte ihm tröstend die Hand auf die Schulter legen, doch Leif zuckte zurück, als ob ihn eine Hornisse gestochen hätte.

»Tut er das?«, schrie er zornig. Die Wildschweine waren vergessen. »Dann sagt mir doch einmal, worin sich diese Liebe zeigt. Etwa darin, dass er meinen Sohn sterben ließ? Darin, dass ein Großteil

meiner Landsleute mich für einen Unglücksboten hält, der ihre Götter verärgert, oder bestenfalls für einen verrückten Spinner? Darin,
dass wildes Getier meine Felder verwüstet? Oder etwa darin, dass
meine Mutter nach wie vor den alten Göttern anhängt und mir das
Leben schwer macht? Ist *das* die Liebe des Herrn?«

Cuthberts Gesicht war bleich geworden. Hilflos hob er die Schultern. »Auch ich bin nur ein einfacher Mensch und kann das Handeln
Gottes nicht immer verstehen. Dennoch … an den Herrn zu glauben bedeutet nicht, dass alle Schwierigkeiten von uns genommen
werden, doch wir müssen sie nicht allein bewältigen, weil wir einen
an unserer Seite haben, der uns dabei helfen wird. Glaube mir, alles
im Leben hat einen Sinn! Aber manchmal wird unser Glaube auf die
Probe gestellt. In Zeiten der Not prüft Gott, ob wir das halten, was
wir Ihm versprochen haben, als es uns besser ging. Verstehst du?
Unser Glaube wird geprüft wie Gold und Silber im Feuer des
Schmelzofens, damit er stark, geläutert und rein daraus hervorgeht.
Erinnere dich an Hiob, dem der Herr den gesamten Besitz und alle
zehn Kinder genommen hat.«

»Nach dieser Geschichte verlangt es mich am allerwenigsten«,
knurrte Leif. »Ein verlorenes Kind reicht vollkommen aus.«

»Zu allem Überfluss wurde Hiob auch noch krank und seine
Freunde verspotteten ihn«, sprach Cuthbert ungerührt weiter. »Doch
nach einer Zeit der Trauer und des Verdrusses und *nachdem* Gott
festgestellt hatte, dass Hiob trotz all des Leids, das ihm widerfahren
war, unerschütterlich zu ihm hielt, erstattete er ihm alles doppelt zurück.« Noch einmal versuchte er, Leif die Hand auf die Schulter zu
legen. Diesmal zuckte er nicht zurück. »Vertrau dem Herrn«, sagte
Cuthbert eindringlich. »Halte durch! Glaube weiter an ihn, egal was
auch kommen mag. Eines Tages wird er dich dafür belohnen. –
Doch der Herr wird nichts tun, wenn du dich gegen seine Gebote
stellst und im Unfrieden mit deiner Frau lebst. Darum tu mir den
Gefallen und vergib ihr.«

Leif sah ihn lange an, dann schüttelte er traurig den Kopf. »Das
kann ich nicht«, sagte er tonlos.

Cuthbert kämpfte gegen seine Verzweiflung an, als er Leif verließ. Die Dinge liefen aus dem Ruder. Er hatte Menschen für Gott gewinnen wollen. Wie ein Händler hatte er um die Herzen der Nordleute gefeilscht, doch bis jetzt hatte er lediglich ihre Neugier geweckt. Oft kam es ihm so vor, als ob es dieselbe Neugierde war, mit der man einen Tanzbären betrachtete und sich über jeden Fehltritt lustig machte. Und auch er war nicht ohne Fehl. Was hatte er zu Leif gesagt? Alles im Leben hatte einen Sinn? Manchmal konnte er es selbst nicht glauben. Außer Leif hatte sich kein Einziger bekehrt, obwohl er so gerne noch viele getauft hätte, bevor seine Lebenszeit vorüber war. Die Angst fiel über ihn her wie ein Adler über eine Maus. Die jüngsten Ereignisse nährten seine Befürchtung, dass er auch ihn wieder verlieren könnte. Sieh nicht auf die Umstände, sieh auf Gott, flüsterte eine innere Stimme. Doch er konnte den Zweifel in seinem Herzen nicht abschütteln. Was wollte er eigentlich hier? Hatte er wirklich gedacht, dass er irgendetwas ändern könnte? Das Luftholen fiel ihm plötzlich schwer. Er lehnte sich für einen Moment an den rauen Stamm einer Eiche. Die fortschreitende Hinfälligkeit des Alters machte sich bemerkbar. Klar und deutlich formte sich ein Gedanke in ihm: Fahr nach Hause zurück! Es lohnt sich nicht, für diese Menschen zu kämpfen und zu leiden. Gib auf – sonst wirst du in diesem Land voller Kälte und Unbarmherzigkeit sterben! Und dennoch … er war noch nicht bereit aufzugeben. Unter Tränen sank er auf die Knie und faltete seine Hände. Seine Augen blickten zum Himmel, dessen ersterbendes Licht über einem noch dunkleren Blätterdach schwebte, und suchten den, dem sein Herz gehörte. »Hilf mir«, flehte er. »So hilf mir doch!«

Die Wärme des Tages schwand mit der Dämmerung dahin. Leif krempelte die Ärmel seiner Tunika herunter. Seine Augen gewöhnten sich schnell an das silbrige Licht des Halbmonds, der zusammen mit Myriaden von Sternen am wolkenlosen Himmel prangte. Jetzt würde es nicht mehr lange dauern, bis die Wildschweine kamen. – Vorausgesetzt, sie hatten sich heute keinen anderen Platz ausgesucht. Der

Wald hinter ihm verströmte einen durchdringenden Geruch nach wildem Knoblauch, der sich mit dem Duft von Erde und feuchtem Moos vermischte. All dies nahm er kaum wahr, denn seine Gedanken kreisten um das, was der Priester gesagt hatte. Was meinte Cuthbert damit? Wollte Gott ihn so lange in Leid und Not schmoren lassen, bis er gezähmt war, wie ein wildes Tier, das man an der Leine führte? Dem Willen seines Bezwingers hilflos ausgeliefert? Wurde so sein Glaube auf die Probe gestellt? Dies war keine Vorstellung, die ihm behagte. Genauso wenig wie der Gedanke, dass *er* Aryana verzeihen sollte. Was für ein absurder Einfall! Sollte er sich alles gefallen lassen? Er dachte nicht daran, es ihr so leicht zu machen. Zu tief saßen die Wunden, die er erlitten hatte. Ein leises Grunzen riss ihn aus seinen Gedanken, dem ein vorsichtiges Schnüffeln folgte. Wie Diebe traten sie schließlich aus dem Wald. Eine Bache mit ihren Jungen. Die großen Ohren der Alten bewegten sich nervös, um festzustellen, ob die Luft rein war. Währenddessen zählte Leif nicht weniger als acht Frischlinge, groß genug um den Schaden zu erklären, den sie hinterlassen hatten. Er bewegte sich nicht, als sie in einer ordentlichen Reihe auf das Loch im Zaun zusteuerten. Ein herber Gestank nach Schlamm und Kot stieg in seine Nase. Er ertrug es geduldig, denn eine einzige unbedachte Bewegung würde genügen, um die Bache in die Flucht zu schlagen – oder zum Angriff zu reizen. Erst als sie kurz vor dem Zaun waren, spannte Leif vorsichtig seinen Bogen. Er zielte auf das Schulterblatt der Bache, ein kräftiges Tier mit dunklem Borstenkleid. Mit einem leisen Surren schoss der Pfeil davon. In diesem Moment schien sie ihn zu riechen und drehte sich. Der Pfeil verfehlte sein Ziel und streifte stattdessen ihr Ohr. Zorniges Gebrüll dröhnte über die Lichtung, dem ein hastiges Rascheln erschreckter Nachttiere folgte.

»Verfluchter Mist«, murmelte Leif. Mit einer geschmeidigen Bewegung zog er den Sax aus seinem Gürtel und gab die Deckung auf. Ohne zu zögern, ging die Bache, brüllend wie ein Krieger, auf ihn los. Erregung packte ihn und entlud sich in der Wucht, mit der er ihr das Messer zwischen die Rippen rammte. Die Bache schrie ein letztes Mal zornig auf, bevor sie für immer verstummte, doch Leif war noch nicht fertig mit ihr. Immer und immer wieder stach er auf das tote Tier ein. Er hörte weder das angstvolle Quieken ihrer Jungen noch wie sie sich davonmachten. Es spielte sowieso keine Rolle, ohne ihre Mutter würden sie nicht überleben. Schweißüberströmt hörte er schließlich auf. Seine Wut war verraucht und er weinte über die Trostlosigkeit, die an ihre Stelle gerückt war.

»Wo ist deine Frau?« Erindís, die alte Hebamme, deren Gang an das Watscheln einer Ente erinnerte, tauchte vor Leifs Haus auf.

»Drinnen«, erwiderte Leif wortkarg.

»Wie geht es ihr?«

Leif zuckte gleichgültig mit den Schultern. »Sie ist noch schwach, aber sie kümmert sich wieder um den Haushalt.«

»Das ist gut. Ich habe Arbeit für sie.« Ohne ein weiteres Wort schob sich Erindís an Leif vorbei und betrat das Haus. Die junge Frau, die in ihrem Kochkessel rührte, sah blass aus. Sie hob nur kurz den Blick, grüßte ernst und wendete sich wieder ihrer Aufgabe zu. Hier schien einiges im Argen zu liegen. Es war höchste Zeit, dass man sie auf andere Gedanken brachte.

»Ich brauche deine Hilfe«, erklärte Erindís knapp. »Steina, die Frau von Björn, bekommt ihr zweites Kind.«

Aryana schüttelte traurig den Kopf. »Für solcherlei Dinge eigne ich mich nicht.«

»Woher willst du das wissen?«, fragte Erindís herausfordernd. »Bist du nicht so etwas wie eine weise Frau, der die Leute ihre Kranken anvertrauen?« Erindís sah ein leises Aufleuchten in Aryanas Augen, das so rasch wie ein Wimpernschlag wieder verschwand.

»Das war, bevor ich mein Kind verloren habe.«

»Und nun glaubst du, dass du zu nichts mehr zu gebrauchen bist? Wie töricht von dir!«

Aryana zuckte fast unmerklich zusammen und rührte so heftig in ihrem Kessel, dass Erindís befürchtete, sein Inhalt könne überschwappen.

»Was ist nun? Kommst du, oder soll ich dich zu Björns Haus tragen?«

Wider Willen musste Aryana bei dem Gedanken lächeln, dass die alte, rundliche Frau sie auf den ohnehin schon gebeugten Rücken nehmen wollte. Ein kleiner Funke erwachte in ihr. Das Bedürfnis, jemandem zu helfen.

»Möchtest du wirklich, dass ich mitkomme?«, fragte sie zaghaft.

»Wäre ich sonst hier?« Erindís hielt dem nachdenklichen Blick aus grünen Augen stand.

»Nun gut, wenn du meinst«, Aryana zog den Kessel vom Feuer und folgte der Alten.

»Deine Frau kommt mit mir« erklärte sie dem verdutzten Leif, als sie nach draußen kamen. »Rechne heute nicht mehr mit ihr.«

Erindís' Gang war beschwerlich. Die vielen Jahre mühseliger Arbeit hatten ihren Körper mürbe gemacht. Ihr Rücken schmerzte und ihre Finger, die früher so behände den Kindern auf die Welt geholfen hatten, waren knotig und verkrümmt. Mit dem nüchternen Blick, der ihr zu eigen war, sah sie einer nicht allzu rosigen Zukunft entgegen. Bald würde sie nicht mehr zur Hebamme taugen. Sie brauchte eine Nachfolgerin, doch von den Töchtern, die sie geboren hatte, wollte keine in ihre Fußstapfen treten und die anderen Frauen der Siedlung hatten nicht das nötige Geschick. Überhaupt schien niemand geeigneter zu sein als diese junge Frau, obwohl man die unterschiedlichsten Dinge über sie hörte. Manche waren voll des Lobes über sie und das, was sie getan hatte. Andere hingegen fragten sich, warum Christus ihr das Kind genommen hatte, obwohl er doch heilen konnte. Gerade ihr, die doch so fest zu ihm hielt. War er etwa doch nicht so groß, wie sie und ihr Mann immer behaupteten? Weshalb sonst hätte er ihr Kind sterben lassen? Böse Zungen behaupteten, dass der Christgott ein schlechter Tausch gegen die alten Götter war und sich die Götter an Leif und seiner Familie rächten. Erindís gab auf all dieses Geschwätz nichts. Aryana mochte glauben, was sie wollte. Es spielte keine Rolle, falls sie eine gute Hebamme abgeben würde. Und wo konnte man dies besser feststellen als während der Not einer Geburt?

Geplagtes Stöhnen drang aus Björns Haus, als sie dort ankamen. Der werdende Vater war käsebleich und wurde zur Tür hinausgewiesen. Nur Björns Mutter blieb zurück, um den beiden Frauen zu helfen. Steina, eine junge Frau mit dunklem Rabenhaar, das sie zu zwei langen Zöpfen geflochten hatte, lag schwitzend auf ihrer Bank. Für eine Frau war sie ungewöhnlich groß und stand darin ihrem Mann in nichts nach. Ihre Nase wies einen Höcker auf, das Ergebnis des Faustschlags von Innigund, Thorbrands Frau.

»Wie lange liegst du schon in den Wehen?«, erkundigte sich Erindís.

»Schon einen ganzen Tag«, presste Steina hervor.

»Warum habt ihr mich nicht früher geholt?«, fragte sie vorwurfsvoll.

»Sie dachte, wir schaffen es alleine«, erwiderte Steinas Schwiegermutter entschuldigend, eine kleine unscheinbare Frau, der man es nicht zutraute, die Mutter eines solchen Hünen zu sein. »Schon seit Stunden versuche ich sie zu überreden, dass man Björn zu dir schicken soll, doch erst jetzt war sie bereit dazu.«

Erindís' missbilligendes Gesicht ließ keinen Zweifel daran, was sie von solcherlei Dingen hielt. Sie gab der jungen Frau ein Bernsteinamulett in die Hand, dessen Form ein Wickelkind zeigte, bevor sie ihr Ohr auf den entblößten Bauch legte, der sich wie ein großes Ei nach oben wölbte.

»Heidnisches Zeug«, murmelte Aryana. Etwas in ihr drängte sie zu gehen, doch die Vorgänge um sie herum zogen sie unweigerlich in ihren Bann. Hier bekam sie die Gelegenheit, etwas zu lernen. War es nicht das, was sie sich gewünscht hatte? Wie eine lästige Fliege verscheuchte sie ihre letzten Vorbehalte und konzentrierte sich auf das, was Erindís tat.

Die alte Hebamme horchte geraume Zeit und veränderte die Lage ihres Ohrs hin und wieder, als suchte sie nach etwas Bestimmtem.

»Was ist mit meinem Kind?« Steinas Stimme klang nervös.

Erindís legte einen Finger an ihren Mund und brachte sie damit zum Schweigen. Ein neuer Krampf unterbrach die Untersuchung.

Auch Steinas Gesicht verkrampfte sich. Als es vorbei war, begann Erindís von Neuem. »Der Herzschlag des Ungeborenen ist nicht besonders kräftig«, stellte sie schließlich fest. »Ich werde nachsehen müssen.«

Steina nickte. Björns Mutter nahm tröstend die Hand ihrer Schwiegertochter und strich über deren nasse Stirn.

Erindís griff währenddessen in ihren Beutel, förderte etwas Beifuß zutage und warf ihn ins Feuer. Dann rieb sie ihre Hände sorgfältig mit Gänseschmalz ein. »Stell dich hinter mich«, wies sie Aryana an, »und sieh genau hin.«

Mit einer Mischung aus Neugier und Entsetzen sah Aryana, wie sich die knotigen Finger der Hebamme in den Geburtskanal schoben. Niemand nahm Anstoß daran und sie erinnerte sich, dass auch bei ihr zu diesem Zeitpunkt kein Platz für Peinlichkeiten war. Gebannt sah sie zu, als sich Erindís' Finger weiter vorschoben.

Der Blick der alten Hebamme richtete sich nach innen. Wie eine Blinde, deren ganzes Gespür sich in die Fingerspitzen verlegt, ertastete sie den Muttermund. Erleichtert stellte sie fest, dass er offen war. Ihre Finger glitten über das Köpfchen des Kindes, das ein klein wenig durch die Öffnung ragte, doch statt der erwarteten Rundung des Hinterkopfes fühlte sie ein winziges Näschen. »Da haben wir es«, zischte sie. »Dein Kind ist ein Sterngucker. Es kommt mit dem Gesicht nach oben zur Welt. Keine leichte Sache, es auf diese Weise zu gebären. Wenn du mich früher hättest holen lassen, wäre es möglich gewesen etwas daran zu ändern. Nun weiß ich nicht, ob es mir gelingt.«

Die nächste Wehe rollte über Steina hinweg. »Versuch es«, keuchte sie, als der Krampf vorüber war.

Erindís nickte. »Leg sie flacher hin«, wies sie Steinas Schwiegermutter an, die prompt gehorchte und ein Kissen unter Kopf und Schultern der jungen Frau entfernte. Erindís' Blick richtete sich wieder nach innen. Aryana sah, wie sich ihre Zunge konzentriert zwischen die Lippen schob, während sie ihre freie Hand auf Steinas Bauch legte. Dann begann Erindís, das Köpfchen mit der anderen

Hand sanft nach innen zu drücken. Sie bekam den Hinterkopf zu fassen, doch er entglitt ihren Fingern. Die nächste Wehe kam schnell. Der Muttermund legte sich wie ein Ring um die verkrümmten Finger der alten Hebamme und presste das Köpfchen des Kindes in unveränderter Lage daran vorbei. Der Schmerz nahm Erindís fast den Atem. Steina schrie auf. Nach einer kurzen Verschnaufpause versuchte es Erindís erneut. An beiden Frauen rann der Schweiß in Strömen herunter, doch das Kind ließ sich auch nach weiteren Versuchen nicht dazu bewegen, seine Lage zu verändern.

»Es nützt nichts«, sagte Erindís schließlich. »Du hast schon Presswehen. Wir werden das Kind so auf die Welt holen müssen. – Setz dich hinter sie und richte ihren Oberkörper etwas auf«, wies sie Björns Mutter an. »Und du«, befahl sie Aryana, »legst dich bei der nächsten Wehe auf ihren Bauch und hilfst ihr beim Pressen.« Die Abstände zwischen den Wehen wurden nun kürzer. Aryana legte sich wie geheißen auf Steinas Bauch und drückte ihn mit ihren Händen nach unten. Sie konnte den lebendigen Widerstand unter ihren Fingern spüren. Die kleinen biegsamen Knochen, die sich gegen die Bauchwand der gequälten Mutter stemmten, die Rundung eines winzigen Rückens. Ihr Hals war plötzlich wie zugeschnürt. Keiner konnte Steina in diesem Moment besser verstehen als sie. Zu frisch waren ihre eigenen Erinnerungen. Sie fühlte noch einmal den Schmerz, der eine Mutter an den Rand der Verzweiflung brachte, die unbeschreibliche Qual, in der man alle Männer dieser Welt verwünschte. Mit tränenverschleiertem Blick sah sie, wie nach großer Anstrengung das winzige Köpfchen geboren wurde und kurz darauf der kleine, blutverschmierte Körper in Erindís' Hände glitt.

»Du hast eine Tochter«, stellte die alte Hebamme in ihrer nüchternen Art fest, doch ein zufriedenes Lächeln huschte über ihr Gesicht.

Aryana lachte und weinte zugleich und drückte eine erschöpfte, aber glückliche Steina an ihre Brust. Wenigstens dieses Mal war alles gut gegangen. Erindís durchtrennte die Nabelschnur, während Björns Mutter feuchte Tücher brachte, mit denen sie Steina und ihre

Tochter säuberten. Nun wurde Björn hereingerufen und das nackte kleine Mädchen vor ihm auf den Boden gelegt. »Wirst du dieses Kind annehmen?«, fragte Erindís mit erhobener Stimme.

Der frischgebackene Vater heulte vor Glück. Er nahm die Kleine vorsichtig in seine großen Hände und untersuchte ihren Körper sorgfältig. Sie schien gesund und munter zu sein. Björn strich über das feuchte Haar, das so rot wie sein eigenes war, und die aufgescheuerte Haut auf Stirn und Wangen. Das Ergebnis einer anstrengenden Geburt. Das Kind schrie entrüstet, angesichts der rücksichtslosen Behandlung, die man seinem jungen Leben bescherte, was Björn noch mehr rührte. »Ich nehme dieses Kind als meine Tochter an«, sagte er feierlich. Er gab es seiner Mutter, die ihre Enkelin in eine Windel hüllte.

»Gefällt sie dir?«, fragte Steina.

Björn nickte stolz. Er setzte sich neben seine Frau, gab ihr einen Kuss und nahm die Kleine auf seinen Schoß. Seine Mutter reichte ihm ein Schälchen mit Wasser und Björn goss etwas davon über das kleine Köpfchen. »Ich nenne dich Guðrún Björnsdottir.«

Während sich der frischgebackene Vater trollte, um mit den Männern die glückliche Geburt seiner Tochter zu feiern, versammelten sich Steinas Nachbarinnen im Haus. Der kleine Skati, der es kaum noch erwarten konnte, seine Mutter wiederzusehen, fiel Steina erleichtert in die Arme. Die Frauen bewunderten das Neugeborene und beglückwünschten die Mutter zu solch einem hübschen Mädchen. In weiser Voraussicht war ein Essen vorbereitet worden und auch hier wurde nicht am Bier gespart, das die Frauen in eine fröhliche Stimmung versetzte.

»Du hast deine Sache gut gemacht«, raunte Erindís ihrer neuen Gehilfin nach dem Essen zu, obwohl sich diese nicht daran erinnern konnte, viel getan zu haben.

»Was hast du gefühlt, als du … deine Finger in sie hineingesteckt hast?«

»Beim nächsten Mal zeige ich es dir.« Erindís lächelte in sich hinein. Die Kleine hatte Blut geleckt und das war gut so.

Aryana fühlte sich heiter, als sie am späten Abend Björns Haus verließ, doch schon an der Schwelle zu ihrer eigenen Tür holte sie die Wirklichkeit wieder ein. Eine frostige Stimmung wehte ihr entgegen. Die Kälte eines Mannes, der nicht verzeihen konnte, dass sie ihr Kind verloren hatte. Die Traurigkeit überrollte sie wie ein Sturm, der vom Meer heraufzog, und hüllte sie von Neuem in eine Decke aus Traurigkeit und Schmerz.

»Komm heraus, hübsches Kind«, sagte der Wärter, als er Bronagh aus dem Verschlag holte. Er war ein Hüne mit einem gutmütigen Gesicht und freundlichen Augen. »Heute ist dein großer Tag.«

Nach den Wochen, die sie in dem dunklen Bretterverschlag zugebracht hatte, fühlte sich Bronagh alles andere als hübsch. Sie fuhr sich mit den Fingern durch das unordentliche, rotblonde Haar und versuchte rasch einen neuen Zopf zu flechten, doch der Wärter ließ ihr keine Zeit dazu. Heute also war der Tag des Gerichts. Sie hatte nichts Gutes zu erwarten. Auf Mord stand der Strick. Als Póra den Tod ihres Mannes festgestellt hatte, war sie schreiend aus dem Haus gelaufen, um Bronagh eben dieses Mordes anzuklagen. Trotz Bronaghs Beteuerungen, dass Eyvind eines natürlichen Todes gestorben war, hatte man sie gefangen genommen und in den dunklen Verschlag gesteckt. Wer glaubte schon dem Wort einer Sklavin? Zu allem Überfluss hatte man ihren kleinen Sohn fortgenommen. Nun war sie mürbe von den Bildern ihrer verängstigten Seele, die ihr die eigene Hinrichtung vorgaukelten, und dem Gejammer des Händlers, den man mit ihr gefangen hielt. Er war mit seinem Karren den großen Heerweg heraufgefahren. Einer breiten Straße, die das Festland überzog, um bei Bedarf die Krieger des Königs über Land zu schleusen, die aber vor allem als Handelsstraße diente. In Hedeby hatte er die Frechheit besessen, seine Käufer mit gefälschten Gewichten übers Ohr zu hauen. Seither wartete er wie Bronagh auf den Tag des Things, an dem über ihr weiteres Schicksal verhandelt werden sollte.

Eine Nacht trennte Bronagh von dem unmündigen Leben einer Sklavin und der wesentlich beruhigenderen Aussicht auf Freiheit sowie den Annehmlichkeiten eines gewissen Wohlstands. Eine einzige jämmerliche Nacht!

Blendende Helligkeit traf sie wie ein Schlag, als sie ins Freie trat. Sie beschattete mit ihrer Hand die Augen und entdeckte die Umrisse dreier weiterer Krieger. Finstere Gestalten, die sie in Empfang nahmen. Hinter ihr wurde der zeternde und um Gnade winselnde Händler nach draußen gezerrt, für den ihr Wärter wesentlich weniger Verständnis an den Tag legte.

»Halt deinen Schnabel«, brummte er ungehalten und kettete die beiden Gefangenen aneinander.

Auf der Landungsbrücke wimmelte es von Menschen, Karren und Holzständen, auf denen alles Mögliche feilgeboten wurde. Einige mit Gütern beladene Schiffe ankerten im Noor, um sich am Handel zu beteiligen. Eine bunte Mischung aus Zelten stand an dem dafür vorgesehenen Platz, denn heute war der große Markttag, der bei jedem Thing stattfand. Alle freien Männer aus der Umgebung nahmen an dieser Versammlung teil und da die Bauern aus den umliegenden Siedlungen und Weilern zu diesem Zweck nach Hedeby reisen mussten, nutzten ihre Frauen die Gelegenheit, um zu kaufen, verkaufen oder einzutauschen. Bronagh sah Vogeleier, lebende Hühner, die aufgeregt in ihren Holzkäfigen gackerten, Schweine, die von ihren Besitzern bewacht wurden, Felle, Tontöpfe, Eisenkessel und Wetzsteine, während sie mit ihrem Leidensgenossen wie Vieh an der Brücke vorbeigetrieben wurde.

»Seht sie euch an, diese Hure!« Es war Póras Stimme, die überdeutlich an ihr Ohr drang. Schamesröte stieg Bronagh ins Gesicht. Sie fühlte unzählige Blicke auf sich gerichtet, als Póra weiterkeifte. »Sie hat mir meinen Mann gestohlen. *Umgebracht* hat sie ihn, dieses elende Weibsstück. Kaltblütig ermordet!« Die Leute begafften sie mit angewiderter Sensationslust. Kinder hüpften aufgeregt um sie herum. Der Händler neben ihr begann wieder einmal, lauthals zu zetern, und erntete Hohn, Spott und Dreck dafür, der von allen Seiten geflogen kam. Ein Gefühl des Elends keimte in Bronagh auf, doch gerade als sie dachte, dass es nicht mehr schlimmer werden konnte, sah sie ein kleines Kind, das sie mit sehnsüchtigen Augen anstarrte.

»Leif«, ihr Schrei zerriss die Luft. Es handelte sich eindeutig um ihren Sohn, den eine stämmige Frau mittleren Alters in den Armen hielt. Bronagh hob ihren freien Arm und machte einen Schritt auf die Frau zu, doch sie wurde durch die Kette zurückgerissen, hinweggezerrt durch den Mahlstrom der Bewegung ihres jämmerlichen Zuges. Fort von Leif und der Frau, die sich eilends mit ihm davonmachte. Sie hörte ihn weinen und ihre eigenen Tränen verschleierten ihren Blick. Panik stieg in ihr auf, die sie taub für die Beschimpfungen der Leute machte. Sie hatte ihr Kind für immer verloren! Selbst wenn sie mit dem Leben davonkam, würde diese Frau ihren Sohn nicht mehr hergeben. Sie hatte es ihrer Miene angesehen, in der sich keine Spur von Mitleid regte. Doch Leif war das Einzige, was ihrem armseligen Leben noch einen Sinn gab und in dessen Gesicht sie die Spuren seines Vaters erkennen konnte. Oh Bard, wenn er nur hier wäre! Bronaghs Kinn fiel auf ihre Brust. Alles war verloren. Es lohnte sich nicht mehr zu kämpfen. Am besten gestand sie, dass sie ihren Liebsten aus lauter Habgier umgebracht hatte. Ein rascher Tod würde die Folge sein, der sie von allem Elend auf Erden entband.

Unter den Zuschauern der Landungsbrücke stand ein fremdländischer Mann. Sein dunkles Haupt, dessen Nase an den Schnabel eines Adlers erinnerte, zierte ein bunter Turban. Wie alle anderen musterte er neugierig die beiden zerlumpten Gestalten, die an ihm vorbeigeführt wurden. Ein überraschtes Aufflackern des Erkennens trat in seine stechenden Augen, als er unter dem zerzausten Haar die junge Frau erkannte, die er vor Monaten verkauft hatte.

Der Thingplatz lag auf einem Hügel. Ein großer Kreis aus Steinen friedete ihn ein. An seiner Stirnseite stand eine alte Eiche, deren Blätter den sonst freien Platz beschatteten. Unter dem weitläufigen Geflecht ihrer Äste lehnte der Jarl seine mächtigen Schultern an einen riesigen Stein, der ihm als Rückenlehne seiner Sitzbank diente. Er lebte als Beauftragter des Königs in Hedeby, zog in dessen Namen die Handelszölle ein und wachte über Recht und Gesetz. Ein Kreis aus Männern, die auf den übrigen Steinen Platz genommen hatten, vervollständigte die Versammlung. Jarl Gnúpa, ein beleibter Mann, dem man seinen Wohlstand ansah, kreuzte die Arme vor seinem mächtigen Bauch und musterte die beiden Missetäter aufmerksam. »Wer hat etwas gegen diese beiden vorzubringen?«, fragte er mit einer Stimme, die weit über den Platz hallte.

»Ich!« Ormi, seines Zeichens Schmied von Hedeby und ebenfalls ein Schwergewicht, hatte Bronzebarren von dem Händler gekauft. Als dieser mit seiner Handwaage das Hacksilber wog, das Ormi bezahlen sollte, machte ihn die Menge an Silber stutzig. »Was die Beschaffenheit und Schwere von Metall angeht, macht mir so leicht keiner etwas vor. Erst recht nicht, wenn es sich um mein eigenes Silber handelt.« Er erntete für diese Bemerkung schallendes Gelächter. Mit der Waage eines anderen Händlers deckte Ormi schließlich den Schwindel auf. Als Ormi sich setzte, stand ein zweiter Mann auf.

»Mich hat er ebenfalls betrogen. Auf die gleiche Weise wie Ormi, nur dass ich den Rohling eines Mühlsteins bei ihm erstanden habe.«

Die anschließende Beratung zog sich in die Länge. Der Händler wurde in dieser Zeit nicht müde, um Gnade zu winseln. Bronaghs Gedanken drifteten ab und verloren sich am weiten Ufer ihres eigenen Elends, bis die dröhnende Stimme des Jarls sie in die Wirklichkeit zurückholte.

»Sveinn Tostesson, Händler für Waren aller Art wird wegen Betruges mit falschen Gewichten schuldig gesprochen.« Eine atemlose Stille trat ein, die nicht einmal durch den Beschuldigten selbst unterbrochen wurde. »Zur Strafe für seine Taten wird ihm die rechte Hand abgeschlagen.«

»Gnade, Herr!« Sveinn jammerte zum Erbarmen. »Ich flehe Euch an. Nie wieder werde ich einen anderen Menschen betrügen. Ich schwöre es bei allem, was mir heilig ist, aber lasst mir meine Hand.«

»Das hättest du dir früher überlegen sollen«, entgegnete der Jarl in aller Sachlichkeit. »Nun ist es zu spät.« Er ignorierte den Händler, dessen Stimme zu einem schrillen Ton anschwoll, als sein Blick zu Bronagh hinüberglitt. »Nun zu dir, mein Kind. Wer hat etwas gegen diese junge Frau vorzubringen?«

»Ich, Gunnar Greinsson!« Ein älterer Mann stand auf. Bronagh blinzelte. Sie hatte ihn noch nie gesehen. »Ich bin der Bruder von Póra, der Frau von Eyvind, dem Kammmacher. Meine Schwester beschuldigt dieses Weib, sich Eyvinds Gunst erschlichen zu haben, um ihn nachts auf seinem Lager hinterrücks zu ermorden.«

Die Brauen des Jarls schossen fast belustigt in die Höhe. Er musterte Bronagh eingehend. »Ist das wahr?«

»Ihr zweifelt doch nicht etwa an den Worten meiner Schwester?«

»Nun, ich weiß, dass Póra ein altes, missgünstiges Weib ist«, erwiderte Gnúpa seelenruhig. »Vielleicht war sie eifersüchtig.« Die Antwort des Jarls rief allgemeines Gelächter hervor, während Gunnar mit den Händen rang.

»Aber es *ist* wahr.«

»Hat sie es gesehen?« Gnúpa ließ Bronagh während des kleinen Schlagabtauschs nicht aus den Augen. Sie starrte ihn mit ausdrucksloser Miene an. Sollten sie mit ihr machen, was sie wollten. Ihr war es egal.

»Nun ja …« Póras Bruder suchte nach den richtigen Worten. »Direkt gesehen hat sie es nicht … Er war schon tot, als sie den Mord entdeckte.«

»So, so«, Gnúpa rieb sich nachdenklich das Kinn. »Woher will sie es dann wissen? Hatte er irgendwelche Verletzungen, die diesen Schluss zulassen?«

Gunnar schüttelte mit zusammengekniffenen Lippen den Kopf.

Der Jarl beugte sich interessiert vor, als suchte er nach einem Beweis in Bronaghs Augen. »Allein mit ihrer Schönheit wird sie ihn wohl nicht erschlagen haben«, spöttelte er. »Aber vielleicht hat sie ihn vergiftet? Doch zu welchem Zweck? Keine vernünftige Sklavin würde einen Herrn umbringen, der ihr wohlgesinnt ist.« Sein fettes Kinn wies aufmunternd in Bronaghs Richtung. »Was sagst du dazu?«

Bronagh blickte in die Runde. Sie sah Belustigung und Gier in den Augen der Männer. Das Verlangen nach einer Geschichte, die man sich am warmen Herdfeuer erzählen konnte. Dort, wo sie einem Schauer über den Rücken jagte und gleichzeitig das wohlige Gefühl vermittelte, dass Leid und Elend glücklicherweise einen anderen getroffen hatten. Sie würde dieses unwürdige Schauspiel beenden. Es war leicht, alles zu gestehen, auch wenn sie nichts getan hatte, und immer noch besser, ein schreckliches Ende zu erleben als ein Schrecken, der niemals aufhörte. Doch bevor sie antworten konnte, meldete sich eine andere Stimme zu Wort. Sie sprach in einem fremdländischen Akzent und Bronagh brauchte eine Weile, bis sie den Mann erkannte, zu dem diese Stimme gehörte.

»Verzeiht, wenn ich mich einmische«, sagte der Sklavenhändler. Die Spitzen seiner Schuhe ragten unter dem Saum seines Gewandes hervor, als er vortrat.

»Ihr wollt doch nicht eine Frau opfern, deren Schuld nicht erwiesen ist? Noch dazu das Leben einer solchen Schönheit?«

Die Brauen des Jarls schossen erneut in die Höhe, wenn auch dieses Mal nicht belustigt, sondern eher erstaunt, dass der Fremde es wagte, ihre Versammlung zu stören. »Ich mache Euch einen Vorschlag«, sprach der Sklavenhändler in aller Ruhe weiter. »Diese junge Frau war einmal mein Eigentum.« Er machte eine abschätzige Handbewegung. »Eine Ware, nichts weiter. Doch da diese Ware nicht zur Zufriedenheit des Käufers geführt hat, wäre ich bereit, sie wieder zurückzunehmen, um Euch somit von ihrer Last zu befreien. Was sagt Ihr dazu?«

Mit ungläubigen Augen musterte Bronagh den Fremden. Ihre Gefühle lagen irgendwo zwischen Lachen und Weinen. Dies konnte einfach nicht die Wirklichkeit sein.

Gnúpa rieb sich nachdenklich das Kinn. Póras Bruder begann zu murren, doch der Jarl brachte ihn mit einer energischen Handbewegung zum Schweigen. »Nun, deine Ware war in der Tat nicht das, was man sich von ihr versprach, doch die gute Póra möchte mit Sicherheit eine Entschädigung für all ihr Ungemach.«

Der Sklavenhändler nickte wissend. Er zog eine Bernsteinkette aus seiner Tasche und hielt sie hoch. Die Augen des Jarls begannen begehrlich zu leuchten.

»Wäre dies eine angemessene Entschädigung?« Er begann eine weitere Kette aus seiner Tasche zu ziehen, kostbarer als die erste. »Und diese hier ist für Euch bestimmt, *falls* Ihr auf mein Angebot eingeht.«

Gnúpa blickte auffordernd in die Runde. »Was meint ihr zu dem Vorschlag des Sklavenhändlers?«

Nach kurzer Beratung wurde der Vorschlag angenommen, ohne die Gefangene noch einmal zu befragen. Die meisten Männer schienen Zweifel an ihrer Schuld zu haben und die bekannte Gier Gnúpas nach Bernstein ließ ihre Zweifel noch größer werden. Niemand war bereit, seine Wut in diesem zwielichtigen Fall zu reizen. Man löste die Kette, die Bronagh mit dem verurteilten Händler verband, um sie ihrem alten Besitzer zu übergeben.

»Bitte, Herr«, flehte sie ihn an. »Holt mir mein Kind, bevor wir fortsegeln.«

»Und was soll ich damit anstellen?«, entgegnete er kalt. »Ich will dich und nicht das Balg. Je eher du es dir aus dem Kopf schlägst, desto besser.«

Ein Gefühl der Ohnmacht bohrte sich wie ein eisiger Finger in Bronaghs Herz. Wieder war sie nichts weiter als eine Ware. Ein Stück Dreck, mit dem man verfahren konnte, wie man wollte.

»Du solltest deinem Schicksal danken, dass ich dich rechtzeitig entdeckt habe«, raunte ihr der Sklavenhändler ins Ohr. Er berührte sacht ihren Hals. »Jammerschade, wenn diesem zarten Gebilde etwas zugestoßen wäre.« Seine lüsternen Augen glitten über ihren Körper. »Du wirst noch viel Gelegenheit haben, mir dafür zu danken.«

Sie nickte stumm. Sie hatte verstanden. Er packte sie am Arm und zog sie in die Richtung Hedebys. Das Letzte, was Bronagh sah, war der irre Blick des Händlers, der vor einem Hackklotz kniete, als man ihm die Hand abschlug. Ein qualvoller Laut entrang sich seiner Kehle, bevor er die Augen verdrehte und mit einem Ruck zu Boden fiel.

»Aryana, komm schnell!« Helgi, Asvalds zwölfjähriger Sohn, rannte mit wehenden Fahnen auf Aryana zu, die gerade den Garten von Unkraut befreite. »Katla bekommt ihr Kind. Erindís sagt, du musst sofort kommen, wenn du noch etwas lernen willst.«

Ein freudiger Stich fuhr in Aryanas Herz. Sie wischte sich die Hände an ihrem Trägerrock ab und folgte Helgi ohne Zögern. Katla war die Nachbarin von Asvald und Helga. Das arme Ding war seit ein paar Monaten Witwe. Ihr Mann war beim Holzfällen von einem Baum erschlagen worden, bevor er noch wusste, dass er wieder Vater werden würde. Er hatte seiner Frau zwei Mädchen und eine Schwiegermutter hinterlassen, die Aldis noch weit übertraf. Nun wurde das dritte Kind geboren, das seinen Vater nie kennenlernen würde.

Helgi versuchte neugierig ins Innere des Hauses zu spähen, als Aryana eintrat, doch sie versperrte ihm den Weg. »Mach, dass du fortkommst. Männer haben hier nichts zu suchen.« Helgi verzog beleidigt das Gesicht, trollte sich aber ohne weitere Einwände. Aryanas Augen brauchten einen Augenblick, um sich an das trübe Licht des rußgeschwärzten Raumes zu gewöhnen. Schließlich erkannte sie Katla, die, in ein fadenscheiniges Tuch gewickelt, auf ihrer bloßen Schlafbank lag.

»Damit sie nichts beschmutzt«, raunte Erindís, die Aryanas hochgezogene Brauen richtig deutete.

Katlas Töchter, von drei und fünf Jahren, starrten ängstlich und glotzäugig auf ihre schmerzgeplagte Mutter.

»Hinaus mit euch«, befahl Erindís entschieden und scheuchte sie zur Tür hinaus. »Geht hinüber zu Helga. Sie soll euch einen Becher Milch geben, bis das hier vorüber ist.«

Eine schnarrende Stimme drang an Aryanas Ohr. »Was will dieses Weib hier?« Grima, Katlas Schwiegermutter war eine alte Frau mit verkniffenem Gesicht und einem dünnen, grauen Altweiberzopf. Die vielen überstandenen Winter schienen ihrem Temperament nicht geschadet zu haben. »Sie soll verschwinden!«, keifte sie.

»Aryana bleibt hier«, bellte Erindís zurück. »Ich habe sie in meine Dienste genommen und *du* wirst mich nicht daran hindern.«

Grima verzog sich schmollend in den hinteren Teil des Hauses. Jedoch nicht, ohne der Hebamme mit wenig schmeichelhaften Worten mitzuteilen, was sie von ihr dachte. Dort beobachtete sie das Geschehen mit herablassenden Augen aus der Ferne.

Erindís würdigte sie keines weiteren Blickes. »Eine ganz normale Geburt«, wandte sie sich an Aryana. »Zügig und ohne Komplikationen.«

Dies mochte wohl für die körperlichen Vorgänge zutreffen, doch was den Rest betraf, war der Unterschied zwischen Steina und Katla deutlich erkennbar. Einsam und verlassen, ohne den Trost einer Familienangehörigen lag Katla auf ihrer Bank und quälte sich. Aryana eilte zu ihr hinüber und ergriff ihre Hand. »Hab keine Angst«, flüsterte sie. »Ich bin jetzt bei dir.«

Katla, eine junge Frau mit runden Wangen, sanften grauen Augen, einem breiten, vollen Mund und dunklen Haaren lächelte, bis eine neue Wehe, einer Meereswoge gleich, über sie hinwegrollte.

Erindís zog sie von Katlas Hand fort. »Du wolltest wissen, was ich das letzte Mal gefühlt habe? Komm her und sieh selbst.«

Aryana blickte unschlüssig vom Gesicht der alten Hebamme zu Katla. »Darf ich?«

Katla nickte stumm.

Schamhaftigkeit und Wissbegierde kämpften in Aryana, als sie ihre Finger in einen kleinen Topf mit Gänseschmalz tauchte, den Erindís ihr hinhielt. Nachdenklich fettete sie eine Hand ein, dann schob sie entschlossen alle Bedenken beiseite und ließ einen Finger in den Geburtskanal gleiten. Nachgiebiges Fleisch glitt an ihrer Fingerkuppe vorbei, warm und feucht. Sie glitt höher, bis ihr Finger gegen einen Widerstand stieß.

»Was fühlst du?« wollte Erindís wissen.

»Ich fühle einen Ring«, erwiderte Aryana.

»Das ist der Muttermund. Er ist groß und geöffnet. Was fühlst du noch?«

»Etwas Rundes ragt ein wenig daraus hervor. Erstaunlich hart und glatt.«

»Das Köpfchen des Kindes. Kannst du seine Haare spüren?«

»Nicht direkt. Irgendetwas ist dazwischen.«

»Das ist die Fruchtblase, die sich noch nicht geöffnet hat«, stellte Erindís zufrieden fest. »Wir werden etwas nachhelfen, damit es nicht mehr allzu lange dauert. Lass mich dir zeigen, wie es geht.«

Aryana zog ihren Finger zurück und beobachtete, wie Erindís nun ihrerseits den Zeigefinger der rechten Hand einführte. Ihn schmückte ein ungewöhnlich langer Nagel, über den sich Aryana schon gewundert hatte. Eigentlich konnte man ihn nicht als Zierde betrachten. Wie eine Kralle ragte er über die Fingerkuppe hinaus. Das unheimliche Bild einer Zaunreiterin, das Aryana einmal gesehen hatte, tauchte vor ihrem inneren Auge auf.

»Ich ritze mit dem Nagel die Fruchtblase«, erklärte Erindís unterdessen. »Die Gefahr einer Verletzung ist nicht so groß wie bei einem Messer – und er ist sehr viel einfacher zu handhaben.« Erindís' Finger erschien wieder an der Oberfläche, gefolgt von einem Schwall Fruchtwasser, der sich auf den Boden ergoss. Danach war es, als ob man eine Tür geöffnet hätte. Die Presswehen setzten abrupt ein und nach kurzer Zeit wurde ein Säugling, mit dem Rest des Wassers, nach draußen gespült. Erindís wartete, bis das Blut nicht mehr in der Nabelschnur pochte, dann band sie diese mit zwei dünnen Fäden ab, nur ein kleines Stück vom Bauch des Kindes entfernt. Sie drückte Aryana eine Schere in die Hand, zwei Klingen, die durch einen metallischen Bügel miteinander verbunden waren, und wies sie an, Mutter und Kind zwischen den beiden Fäden zu trennen. Mit zitternden Fingern setzte Aryana die Klingen an und drückte zu. Die Nabelschnur war erstaunlich fest und erforderte einiges an Kraft, um sie zu durchtrennen. Mit einem deutlich hörbaren »Ratsch« gelang es ihr schließlich. Dann legte die alte Hebamme das Kind auf den Boden. Nachdem man den Vater für solche Dinge nicht mehr zur Verantwortung ziehen konnte, trat dessen alte Mutter als Familienoberhaupt an seine Stelle.

»Nimmst du dieses Kind an?«, fragte Erindís.

Grima betrachtete das Neugeborene argwöhnisch, ohne es anzurühren. »Schon wieder ein Mädchen«, sagte sie kalt. Ihre Stimme erhob sich zu einem schrillen Ton: »Gauti!«

Das kleine Wesen lugte indessen mit wachen Augen nach der Verursacherin des Geschreis. Eine grüblerische Falte hatte sich auf seiner Nasenwurzel gebildet. Sie sah aus wie ein Vorwurf über die zu erwartende Ungerechtigkeit der Welt. Der verblüffend breite Mund – ein Erbe seiner Mutter – formte ein erstauntes »O«. Trotz der empörenden Tatsache, dass man es der Wärme des Mutterleibs entrissen hatte, schrie es nicht.

»Ich nehme das Kind nicht an«, entschied Grima kühl, ohne dabei ihre Schwiegertochter anzusehen.

Gauti, ein kleines Männlein mit krummem Rücken, erschien in der Tür. Er war der Knecht, das einzige männliche Wesen, das dem Haushalt angehörte.

»Nimm das Kind und wirf es in den Fluss«, befahl ihm Grima.

Aryana fiel die Kinnlade herunter. »Nein!«, schrie sie auf. »Das darfst du nicht. Du wirst es töten.«

»Nichts anderes soll mit ihm geschehen«, erwiderte Grima in aller Logik. Katla begann auf ihrem Lager hemmungslos zu weinen. Grima beachtete sie nicht. »Es gelingt uns ohnehin nur mit Mühe, alle Mäuler zu stopfen. Noch ein Mädchen durchzufüttern wäre eine zu große Belastung. Und wer weiß, ob es jemals einen Mann gäbe, der es heiraten will«, erklärte sie.

»Und wenn Katla einen Jungen geboren hätte?«, brach es aus Aryana hervor.

»Dann hätte es zumindest sein können, dass aus ihm eines Tages ein großer Krieger wird, der uns Ehre macht, oder ein Bauer, der den Namen meines Sohnes nicht aussterben lässt.« Grimas Augen blickten berechnend. »Vielleicht auch beides.«

»So ist das also! Ein Junge dürfte leben, doch da es sich bei diesem Kind wieder *nur* um ein Mädchen handelt, muss es sterben.« Aryanas Gerechtigkeitssinn sträubte sich bei dieser Vorstellung, wie das Fell einer aufgeschreckten Katze. »Wie herzlos du doch bist!« Ihr Blick fiel auf Erindís, doch diese zuckte nur mit den Schultern. Sie kannte die Nöte der Menschen. Nicht überall kam genug auf den Tisch. Manche versuchten die Familie zu retten, indem sie jeden weiteren Esser dem Tode preisgaben. Es war offensichtlich, dass es hierbei mehr Mädchen als Jungen traf, denn ein Sohn war ein kostbares Gut, an das sich die Hoffnungen seiner Eltern klammerten – ein Mädchen hingegen eine Last. Andererseits war es bei missgebildeten oder augenfällig kranken Kindern keine Frage, ob sie männlich oder weiblich waren.

»Meine Aufgabe ist es nur, die Kinder auf die Welt zu holen. Und solange sie nichts gegessen haben, darf das Familienoberhaupt mit ihnen machen, was es will«, entgegnete sie nüchtern.

Die Kleine lag immer noch nackt auf dem Boden. Es schien, als ob sie der Meinungsverschiedenheiten um ihre Person langsam überdrüssig wurde, denn nun schrie sie aus Leibeskräften.

Aryanas Blick fuhr zu dem Kind. Katlas verzweifeltes Weinen vermischte sich mit seinem Geschrei. Es war ein Jammer. Dieses hübsche Wesen, glücklich und gesund geboren, ein makelloses Geschöpf Gottes, wurde zum Tod verurteilt, noch dazu von seiner *eigenen Familie.* »Bitte«, wendete sie sich erneut an Grima, »lass dieses Kind am Leben.« Ihre Stimme krächzte. »Niemand kann so grausam sein und solch ein wehrloses Geschöpf umbringen. Einen Spross der Familie. Blut von deinem eigenen Blut!«

Grima erhörte sie nicht. »Gauti«, rief sie erneut. »Schaff das Balg endlich hinaus.«

Doch Gauti, dessen Gesicht deutliche Gewissensbisse zeigte, zögerte.

Schiere Wut flackerte in Aryanas Magen wie ein loderndes Feuer auf. Die kaltschnäuzige Alte würde sich nicht umstimmen lassen, aber Aryana hatte nicht vor, sich geschlagen zu geben. Was hatte Erindís gesagt? Solange das Kind nichts gegessen hat, darf das Familienoberhaupt mit ihm machen, was es will? Nun, sie würde dafür sorgen, dass es etwas zu essen bekam. Ihre Arme schossen vor und noch bevor Grima sich von ihrem Schreck erholte, hob sie die Kleine auf. Mit einem Ruck schob sie den entgeisterten Gauti zur Seite und rannte mit dem Kind im Arm zu Helga hinüber. Helga und die beiden Mädchen sprangen erschrocken von der Bank, als Aryana zur Tür hereinstürmte. Ihr Blick erinnerte an den einer reißenden Wölfin, als sie sich im Haus umsah.

»Was ist?«, fragte Helga bestürzt.

»Essen! Ich brauche etwas zu essen!« Aryanas Augen entdeckten den Becher, den Helga immer noch in der Hand hielt. Er war halb gefüllt mit Milch. Sie tunkte einen Finger hinein, noch bevor ihre Verfolger die Tür erreicht hatten. Vorsichtig schob sie ihn zwischen die saugenden Lippen der Kleinen. Dann riss sie Helga den Becher aus der Hand und träufelte etwas Milch in den schmatzenden Mund. Die Kleine verschluckte sich, doch das war nicht so wichtig. Als Grima, gefolgt von Gauti und Erindís, ins Haus stürzte, hörte sie entrüstetes Husten und Grimas fassungsloser Blick entdeckte ein Rinnsal aus Milch, das aus dem Mundwinkel ihrer Enkelin troff.

Das scharfe Blatt der Axt trennte mit einem letzten Schlag den Spaltbohlen aus einem Stück entrindeten Baumstamms. Leif musste ein neues Vorratshaus bauen. Weit genug von den Ästen der Eberesche entfernt, damit sie nicht noch einmal als Sprungbrett dienen konnten. Das alte Häuschen hatte er abgerissen. Der Gestank des Järvs, dessen Duftmarke unauslöschlich am Holz haftete, hatte es vollkommen unbrauchbar gemacht. Leif hielt einen Moment inne und wischte sich den Schweiß von der Stirn. Nach dem gestrigen Regen strahlte heute wieder die Sonne vom Himmel und sorgte für eine schwüle Wärme. Eine plötzliche Bewegung ließ ihn aufblicken. Asvald trat aus dem Schatten des Haupthauses und steuerte auf ihn zu.

»Hier steckst du also«, sagte Asvald. Es sollte belanglos klingen, doch man merkte ihm an, dass er etwas auf dem Herzen hatte.

Leifs Brauen schoben sich in die Höhe. »Bist du gekommen, um mir zu helfen?«

»Nein. Ich muss mit dir reden.« Helga hatte ihn dazu gedrängt. Zuerst hatte er sich gegen ihren Vorschlag gesträubt. Er war nicht der Mann, der gern viele Worte machte, doch es war an der Zeit, Leif die Wahrheit zu sagen.

Leifs Augen blickten missmutig. Asvald wusste nicht, ob es an der unwillkommenen Unterbrechung seiner Arbeit oder an der Tatsache lag, dass er mit ihm reden wollte. Auf jeden Fall war es ein Zeichen, das er in letzter Zeit oft zu sehen bekam. Leif setzte sich auf ein unbehauenes Stück des Stammes, der sich in diesem Zustand hervorragend als Sitzbank eignete. Mit einer Geste wies er neben sich, worauf sich Asvald ebenfalls setzte.

»Nun, ich höre?«

Asvald schwieg einen Moment. Sein Gesicht sah aus, als kaue er an den Worten herum, die er aussprechen wollte. »Man … redet über euch.«

»So? Tut man das?«

»Du weißt, was ich meine, nicht wahr?«

Leif nickte.

»Deine Frau mischt sich in Dinge ein, die sie nichts angehen.«

»Ich bin mir darüber im Klaren«, erwiderte Leif. »Doch was ich nicht weiß, ist, was ich tun soll.«

Er dachte an die Kleine, die seit ein paar Tagen in seinem Haus wohnte. Auf *seiner* Bank schlief, obwohl sie dort nicht hingehörte. Sie war ein Kind des Todes, das nichts bei ihnen zu suchen hatte. Und doch … Er sah das nette Gesichtchen vor sich. Den schwarzen Flaum ihrer Haare. Den herzzerreißend zerbrechlichen Körper. Aryana lebte spürbar auf, seit sie für das Kind sorgte, auch wenn sich ihr Verhältnis zueinander nicht merklich gebessert hatte. Er hatte versucht, mit ihr zu reden, sie darüber aufzuklären, dass man solche Dinge nicht tun durfte, doch es war zwecklos. Sie wollte dieses Kind behalten, zu Recht, wie Cuthbert meinte. Seine Mutter teilte diese Meinung natürlich nicht.

»Du musst ihr klarmachen, dass es gefährlich ist, solche Dinge zu tun«, sagte Asvald nachdenklich. »Grima schäumt vor Wut. Sie wird die Ungerechtigkeit, die ihr widerfahren ist, in die ganze Welt hinausschreien. – Und sie wird sie nicht einfach hinnehmen.«

»Aryana will das Kind behalten und ich weiß offen gestanden nicht, ob ich auf etwas anderes bestehen soll.« Leifs Blick wanderte zu dem kleinen Grab, auf dem ein Sträußchen frischer Blumen lag. Zu vieles war passiert in letzter Zeit. Sein Gemüt schwankte zwischen Groll, verzweifelter Liebe und einem Gefühl der Unfähigkeit, die Dinge zu regeln.

Asvald schüttelte ungläubig den Kopf. Leif und Aryana rannten mit offenen Augen in ihr eigenes Verderben. Warum mussten sie immer gegen den Strom schwimmen? »Meinst du nicht, dass es besser wäre, wenn ihr endlich zur Vernunft kommen würdet?«, fragte er ärgerlich. »Hier herrschen andere Gesetze als im Land der Angelsachsen. Wer sich nicht danach richtet, wird früher oder später dafür bezahlen müssen. Denk über meine Worte nach, bevor es zu spät ist! Niemand kann seinem Schicksal entkommen. Auch der Christgott kann das nicht bewirken.«

sólmánaðr – Sonnenmonat

Obwohl es schon später Abend war, machte die Sonne keinerlei Anstalten, vollständig unterzugehen. Das ganze Dorf befand sich in Aufruhr. Halbwüchsige Jungen und Mädchen kamen lachend und kreischend mit den Tieren von der Weide, damit sie zu Hause in den Stall gebracht und gemolken werden konnten. Essen wurde vorbereitet und in Bündel, Kiepen oder Handkarren gepackt. Mädchen im heiratsfähigen Alter machten sich hübsch, die jungen Männer putzten sich heraus und auch die Älteren zogen ihre besten Kleider an oder versuchten, aus dem, was sie hatten, etwas Ansehnliches zu machen. Überall wurden letzte Vorbereitungen für eine Nacht getroffen, die eigentlich keine war, denn heute würden sie Mittsommer feiern. Ein Ereignis, das sich niemand entgehen lassen wollte, selbst Leifs Familie nicht, die zu Hruts Hochzeit am darauffolgenden Tag eingeladen war. Hrut hatte darauf bestanden, dass sie schon in der Nacht zuvor mit den anderen feierten, wo ein großes Feuer auf dem

Kiesbett des Hafens entzündet wurde. Er war der Ansicht, dass ihnen ein bisschen Abwechslung guttun würde. – Auch Hrut waren die ehelichen Schwierigkeiten nicht entgangen. Leif kam die Einladung nicht ungelegen. Die Feier würde ihrem Alltag ein bisschen mehr Normalität verleihen und vielleicht hatte Hrut ja recht, dass ein wenig Zerstreuung sie auf andere Gedanken bringen konnte. Zumindest Solveig schien der gleichen Meinung zu sein, deren strahlende Augen heute nicht zu übersehen waren.

»Gehen wir endlich?«, fragte sie ungeduldig, nachdem sie nach draußen geblickt und festgestellt hatte, dass sich andere schon auf den Weg zum Hafen machten.

»Nur noch einen Augenblick«, Aryana zog der Kleinen gerade eine frische Windel an. Ihre Mutter hatte ihr den Namen Meyla gegeben, was kleines Mädchen bedeutete. Als Aryana die alte Grima vor ein paar Tagen auf dem Feld arbeiten sah, war sie noch einmal zu Katla zurückgekehrt, um sie danach zu fragen – schließlich war es ihre Tochter – und um ihr zu versichern, dass sie alles tun würde, um Meyla zu beschützen. »Deine Schmerzen sollen nicht umsonst gewesen sein«, hatte sie ihr gesagt. »Sie wird trotzdem immer deine Tochter bleiben.« Katla hatte geweint und sie dann stürmisch umarmt. »Vielleicht kann ich sie eines Tages zu mir holen – wenn … Grima nicht mehr ist.«

Aryana schluckte bei dem Gedanken. Wenn sie die Kleine so ansah, konnte sie sich schon jetzt nicht mehr vorstellen, jemals von ihr getrennt zu werden.

Meyla betrachtete sie mit dem für sie typischen Grüblergesicht. Ob sie wohl wusste, welch harten Kampf man um sie ausgefochten hatte? Dunkelblaue Säuglingsaugen verfolgten jede der Bewegungen, mit denen Aryana den Rand der Windel feststeckte und das Kittelchen zurechtzog. Dann nahm Aryana sie auf den Arm. »Nun komm, Meyla Katlasdottir. Gehen wir feiern.«

Meylas kleiner Körper schmiegte sich warm an sie, als sie zu den anderen, die es im Haus nicht mehr ausgehalten hatten, nach draußen trat.

»Bist du jetzt endlich soweit?« Solveig hielt ihren kleinen Bruder an der Hand, der wie eine luftgefüllte Schweinsblase auf und ab hüpfte. Nicht nur die beiden schienen in froher Erwartung zu sein. Cuthbert hatte rote Bäckchen, die er nur dann bekam, wenn er aufgeregt war und selbst Aldis lächelte ein wenig. Aryana seufzte innerlich auf, als ihr Blick zu Leif glitt, der neben dem Handkarren stand, auf dem ein Fässchen Bier, frischgebackenes Brot und gesalzener Fisch lagen. *Sein* Gesichtsausdruck war unverändert. Ein beklommenes Gefühl der Schuld kroch in ihr hoch, wie so oft, wenn sie ihn ansah. Sie hatte versucht, sich ihm wieder zu nähern. Natürlich konnte man das Geschehene nicht einfach ungeschehen machen, aber vielleicht war es möglich, noch einmal von vorne zu beginnen und das Alte zu vergessen. Doch all ihre Versuche prallten gegen eine Mauer aus mürrischer Ablehnung oder distanzierter Freundlichkeit. »Gehen wir«, sagte sie resigniert.

Der Karren, mit dem Leif ihren Beitrag an Essen und Trinken zum Fest zog, rollte scheppernd den Weg entlang. Schon von Weitem konnte man den sauber aufgeschichteten Holzhaufen in respektvoller Entfernung zu den beiden Bootshäusern entdecken, die majestätisch am Ufer des Fjords standen. Siedlungsbewohner und Bauern wimmelten wie geschäftige Ameisen darum herum. Dahinter sahen sie die beiden Drekis am Ufer ankern und das neue Schiff, schwerfälliger als seine schlanken Schwestern, neben ihnen. Asvald und Helga winkten ihnen zu. Aryana sah die watschelnde Gestalt von Erindís, die mausgrauen Haare zu einem eleganten Knoten geschlungen. Hrut kam ihnen mit Svanhild, die heute ihr Haar ein letztes Mal offen trug, freudestrahlend entgegen. Das Glück stand ihm gut. Er hatte noch nie besser ausgesehen.

»Was macht dein Bein?«, wollte Aryana wissen.

»Oh, gut. Wenn ich zu viel laufe, tut es noch ein bisschen weh, aber sonst …« Er grinste und sie lächelte zurück.

»Dann pass auf, dass du heute Nacht nicht zu viel tanzt. Sonst werden wir dich morgen zur Hochzeit tragen müssen.«

»Keine Angst«, erwiderte Svanhild. »Ich werde schon dafür sorgen, dass er frisch und munter ist.«

Svanhild lachte und wie schon so oft, dachte Aryana, dass irgendetwas an dem Mädchen sie störte. Sie wusste nur nicht was.

Als sich alle versammelt hatten, erschien Hakon, gefolgt von Svala und seinen wichtigsten Kriegern. Auch Hrut war neuerdings zu dieser Ehre gekommen und stellte sich gehorsam hinter seinen Jarl. Aryana beobachtete das Geschehen von ihrem Platz aus, der bei den Frauen und Kindern war, ein gutes Stück von dem Holzstoß entfernt, damit ihnen nachher nicht zu heiß wurde. Meyla war in der Zwischenzeit eingeschlafen und schlummerte friedlich in ihren Armen. Hakon sah schlechter als in Aryanas Erinnerung aus. Sie hatte ihn über ein Jahr nicht mehr zu Gesicht bekommen. Das Alter schien in dieser Zeit deutliche Spuren hinterlassen zu haben. Der einst kraftvolle Körper war aufgeschwemmt und tiefere Falten zogen sich durch sein Gesicht. Er wirkte lustlos und müde. War er krank? Trotz allem musterte er Aryana und das Kind mit der unverschämten Neugier seiner eisgrauen Augen, die ihr einen Schauer über den Rücken jagte. Dann hob er sein Horn und die Gespräche um sie herum verstummten.

»Männer vom Nidfluss«, seine Stimme dröhnte donnernd über den Fjord, dessen Wasser kaum dunkler als der strahlend blaue Himmel schimmerte. »Wir haben uns heute versammelt, um das Mittsommerfest zu feiern. Jene Nacht, in der die Sonne nicht untergeht und in der Helligkeit, Wärme und Fruchtbarkeit unser Leben bestimmen. Die beste Zeit des Jahres. Doch dieses Jahr gibt es noch etwas anderes zu feiern: Ein neues, größeres Schiff wird uns zur Verfügung stehen.« Jubel brandete auf und Hakon hielt einen Moment inne. »Ein Schiff, das uns an ferne Küsten führen wird und auf das wir mehr Beute laden können, als wir es jemals vermochten.« Wieder brandete Jubel auf. »Nun, da ich weiß, dass es seetüchtig ist, werde ich ihm an diesem denkwürdigen Tag einen Namen geben.« Die Blicke der Menschen wanderten zu dem dickbäuchigen Schiff. Erst jetzt entdeckte Aryana einen Krieger in seinem Bug, direkt hinter dem furchterregenden Drachen, der mit seinem blutrünstigen Maul den

Vordersteven zierte. »Die Ehre, diesen Namen zu enthüllen, gebührt natürlich niemand anders als Ingjald, dem Bootsbauer selbst, unter dessen Leitung das Schiff entstanden ist.« Ingjalds gutmütiges Gesicht, das an einen verschlafenen Bären erinnerte, strahlte stolz herüber. »Und so gebe ich dem Schiff den Namen *Ægir*.«

Zustimmendes Gebrüll kam von den Männern, während Ingjald das am Bug befindliche Holzschild enthüllte, das bis zu diesem Zeitpunkt mit einem Tuch verdeckt war. Danach trank man auf das Schiff. Svala kletterte über das Dollbord und opferte einen makellosen Ziegenbock, dessen Blut vom Vordersteven ins Wasser des Fjords tropfte. Eine trübrote Lache bildete sich auf seiner Oberfläche. Sie lockte zahlreiche Fische und Möwen herbei, die gierig danach schnappten. Anschließend zündete man den Holzstoß an. Die Männer tranken auf die Götter und ihre Ahnen, bis man sich schließlich dem Essen widmete, das in der Hauptsache aus gesalzenem Fisch und Brot bestand, während das Feuer allmählich herunterbrannte.

Aldis, Solveig, Floki und Aryana hatten sich zu einer gemütlichen Runde zusammengesetzt. Helga, Auða und Fríða gesellten sich zu ihnen. Die anderen Frauen hielten deutlichen Abstand und selbst wenn sie nicht hinsah, konnte Aryana ihre feindlichen Blicke spüren. Nur Erindís hatte ihr zugelächelt. In ihrer kleinen Runde schien die kaum verhohlene Feindseligkeit niemanden außer Aldis zu stören. Fríða aß mit großem Appetit. Ihre Finger waren vollständig verheilt, wenn auch der Anblick eines jungen Mädchens, dem zwei Finger zur Hälfte fehlten, etwas Zerstörerisches an sich hatte.

»Wie kommst du damit zurecht?«, wollte Aryana wissen.

»Oh gut«, erwiderte Fríða, der diese Tatsache nichts auszumachen schien.

»Wisst ihr, was so besonders an der Mittsommernacht ist?«, fragte Aldis Floki und die beiden Mädchen.

»Nein, was denn?«, antwortete Solveig verträumt. Sie hatte einen hübschen Burschen erspäht und beobachtete heimlich jeden seiner Schritte. Floki sah seine Mutter interessiert an und auch Aryana wartete gespannt, was Aldis erzählen würde.

»In der Mitsommernacht wird die Welt von einem Zauber beherrscht. Elben tanzen über die Ebenen und hinter den Bäumen verstecken sich Trolle und belauschen die Menschen.«

»Trolle? Was ist das, Mutter?« Diesmal war es Floki, der fragte. Er war bisher zu klein gewesen, um solcherlei Geschichten zu verstehen.

»Trolle sind Geisterwesen, wie die Elben. Doch im Gegensatz zu den Elben, die anmutig und schön sind, handelt es sich bei ihnen um ungehobelte Kerle von riesiger, hässlicher Gestalt. Sie können so alt werden, dass Moos und Sträucher auf ihnen wachsen. Normalerweise verstecken sie sich im Wald und halten Ausschau nach unvorsichtigen jungen Frauen, die sie in ihren Bau schleppen können, doch an Mittsommer schleichen sie sich bis an die Häuser. Dort suchen sie nach unartigen Kindern und manchmal nehmen sie eines mit in ihre Höhle.«

Flokis große Kinderaugen weiteten sich bedenklich.

»Hast du gehört, Floki?«, fragte Solveig, der die ganze Sache Spaß zu machen schien, mit wichtigtuerischer Miene. »Wenn du nicht artig bist, kommen die Trolle und holen dich.«

Aryana schüttelte missbilligend den Kopf. »Welch ein Unsinn, dem Jungen solch eine Angst einzujagen«, murmelte sie und erntete dafür von Aldis einen flammenden Blick.

»Aber ein wirksames Mittel, um Kinder vor Dummheiten zu bewahren«, erwiderte Helga lächelnd.

Die Menschen waren ausgelassener Stimmung, als sich der Höhepunkt des Tages näherte. Die Sonne hätte schon längst untergehen müssen, doch ein Rest von ihr lugte noch über den Rand des Horizonts und entzündete zwischen Himmel und Erde ein breites Band aus feuerrotem Licht, dessen wilde Schönheit Aryana *wirklich* verzauberte. Staunend sah sie dem Schauspiel zu, das das Wasser des Fjords verfärbte und die Gipfel der Fjells zum Glühen brachte. Eine Kostbarkeit dieses Landes, die den langen dunklen Winter fast in Vergessenheit geraten ließ. Die schöne Stimmung endete abrupt, als Grima zu zetern begann. Sie hatte zuviel getrunken. Trotzdem war ihre schon leicht schleppende Stimme weit zu hören. »Seht sie euch an, dieses Miststück«, giftete sie und stieß mit ihrem dürren Finger in Aryanas Richtung. »Sie hat mir das Kind gestohlen.«

Die meisten Blicke richteten sich nun unverhohlen auf Aryana. Auch Svala starrte sie feindselig an. »Was bildet die sich eigentlich ein?«, kreischte Grima erbost weiter. »Kommt aus einem fremden Land und meint sich hier einmischen zu können?« Grima wandte sich an Svala. »Ich verlange mein Recht, hörst du? Ich will das Kind zurück und zwar bald!« Sie breitete mit einer dramatischen Geste ihre Arme aus und schaute fordernd in die Runde. *»Ich verlange mein Recht!«*

Svalas Blick bohrte sich eisig in Aryana. Aryana erwiderte ihn ohne Furcht, dann sah sie sich um. Noch immer waren alle Augen auf sie gerichtet. In den meisten entdeckte sie Missfallen und Empörung, aber es gab auch andere, die sie milde und verständnisvoll anblickten. Ihre Augen suchten nach Leif, der sich in der Gruppe der Männer aufhielt. Auf ihrem Weg dorthin streifte sie Hakon. Er musterte sie mit der für ihn üblichen Kaltblütigkeit. Dann fand sie, was sie suchte. Die Miene ihres Mannes war hin- und hergerissen zwischen Trauer und den Worten: Habe ich es dir nicht gesagt? Ein Stich bohrte sich in ihr Herz. Er machte keinen Versuch, ihr zu helfen. Zu allem Überfluss fing Meyla zu weinen an. Es war Zeit für ihre nächste Mahlzeit. Aryana schluckte, dann drückte sie die Kleine entschlossen an sich und stand auf.

»Niemand wird mir das Kind wegnehmen«, sagte sie angriffslustig. »Es sei denn, seine Mutter kommt und holt es sich selbst. Habt ihr mich verstanden?« Sollten sie doch giftig schauen, *sie* konnte das auch. Dann machte sie kehrt, holte den Schlauch mit Meylas Mahlzeit aus ihrem Karren und schlug festen Schrittes den Weg zum Haus ein. Keine zehn Pferde würden sie zu diesem Fest zurückbringen, selbst wenn sie die ganze Zeit mit Meyla allein verbringen musste.

Die Bauernhäuser lagen still und verlassen da, als Aryana bei ihnen ankam. Einen unheimlichen Moment lang erinnerte sie sich an die Trolle, von denen ihre Schwiegermutter erzählt hatte, bevor sie energisch den Kopf schüttelte. »Nichts weiter als Unsinn«, sagte sie laut. Dann schlüpfte sie ins Haus und verriegelte die Tür von innen. Meyla hatte sich während ihres kleinen Spaziergangs wieder beruhigt und nuckelte am Daumen, als das Gemisch aus Ziegenmilch und Wasser sich über dem Feuer erwärmte. »Denen werden wir es schon zeigen«, flüsterte ihr Aryana zärtlich zu. »Keiner tut dir etwas an, solange ich bei dir bin. Das schwöre ich.«

Am Ufer des Fjords war indessen der große Holzhaufen heruntergebrannt. Die jungen Leute tanzten ums Feuer und sprangen wagemutig mit einem Sträußchen Eisenkraut in der Hand über dessen Reste, die nun so rot glühten wie die Sonne. Die Alten sangen und sahen ihnen dabei zu.

Hrut war bekümmert über Grimas Anschuldigungen und Aryanas plötzlichen Aufbruch. »Meinst du, sie wird morgen wiederkommen?«, fragte er Leif.

Leif zuckte mit den Schultern. »Ich weiß es nicht.«

Cuthbert wollte Aryana nachgehen, um ihr Gesellschaft zu leisten. So konnte der alte Priester sie wenigstens vor der nächsten Dummheit bewahren. – Das hoffte er jedenfalls.

»Schade, ich hätte sie gerne dabei gehabt«, erwiderte Hrut. »Schließlich verdanke ich es ihrer Hartnäckigkeit, dass ich wieder laufen kann. – Und um ehrlich zu sein, ich kann nichts Schlimmes daran finden, dass sie die Kleine zu sich genommen hat.«

Leif hob verwundert die Brauen.

»Hrut, kommst du?«, flötete Svanhild und streckte fordernd die Hand nach ihm aus.

Hrut hob entschuldigend die Arme und grinste. »Die Pflicht ruft«, sagte er in gespieltem Ernst.

Leif lächelte gezwungen. »Geh nur.« Er beobachtete, wie Hrut mit seiner Liebsten lachend über das Feuer sprang und bedauerte sich selbst und das Glück, das er verloren hatte.

Noch während der Mittsommernacht kehrte Cuthbert zu Aryana

zurück. Das verlassene Dorf bereitete ihm Unbehagen. Man fühlte sich merkwürdig einsam zwischen den stillen Häusern. Der unwirkliche Zustand verstärkte sich noch durch die Sonnenstrahlen, die über den Horizont lugten, obwohl es tiefe Nacht war. Die Geräusche des Festes hatte er hinter sich gelassen und so hörte er Aryanas gedämpftes Singen durch die Wände des Holzhauses. Cuthbert lächelte. Sie sang der kleinen Meyla ein Schlaflied. Sachte klopfte er an die Tür, nachdem er festgestellt hatte, dass sie von innen verschlossen war. Das Lied endete abrupt.

»Sei unbesorgt, ich bin es. Cuthbert«, rief er.

Von drinnen öffnete sich zögerlich die Tür.

»Pater Cuthbert«, sagte Aryana verblüfft. »Was macht Ihr denn hier?«

»Ich wollte nicht, dass du allein bist.«

Sie lächelte wehmütig und ließ ihn herein. »Ihr seid wohl der Einzige, der so denkt.«

Meyla war inzwischen eingeschlafen. Sie schlummerte friedlich auf der viel zu großen Schlafbank. Aryana setzte sich neben sie und zog fürsorglich die Decke höher.

Cuthbert betrachtete das tröstliche Bild des häuslichen Friedens, doch es war nur ein vorläufiger Friede, der schon bald durch die Ankunft der anderen zerstört wurde. Plötzlich reute es ihn, sie in diese Sache verwickelt zu haben. »Ich glaube, wir werden ihn verlieren«, sagte er traurig.

Sie wusste, dass er Leif meinte. »Wir werden sehen«, erwiderte sie tapfer.

»Es … es tut mir leid, dass ich dir das angetan habe.«

Sie sah erstaunt zu ihm empor. »Was habt Ihr mir angetan, Pater?«

»Nun, dass ich dich damals zu meiner Komplizin machte. Wenn du Leif nicht kennengelernt hättest, wäre dies alles nicht passiert.«

»Setzt Euch«, sagte Aryana lächelnd. Sie nahm tröstend seine Hand und kniete sich vor ihn hin. »Habt Ihr mir nicht einst selbst gesagt, dass es der Wille Gottes ist, Leif zu helfen? Und seht, was daraus geworden ist. Nicht nur Leif ließ sich taufen, Menschen konnte geholfen werden. Denkt an Signy und Fríða, sie würden beide nicht mehr leben. Und dieses zarte Wesen«, sie wies mit dem Kinn auf Meyla, die wie ein kleiner Käfer unter ihrer Decke schlummerte, »hätte man in den Fluss geworfen, wenn ich nicht zur rechten Zeit dort gewesen wäre.«

Cuthbert schluckte. Tränen brannten in seiner Kehle.

»Grämt Euch nicht«, redete Aryana beschwörend auf ihn ein. »Es ist der Wille Gottes, dass wir hier sind. Nichts kann daran etwas ändern.«

Cuthbert wurde es warm ums Herz. Aryanas Worte trösteten ihn. »Was bist du doch für eine Kämpferin«, sagte er gerührt. Er legte ihr sacht die Hand auf den Scheitel. »Eine Streiterin Gottes.«

Ihre grünen Augen blickten ihn voller Liebe an. »Das seid *Ihr* auch«, erwiderte sie. »Und Ihr seid mir immer ein Vorbild gewesen. – Deshalb bitte ich Euch, gebt jetzt nicht auf!«

Cuthbert sah ihr lange in die katzenhaften Augen. Sein angeschlagenes Gemüt begann zu heilen. Aryana hatte recht. Sie waren am richtigen Platz hier. Wie konnte er nur jemals daran zweifeln?

»Tauft meine kleine Meyla«, sprach sie weiter. »Ich möchte, dass auf ihr der Segen des Herrn ruht.«

Cuthbert nickte. »Das tue ich gerne. Möchtest du, dass ich sie gleich taufe?«

»Nein. Ich möchte, dass Ihr es öffentlich tut. Jeder soll sehen, dass auf Meyla der Segen Gottes liegt. – Vielleicht wird es uns unserem Ziel ein wenig näherbringen. Und selbst wenn dies nicht der Fall sein sollte, möchte ich, dass Ihr sie unserem Gott weiht«, sie schluckte, »bevor etwas dazwischenkommt.«

Cuthbert nahm Aryanas Gesicht in beide Hände und drückte ihr einen Kuss auf die Stirn. »Tun wir also, was du für richtig hältst. – Aber nun lass uns ein wenig schlafen. Es war ein harter Tag.«

Der nächste Morgen war nur ein Hauch heller als die Nacht zuvor. Keiner hatte viel geschlafen, doch die fehlende Dunkelheit hielt die meisten Hochzeitsgäste auf eine Art wach, wie sie der Sommer im

Nordland mit sich brachte. Hrut und Svanhild begaben sich mit der Hochzeitsgesellschaft zum Hafen, wo Svala schon auf sie wartete. Die prächtigen Schiffe in ihrem Rücken bildeten einen hübschen Hintergrund für die bevorstehenden Feierlichkeiten. Aryana war nicht zurückgekehrt, doch Leif war nicht in der Stimmung, um nach ihr zu sehen. Wut brodelte in ihm wie Wasser, das man vergessen hatte, vom Feuer zu nehmen, aber er wusste nicht einmal, worüber er wütend war. Darüber, dass ihn seine Frau vor aller Augen bloßgestellt hatte, indem sie starrsinnig und trotzköpfig ihre eigenen Entscheidungen traf? Oder wegen Grima, die lautstark ihre Enkelin zurückforderte, damit sie mit der Kleinen machen konnte, was sie wollte? Wider Willen begann Meyla auch ihm ans Herz zu wachsen. Ihr Schicksal kümmerte ihn mehr, als ihm lieb war. Doch wenn sie bei ihnen blieb, würde sich das Unheil wie eine Gewitterwolke über ihnen zusammenbrauen. Lohnte es sich, für ein Kind, das ihnen nicht gehörte, die Existenz seiner Familie aufs Spiel zu setzen? Er trug nicht nur die Verantwortung für seine Frau, sondern auch für Mutter und seine Geschwister. Nachdem Aryana gegangen war, hatte außer Hrut und Cuthbert niemand mehr ein Wort darüber verloren, doch er spürte bei einigen Männern die kalte Feindseligkeit, mit der sie ihn betrachteten. Zu seiner Überraschung hatte sich Hakon ihm gegenüber weder unfreundlich noch erbost verhalten. Wie würde er in dieser Sache entscheiden? Leif wusste es nicht. Die meiste Zeit hatte er sich von ihm ferngehalten und nur so viel mit ihm geredet, wie es die Höflichkeit verlangte. Auf jeden Fall schwelte etwas unter der Oberfläche und er wusste nicht, was er dagegen tun konnte, bevor sich ein Flächenbrand daraus entwickelte. »Aryana tut den Willen des Herrn«, hatte Cuthbert zu ihm gesagt, »und du solltest es auch tun.« Er konnte Cuthbert nichts vormachen, dafür kannte er ihn schon zu lange. Der alte Priester spürte, dass sein Glaube schwankte wie eine Tanne im Wind. Sein Leben begann auseinanderzufallen, nichts schien mehr zu glücken. Und obwohl ihm der Glaube an Christus immer noch gut und richtig vorkam, fragte er sich, ob er die vielen Opfer wirklich wert war, die es ihn kostete.

»Meinst du nicht, dass es besser wäre, wenn ihr endlich zur Vernunft kommen würdet?«, hatte ihn Asvald gefragt. Nun, was war denn vernünftig? Der Glaube an den dreieinigen Gott oder die Gepflogenheiten seines Volkes, der Lockruf seines eigenen Blutes, das ihn mitzureißen drohte.

Er zwang sich, sich auf das zu konzentrieren, was sich vor seinen Augen abspielte. Hrut überreichte gerade das Brautgeld an Svanhilds Vater, deren Familie aus den Fjells gekommen war, um bei der Hochzeit dabei zu sein. Die Augen des Vaters leuchteten zufrieden, als er das Gewicht des Holzkästchens in seinen Händen spürte. Anscheinend hatte sich Hrut nicht lumpen lassen. Hrut selbst hatte sich mächtig herausgeputzt. In einer neuen Hose, mit Wickelbändern, die ihm bis zum Knie reichten und einer mit hübschen Borten verzierten Tunika sah er edler aus als sonst. Er hatte einen Gürtel um seine Hüften geschlungen, dessen Schließe ein aufwendiges Muster enthielt, das sich in dem mit Bronze beschlagenen Endstück wiederholte. Wo hatte Hrut das viele Hacksilber dafür her, fragte sich Leif flüchtig. Stammte dies alles aus der Beute der letzten Wikingfahrt?

Auch Svanhild war neu eingekleidet. Über einer ungefärbten Tunika aus Wollstoff trug sie einen blauen Trägerrock, der ihre Augen gut zur Geltung brachte. Ein hübscher Blumenkranz zierte ihr weizenblondes Haar. Im Vergleich mit ihrer Familie, die aus einer Schar hohläugiger, zerlumpter Kinder und Eltern bestand, die aufgrund ihrer Lebensumstände vorzeitig gealtert waren, wirkte sie in der Tat wie ein schöner, eleganter Schwan. Als Svala mit der Zeremonie begann, schweiften Leifs Gedanken zu seiner eigenen Hochzeit. Wie glücklich war er damals gewesen. Und was war daraus geworden? Das Gefühl seines eigenen Elends stieg ihm wie bittere Galle den Hals herauf. Du musst etwas unternehmen, sagte er sich zum wohl hundertsten Mal. Tue es bald. Sonst wirst du alles verlieren.

Das anschließende Hochzeitsmahl, das ebenfalls in der Nähe des Hafens stattfand, ließ keine Wünsche offen. Weder Knut noch Rollo hatten sich lumpen lassen und für ein anständiges Essen zur Vermählung ihrer Mündel gesorgt. Man labte sich an frischem Brot, gekochtem Schweinefleisch und einer großen Menge Starkbier, das nach Waldmeister duftete und für eine ausgelassene Stimmung sorgte. Die ganze Siedlung hatte sich eingefunden, um mit Hrut und Svanhild zu feiern, und so manch wehmütiger Blick traf das junge Brautpaar angesichts der Tatsache, dass das schöne Mädchen nun vergeben war. Einzig Kraki gratulierte sich im Stillen zu seiner Entdeckung, die ihn gerade noch rechtzeitig zur Vernunft gebracht hatte. Der ahnungslose Hrut strahlte vor Glück und auch Svanhild machte den Eindruck, als ob sie nichts sehnlicher gewünscht hätte, als mit Hrut verheiratet zu sein. Die beiden würden ihre Zweisamkeit nicht lange genießen können, denn schon in zwei Tagen wollte Hakon mit seiner Mannschaft in See stechen.

Plötzlich schreckte der lang gezogene Laut eines Horns die Hochzeitsgesellschaft in die Höhe. Die Wache auf dem Wehrturm schien etwas Verdächtiges gesehen zu haben. Kurz darauf sahen sie zwei Mastspitzen mit gerefften Segeln. Drekis, nicht ganz so lang wie ihre eigenen, aber von neuer Bauart, ruderten in einer leichten Brise den Fjord herauf. Hakons immer noch scharfe Augen zählten je 20 Riemenpaare. Auf der Höhe der Siedlung verlangsamten sie ihren Ruderschlag. Die Drachen an den Vordersteven blickten mit rollenden Augen, spitzen Zähnen und langen roten Zungen blutrünstig über das Wasser. Windfahnen, die das Bild eines Falken zierte, flatterten an den Masten. Am Steuer des ersten Schiffs stand ihr Anführer. Er schien noch jung zu sein. Überdies war er nicht besonders groß und für einen Mann nicht sehr üppig gebaut. Die Strähnen seines flachsblonden Haars zitterten im leichten Wind. Er überließ das Ruder einem anderen und trat an das dem Hafen zugewandte Dollbord. Selbstsicher und mit verschränkten Armen stand er dort und starrte herüber.

Die hellen Augen des jungen Mannes, dessen Name Sigurd war, nahmen jede Einzelheit in sich auf, als seine Männer langsam an der Siedlung vorbeiruderten. Er betrachtete die Bootshäuser, die Schiffe, die im Hafen ankerten, die fruchtbaren Felder und schließlich die Siedlung, die von einem palisadenbewehrten Ringwall umgeben war und auf dessen Wehrgang sich nun Krieger tummelten. Er wies das zweite Schiff mit einer Geste an, zu ihm aufzuschließen, um sich mit dessen Steuermann zu beraten.

»Hier ließe es sich nicht übel wohnen«, sagte er zu Örn, einem bulligen Krieger mit einem Stiernacken. Sein großflächiges Gesicht war von tiefen Furchen gezeichnet, die wie ein Fischernetz seine Haut durchzogen. Örn nickte bestätigend. »Ganz sicher nicht. Es wäre ratsam, diesen Landstrich einmal genauer in Augenschein zu nehmen.«

Sigurd grinste. »Ich glaube, wir haben unser Ziel gefunden«, sagte er zufrieden. Dann lachte er. Es war kein fröhliches Lachen. In den Ohren der Menschen am Ufer klang es nach Hohn und Bösartigkeit. Die Angst, die hinter der unbeweglichen Fassade ihrer Gesichter lauerte, verstärkte sich, denn der blonde Jüngling reckte zum Gruß sein Schwert in den Sommerhimmel. Grelle Strahlen spiegelten sich darauf und ließen es aufleuchten wie ein Feuerschwert.

Die Krieger hinter den Palisaden sendeten auf Hakons Befehl einen Pfeilhagel zu den Schiffen, doch sie waren zu weit weg und die Geschosse fielen ins Wasser, bevor sie ihr Ziel erreichten. Nun lachte auch der Rest der Mannschaft. Auf Geheiß ihres Anführers nahmen sie die Schilde vom Dollbord und schlugen dröhnend mit ihren Waffen darauf. Man hörte sie poltern und grölen, bis sie den Blicken der Hochzeitsgesellschaft entschwanden.

Hakon kraulte sich nachdenklich den Bart. »Die Sache gefällt mir nicht«, sagte er zu Hrut. »Ich glaube, wir sollten unsere Abreise ein wenig verschieben.«

»Lass uns hier haltmachen«, rief Sigurd Örn zu.

Örns breites Gesicht nickte zustimmend. Sie waren weiter in den Fjord hineingerudert. Nun war die Entfernung groß genug, um sie vor den neugierigen Blicken der Siedlungsbewohner zu schützen, aber immer noch so nah, damit man sie auf dem Landweg erreichen konnte. Die Bucht, in der sie anlegten, würde jedoch nur ein vorübergehender Schutz sein, denn Örn war sich sicher, dass der Jarl der Siedlung ihnen Reiter nachschicken würde, um herauszufinden, wo sie ankerten.

Örn diente Sigurds Familie schon seit langer Zeit. Wie sein Herr stammte er aus Ogvaldsnes, einem Ort, der weiter unten im Süden auf der Insel Karmøy lag. Die Siedlung war nach König Ogvald benannt, einem Kleinkönig, zu dessen Nachfahren Sigurd zählte. Ogvald bestand darauf, ein direkter Nachkomme des Riesen Ymir zu sein, aus dessen Körper die Welt erschaffen worden war. Er hatte sich eine Kuh gehalten, von der er behauptete, sie sei ein Nachkomme der sagenhaften Kuh Audhumbla, von deren Milch Ymir sich einst nährte. Er verehrte sie wie einen Gott, nahm sie überall hin mit und sagte, sie bringe ihm Glück. Doch das Glück verließ ihn, als er gegen König Varin um die Vorherrschaft der Insel kämpfte. Die Kuh fiel und mit ihr starb Ogvald. Dies alles war vor langer Zeit geschehen, aber Sigurds Familie war immer noch wohlhabend und einflussreich genug, um sich in Ogvaldsnes zu behaupten. Sigurds Vater war ein fruchtbarer Mann, der neben einigen Töchtern inzwischen fünf erwachsene Söhne hatte. Vier von ihnen hatten selbst schon eine Familie gegründet und allmählich wurde sein Herrschaftsbereich zu eng, um den Frieden unter den nach Macht strebenden Männern zu wahren. Sigurd war der jüngste unter ihnen und bei Weitem auch der gewalttätigste und skrupelloseste. So hatte er ihm zwei Schiffe gegeben, sie mit einer Mannschaft ausgerüstet und ihm empfohlen, sich selbst eine Heimat zu suchen, fernab der Rivalität seiner Brüder. Örn, der inzwischen so alt war, dass er sich auf ein paar friedliche, gemütliche Jahre freute, bevor er Odin seine Aufwartung machte, wurde befohlen, Sigurd zu begleiten. Er sollte ein Auge auf den jungen Heißsporn haben, um ihn vor Dummheiten zu bewahren. Örn tat dies nur ungern, doch was blieb ihm anderes übrig? Er musste tun, was sein Herr von ihm verlangte. Sie waren nun schon einige Zeit unterwegs und eigentlich wollte Sigurd bis zum Ende der Erdscheibe fahren, dahin, wo die Wasser in die Tiefe stürzten. Ein weiteres Merkmal für das ungestüme Wesen seines Herrn. Örn hielt dies für keine gute Idee und wurde nicht müde, ihm diesen Gedanken auszureden. Wenn er schon sein Leben auf Spiel setzen musste, dann wenigstens für etwas, wofür es sich lohnte zu sterben. Nun schien sich zumindest diese Befürchtung in Luft aufzulösen. Die Siedlung mit ihren fruchtbaren Feldern war das Risiko wert. Doch sie war gut befestigt und Sigurds Mannschaft, die größtenteils aus genauso jungen und unerfahrenen Männern wie ihr Anführer bestand, wog nach seiner Meinung die Zahl der Krieger nicht auf, die man an Land zur Verfügung hatte.

»Stellt die Zelte auf«, befahl Sigurd.

»Wir sollten das Lager befestigen, bevor sie auf den Gedanken kommen, uns wieder zu vertreiben«, empfahl Örn.

»Vielleicht später«, erwiderte Sigurd stolz. »Doch zuerst werden wir so schnell zuschlagen, dass ihnen keine Zeit bleibt, auf dumme Gedanken zu kommen.«

»Trotzdem wäre es sicherer.«

Sigurds helle Augen fixierten drohend Örns Gestalt. »Soweit ich weiß, bist du hier, um mir zu raten, alter Mann. Die Befehle aber gebe ich. Also mische dich nicht in meine Angelegenheiten.«

»Ja, Herr.« Örn seufzte innerlich auf. Die überhebliche Art Sigurds ging ihm auf die Nerven. Was gäbe er darum, in seinem gemütlichen Heim zu sitzen, am Feuer und mit einer Frau, die ihm nachts den Allerwertesten wärmte. Stattdessen musste er sich mit einem Jüngling herumschlagen, der vor Arroganz und Selbstüberschätzung nur so strotzte. Wer konnte das Walten der Nornen verstehen?

Bronagh saß gedankenverloren auf dem Schiff, das, vollbepackt mit Sklaven und anderen Handelsgütern, sie immer weiter von ihrem Sohn und Bard entfernte. Ihre Glieder fühlten sich bleischwer an. Jede Empfindung drang seltsam dumpf in ihre Seele und kam aus weiter Ferne. Es war, als ob sie aus ihrem Körper geschlüpft wäre, der wie die leere Puppe eines Schmetterlings verdorrend an einem

Blatt hing. Eine Art träumerische Gleichgültigkeit, die sie von einem Tag zum nächsten brachte.

Der Sklavenhändler trug den absonderlichen Namen Ismail ibn Affan. Er war ein redseliger Mann. In den Nächten, in denen sie mit ihm allein war, verkürzte er sich die Zeit damit, über sich und seine Pläne in einer Art zu prahlen, die nicht verhehlte, dass er sich für klug und vom Schicksal begünstigt hielt. Dass Bronagh so geschwätzig und empfindungslos wie eine Strohpuppe war, schien ihn nicht weiter zu stören. Sein Gerede hatte auch einen gewissen Vorteil, denn solange er sprach, ließ er sie wenigstens in Ruhe. Er erzählte ihr, dass er ein Gesandter des Kalifen von Bagdad sei. Vor zwei Jahren war er mit dem jüdischen Kaufmann Isaak und anderen Gesandten von dort aufgebrochen, um Karl dem Großen, König der Franken und Kaiser des Römischen Reiches, Waffen, Gold und einen Elefanten mit dem klangvollen Namen Abul Abbas zu bringen. Der Elefant war etwas ganz Besonderes, denn seine Haut schimmerte so weiß wie Schnee. Ismail beschrieb ihn als ein großes Tier, doppelt so groß wie ein Pferd, mit faltiger Haut und einer Nase, die man Rüssel nannte. Einem langen Schlauch, der bis zum Boden reichte. Bronagh hielt dies für eine maßlose Übertreibung, wie fast alles, was der Sklavenhändler von sich gab. Der Weg der Gesandtschaft war beschwerlich gewesen und hatte eine lange Zeit in Anspruch genommen, doch Ismail ibn Affan war nicht den ganzen Weg mit Isaak und den anderen Gesandten gegangen, obwohl ihn Karl der Große brennend interessiert hätte. Der Kalif hatte eine andere Aufgabe für ihn. Ismail war schon immer ein Sklavenhändler gewesen. Er hatte dunkelhäutige Sklaven auf seine Reise mitgenommen, um sie an hellhäutige Menschen zu verkaufen, für die ihr Aussehen eine Kostbarkeit war. Natürlich war auch ein Geschenk für den Kaiser unter ihnen: zwei schöne Jungfrauen mit zarten Gliedern, glühenden dunklen Augen und glänzendem schwarzen Haar. Er hatte sie der Obhut Isaaks anvertraut, damit er sie dort ablieferte. Durch den Sklavenhandel sollte Ismail in der Zwischenzeit die Handelsbeziehungen der Länder auskundschaften, die seinen Weg kreuzten, um dem Kalifen so wertvolle

Informationen zu liefern. Was begehrten die Menschen des Abendlandes? Mit was handelten sie? Wo waren die besten Handelsplätze? Ismail hatte alles aufgeschrieben. Nun zog es ihn wieder heim nach Bagdad, einer riesigen Stadt, wo es so heiß war, dass im Sommer Sandstürme über sie hinwegfegten. Auch das mochte Bronagh kaum glauben. Sie hatte schon Stürme aus Schnee und Eis erlebt, aber aus Sand?

Metallisches Klirren drang an ihr Ohr, als sie die Stellung ihrer Füße ein wenig änderte. Man hatte ihr Eisenringe an die Knöchel geschmiedet und sie mithilfe einer langen Kette mit den anderen Sklaven verbunden, damit sie nicht entwischen konnten, sobald das Schiff ankerte. Sie wären ohnehin nicht weit gekommen, denn Wasif lehnte am Segelmast, groß und mächtig und so unbeweglich wie ein Stein. Der Krummsäbel an seinem Gürtel sah furchterregend aus und auch sonst wirkte Wasif nicht gerade vertrauenerweckend. Zwar hätte man sein Gesicht durchaus gutmütig nennen können – für einen Mann trug es ungewöhnlich weiche Züge – doch seine dunklen Augen blickten finster und bösartig. Wasif war wie Ismail ein Muselmane. Fünfmal am Tag rollten sie ihre Gebetsteppiche aus und beteten, Schulter an Schulter, in ihrer eigentümlichen Sprache Gott an. So wie es Muhammad, der große Prophet, sie gelehrt hatte. Nun, Bronagh kannte nur den heiligen Patrick und betete auf seine Weise.

»Wo sie uns wohl hinbringen werden?«, fragte Rikka ängstlich.

Rikka und Röskva waren ein Zwillingspärchen mit goldenem Haar, ebenmäßigen Gesichtszügen und wasserblauen Augen. Sie waren höchstens dreizehn Winter alt. Ismail wollte sie an den Harem des Kalifen oder einen seiner Fürsten verkaufen. Der Harem – hatte Ismail ihr erklärt – war der Wohnsitz der Frauen und Nebenfrauen eines einzigen Mannes. Je reicher der Mann war, desto mehr Frauen besaß er. Bronagh dachte an Hakon und hätte fast laut aufgelacht. Dann hatte Hakon also auch einen Harem, wenn auch nur einen kleinen, denn laut Ismail war die Zahl der Frauen eines Herrschers im Morgenland beträchtlich größer. Der Kalif hatte Hunderte davon. Welche unvorstellbaren Ausmaße musste die Schar seiner Kinder haben?

»Wartet es ab. Ihr werdet es noch früh genug erfahren«, antwortete sie den Zwillingen barsch. Noch wussten sie nichts über ihr weiteres Schicksal und Bronagh hütete sich, ihnen davon zu erzählen.

Es gab noch mehr junge Frauen an Bord: Dagstjarna, Gersemi und Ida, allesamt jung und schön. Hinter ihnen saßen Áki, Grein, Loki, Thorlac, Sylfa und Ubbe, stattliche junge Krieger, die das Pech hatten, als Gefangene auf dem Sklavenmarkt zu enden. Die Schiffsmannschaft bestand aus vier Männern, die Ismail zusammen mit dem schon etwas älteren, aber seetüchtigen Knorr bei dessen Kauf angeheuert hatte.

Es war Zeit für das nächste Gebet, als der Steuermann einen Platz zum Ankern ansteuerte. Sie befanden sich immer noch auf dem Meer, in dessen Küstennähe sie tagsüber segelten und nachts zum Schlafen an Land gingen. Bald würden sie das Meer verlassen und über einen Fluss in den Ladogasee gelangen. Ismail hatte ihr erzählt, der See sei so groß, dass man seine Ufer nicht mehr sehen konnte, sobald man auf das offene Wasser hinausgefahren war.

Der schmale Küstenstreifen wirkte nicht besonders einladend und bestand zum großen Teil aus Sand und Strandhafer, doch er war unbewohnt. Ismail und Wasif wateten durch das seichte Wasser an Land. Dort wuschen sie sich, unter den Blicken von Mannschaft und Sklaven, die das gewohnte Zeremoniell ohne großes Interesse vom Schiff aus verfolgten. Danach rollten sie ihre Gebetsteppiche aus und begannen mit der immer gleichen Abfolge aus Stehen, Verneigen und Niederwerfen, während sie in eigentümlichem Singsang ihre Gebete sprachen. Als sie fertig waren, ließ Ismail sein Zelt aufbauen. Die Sklaven durften für eine Weile das Schiff verlassen und sich unter Wasifs wachsamen Augen die Beine vertreten. Nachdem sie gegessen hatten, wurden sie wieder auf das Schiff geführt, wo sie die Nacht zusammengekettet auf den Planken verbrachten, damit bei Bedarf eine schnelle Flucht möglich war. Die Stämme in der Gegend waren kriegerisch und ein Schiff mit nur leichter Besatzung eine schnelle Beute.

Bronagh hatte einen anderen Platz, obwohl sie lieber auf den unbequemen Planken geschlafen hätte. Ismail löste sie von der Kette der anderen. Sie folgte ihm, wie jeden Abend, in sein Zelt, das mit bequemen Matten und einem niederen Tisch ausgestattet war. Dort bediente sie ihn, nahm selbst etwas zu sich und hörte ihm zu, bevor sie ihm für ihre Rettung vor dem Galgen danken musste. Doch dieses Mal hielt Ismail nach dem Essen eine besondere Überraschung für sie bereit.

»Entblöße deinen Arm, meine Schöne«, gurrte er in dem für ihn typischen fremdländischen Akzent.

Bronagh hob misstrauisch eine Augenbraue, doch sie gehorchte in ihrer stumpfsinnigen Art. Es spielte keine Rolle, nichts in ihrem Leben spielte mehr eine Rolle. Dumpf sah sie, wie Ismail sein Messer in einem kleinen Kohlebecken erhitzte. Dann nahm er es aus dem Feuer und stieß es in ein Gefäß mit kaltem Wasser. Ein zischendes Geräusch, gefolgt von Dampfkringeln stieg aus dem Wasser auf. Konzentriert zog er ihren Oberarm näher zu sich heran und setzte das Messer an ihre Haut. Nun bekam sie es doch mit der Angst zu tun. Sie zuckte zurück.

»Halt still«, herrschte er sie an. »Oder muss ich Wasif holen? Er wird dir schon Manieren beibringen.« Sein dunkles Raubvogelgesicht sah sie drohend an.

Die Aussicht, von Wasif verprügelt zu werden, ließ sie stillhalten. Die Klinge fuhr brennend über ihre Haut. Der Schmerz ließ ein kleines Rinnsal aus Schweiß zwischen ihren Schulterblättern hindurchrinnen, doch es dauerte nicht sehr lange, bis Ismail fertig war. Nach der Prozedur tupfte er sacht das hervorquellende Blut ab und rieb etwas Kohlenstaub in die Wunde, bis ein Bild auf ihrem Oberarm entstand. Ein zufriedenes Lächeln umspielte seine schmalen Lippen.

»Das Zeichen des Kalifen«, erklärte er ihr. »Du wirst mein Geschenk für ihn sein – sobald ich mit dir fertig bin.«

Das Zeichen des Kalifen war ein Halbmond mit einem Stern in seiner Mitte. Bronagh schluckte entrüstet. Er hatte sie gezeichnet wie ein Tier! Für den Kalifen von Bagdad, der nach Ismails eigenen Angaben ein grausamer Mensch war. Der Gedanke daran raubte ihr fast den Atem, genau wie die Aussicht, den Rest ihres Lebens im Harem dieses Mannes verbringen zu müssen, in einem fremden Land, bei Frauen, die wie eine Herde Kühe zusammenhausten. Er würde ihr auch noch das letzte bisschen Ehre rauben, das sie besaß. Die Erkenntnis traf sie wie ein Schlag ins Gesicht. Wenn sie erst einmal dort war, würde es kein Zurück mehr geben. Sie würde für immer in diesem Land bleiben müssen. Der kümmerlich winzige Rest ihrer Hoffnung, Bard oder ihren Sohn eines Tages wiederzusehen, wären endgültig dahin! Ein Ruck ging durch ihre Seele. Sie durfte sich das nicht gefallen lassen!

»Der Kalif wird mir für dieses kostbare Geschenk verpflichtet sein, denn noch nie hat er eine Frau mit solchem Haar gesehen.« In Ismails Stimme schwang Genugtuung, als er ihre rotblonden Haare berührte.

Bronagh biss sich auf die Lippen. Ihre Augen begannen zu tränen, doch das konnte man auch auf den Schmerz zurückführen, den er ihr bereitet hatte.

Wie gewöhnlich erfüllte sie Ismails Wünsche, bis es Zeit für das nächste Gebet wurde. Er kettete ihre Hände zur Nacht an einen Pflock, den er in die Erde schlug, bevor er das Zelt verließ. Während Bronagh die beiden Muselmanen durch die Zeltwand beten hörte, brodelte die Wut kochend durch ihre Gedärme. Dieses miese Schwein! Wie sie ihn und dieses Leben hasste! Doch die Erkenntnis darüber würde ihr nicht helfen, es abzustreifen. Wenn sie ihm nur entkommen könnte! Sie riss wie ein gehetztes Tier an dem Pflock. Die Kette war kurz und verhinderte, dass sie sich nachts im Schlaf drehen konnte. Selbst Póra war barmherziger gewesen und hatte ihr mehr Bewegungsfreiheit gelassen. Voller Zorn trat sie danach und riss so wütend ihre Hände empor, dass es schmerzte. Ihre Augen weiteten sich überrascht, als der Pflock plötzlich etwas nachgab. Bronaghs Herz begann zu pochen. Konnte das sein? Sie blickte sich vorsichtig nach allen Seiten um und horchte angespannt nach draußen. Erleichtert atmete sie auf, die beiden Männer schienen nichts von ihrem Wutausbruch bemerkt zu haben. Noch einmal ruckte sie an dem Eisenpflock, nun vorsichtig darauf bedacht, kein Geräusch zu verursachen. Tatsächlich! Ismail schien ihn nicht fest genug in den Fels geschlagen zu haben, der hier ein Stück aus dem Boden ragte. Vielleicht war auch der Fels selbst schuld daran, denn er zerbröselte an den Rändern wie der Sand, der ihn umgab. Gleichgültig, was es war, der Sklavenhändler schien nichts davon bemerkt zu haben. Leise machte sie sich ans Werk. Sie ruckte an dem Pflock und kratzte mit den Fingernägeln an den Rändern des Gesteins, bis sie blutig waren. Schweißperlen traten ihr auf die Stirn. Hoffentlich schaffte sie es, bevor Ismail zurückkehrte.

Als der Sklavenhändler schließlich in der Zeltöffnung erschien, lag Bronagh friedlich schlafend am Boden. Er gab einen ungehaltenen Laut von sich. Bronagh hörte seine sich nähernden Schritte. Sie verstummten direkt neben ihr. Erschrocken hielt sie die Luft an. Er schien sie zu betrachten. Hoffentlich kam er nicht auf den Gedanken, sie noch einmal zu wecken. Ihr Herzschlag beschleunigte sich und pochte so laut in ihren Ohren, dass sie befürchtete, er könne ihn hören. Schließlich seufzte er und seine Schritte entfernten sich. Sie vernahm die üblichen Geräusche, als er sich hinlegte. Dann gleichmäßige Atemzüge, die schließlich von einem lauten Schnarchen abgelöst wurden. Ein Zeichen, dass er tief und fest schlief. Abrupt öffnete Bronagh die Augen. Ihr Herz pochte immer noch heftig. Sie wusste, dass ihr nur dieser eine Versuch blieb. Wenn man sie dabei erwischte, war sie tot. Doch selbst dieser Tod erschien ihr gnädiger, als den Rest ihres Lebens in einem Harem verbringen zu müssen. Eingesperrt und ohne die Aussicht, ihn jemals wieder verlassen zu können. Sacht zog sie den Pflock aus seiner Verankerung. Peinlich darauf bedacht, kein Geräusch zu verursachen, stand sie auf. Sie hatte das Gefühl zu ersticken, als sie sich mit vorsichtigen Schritten dem Sklavenhändler näherte. Es war kaum mehr als dämmrig im Zelt, denn die Nächte waren auch hier nicht dunkel und das silbrige Licht der Sonne schimmerte durch einen Spalt der Zeltöffnung. Draußen war alles ruhig. Nur eine Wache wurde nachts für die Sklaven abgestellt, der Rest schlief in einem anderen Zelt, näher beim Schiff. Sie betrachtete Ismail, der friedlich zusammengerollt auf der Seite lag. Schweiß rann ihr in die Augen, als sie sich neben ihn hockte. Dann hob sie den Pflock. Plötzlich murmelte der Sklavenhändler etwas. Sie erschrak und stieß im selben Moment das spitze Eisen mit solcher Gewalt durch seine Schläfen, dass es im Boden stecken blieb. Der freie Arm des Sklavenhändlers ruckte nach oben. Ihre Angst steigerte sich ins Unermessliche. Er würde sie packen! Doch bevor es dazu kam, fiel der Arm herab und Ismail hauchte zuckend sein Leben aus. Ein Seufzer der Erleichterung entrang sich ihren Lippen. Angewidert zog sie den Pflock mit einem kräftigen Ruck heraus. Er war immer noch durch die Kette mit ihren Händen verbunden. Dann erhob sie sich langsam und wankte zum Ausgang des Zelts. Es war noch nicht alles getan. Sie würde noch einen Menschen töten müssen, bevor sie die anderen befreien konnte. Sie suchte mit den Augen die Wache und stellte erleichtert fest, dass sie ihr den Rücken zustreckte. Doch dann stockte ihr vor Schreck der Atem. Es war Wasif, der heute Nacht Wache hielt.

Leif war der Letzte der Familie, der von Hruts und Svanhilds Hochzeit zurückkehrte. Die Strahlen der Sonne drangen schmerzhaft in seine Augen. Er hatte Starkbier getrunken, bis der Alkohol ihn in eine gnädige Wolke des Vergessens hüllte. Doch nun waren seine Sorgen wieder da, zusammen mit einem kräftigen Brummschädel. Vorsichtig rieb er sich die Schläfen. Egal wie es ihm ging, er musste sich mit Aryana versöhnen. Wenigstens musste er es versuchen. Am besten heute noch. Das Glück schien ihm hold, denn außer Aryana und Meyla war niemand im Haus, als er den nach Holz und Rauch duftenden Raum betrat.

»Guten Morgen«, sagte er.

»Nun, ich würde sagen, es ist schon Mittag«, erwiderte sie trocken.

Er zuckte entschuldigend mit den Achseln. Der Geruch warmer Ziegenmilch stieg ihm in die Nase. Aryana war gerade dabei, eine neue Mahlzeit für Meyla zu erwärmen. Sie hielt das nörgelnde Kind im linken Arm, während sie mit der Rechten in dem Topf mit Milch rührte.

»Gib mir die Kleine«, sagte er und streckte die Hände nach Meyla aus.

Sie sah ihn verblüfft an und legte ihm dann Meyla ohne Zögern in die Arme. Das warme Gewicht des Säuglings schmiegte sich angenehm an seine Rippen. Runde dunkelblaue Augen musterten ihn interessiert, das Nörgeln hörte abrupt auf. Wider Willen musste Leif lächeln. »Ich muss mit dir reden«, begann er.

»So, über was denn?«, fragte Aryana schnippisch. Ein verletzter Ton schwang in ihrer Stimme.

Er holte tief Luft, bevor er weiterredete. »Es kann so nicht weitergehen.«

»Nun, das ist mir bekannt. Was schlägst du also vor?« Ihre Stimme klang nun sachlich.

Er konzentrierte sich wieder auf die Kleine. Ihre Nähe hatte etwas Tröstliches.

Dann sah er Aryana an. »Ich liebe dich«, sagte er schlicht. Seine Augen spiegelten den Schmerz, den er erlitten hatte, aber auch Hoffnung. »Lass uns das Alte vergessen und noch einmal von vorne anfangen. Ich bitte dich.«

»Und was ist mit ihr?« Aryanas Kinn wies auf Meyla.

»Wir werden die Kleine behalten«, sagte er fest.

Verhaltene Freude flammte in ihrem Gesicht auf. Konnte es wirklich wahr sein, was er sagte? »Du willst zu uns halten?«

Er nickte stumm.

Ihre Arme flogen um seinen Hals und drückten dann ihn und die Kleine an sich. »Oh, ich liebe dich auch«, rief sie überschwänglich. »Es tut mir so leid, was passiert ist. Ich werde es wieder gutmachen, das verspreche ich dir.«

Er konnte sein Glück kaum fassen. Sie liebte ihn ebenso sehr, wie er sie liebte. Es war so einfach gewesen, sie um Verzeihung zu bitten, warum hatte er es nicht schon früher getan? Glücklich hielt er sie in den Armen, vorsichtig darauf bedacht, das Kind zwischen ihnen nicht zu zerdrücken. Meyla hatte inzwischen ihr Interesse an ihm verloren und nuckelte kräftig an ihrer kleinen Faust.

»Sie hat Hunger«, erklärte Aryana. »Ich muss ihr etwas geben.«
Sie füllte die erwärmte Milch in einen kleinen Schlauch aus Ziegenleder, den sie für Meyla genäht hatte.

Der Schlauch hatte vorne eine zapfenartige Öffnung, an der Meyla gierig sog. Ein Gefühl der Geborgenheit überkam ihn, als er hörte, wie die Milch glucksend in ihren kleinen Körper strömte.

»Ich habe gehofft und gebetet, dass du zu uns halten würdest«, sagte Aryana freudestrahlend. »Ich bin froh, dass Gott meine Bitte erhört hat.«

»Ich möchte nichts weiter als in Frieden mit dir leben«, erwiderte er. »Aber tu mir den Gefallen und lass uns dies so unauffällig wie möglich tun, wenigstens bis man sich daran gewöhnt hat, dass wir anders sind als sie. Versprich mir das.«

Aryana schluckte. »Ich verspreche es dir. Aber eines muss ich vorher noch tun.«

Leif hob alarmiert die Brauen. »Was musst du tun?«

»Ich habe Cuthbert gebeten, Meyla zu taufen. Er soll es in aller Öffentlichkeit tun, damit jeder sehen kann, dass der Segen Gottes auf ihr liegt.«

Leifs Gesicht verlor für einen Moment jeden Ausdruck. »Du willst einfach nicht vernünftig sein, nicht wahr?«, fragte er hitzig. »Die Kleine zu taufen bedeutet das Gegenteil von dem, was ich gerade gesagt habe. Reicht es nicht, dass du Grima die Enkelin weggenommen hast?«

»Wofür mir ihre Mutter sehr dankbar ist, denn sie hätte nicht die Kraft gehabt, sich gegen ihre Schwiegermutter zu wehren.«

»Doch wenn du sie nun auch noch taufen lässt, verletzt du nicht nur die Regeln unserer Gesellschaft. Du forderst sie heraus, indem du sie öffentlich für den Christgott beanspruchst. Und das, obwohl sie das Kind einer anderen ist, die diese Meinung noch nicht einmal teilt.«

Ihre Brauen schossen in die Höhe. »Könnte es sein, dass du ein Heuchler bist, Leif Svensson, dem sein eigenes unbekümmertes Leben wichtiger ist, als das Wort Gottes unter die Menschen zu bringen?«

Er zuckte unter ihren Worten wie nach einer Ohrfeige zurück, dann schüttelte er traurig den Kopf. »Du verstehst mich nicht«, erwiderte er trostlos. »Manchmal glaube ich, du willst es erst gar nicht versuchen.« Mit diesen Worten stürmte er davon. Es hatte keinen Zweck, mit ihr zu reden, und er war des Streitens müde.

Bronagh schluckte schmerzhaft. Ihre Kehle fühlte sich wie ausgedörrt an. Ausgerechnet Wasif hielt heute Nacht Wache. Die mit gekreuzten Beinen im Sand sitzende Gestalt wirkte wie in Stein gemeißelt. Ob er wohl schlief? Sein kerzengerader Rücken ließ etwas anderes vermuten. Die Sonne war endlich untergegangen, trotzdem war es nicht finstere Nacht, was Bronagh in diesem Fall lieber gewesen wäre. Der Himmel glühte in einem silbrigen Blau, unwirklich und märchenhaft. Doch Wasifs reglose Gestalt war alles andere als das. Schlimmer noch, er *war* die Wirklichkeit, der sie sich stellen musste. Sie konnte die anderen nur dann befreien, wenn sie ihn beseitigte oder zumindest kampfunfähig machte. Und nur dann konnten sie umkehren. Tapfer schlich sie sich an ihn heran, den Pflock hoch erhoben, um ihn im günstigen Moment niederfahren zu lassen. Sie war ihm nun so nah, dass sie seinen Schweiß riechen konnte. Jetzt, sagte sie sich und fühlte im nächsten Moment, wie sie herumgerissen wurde und wie ein Kreisel durch die Luft flog, bevor sie unsanft auf den Boden krachte. Sie rang nach Luft, als sich Wasif drohend über sie beugte.

»Was tust du hier, Frau?«, fragte er feindselig.

»Ich ... ich«, stammelte sie.

Plötzlich fiel der Blick des braunen Riesen auf den Pflock, den ihre Hand immer noch krampfhaft umklammerte. Er betrachtete ihn prüfend und entdeckte das Blut, das an ihm und ihren Händen klebte. »Was hast du getan?«

»Ich ...« Die Angst schnürte ihr die Kehle zu.

»Du hast den Herrn getötet«, stellte er nüchtern fest.

Sie nickte resigniert. Sie hatte verloren. Er würde ihr mit seinem Säbel die Kehle durchschneiden und sie zur Vorbeugung weiterer Fluchtversuche an die Rah hängen, bevor er die Herrschaft über das

Schiff an sich riss. Zu ihrem großen Erstaunen drang ein jungenhaftes Lachen aus seinem Mund, das er krampfhaft zu unterdrücken versuchte, um die anderen nicht zu wecken. »Du hast den Herrn getötet«, wiederholte er glucksend. »Ich bin ein freier Mann.« Lachtränen liefen ihm übers Gesicht. Bronaghs verblüffter Blick schien ihn noch mehr zu belustigen, doch allmählich dämmerte es ihr.

»Du bist ein Sklave, wie wir?«

»Nein«, erwiderte er und half ihr, sich hinzusetzen, bevor er sich neben sie hockte. »Ich bin etwas noch viel Schlimmeres.«

Sie sah ihn mit fragenden Augen an. Was konnte es Schlimmeres als einen Sklaven geben?

»Ich bin ein Eunuch«, erklärte er ihr.

Bronagh warf ihm einen verständnislosen Blick zu und er fuhr fort zu erzählen: »Meine Eltern waren Nomaden. Ziegenhirten, die ihr Leben lang von Ort zu Ort wanderten, um geeignete Weideplätze für ihre Tiere zu suchen. Eines Tages wurden die Herden unseres Volkes von einer Krankheit befallen. Fast alle Tiere starben, ohne dass man es verhindern konnte. Uns wurde die Lebensgrundlage entzogen, denn durch die fehlenden Tiere gab es kaum noch Milch, Fleisch und Käse. Aber auch das Brot wurde knapp, ohne die Ziegen als Tauschmittel gab es kein Korn. Mein Vater wusste nicht mehr, wie er seine große Kinderschar ernähren sollte. Zwei meiner Schwestern waren schon gestorben, als Ismail ibn Affan bei uns erschien. Er hatte von der Not unseres Volkes gehört und kam nun, um sich an ihr zu bereichern. Die prächtigsten Kinder tauschte er gegen Nahrungsmittel und junge Ziegen, als Grundstock für neue Herden, ein. Auch ich fiel unter seine Wahl. Ich war damals ein Knabe an der Schwelle zum Mannesalter. Ismail versprach meinem Vater, mir eine gute Ausbildung zu verschaffen. Ich sollte Lesen und Schreiben lernen, um vielleicht eines Tages im Palast des Kalifen zu dienen. So gab mein Vater schließlich nach. Er verkaufte mich, damit die anderen überleben konnten. – Ich habe sie nie wiedergesehen.« Wasifs Stimme stockte. Bronagh wagte es, ihm tröstend die Hand auf die Schulter zu legen. Er tätschelte sie wie im Traum. Er war in einer anderen Welt, die sie nicht kannte. »Dann brachte mich Ismail zusammen mit anderen Knaben in eine Eunuchenschule. Dort lernte ich tatsächlich, wie man las, schrieb und rechnete. Ich lernte die feinen Umgangsformen des Hofes und die Kunst des Kämpfens, um meinen Herrn im Ernstfall beschützen zu können. Doch ich lernte dort auch, was es bedeutete, ein Eunuch zu sein: Man schnitt uns die Hoden ab.« Er sagte es, als ob es sich bei dieser Angelegenheit um etwas Unbedeutendes handeln würde, doch Bronagh hörte den Hohn in seiner Stimme, als er weitersprach. »Eine reine Vorsichtsmaßnahme für unseren zukünftigen Herrn, damit er sich der Treue seiner Frauen sicher sein konnte. Der Eingriff war schmerzhaft und riskant. Nur etwa die Hälfte der Knaben überlebte ihn, doch das Schlimmste daran war, dass denen, die ihn überstanden, jegliche Würde genommen wurde.« Ein wehmütiger Blick traf Bronagh. »Hast du Kinder?«

Bronagh konnte nur noch nicken. Ein Kloß steckte in ihrer Kehle. Tränen des Mitgefühls rannen über ihre Wangen. Man hatte ihn wie einen Ochsen verschnitten.

»Ich hätte so gern Kinder gehabt«, sagte er traurig. »Nach ein paar Jahren kam Ismail zurück, um uns abzuholen. Die meisten seiner ausgebildeten Eunuchensklaven verkaufte er an den Kalifen, wo sie ihm in den Amtsstuben oder als Wächter des Harems dienen mussten. Mich aber behielt Ismail für sich, damit ich ihm auf seinen Reisen von Nutzen war.«

In schweigender Eintracht blieben sie sitzen und sahen der grauen Masse einzelner Wolken zu, die durch den nun leuchtend blauen Himmel schwebten. Bronagh dachte an ihren kleinen Sohn. Wie es ihm wohl gehen mochte? Ein Stich fuhr ihr ins Herz. Sie vermisste ihn so sehr. Fühlte er das Gleiche oder erinnerte er sich schon gar nicht mehr an seine Mutter, weil eine andere Frau an ihre Stelle gerückt war, die sich besser um ihn kümmerte, als sie es jemals vermocht hatte? Sie erinnerte sich noch gut an die besitzergreifende Geste, mit der sie Leif von ihr ferngehalten hatte. Diese Frau würde alles tun, damit er seine Mutter vergaß.

Wasif griff plötzlich nach ihrer Hand. »Du bist eine erstaunliche Frau. Ismail war ein grausamer, habgieriger Mensch. Ich weine ihm keine Träne nach, doch ich hätte nie den Mut besessen, ihn zu töten.«

Bronagh lächelte. »Und was tun wir als Nächstes?«

»Den Rest der Sklaven befreien und die Mannschaft wecken«, sagte er sachlich. »Wir müssen verhandeln.«

Den vier Männern, je zur Hälfte *Wenden* und Nordmänner, stand vor Staunen der Mund offen, als Bronagh sie wachrüttelte.

Wasif, wieder ganz der Alte, stand mit gekreuzten Armen hinter ihr. »Aufstehen«, sagte er. »Es gibt etwas zu bereden.«

Sie führten die Männer zum Sklavenschiff, wo diese zu ihrem Entsetzen feststellen mussten, dass die Eisenringe der Sklaven nicht mehr mit der langen Kette verbunden waren, die ihre Flucht verhinderte.

»Euer Herr ist tot«, erklärte Ismail in eisigem Tonfall. »Ihr habt nun die Wahl, ihm auf diesem Weg zu folgen oder mit uns weiterzuziehen.«

Die vier Männer waren sich schnell einig, dass es besser war, lebendig auf einem Schiff freier Sklaven zu segeln als dem Tod gegenüberzutreten.

»Schön und gut«, sagte Thorlac, einer der befreiten Sklaven. Er war ein stattlicher junger Krieger mit dunkelblondem Haar. »Aber wir brauchen einen Anführer. Einen, der unser Schiff befehligt und uns sicher wieder nach Hause bringen kann.«

»Und wer soll das sein?«, fragte Bronagh.

»Du wirst unser neuer Anführer sein«, erwiderte Wasif. Er reckte sein Kinn in ihre Richtung.

Nicht nur Bronagh bekam große Augen. Ubbe starrte ihn verständnislos an. »Aber sie ist eine Frau«, widersprach er.

»Was macht das für einen Unterschied?« Wasif hob fragend die Brauen. »Warst du Manns genug, unseren Peiniger aus dem Weg zu räumen?«

Ubbe blickte betreten zu Boden.

»Siehst du? Ich sage, sie ist ein besserer Mann als wir alle. Sie hat es verdient, unser Anführer zu sein.«

»Wasif hat recht.« Rikka, Röskva und der Rest der Mädchen waren begeistert.

»Was ist mit euch?«, fragte Wasif die Männer.

Ubbe zuckte mit den Schultern. »Dann soll es so sein.« Niemand widersprach ihm, und so wurde die erstaunte Bronagh zum neuen Anführer des Knorr gewählt.

»Also gut«, sagte sie lachend. »Lasst uns ins Nordland zurückfahren. Sobald wir am Ziel sind, werden wir das Schiff und seinen Inhalt verkaufen und den Gewinn unter uns aufteilen. Dann mag jeder ziehen, wohin er will.«

Die jungen Leute jubelten. Zum ersten Mal seit Langem überkam Bronagh ein unbändiges Gefühl des Stolzes und der Freude. Sie würde nach Hause segeln. Heim zu Bard. Mit seiner Hilfe würde es ihr gelingen, ihren Sohn zurückzubekommen. Sie würde ihr eigener Herr sein und *nie mehr* würde ein anderer über ihr Leben bestimmen.

Kraki schlich sich mit ein paar Männern an das Lager des blonden Jünglings heran. Hakon hatte sie losgeschickt, um herauszufinden, was die Besatzung der beiden Drekis vorhatte. Er konnte nichts Auffälliges entdecken. Alles schien ruhig und friedlich.

»Sieht so aus, als ob sie nur die Nacht hier verbringen wollen«, sagte er, nachdem sie sich unbemerkt von ihrem Posten zurückzogen. »Rollo und Valgard, ihr bleibt hier, falls sie doch noch auf dumme Gedanken kommen sollten.« Dann ritt er mit dem Rest der Männer wieder nach Hause.

Rollo und Valgard machten sich im Schutz des Dickichts ein bescheidenes Lager zurecht, das aus einer Decke, etwas hartem Brot, Käse und einem Schlauch Wasser bestand. Rollo war müde. Sie waren lange geritten, bis sie das Lager entdeckt hatten und das üppige Hochzeitsmahl steckte ihm noch in den Knochen. Trotzdem hatte er sich erboten, mit den Männern zu reiten. Unn war dagegen gewesen, doch es war auch ihre Heimat, die es zu beschützen galt. Der junge Valgard erbot sich, die erste Wache zu übernehmen, damit

Rollo ein wenig ausruhen konnte. Rollo nahm das Angebot dankbar an. Kurze Zeit später schloss er die Augen.

Ein surrendes Geräusch, gefolgt von einem erstickten Schrei weckte ihn aus einem leichten Schlaf. Alarmiert sprang er auf. Der Schreck fuhr ihm durch die Glieder, als er im selben Moment von starken Armen gepackt wurde. Es war immer noch taghell, obwohl es schon tiefe Nacht war. Seine Augen erkannten ohne Schwierigkeit die Männer, die ihn gefangen hielten und Valgard, der mit gespaltenem Schädel bäuchlings in den Büschen hing.

»Den nehmen wir mit«, sagte einer der Männer triumphierend. »Sigurd wird das Vögelchen schon zum Singen bringen.«

Aryana packte hastig ein paar Sachen zusammen. Fort. Sie musste fort von hier. Es war zwecklos, in einem Haus zu bleiben, in dem sich alles gegen sie verschworen hatte. Besser sie ging gleich, bevor sie jemand aufhalten konnte. Was hatte Leif gesagt? Sie wollte nicht vernünftig sein? Nun, sie war vernünftig, doch anscheinend verstand er etwas anderes darunter als sie. Sie band sich Meyla mit einem Tuch vor die Brust und warf mit energischem Ruck ein geschnürtes Bündel über ihren Rücken. Dann stürmte sie aus dem Haus, vorbei an der verblüfften Helga, die sie wortlos nickend grüßte.

»Wo willst du hin?«, rief Helga ihr nach.

»Ich weiß es noch nicht«, erwiderte Aryana, ohne anzuhalten.

Helgas Frage war nicht unberechtigt. Wo wollte sie eigentlich hin? Nachdenklich zog Aryana ihre Stirn kraus, als sie wütend über den Weg stapfte, der sie in Richtung der Hügel führte. Meyla würde bald wieder Hunger bekommen. Sie hatte etwas Milch mitgenommen, doch die würde nicht ewig reichen. Außerdem brauchten sie ein Dach über dem Kopf. In ein paar Wochen war der Sommer vorbei und ohne den Schutz eines Hauses konnten sie den Winter nicht überstehen. Bunte Blumen säumten den Weg und blühten auf den Wiesen, an denen Aryana vorüberging, doch sie sah ihre Schönheit nicht. Sie musste eine Bleibe für sich und die Kleine finden. Zurückgehen würde sie auf gar keinen Fall. Plötzlich erhellte eine Idee Aryanas Gesicht. Hatte Signy nicht gesagt, sie könne zu ihr kommen, falls sie einmal Hilfe brauchte? Und sie hatte sogar eine Ziege, mit deren Milch sie die Kleine füttern konnte. Aryanas Schritte beschleunigten sich. Sie würde zu Signy gehen. Bestimmt würde Signy sich freuen, sie wiederzusehen. Sie würde ihre Hilfe anbieten. Zu zweit war der Hof leichter zu bewirtschaften als allein und vielleicht gestattete es Signy, dass sie dort blieben.

Aryanas Kleider waren schweißgetränkt, als sie endlich den Weg zu Signys Haus einschlug. Es war ein schwülwarmer Tag und Meylas kleiner Körper wärmte ihre Brust wie ein heißer Stein, den man sich im Winter ans Fußende der Schlafbank legte. Erleichtert atmete sie auf. Nur noch ein paar Schritte, dann würde das Haus zwischen den Bäumen auftauchen. Meyla schlief friedlich. Zärtlich betrachtete sie für einen Moment ihre entspannten Gesichtszüge mit dem leicht geöffneten Mund. Signy würde Augen machen. Der Ruf eines Kuckucks schallte idyllisch durch den Wald, als sie das kleine Häuschen entdeckte. Der Rauch des Herdfeuers kringelte sich über dem Dach, Signy war zu Hause. Vielleicht ist es besser so, dachte Aryana, während sie Meyla über das Köpfchen strich. Vielleicht werden wir hier den Frieden finden, den wir so dringend brauchen.

Ein entsetzter Schrei schreckte sie aus ihren Gedanken. Die Tür flog krachend auf und wurde dabei halb aus den Angeln gerissen. Drei Männer zerrten, gefolgt von einem vierten, Signy nach draußen. Sie waren noch jung, doch das hinderte sie offenbar nicht daran, Signy übel zuzurichten. Ihre Kleidung war zerrissen und schon von Weitem konnte man die leuchtenden Male sehen, die ihr Gesicht verunstalteten. Aryana schlug eine Hand vor den Mund.

»Bitte, Herr, tut mir nichts«, hörte sie Signys bettelnde Stimme.

Sie fiel auf die Knie und sah einen ihrer Peiniger flehentlich an. Einen Burschen mit flachsblondem Haar und feingliedrigem Körperbau. Offenbar war er ihr Anführer. Der Jüngling lachte nur und gab ihr einen Tritt, dass sie der Länge nach hinfiel.

»Mach ein schnelles Ende und wirf sie dort hinten in den See«, sagte er knapp, dann begann er in aller Seelenruhe die, Ziege zu schlachten.

Die Angst schoss Aryana bis in die Fingerspitzen. Sie wusste nur allzu gut, wie es sich anfühlte, fremden Männern ausgeliefert zu sein, die nichts Gutes im Sinn hatten. Die Erinnerung daran hatte sich unauslöschlich in ihr Gehirn eingebrannt. Ihre Hände begannen zu zittern. Sie wich ein paar Schritte zurück und prallte mit dem Rücken gegen einen Baumstamm. Ihre Fingernägel gruben sich in die raue Rinde. Einer der Männer zog Signy den Kopf an den Haaren zurück. Aryanas Herzschlag steigerte sich mit rasender Geschwindigkeit. Sie wollte den Blick abwenden, doch sie schaffte es ebenso wenig wie ein Kaninchen, das den Todesbiss einer Schlange erwartete. In dem Moment, als Signy starb, gab Meyla einen Ton von sich, der anzeigte, dass es nur noch wenige Atemzüge dauern würde, bis sie lautstark nach ihrer nächsten Mahlzeit verlangte. Entsetzt schnappte Aryana nach Luft. Das Geschrei der Kleinen würde sie verraten. Die Männer würden ihr nachstellen und wenn sie sie gefunden hatten … Entsetzliche Bilder tauchten vor Aryanas innerem Auge auf. Abrupt drehte sie sich um und begann zu rennen. Die Haut auf ihrem Rücken kribbelte in ängstlicher Erwartung. Es konnte nicht mehr lange dauern, bis Hände nach ihr griffen und sie zu Boden warfen. Doch sie sah nicht nach hinten. Sie konzentrierte sich auf das, was vor ihr lag. Nur so bestand die Aussicht zu entkommen.

Leif war zu der kleinen Lichtung im Wald gestürmt. Welch glückliche Stunden hatten sie hier verbracht. Er hockte sich auf den Boden und lehnte seinen Rücken an den Fuß der alten Eiche, die mit anderen Büschen und Bäumen den Rand der Lichtung begrenzte. Ihr Stamm fühlte sich bemerkenswert fest und tröstlich an. Ein starker Fels im Sturm dieser Zeit. Er erinnerte sich an das letzte Mal, das sie zusammen auf der Lichtung verbracht hatten. Es war im Herbst gewesen. Leif kam es wie eine Ewigkeit vor. Damals war er noch davon überzeugt, dass er mit seinem neuen Gott alles schaffen konnte. Er hielt ihn für stärker als Odin, Thor und alle anderen nordischen Götter, doch damals wusste er noch nicht, welche Opfer sein neuer Glaube fordern würde. Er lehnte den Kopf zurück und richtete seinen Blick nach oben, dort wo das Blätterdach der Bäume durch ein kreisrundes Loch unterbrochen wurde. Der Himmel darüber war milchig-grau, doch er nahm es kaum wahr, denn vor seinem inneren Auge entfalteten sich die letzten Jahre seines Lebens. Der Tod Svens, den er immer für seinen Vater gehalten hatte, sein Umzug zu Hakon, das neue Leben in der Siedlung, der Weg übers Meer zu den Angelsachsen, Cuthbert, Aryana und ihre Rückkehr ins Nordland. Wie Schuppen fiel es ihm plötzlich von den Augen. Er *hatte* viel Gutes mit diesem Gott erlebt. Die Bewahrung vor dem Tod, das Glück, Cuthbert und dessen unverwüstliche väterliche Liebe kennengelernt zu haben, und natürlich Aryana. Dieser Gott hatte ihn durch Abenteuer geführt, die er niemals für möglich gehalten hätte. Und nun waren sie hier, hatten ein Haus, Tiere und Felder. War es da nicht selbstverständlich, dass er zu diesem Gott auch in schlechten Zeiten hielt? Plötzlich schämte er sich. Er war dabei, alles zu zerstören, was er aufgebaut hatte. Er hatte seine Aufgabe aus dem Blick verloren. Sein eigenes kleines Leben war ihm wichtiger geworden, als alles andere. Selbst seine Frau hatte er verraten und das, was er einmal versprochen hatte. Er faltete seine Hände. »Ich werde es wieder gutmachen«, versprach er. Dann stand er auf und rannte den Pfad hinunter zu seinem Haus.

Peinliches Schweigen umfing Leif, als er unten ankam. Solveig, Aldis und Cuthbert saßen um die Reste des Feuers herum und aßen schweigend aus ihren gefüllten Specksteinschüsselchen. Nur Flokis Kindergeplapper durchbrach die Stille.

»Wo ist Aryana?«, fragte er nach Atem ringend.

»Fort«, entgegnete Aldis.

»Fort?« Die Erkenntnis darüber bestürzte ihn. Hatte er wirklich gedacht, sie würde bei ihm bleiben, nachdem er sie schon wieder im Stich gelassen hatte? Sie würde auf ihn warten, bis er endlich zur Besinnung kam? Er spürte, wie die Verzweiflung ihn zu übermannen drohte. Eine altbekannte Woge seiner dumpfen Verlorenheit, doch sein Körper straffte sich. Er würde jetzt nicht aufgeben. »Wo ist sie hin?«

»Wir wissen es nicht«, Aldis zuckte gleichgültig mit den Schultern. »Helga hat sie in Richtung der Hügel laufen sehen.«

Er machte auf der Stelle kehrt und ging denselben Weg wieder zurück. Wo konnte Aryana hingegangen sein? Er überschlug in Gedanken die Möglichkeiten, die ihr blieben. Sie hatte Meyla dabei. Ein so kleines Kind brauchte ein Dach über dem Kopf und Milch. Signy! Natürlich, sie musste bei Signy sein. Sie hatte ein Haus und eine Ziege, und sie hatte Aryana viel zu verdanken. Er beschleunigte seine Schritte. Es war noch ein gutes Stück zu Signys Haus.

Aryana stolperte über einen Ast, der mit lautem Knacken zerbrach. Noch im Fallen drehte sie sich, um Meyla nicht zu verletzen. Erstaunlicherweise war die Kleine ruhig, so als ob sie die Gefahr spüren konnte, die von Signys Haus ausging. Aryana rappelte sich hastig auf und rannte weiter. Ihr Atem keuchte heiß und trocken durch ihre Kehle. Sie würde nicht mehr lange durchhalten können. Ob sie ihre Verfolger abgeschüttelt hatte? War ihr überhaupt jemand gefolgt? Ohne ihre Schritte zu verlangsamen, sah sie nach hinten. Sie konnte niemanden entdecken. Ihre Erleichterung wich einem jähen Schreck, als sie gegen einen Körper prallte. Sie hatte sich so sehr auf das, was hinter ihr lag, konzentriert, dass sie nicht bemerkte, wie von vorne jemand auf sie zukam. Panik stieg in ihr auf. In blinder Wut begann sie sich zu wehren. So leicht würde sie sich nicht geschlagen geben. Der Mann war stärker als sie. Er versuchte sie festzuhalten und an sich zu drücken. Abrupt zog sie das Knie an und stieß es ihm mit aller Kraft ins Gemächt. Ein erstickter Laut entrang sich seiner Kehle. Er ließ sie so rasch los, als ob er sich verbrannt hätte. Plötzlich erkannte sie ihn.

»Um Gottes willen, Leif«, sagte sie mit einer Spur des Bedauerns in ihrer Stimme.

Leif war nicht in der Lage zu antworten. Nach Atem ringend lag er auf dem Boden und krümmte sich.

Gehetzt sah sie sich um. »Steh um Himmels willen auf«, zischte sie. »Ich bin mir nicht sicher, ob ich verfolgt werde.« Sie zerrte an seinem Arm und er kroch auf allen vieren hinter ihr her, bis sie sich im Schutz des Dickichts fallen lassen konnten. Beschämt sah sie ihn an. »Geht es wieder?«

Er verzog das Gesicht. »Im Moment könnte ich das nicht behaupten, aber das ist wohl die Strafe, die ich verdient habe.«

Sie musterte ihn erstaunt.

»Vor wem läufst du davon?«

Aryana erzählte ihm, was sich vor Signys Haus abgespielt hatte. »Sie haben sie umgebracht«, presste sie schluchzend hervor, ihre ganze Anspannung entlud sich in einem Weinkrampf, der nicht mehr enden wollte.

Er spähte vorsichtig über den Rand des Dickichts. Niemand war zu sehen. »Wie sahen die Männer aus?«

»Es waren allesamt junge Kerle«, schluchzte sie. »Ihr Anführer war zierlich für einen Mann, mit flachsblondem Haar.«

»Der Anführer der beiden Drekis«, murmelte er. War es möglich, dass es sich um den gleichen Mann handelte?

»Sch …«, tröstete er die haltlos schluchzende Aryana. »Weine nicht, ich bin jetzt bei dir – und dieses Mal werde ich nicht mehr davonlaufen.«

Sie horchte auf. »Wirklich«, er hörte leises Misstrauen in ihrer Stimme.

»Ich habe einen großen Fehler begangen, Aryana. Fast hätte ich meinem Glauben an den dreieinigen Gott verleugnet und ich bin dir und Cuthbert in den Rücken gefallen.« Er legte scheu den Arm um ihre Schultern. »Verzeih mir. – Bitte!«

Sie nickte nachdenklich, obwohl ihre nassen Augen ihn immer noch argwöhnisch betrachteten.

»Weißt du, du hast recht, mit Meylas Taufe. Wir sollten die Leute dazu einladen, damit jeder sieht, dass wir unseren Glauben nicht aufgeben werden, auch wenn es schwierig wird.«

»Versprochen?« Er hörte ihrer Stimme an, dass er sie nicht noch einmal enttäuschen durfte.

Leif lächelte schief. »Versprochen.« Er beugte sich vor, um sie zu küssen. Es war ein sanfter, stiller Kuss, das Siegel eines neuen Bündnisses, das sie von nun an verbinden würde.

Meyla, die von den schluchzenden Erschütterungen an Aryanas Brust wieder munter geworden war, schmatzte fordernd mit den Lippen. Aryana holte den Schlauch aus ihrem Bündel und prüfte die Milch, die sich darin befand.

»Nicht besonders warm, aber immerhin wird sie still sein, wenn sie trinkt«, stellte sie fest. Sie schob das Mundstück des Schlauchs zwischen Meylas Lippen. Die Kleine trank glucksend, während Leif die Umgebung nicht aus den Augen ließ. Es begann zu tröpfeln und kurz darauf folgte ein abrupter Regenschauer, der für diese Gegend typisch war.

»Ich glaube nicht, dass dir jemand gefolgt ist«, meinte Leif schließlich und wischte sich das Wasser aus dem Gesicht. »Lass uns nach Hause gehen, dort sind wir sicher, auf jeden Fall wird es dort trockener sein.«

»Du solltest Hrut von diesem Vorfall unterrichten.«

»Das werde ich. Hakon wird etwas gegen diese Männer unternehmen müssen.«

Aryana verzog traurig das Gesicht. »Die arme Signy. Sie hatte wenig Glück in dieser Welt.«

Ragnar ging zum Brunnen, um frisches Wasser zu schöpfen. Gierig trank er das kühle Nass und gab die Schöpfkelle schließlich an Ulfrik weiter. Sie waren beide Hakons Männer, Krieger, die ein gutes Stück von der Siedlung entfernt ihre Höfe hatten. Die Häuser standen recht eng beieinander und bildeten mit zwei anderen einen Weiler. Ragnar streckte seine knackenden Glieder. Für heute war die Arbeit getan.

»Kommt ihr nach dem Essen zu uns herüber?«, fragte Ragnar. »Prýði hat frisches Bier gebraut. Wir könnten es uns schmecken lassen.«

»Warum nicht?«, erwiderte Ulfrik. »Schließlich sollte man ihre Mühe belohnen.«

Zufrieden ging Ragnar in sein Haus. Zwei Kinder stürmten auf ihn zu und sprangen ihm lachend in die Arme. Ein Mädchen und ein Junge von acht und neun Wintern. Ólôf, seine erste Frau, hatte fast jedes Jahr ein Kind bekommen, bevor ein Fieber sie umgebracht hatte. Damals hatte *Hel* im ganzen Weiler reiche Beute gemacht und ihm nicht nur die Frau, sondern auch noch drei weitere Kinder geraubt. Es waren harte Zeiten gewesen, doch Ragnar hatte sich nicht unterkriegen lassen. Ása, die alte Magd, wiegte einen Säugling in ihren Armen. Das Ergebnis seiner Verbindung mit Prýði, einer jungen Frau, die er nach Ólôfs Tod geheiratet hatte. Ragnar drückte ihr zufrieden einen Kuss auf die Wange. Die Nornen meinten es wieder gut mit ihm.

Nach dem Spätmahl kam Ulfrik mit seiner Familie in Ragnars Haus und auch die restlichen Bewohner des kleinen Dorfes gesellten sich zu ihnen, um Prýðis Bier zu probieren. Es wurde ein fröhliches Fest und schließlich wankten die Männer mit Unterstützung der Frauen und Kinder zurück in ihre Häuser, wo alles in einen friedlichen Schlaf fiel.

Niemand bemerkte, dass sie schon eine ganze Weile beobachtet wurden. Sigurd hatte mit seinen Männern einen Ring um den Weiler gelegt. Er konnte sein Glück kaum fassen, die Leute feierten und tranken. Nun waren sie zu betrunken, um sich zu wehren. Als alles ruhig war, gab Sigurd ein Zeichen. Seine Männer schossen Brandpfeile auf die Dächer und bald loderte das dürre Gras in hellen Flammen.

Ragnars betäubter Geist erwachte nur mühselig aus den Tiefen des Schlafes. Panisches Geschrei umtoste seine Ohren. Er riss sich zusammen und schüttelte den Kopf, um ihn von dem Nebel zu befreien, der ihm ums Gesicht waberte. Doch der Nebel ließ sich nicht verscheuchen. Erschrocken stellte er fest, dass es Rauch war, der sich hartnäckig in seinen Lungen festsetzte. »Feuer«, keuchte er. »Wir müssen hinaus.« Tränenblind griff er nach seiner kleinen Tochter, die keine Luft mehr bekam. Dann stürmte er mit ihr und den anderen nach draußen. Nach Atem ringend ließ er sich im Hof auf die

Knie fallen und drückte die Kleine an sich. Als er wieder sehen konnte, stellte er fest, dass sie bereits erwartet wurden. Er griff nach seiner Axt, doch sein Gürtel war leer. Schlagartig fiel ihm ein, dass er sie in der Eile vergessen hatte. In dem Moment, als er starb, erinnerte er sich an einen anderen Hof, der gebrannt hatte. Der Hof von Aldis, Hakons Schwägerin. Die Götter mussten einen höchst eigenwilligen Sinn für Humor haben, denn damals war er der Mörder gewesen.

Sigurd betrachtete seine Beute. Viel gab es hier nicht zu holen, außer etwas Schlachtvieh und drei hübschen Mädchen, die er seinen Männern überlassen würde.

»Lasst die Mädchen am Leben, den Rest bringt um«, befahl er.

»Aber, Herr Sigurd«, widersprach Örn. »Wäre es nicht besser, alle am Leben zu lassen?«

»Nein«, sagte Sigurd entschieden. »Sie sollen wissen, mit wem sie es zu tun haben.« Er plusterte sich auf wie ein Birkhahn bei der Balz. Er war Sigurd, der Falke. Falken waren klein und zierlich, aber sie hatten scharfe Augen und waren ausdauernde und grausame Jäger. So wie er.

»Du hast gehört, was ich gesagt habe«, knurrte er den zögernden Örn an. »Und du«, er zog Ragnars Jungen auf die Beine, der fassungslos neben seinem toten Vater hockte, »gehst zur Siedlung und erzählst, was du gesehen hast. Und sag ihnen, wer ich bin: Ich bin Sigurd, der Falke.«

Der Junge sah ihn erschrocken an, dann nickte er und rannte wie von Hunden gehetzt davon, fort von diesem schrecklichen Ort.

Sigurd sah ihm halb belustigt hinterher. »Sie sollen Angst vor mir haben«, sagte er zufrieden. »Sie sollen zittern vor mir, denn ich bin Sigurd der Falke und werde keine Ruhe geben, bis dieses Land mir gehört.«

Svanhild klopfte an die Tür von Hakons Halle. Seit ihrer Hochzeit wohnte sie mit Hrut bei Unn. Es war ziemlich eng im Haus, denn Halla lebte mit ihrer kleinen Familie ebenfalls dort. Vor allem aber gab es nichts, was man unbeobachtet tun konnte. In den vergangenen Tagen hatte sie nach einer Ausrede gesucht, die es ihr ermöglichte, für eine Weile zu Hakon zu entwischen. Zu ihrem eigenen Vorteil würde sie ihr geheimes Verhältnis aufrechterhalten. Er war eine Kuh, die es zu melken galt, solange sie noch Milch gab.

Raghild öffnete die Tür.

»Ich möchte zu deinem Herrn«, sagte Svanhild hochnäsig.

Raghild wies ihr einen Platz neben der Tür. »Ich werde es ihm sagen.«

Svanhild schlüpfte hinein und blieb wartend im Eingang stehen. Unter einem Vorwand war sie Unns scharfen Blicken entwischt. Es war an der Zeit, ihre Tante zu besuchen. Nachher würde sie noch ein Weilchen bei ihr vorbeischauen, damit niemand ihre Worte anzweifeln konnte.

Raghild kam zurück. »Der Herr möchte nicht mit dir sprechen.« Ein verächtliches Lächeln umspielte ihre schönen Lippen.

»Was soll das heißen?«, erwiderte Svanhild in herablassendem Ton. Sie konnte Raghild noch nie besonders leiden.

»Du bist jetzt verheiratet. Hakon vergreift sich nicht an den Frauen seiner Männer. Das wäre nicht recht.«

Seit wann kümmerte Hakon das Wohlergehen seiner Männer? Svanhild blieb zögernd neben der Tür stehen. Sie glaubte Raghild kein einziges Wort. »Ich will deinen Herrn sprechen«, wiederholte sie fest.

»Hast du nicht gehört, was ich gesagt habe?«, zischte Raghild. Ihre Augen blitzten böse. »Hinaus mit dir. Auf der Stelle!« Mit diesen Worten schob sie die verdutzte Svanhild aus der Tür.

»Dieser Mistkerl«, murmelte Svanhild, als das schwere Eichenholz vor ihrer Nase zuschlug. »Das wird er mir büßen!«

Auf dem Weg zum Haus ihrer Tante entdeckte sie einen Menschenauflauf am großen Tor des Walls, der die Siedlung umgab. Neugierig kam sie näher. Ein kleiner, ausgepumpter Junge stand im Mittelpunkt der aufgeregten Menge, die mit großen Augen und aufgerissenen Mündern einen Kreis um ihn bildete.

»Sie haben unseren Weiler überfallen«, keuchte er. »Die Häuser brannten und ich glaube, sie haben alle umgebracht.«

Ein Wust aus empörten Stimmen erhob sich. Frauen kreischten und schlugen entsetzt die Hände vors Gesicht. Svanhild sah, wie ihr Mann sich fragend zu dem Jungen hinabbeugte. »Wer, Junge? Wer hat sie umgebracht?«

Ragnars Sohn schluckte tapfer die Tränen hinunter. »Der Name ihres Anführers war Sigurd. Sigurd, der Falke.«

Meyla gab einen Ton der Entrüstung von sich, als Cuthbert ihren Kopf mit Wasser benetzte. »Ich taufe dich auf den Namen des Vaters, des Sohnes und des Heiligen Geistes«, sprach Cuthbert feierlich.

Leif hatte Wort gehalten und die Bauern zu Meylas Taufe eingeladen. Asvald und Helga, Auða, Fríða, Gísl, sogar Hrut und Svanhild und einige andere waren gekommen, um die Zeremonie anzusehen. Selbst Erindís, die noch nie viel auf das Geschwätz anderer Leute gegeben hatte, trieb die Neugierde in Leifs Haus. Doch niemand hatte im Entferntesten damit gerechnet, dass Katla ebenfalls erscheinen würde. Alle hoben erstaunt den Kopf, als sie mit den beiden Mädchen, nur wenige Augenblicke bevor Cuthbert zu sprechen begann, durch die Tür schlüpfte. Es war das erste Mal, dass sie sich Grimas Befehlen widersetzte.

Aryana strahlte übers ganze Gesicht. Anfangs war sie misstrauisch gewesen, ob Leif sein Versprechen halten würde, doch dieses Mal schien er seine Meinung nicht mehr geändert zu haben. Aryana hatte vor dem Mittsommerfest frisches Bier angesetzt und nun tranken sie auf das Wohl des kleinen Mädchens.

»War das wirklich nötig?«, raunte Asvald Leif zu, während das Horn die Runde machte.

»Ich habe mich entschieden«, erwiderte Leif. »Ich werde zu meinem Gott stehen, so wie du zu den deinen stehst.«

Die jüngsten Ereignisse waren in aller Munde.

»Der Junge hatte recht«, sagte Hrut bekümmert. »Wir fanden

nichts als Schutt, Asche und Tote, als wir dort waren. Bei Signy war es ebenso. Und Rollo und Valgard sind nicht mehr aufzufinden.«

»Was gedenkt Hakon dagegen zu tun?«, fragte Leif.

»Er trommelt die Männer aus der Umgebung zusammen. Es wird ein Weilchen dauern, bis auch die Krieger aus den Berghöfen in der Siedlung angekommen sind. Morgen findet ein Thing statt, auf dem beraten werden soll, wie wir gegen Sigurd und seine Männer vorgehen. Jeder freie Mann ist aufgefordert zu erscheinen – auch du und der Priester.«

Leif nickte. »Wir werden kommen.«

»Bis dahin sind wir in Sicherheit. Niemand hat es bisher geschafft, unsere gut befestigte Siedlung einzunehmen. Auch diesen Herumtreibern wird es nicht gelingen, den Schutz des Walls zu durchbrechen.«

»Was ist mit denen, die nicht in der Siedlung wohnen?«

»Die Leute auf den umliegenden Höfen haben die Wahl, hinter den Wall zu flüchten oder daheimzubleiben, um Haus und Hof zu verteidigen.«

»Ich schätze, die meisten werden das Letztere wählen«, antwortete Leif. »Niemand möchte seinen Hof zerstört vorfinden, wenn er wieder nach Hause zurückkehrt. Und nun, da sie gewarnt sind, werden sie sich auch zu verteidigen wissen.«

»Seid auf der Hut«, sagte Hrut zum Abschied. Sorge spiegelte sich in seinem Gesicht. »Die Leute suchen einen Schuldigen für all das Leid, das ihnen widerfahren ist.«

Sigurd schlug Rollo mitten ins Gesicht. »Ich will eine Antwort«, sagte er drohend. »Sonst wirst du noch mehr Blut schmecken.«

Man hatte Rollo inmitten des Lagers an einen Pfahl gebunden. Ohne ein richtiges Dach über dem Kopf war er jedem Wetter ausgesetzt. Seine Haut brannte von der Sonne, die den ganzen Tag unbarmherzig auf ihn herabschien, und nachts schlotterte er vor Kälte. Ein grässlicher Durst wütete in seiner Kehle, denn auch darin erwies sich Sigurd nicht als vollkommener Gastgeber. Ganz im Gegenteil, man machte sich einen Spaß daraus, vor seinen Augen fettes Fleisch und allerlei Köstlichkeiten zu essen, während er nur trockenes Brot und ein paar Schlucke Wasser bekam. Doch damit nicht genug. Einmal am Tag kam der Herr des Lagers vorbei, um ihm seine besondere Aufwartung zu machen. Sie hatten vor, ihn weichzukochen, doch es würde nicht funktionieren. Statt einer Antwort spuckte Rollo Sigurd direkt vor die Füße. Ein dünner Faden aus Blut und Speichel rann von seinen aufgesprungenen Lippen. Er würde ihnen nicht verraten, wie man die Siedlung am besten einnehmen konnte. Seine Familie wohnte dort und eher würde er sterben, als sie zu opfern.

Sigurds Gesicht kam dem seinen gefährlich nahe. »Ich warne dich, alter Mann«, sagte er. »Reize mich nicht zu sehr. Es wird dir nicht bekommen.«

Nähme ich Flügel der Morgenröte
und bliebe am äußersten Meer,
würde auch dort deine Hand mit mir sein
und deine Hände mich halten, Herr.

Spräche ich Finsternis möge mich decken
und Nacht statt Licht um mich sein,
wäre auch Finsternis nicht finster bei dir,
und die Nacht leuchtet wie der Sonnenschein.

Denn du erforschst mein Herz,
du siehst meinen Sinn.
Nur du kennst meinen Weg
und weißt, wer ich bin.

(Christfried Wendt nach Psalm 139)

Teil II

Das Thing fand auf einem mit Gras bewachsenen Hügel statt. Zwei große Bautasteine markierten eine Erhebung auf seiner Kuppe, die alt und von Menschenhand geschaffen war. Ein Grabmal, mit dem ihre Vorfahren bedeutende Krieger geehrt hatten. Ein einziger Baum beschattete ihn.

Außer den Männern der Siedlung waren noch diejenigen gekommen, deren Höfe nicht so weit entfernt lagen. Die meisten kannte Leif, aber es waren auch Gesichter dabei, an die er sich nur flüchtig erinnerte.

Hakon lief wie ein gereiztes Pferd auf und ab. Leif erschrak, als er ihn betrachtete. Sein wettergegerbtes Gesicht war von einer kränklichen Bleiche überzogen und seine Schwerthand schimmerte rot und geschwollen bis zum Handgelenk. Er glaubte kaum, dass Hakon damit ein Schwert halten konnte. Knurrend ließ er sich auf dem Hochsitz nieder, den man von seiner Halle zum Thingplatz geschafft hatte. Diejenigen Krieger, die einst gewählt wurden, um den Rest der Männer auf dem Thing zu vertreten, setzten sich nun in einen Halbkreis vor Hakon. An seiner Seite stand Svala aufrecht und erhaben. Ihr missgünstiger Blick schien Leif zu durchbohren. Die anderen Männer, zu denen auch Leif und Cuthbert gehörten, standen als Zuschauer hinter den am Boden hockenden Kriegern. Hakons Gesicht war ernst, als er zu sprechen begann.

»Ihr alle wisst, was geschehen ist. Wir müssen etwas unternehmen, bevor noch mehr Höfe brennen und noch mehr Menschen umgebracht werden.«

»Lasst uns gegen sie kämpfen«, rief Björn grollend. »Wir werden sie niedermachen, solange noch Zeit dazu ist.«

»Du hast recht, Björn«, mischte sich Svala ein, deren Stimme laut und klar über den Platz schallte. »Wir müssen gegen sie kämpfen. Doch vorher sollten wir bedenken, weshalb uns die Götter verlassen haben, denn warum sonst würden wir uns in dieser schrecklichen Lage befinden?«

»Svala spricht die Wahrheit«, warf Ingjald nachdenklich in die Runde. »Erinnert euch an das schlechte Wetter, das wir nach der Schneeschmelze hatten. Unsere Häuser waren nass und klamm, bis Hunger und Krankheit bei uns einzogen. Und lange Zeit war es unmöglich, frische Nahrung zu beschaffen.«

Zustimmendes Gemurmel erhob sich.

»Vergesst nicht den Hering, der diesen Winter nur spärlich in unsere Netze kam. Schon damals versuchten uns die Götter zu warnen, doch ihr habt nicht auf sie gehört.« Svalas Worte nahmen einen dramatischen Ton an. »Ich habe die Götter befragt und mit ihnen gerungen, damit sie mir den wahren Schuldigen zeigen. Denjenigen, dem wir dies alles zu verdanken haben.« Ihr langer Stab richtete sich anklagend auf Leif. »*Er* ist es! Er zusammen mit seiner ganzen Familie *und* der Priester, der unter ihrem Dach wohnt.«

Leif brach der Schweiß aus. Wie ein Mann richteten sich die Augen der Krieger auf Cuthbert und ihn. Cuthbert schnappte hörbar nach Luft. Aufgeregte Stimmen drangen an Leifs Ohr. Die Luft schien plötzlich zu brodeln. Trotz des Schweißes, der ihm in Strömen über den Rücken lief, bekam er eine Gänsehaut.

Er räusperte sich, um seiner Stimme Klarheit zu verschaffen. »Dies ist eine gemeine Anschuldigung«, seine Stimme klang dennoch furchtsam und schwach in seinen Ohren. »Wir haben nichts Unrechtes getan.«

»Pah, hört ihn euch an«, erwiderte Svala herablassend. »Hat er nicht immer wieder die Götter beleidigt, indem er euch von einem anderen Gott erzählte? Einem, der besser als unsere eigenen Götter sein soll. Und wie viele Male haben er und seine Familie sich in Dinge eingemischt, die sie nichts angehen?«

»Das ist wohl wahr, aber ist nicht auch viel Gutes daraus entstanden?«, mischte sich Gísl ein. »Meine Fríða ist nur durch die Hilfe seiner Frau wieder gesund geworden.«

Er wurde von Svala niedergeschrien. »War es nicht auch seine

196

Frau, die Grima die Enkelin weggenommen hat? Und zu allem Überfluss wurde die Kleine auf den Christgott getauft. Von *diesem* frevlerischen Priester, der versucht, seine Lehren in unsere Köpfe zu pflanzen!« Sie spie die Worte fast heraus. »Ist es da ein Wunder, dass uns die Götter zürnen?«

»Svala hat recht«, rief Thorbrand Steinbeißer. »Der Junge hat nichts als Ärger gemacht und du«, er zeigte mit dem Finger auf Hakon, »tust nichts, um ihn aufzuhalten.«

»Ich fordere Menschenblut«, schrie Svala hysterisch. »Ich fordere *sein* Blut und das seiner ganzen Sippe, bevor ihr faules Geschwätz unsere Kinder verdorben hat!« Ihr Stab richtete sich erneut auf Leif. »Nur so werden wir die Götter besänftigen und die Schlacht gegen unsere Feinde gewinnen!«

Die Männer ließen sich von ihr anstecken. »Blut. Blut, wir fordern ihr Blut. Die Götter müssen besänftigt werden.«

Leif hielt nur mit Mühe seinen Körper unter Kontrolle. Sie würden sie alle umbringen. Nur wenige stimmten nicht in den fordernden Rhythmus mit ein. Er sah Kraki, Gisl und Hrut, die betreten zu Boden blickten. Sein Blick traf Asvald, dessen bekümmerte Augen von dem sprachen, was er schon immer befürchtet hatte.

Er suchte verzweifelt nach einem Ausweg, doch er fand keinen.

Schließlich brachte Cuthbert mit erhobenen Händen die Männer zum Schweigen. »Unser Gott ist ein barmherziger und liebender Gott. Hat Er euch das nicht oft genug gezeigt? Wie viel Gutes haben wir in seinem Namen unter euch getan. Habt ihr es nicht erkannt? In Christi Namen schwöre ich, dass Er der einzig wahre Gott ist. Der Einzige, dem euer Schicksal am Herzen liegt. Eure Götter dagegen sind mordende, lüsterne Geschöpfe, die euch ins Verderben ziehen. Glaubt ihr wirklich, ihr könnt Sigurd und seine Männer, die denselben Glauben haben wie ihr, durch ein Opfer aufhalten?«

»Da habt ihr es«, schrie Svala. »Er beleidigt vor unseren Augen die Götter dieses Landes. Schlimmer noch, er hält seinen Gott für den einzig wahren und will unsere eigenen Götter aus unserer Mitte vertreiben! Welchen Beweis braucht ihr noch für den Frevel, den er an uns begeht?«

»Genug jetzt!« Hakons Stimme dröhnte laut und befehlend über den Platz.

Eine plötzliche Stille trat ein.

»Ich lasse nicht zu, dass man eine ganze Familie hinschlachtet«, sagte er mit einer Stimme, die Leif aufhorchen ließ. »Leif ist mein Sohn. Das Blut meiner Vorfahren, gutes nordisches Blut, fließt in seinen Adern. Ich glaube nicht, dass er uns jemals Schaden zufügen wollte, aber ich gebe zu, dass ihm der Priester den Kopf verdreht hat. *Sein* Geschwätz ist es, das uns alle ins Verderben führt.«

Svala öffnete ihren Mund, um etwas einzuwenden, doch sie wurde von Hakon mit einer Geste zum Schweigen gebracht. Sein Blick richtete sich unerbittlich auf Cuthbert. »So lasst uns nur den Priester töten. Sein Opfer wird die Götter besänftigen und sie werden wiederkommen, um uns beizustehen.«

Cuthbert senkte resigniert den Kopf. Seine Schultern fielen nach vorne.

»Nein«, schrie Leif, »das könnt ihr nicht tun.« Doch seine Worte gingen im Gejohle der Männer unter.

»Wer ist dafür, dass wir den Priester opfern?«, rief Hakon die Krieger im Halbkreis an.

Ohne Ausnahme hoben sie die Hand.

Sie packten Cuthbert und schleiften ihn nach vorne. Vor dem Hochsitz, auf dem Hakon immer noch thronte, zwangen sie ihn auf die Knie.

»Nun, Priester, was sagst du?« Hakon musterte ihn mit einer Mischung aus Genugtuung und kalter Neugierde.

Cuthbert sah ihm ohne Angst in die Augen. »Ich scheue mich nicht, für meinen Gott zu sterben, aber versprich mir, die anderen zu verschonen. Kein Leid soll ihnen geschehen.«

Leif hielt nur mit Mühe seine Tränen zurück. Cuthbert opferte sich, damit sie leben konnten. Wie groß musste seine Liebe für sie sein! Und wie groß sein Glaube an den dreieinigen Gott!

»Deine Bitte wird dir gewährt«, sprach Hakon jetzt. »Mach dich bereit, dem Tod ins Auge zu schauen.«

»Halt!«, schrie Leif. »Das könnt ihr nicht tun.«

»Der Beschluss des Things ist unumstößlich«, erwiderte Hakon kalt.

Cuthberts Kopf drehte sich in Leifs Richtung. Sein Blick war unendlich traurig. »Lass gut sein, Junge. Ich sterbe im Namen des Herrn.«

Leif schluckte schwer. »Dann lasst mich wenigstens noch einmal mit ihm sprechen.«

Hakon nickte zustimmend. »So soll es sein«, erwiderte er.

Die Männer zogen sich zurück. Doch sie behielten die beiden soweit im Auge, dass eine Flucht unmöglich war.

»Ich glaube, es war ein Fehler, in meine Heimat zurückzukehren«, sagte Leif trostlos.

»Nein«, erwiderte Cuthbert. »Es war der Wille Gottes.«

»Was habt Ihr getan?« Tränen traten Leif in die Augen. Er konnte sie nicht länger zurückhalten. »Ich werde nicht zulassen, dass sie Euch etwas antun.«

Cuthberts Gesicht war grau. Die unerschütterliche Fröhlichkeit, die sonst aus ihm strahlte, war verschwunden. Er sah Leif lange an. »Unser Herr hat den Himmel verlassen, um an unserer Stelle still wie ein Lamm Schmach, Folter und Tod zu erleiden. Warum sollte ich mir zu schade sein, dasselbe um seinetwillen zu tun?«

»Aber Ihr seid mein Freund, mein väterlicher Lehrer. Ich möchte nicht, dass Euch etwas zustößt.«

Cuthbert lächelte schwach. »Ein Schiff ist nicht für den sicheren Hafen gebaut, mein Junge, sondern für die stürmische See. Das gilt auch für unser Leben. *Du* wirst noch viele Stürme überstehen müssen, doch ich bin ein alter Mann. – Für mich ist die Reise nun zu Ende. Ein einziger schwerer Weg steht mir noch bevor, dann wird meine Seele endlich Ruhe finden bei dem, der alle Sorgen stillt. Ich sterbe in der Gewissheit, euch gerettet zu haben. Was wollte ich mehr?«

»Ihr … könnt mich … doch nicht allein lassen«, stammelte Leif. »Wer soll mich lehren?«

»Du hast so vieles schon gelernt. Und du hast eine Frau, die dir zur Seite stehen wird.«

»Das kann unmöglich Gottes Wille sein.«

Cuthbert betrachtete ihn liebevoll. »Doch, das ist es, mein Junge. Es wird schwer für uns beide werden, aber glaube mir, Gott macht keine Fehler. Alles fügt sich in seinen wunderbaren Plan.« Er legte tröstend die Hand auf die Schulter seines Schützlings.

Die Trauer überwältige Leif, er konnte nicht anders und riss den alten Priester an sein Herz. »Ich werde Euch vermissen«, flüsterte er. Tränen tropften auf Cuthberts schwarze Kutte, aber es war ihm egal. Auch der Priester hatte Tränen in den Augen, als er sich anschickte zu gehen. »Vertraue dem Herrn«, sagte er eindringlich, »und weiche nicht von dem Weg, den du eingeschlagen hast. Die Menschen hier werden deine Hilfe brauchen. Kümmere dich um sie. Rechne ihnen ihre Schuld nicht an und erzähle ihnen weiter von dem dreieinigen Gott. Ringe um sie, damit der Same, den ich gesät habe, nicht verloren geht.« Dann ging er auf die Männer zu. Sein Körper war gebeugt, als ob eine schwere Last auf seinen Schultern läge. Leif wandte sich ab. Seine Schritte führten ihn immer schneller den Hügel hinunter. Fort. Er musste fort von hier! Er konnte nicht mit ansehen, wie sie Cuthbert umbrachten. Er fing an zu rennen und hielt erst inne, als er keine Luft mehr bekam. Eine tiefe Traurigkeit riss ihn zu Boden, aller Lebensmut wich aus ihm. Am liebsten wäre er gestorben. Vielleicht kamen Wölfe, um ihn in der Einsamkeit in Stücke zu reißen? Er würde sie herzlich willkommen heißen. Doch die Wölfe kamen nicht. So blieb Leif allein und weinte um Cuthbert, bis er keine Tränen mehr hatte und vor Erschöpfung einschlief.

Der nächste Morgen holte ihn unerbittlich in die kalte Wirklichkeit zurück. Seine Kleider waren feucht vom Tau. Er fror und wusste nicht, ob es die Kälte oder das Elend war. Trotzdem kniete er hin und betete. Er schrie alle Wut und Bitterkeit hinaus, bis sein Herz ruhiger wurde. »Hilf mir, Herr«, betete er weiter. »Cuthbert hat mich gebeten, treu zu sein, doch ich weiß nicht, wie ich das anstellen soll. Ich fühle mich wie ein schwerer Sack, der in den Fluten versinkt. Hilf mir, dass ich nicht untergehe.«

Leifs Hand fuhr liebevoll über das Kreuz, das an der Haustür hing. Cuthbert hatte seinen ganzen Eifer darauf verwendet, die Ornamente so schön wie möglich zu gestalten. Er erinnerte sich noch gut an den Tag, an dem der Priester es an die Tür genagelt hatte. Viele Wochen waren seitdem vergangen, doch ihm kam es so vor, als wäre es erst gestern gewesen. Sein Finger berührte die dreikantig geschliffene Erhebung, die den leidenden Christus darstellte. Er lächelte traurig. »Ich hoffe, er hat seinen Frieden bei dir gefunden«, flüsterte er, dann öffnete er die Tür. Ein einziger Blick genügte, um zu erkennen, dass die schlechte Nachricht schon bei ihnen angelangt war. Aryana und Solveig saßen weinend auf seiner Schlafbank. Er nahm die beiden in seine Arme und weinte mit ihnen.

»Wo bist du gewesen?«, fragte Aryana mit erstickter Stimme. »Wir haben uns Sorgen gemacht.«

Leif zuckte mit den Schultern. »Irgendwo. Ich musste allein sein. Ich konnte nicht zusehen, wie … sie ihn umbringen.«

Solveig schluchzte laut auf. »Der arme Cuthbert«, jammerte sie. »Wie konnten sie ihm nur so etwas antun? Er hat nie jemandem etwas zuleide getan.«

Leif tätschelte sacht ihren Rücken. »Es war Cuthberts letzter Wille, dass wir trotz alledem unseren Glauben nicht aufgeben«, sagte er schließlich. »Und ich für meinen Teil werde ihn befolgen.«

Aldis warf ihm einen Blick zu, der nichts Gutes verhieß. Sie stand am Feuer. Floki hatte sich angesichts der Stimmung, die unter den Erwachsenen herrschte, hinter die Schürze ihres Trägerrocks verkrochen, die er sich schützend vors Gesicht hielt. »Hast du noch nicht genug?«, zischte sie. »Du wirst uns noch alle umbringen.«

Leif antwortete ihr nicht. »Weißt du, wo sie ihn hingebracht haben?«, fragte er Aryana.

»Er ist noch immer auf dem Hügel.«

Leif nickte. »Ich werde hingehen und ihn holen. Ich möchte nicht, dass er zum Fraß für Vögel und anderes Getier wird.«

»Ich komme mit dir«, sagte Aryana tapfer. Sie wischte sich mit dem Ärmel über das Gesicht.

Die beiden gingen zu dem Hügel, wo sie den toten Cuthbert in den einzigen Baum, eine große, alte Esche gehängt hatten. Sein Körper schwankte in der leichten Brise, die vom Fjord heraufwehte, hin und her. Entsetzt schlug Aryana die Hände vors Gesicht. Leif kletterte die knorrigen, alten Äste empor und nahm Cuthbert in den Arm, bevor er das Seil durchtrennte. Der Priester war so leicht wie ein Kind. Wieder am Boden, lösten sie mit zitternden Fingern das Seil. Die alte Haut schimmerte wie weißes Wachs und bildete einen starken Kontrast zu der schwarzen, mit Blut besudelten Kutte, die er trug. Sie hatten ihm die Kehle durchgeschnitten. Trotzdem wirkte sein Gesicht friedlich und gelöst. Fast so, als ob er schliefe. Nur die einst fröhlichen Äuglein blickten stumpf und leer ins Nichts.

»Ist es unsere Schuld, dass sie ihn umgebracht haben?« Aryanas Stimme klang wie die eines Mädchens, das man bei einem bösen Streich erwischt hatte.

»Nein. Niemand ist schuld daran. Cuthbert sagt, es war der Wille Gottes.« Leif schloss Cuthberts Augen, dann nahm er ihn erneut in die Arme und trug ihn hinunter zum Haus. Dort legten sie ihn auf seine Schlafbank und wuschen das Blut ab, das an manchen Stellen seinen Körper befleckte.

Leif schaufelte ein Grab, direkt neben dem winzigen Grab seines Sohnes, und als er damit fertig war, hüllten sie ihn in ein Tuch und legten ihn feierlich hinein.

»Ruhe in Frieden«, sagte Leif, bevor er es mit Erde bedeckte. »Möge deine Seele zur Halle unseres Gottes aufsteigen und dort Erfüllung finden.«

Erindís' Hand drückte mit einer geübten Bewegung auf den Bauch der Frau. Die Nachgeburt hatte sich noch nicht gelöst. Sie musste dafür sorgen, dass sie vollständig ausgestoßen wurde, sonst würde die junge Mutter nicht mehr lange genug leben, um ihr Kind zu versorgen. Erindís war nicht recht bei der Sache. Immer wieder ertappte sie sich dabei, wie ihre Gedanken zu Aryana und deren Familie wanderten. Der Opfertod des Priesters hatte sich wie ein Lauffeuer in der Siedlung herumgesprochen. Erindís knurrte verächtlich. Wie leicht es doch war, die Männer für seine eigenen Zwecke zu benutzen. Man musste nur ihre Gedanken in die richtige Richtung lenken. Nichts anderes hatte Svala getan. Sie hatte sie benutzt, um einen Gegner aus dem Weg zu räumen und sie bemerkten es nicht einmal. Die junge Frau sah sie mit schreckgeweiteten Augen an und holte die alte Hebamme in die Wirklichkeit zurück. Erindís setzte ein freundlicheres Gesicht auf. Sie lächelte entschuldigend. »Keine Angst, mein Kind. Es ist alles in Ordnung.«

Kurz darauf bemerkte Erindís zufrieden, wie die Nachgeburt zum Vorschein kam. Ihre Gedanken schweiften erneut ab, als sie das Neugeborene vor seinen Vater legte. Für Svala waren Leif und Aryana ebenfalls eine Bedrohung. Aryana war jedoch die deutlich Größere, denn sie verstand sich ebenso wie Svala darauf, die Menschen zu heilen. Aus diesem Grund hatte Erindís die junge Frau heute auch nicht zu der anstehenden Geburt mitgenommen. Es war besser, sie von diesen Dingen für eine Zeit lang fernzuhalten. Überdies genoss Leif den Schutz seines Vaters, aber würde dieser Schutz auch für Aryana gelten? Wie lange würde es dauern, bis Svala ein weiterer Grund einfiel, um ihr Leben zu fordern?

Der Vater hatte das Kind angenommen und die Zeremonie ging ihren gewohnten Gang, ohne dass Erindís es mehr als schemenhaft wahrnahm. Sie wusste nicht warum, aber Aryana lag ihr am Herzen. Vielleicht, weil sie versprach, eine gute Hebamme zu werden? Eine Nachfolgerin, wie sie es sich gewünscht hatte? Vielleicht aber auch deshalb, weil sie eine nette junge Frau war, die es nicht verdient hatte, in den Tod geschickt zu werden. Egal, was es war. Sie musste einen Weg finden, um ihr zu helfen.

Leif verzehrte mit seiner Familie ein kärgliches Spätmahl, das zu ihrer

Stimmung passte. Nur Meyla schlief ahnungslos, mit selig entspannten Gesichtszügen. Mehr als ein halber Tag war vergangen, seit sie Cuthbert begraben hatten. Sie hatten die Zeit im Haus verbracht, aber hätten genauso gut auf einer einsamen Insel leben können. Niemand kam, um nach ihnen zu sehen. Keiner sprach ein tröstendes Wort und so saßen sie stumm und mit eingezogenen Köpfen um das Herdfeuer und warteten darauf, dass irgendetwas passierte. Plötzlich klopfte es an der Tür. Es war ein leises, zaghaftes Pochen, doch alle zuckten argwöhnisch zusammen, als ob neues Unheil über sie hereinbräche.

Leif stellte seine Schüssel zur Seite und erhob sich, um nachzusehen, wer sich in ihre Nähe wagte. Bevor er an der Tür war, wurde diese mit leisem Knarren einen Spaltbreit geöffnet. Sie hatten sie nicht verriegelt. Wozu auch? Es war ein Leichtes, das Haus in Brand zu setzen und sie so ins Freie zu treiben, wenn man ihnen nach dem Leben trachtete.

Erindís schob vorsichtig ihren Kopf herein und spähte ins Haus. »Sie sind da«, sagte sie. Dann schlüpfte Erindís durch die Tür, gefolgt von Asvald, der sie sorgfältig hinter sich schloss.

»Asvald«, Leifs Stimme schwankte zwischen Erleichterung und Freude. Es tat gut zu wissen, dass es noch jemanden gab, der sie nicht verschmähte.

»Es … tut mir leid, was … geschehen ist«, sagte Asvald stockend. »Der Priester war ein guter Mann … aber du weißt, dass ich dich mehr als einmal gewarnt habe, dass es dazu kommen könnte.«

»Ja. Ich weiß«, erwiderte Leif traurig, »doch es gab nichts, was ich dagegen tun konnte – außer meinen Glauben zu verleugnen. Und das ist etwas, was Cuthbert nie gewollt hätte.«

»Ihr müsst fort von hier«, drängte Erindís. »Ihr seid hier nicht mehr sicher, vor allem Aryana nicht. Ich habe eine Schwester, die etwa drei Tagesreisen entfernt in den Fjells wohnt. Dort könnt ihr bleiben, bis der Sturm sich wieder gelegt hat.«

»Die Frauen mögen gehen«, wandte Leif entschieden ein. »Ich aber werde hierbleiben.«

»Ich gehe nirgendwo hin«, protestierte Aryana.

Leif nahm ihren Arm und schob sie energisch zur Tür. »Ihr entschuldigt uns für einen Moment«, sagte er in Asvalds und Erindís' Richtung. Er führte Aryana ins Freie und drückte sie auf die Bank, die an der Längsseite des Hauses stand. Entrüstet riss sich Aryana los. »Auf gar keinen Fall werde ich von hier weggehen und in irgendeiner Bauernkate vor mich hinschmoren, bis mein Ehemann geneigt ist, mich wieder abzuholen«, fauchte sie.

»Trotzdem ist es das Beste für dich, denn dort bist du in Sicherheit.«

»Was tust du, wenn du das Gefühl hast, dass ein Wolf oder ein Bär oder irgendein anderes Tier dich belauert? Verhältst du dich ruhig und bittest Gott um Hilfe, oder rennst du davon?«

Leif lächelte. »Ich tue beides.«

Aryana schnaubte. Das war nicht die Antwort, die sie erwartet hatte. »Meinst du nicht, dass es besser wäre, wenn ich bei dir bliebe? Gott wird uns schon helfen. Ich glaube fest daran.«

»Nein«, knurrte Leif. »Das wäre es nicht. Außerdem hast du noch eine dritte Möglichkeit vergessen: Ich kann mich verteidigen.«

»Du wirst doch nicht etwa?«

Er tätschelte ihr beruhigend die Hand. »Keine Sorge, ich werde nichts Unüberlegtes tun. Das Land zu verteidigen ist etwas anderes, als zu rauben und zu morden. Findest du nicht?«

Sie nickte widerstrebend.

»Also werde ich einfach hierbleiben und nach dem Rechten sehen, während du mit Mutter, Solveig, Floki und Meyla in den Fjells in Sicherheit bist«, sagte er so belanglos, als ob er den Stall ausmisten wollte.

»Bitte … Leif.«

»Nein«, erwiderte er streng. Schon wieder versuchte sie ihn um den Finger zu wickeln, doch dieses Mal würde er nicht darauf hereinfallen. Er würde weder nachgeben, noch davonrennen. »Ich habe meine Entscheidung getroffen und du, Weib, wirst gehorchen.«

Am nächsten Morgen rüsteten sie sich für die Reise. Leif bepackte Skridur mit Proviant und Decken, während Aryana Meyla fertig machte. Asvald und Helga kamen vorbei, um Lebewohl zu sagen. Aryana drückte beide an ihr Herz. »Passt gut auf ihn auf«, sagte sie wehmütig.

Helga nickte. Tränen rollten über ihre Wangen. »Ich hoffe, dass wir uns gesund wiedersehen.«

Kurz darauf traf Erindís mit einem Bündel und einem kleinen Eisenkessel bei ihnen ein. »Seid ihr soweit?«

»Ich denke schon«, erwiderte Aryana. Sie schlang ein Tuch um Meyla und Leif half ihr dabei, sich die Kleine vor die Brust zu binden.

»Leif«, Solveig eilte aus dem Haus. »Mutter will nicht mitkommen.«

Leif schnaubte aufgebracht. »Was ist denn nun schon wieder?«

Aldis erschien an der Tür. »Ich werde nicht von hier weggehen«, sagte sie mit einer Stimme, die jegliche Hoffnung, ihre Meinung ließe sich noch einmal ändern, im Keim erstickte. »Ich habe schon einmal mein Heim verlassen. Dies wird kein zweites Mal geschehen.«

»Aber Mutter«, versuchte Solveig sie umzustimmen. »So nimm doch Vernunft an.«

»Nichts da. Ich bleibe hier und keiner wird mich daran hindern.«

Leif blickte verdrießlich. »Dann lass wenigstens die Kinder ziehen.«

»Tue mit ihnen, was du für richtig hältst.« Mit diesen Worten verschwand sie im Haus.

»Lasst sie. Sie tut, was sie tun muss, aber für uns wird es höchste Zeit zu gehen.« Erindís wurde langsam ungeduldig. »Wir haben einen weiten Weg vor uns.«

Leif gab Aryana Skridurs Zügel, während er es sorgsam vermied, sie anzusehen. Sanft nahm sie seine Hand. Sein Gesicht trug die Spuren von Trauer und Sorge und von etwas, das sie nicht deuten konnte. Es schien seltsam alt, vom Schicksal gebeutelt. Das heftige Bedürfnis, ihn zu beschützen, überfiel sie. Warum sah er nicht ein, dass sie bei ihm am besten aufgehoben war? Trotz regte sich in ihr. Sie würde ihm sagen, dass sie nicht so einfach das Feld räumen würde. Es war nicht ihre Art, sich feige davonzustehlen, schon gar, wenn er sie brauchte. Doch sie biss sich auf die Zunge. Sie durfte sich nicht noch einmal widersetzen, wenn das zarte Band nicht zerstört werden sollte, das sich von Neuem zwischen ihnen zu bilden begann. »Willst du mich zum Abschied nicht wenigstens noch einmal ansehen?«, fragte sie.

Leif schluckte schwer, dann hob er den Blick und sah in ihr hübsches Gesicht. Seine Hand legte sich an ihre Wange. Mit dem Daumen strich er über den eleganten Schwung ihrer Lippen. Ihre Augen blickten mit einer Mischung aus Sehnsucht und Angst. Mit erschreckender Klarheit fiel ihm auf, wie klein und zerbrechlich sie war. Würden sie sich je wiedersehen? In den Fjells war sie zwar vor Sigurd und seinen Männern sicher – so hoffte er wenigstens –, aber es gab trotzdem noch eine Menge anderer Dinge, die ihr zustoßen konnten. Und was war mit ihm? Es war ein Leichtes, im Kampf gegen ein feindliches Heer zu fallen. Einfacher als am Leben zu bleiben. Ungestüm schlang er die Arme um sie und drückte sie fest an sich, bis Meyla laut protestierte. »Pass gut auf die Kleine auf«, flüsterte er. »Und … auf dich.« Er spürte die Bewegung ihrer Kehle an seiner Brust, als sie schluckte.

»Ich werde mir Mühe geben«, erwiderte sie heiser. Dann löste sie sich von ihm.

»Bleib dort, bis ich dich holen komme«, mahnte er väterlich. »Versprich es mir.«

Sie nickte, dann folgte sie der alten Hebamme, ohne sich noch einmal umzusehen.

So blieben Leif und Aldis allein zurück, und Erindís zog mit Aryana, Meyla, Solveig und Floki zum Gaulafluss, um von dort aus in die Fjells zu gelangen.

Und während Erindís Leifs Familie in Sicherheit brachte, rüsteten sich die Männer für den Krieg.

Das graue Wasser der Gaula floss gemächlich in einem breiten Strom dahin. Sie kamen nur langsam voran, denn das Ufer bestand aus Kies, Geröll oder Felsen, an die ein üppig wucherndes Gemisch aus Büschen und Bäumen angrenzte. Wenn sie Glück hatten, führten schmale Wege, oft nicht mehr als ein Trampelpfad, durch sie hindurch. Wenn nicht, mussten sie sich über Schotter oder durch den dichten Wald kämpfen. Aryana ging mit Meyla voraus, Skridur hinter sich, der mit zuckendem Fell die Stechmücken abzuwehren suchte. Floki thronte die meiste Zeit wie ein kleiner König auf Skridurs Rücken. Die Beinchen des Kleinen waren zu kurz, um mit ihnen Schritt zu halten. So saß er zwischen Erindís' Eisenkessel, mehreren zusammengerollten Decken, einem Säckchen altem Brot, zwei weiteren mit Korn und Zwiebeln und etwas Räucherfleisch. Das Gemecker der Ziege, die mit den Mühen des Weges nicht einverstanden war, brachte eine Schar grasende Wildgänse in Aufruhr. Trompetend und flügelschlagend stoben sie davon. Die Ziege kümmerte das wenig. Sie stemmte sich klagend gegen den Zug des Seils, das Solveig um ihren Hals gelegt hatte. Der blieb nichts anderes übrig, als das Tier hinter sich herzuziehen, denn sie brauchten ständig neuen Nachschub an Milch, um Meyla zu füttern.

Sie wanderten den ganzen Tag und machten nur dann eine kurze Rast, wenn Meyla etwas zu essen brauchte. Schließlich wurde das Ufer des Flusses breiter. Eine Flussaue dehnte sich vor ihnen aus, die über einen mit weichen Gräsern bewachsenen Boden und den angrenzenden Schutz von Bäumen und Sträuchern verfügte.

»Hier werden wir unser Nachtlager aufschlagen«, sagte Aryana erschöpft. Sie befreite Skridur von seiner Last, rieb ihn trocken und legte ihm Fußfesseln an, damit er grasen konnte.

Unterdessen holte Erindís ein paar Knochen aus ihrem Bündel hervor, die ihrer Form nach von einem Schwein stammen mussten. »Der Lohn für meine jüngsten Hebammendienste«, bemerkte sie nüchtern. »Wir werden eine Suppe daraus kochen, bevor sie verderben.« Während sie die Knochen mit einem großen Stein zertrümmerte, um an das Mark zu kommen, füllte Solveig Flusswasser in den Eisenkessel. Dann suchte sie mit Floki nach Holz und entzündete ein Feuer. Erindís legte die zerschlagenen Knochen in den mit Wasser gefüllten Kessel und stellte ihn nach einer Weile so hinein, dass die kräftig brennenden Flammen an ihm emporzüngelten. »So, nun können wir nur noch warten«, sagte sie zufrieden.

»Was ist deine Schwester für ein Mensch?«, fragte Aryana. Sie drückte ihr Meyla in den Arm und schickte sich an, die Ziege zu melken.

Erindís sah ihr dabei zu. »Nun, sie ist ein Mensch wie jeder andere.«

»Ist sie nett?«, fragte Solveig hoffnungsvoll.

Erindís lachte trocken. »So nett, wie man eben ist, wenn man viele Winter einsam und allein auf einem armseligen Hof in den Fjells zubringt.«

Solveig und Aryana musterten sie verblüfft.

»Sie wohnt ganz allein dort oben?«

»Das könnte man sagen«, antwortete Erindís geheimnisvoll. »Aber dennoch ist sie nicht ohne Schutz.« Dann stand sie mit Meyla im Arm auf. »Ein paar frische Kräuter für die Suppe wären nicht schlecht. Ich werde schauen, ob ich welche finde.«

Aryana und Solveig warfen ihr einen argwöhnischen Blick hinterher. Erindís war nicht sehr gesprächig, wenn es um ihre Schwester ging. Was das wohl zu bedeuten hatte?

Es dauerte lange, bis die Suppe fertig war. Erindís würzte sie mit Kräutern und frischem Farn, den es in dieser Gegend reichlich gab. Zum Schluss dickte sie die dampfende Brühe, auf deren Oberfläche Fettaugen schwammen, mit altem Brot ein. Sie schmeckte köstlich und sie aßen sie mit großem Appetit, während sie dem Spiel zweier Fischotter zusahen, die mit anmutigen Bewegungen durchs Wasser glitten. Der Himmel färbte die weißen Schäfchenwolken in Gold und Purpur, als sie sich endlich schlafen legten.

Hakon drehte prüfend sein Handgelenk im düsteren Licht der Halle. Die Schmerzen waren besser geworden, nachdem er Svalas Kräutersud getrunken hatte. Seit ein paar Tagen trank er fast nur noch Wasser und aß Grünfutter statt Fleisch. Er kam sich vor wie eine dieser elenden Kühe, die draußen auf der Weide grasten. Trotz alledem tat es ihm gut. Er fühlte sich besser. Es wurde auch langsam Zeit. Ein kranker Jarl war kein guter Heerführer. Seine Stimmung hob sich noch mehr, als er daran dachte, dass es ihm endlich gelungen war, den Priester zu beseitigen. Ohne die schmierigen Worte des Alten würde sich Leif auf das besinnen, was er war: ein Krieger des Nordens. Er brauchte keinen verweichlichten Gott, der ihn von der Lebensweise seines Volkes fernhielt. Hakon schüttelte gedankenverloren den Kopf. Es war so leicht gewesen, den Priester umzubringen. Er hatte sich kein bisschen gewehrt. Wie ein Schaf hatte er sich schlachten lassen, ein Gebet auf den Lippen, bis ihm der Tod die Kraft dafür raubte. Nun waren alle zufrieden. Svala hatte ihr Blutopfer gehabt, die Männer sahen dem bevorstehenden Kampf zuversichtlicher entgegen und er hatte seinen Sohn vor dem Einfluss des Priesters gerettet.

Er nahm einen Wetzstein vom Regalbrett an der Wand und begann sein Schwert zu schärfen, während der wenig verlockende Duft gekochter Erbsen durch das Haus zog. Morgen würden sie in den Krieg ziehen. Es würde kein leichter Kampf werden. Rollo und Valgard, die das Lager Sigurds noch eine Weile beobachten sollten, waren immer noch nicht zurückgekehrt. Wahrscheinlich hatte man sie geschnappt und ihnen die Kehle durchgeschnitten. Sigurd war so grausam und rücksichtslos wie er selbst. Doch er war jung. Jung und ungeduldig genug, um möglicherweise einen unverzeihlichen Fehler zu begehen.

Dunst lag über dem Fluss, als sich die kleine Gruppe am nächsten Morgen wieder auf den Weg machte. Bewaldete Fjells umrahmten sie von beiden Seiten, so weit das Auge reichte. Die ganze Landschaft war ein beeindruckendes Spiel aus saftigem Grün, den Grautönen von Wasser und Gestein und dem Königsblau des Himmels. An diesem Tag kamen sie besser voran. Sie fanden ihr Nachtquartier vor einer schroffen Felswand, die ihnen zumindest von einer Seite etwas Schutz bot, denn der Wind frischte auf und in seiner Luft hing der Atem schlechten Wetters. Während sie aßen, färbte sich der Himmel in ein unwirkliches, beängstigendes Gelb. Die ganze Landschaft nahm einen gespenstischen Ton an und über den Gipfeln der Fjells in ihrem Rücken zogen sich die Wolken wie eine drohende schwarze Kappe zusammen. Aryana blickte besorgt auf, als sie den Kessel am Fluss mit Sand schrubbte. Es würde ein Unwetter geben. Solveig und Erindís waren damit beschäftigt, ein behelfsmäßiges Dach aus Zweigen zu errichten, damit sie wenigstens einen Unterschlupf hatten. Ein großer silbriger Körper schoss an ihr vorbei. Um ein Haar hätte sie den Kessel fallen lassen. Dann entdeckte sie einen weiteren. Lachse! Im Sommer passierten die großen Fische in Scharen den Nid. Hier schien es nicht anders zu sein.

Kurz darauf hörte man das ferne Grollen des Donners. Dann hagelte es. Die Körner waren wie kleine, spitze Nadeln und einige fanden scheinbar mühelos ihren Weg zwischen den Zweigen des Unterschlupfs hindurch. Die Frauen und Kinder zogen den Kopf ein, während Skridur und die Ziege im Schutz einiger Bäume standen und geduldig alles über sich ergehen ließen. Allmählich ließ der Hagel nach. Auf ihn folgte eine unwirkliche Stille. Eine kurze Verschnaufpause, in der die Welt den Atem anzuhalten schien, bevor sich ihre erneuerte Kraft in einem gewaltigen Donner entlud, der laut krachend von den Felswänden widerhallte. Meyla schrie und Floki fing ebenfalls vor Angst zu weinen an.

»Das ist Thor, der mit seinem Wagen rollend und donnernd über den Wolken fährt«, stellte Erindís fest. »Möge er unseren Männern beistehen im Kampf gegen unsere Feinde.«

Floki, dem die Erkenntnis, dass Thor auf dem Weg war, um den Menschen in der Siedlung zu Hilfe zu eilen, keinen Trost spendete, schrie nun aus Leibeskräften.

»Was gäbe ich jetzt für ein festes Dach über dem Kopf«, stöhnte Aryana.

Der einsetzende Regen fiel nun in dicken, unerbittlichen Tropfen auf die schützenden Zweige über ihnen und rieselte in zahlreichen Rinnsalen durch sie hindurch. Er fegte über den Fluss und durchtränkte das Land, bis es keinen trockenen Fleck mehr gab, auf den sie hätten flüchten können. Es wurde eine lange, ungemütliche Nacht mit weinenden Kindern, prasselndem Regen, zuckenden Blitzen und den Paukenschlägen des Donners, wie ihn Aryana noch nie gehört hatte. Obwohl Erindís ihr versicherte, dass dies in den Fjells nichts Ungewöhnliches war, tat sie kein Auge zu.

Mürrisch und mit nassen Kleidern, die ihnen auf der Haut klebten, brachen sie am nächsten Morgen wieder auf. Der Regen hatte aufgehört. Über dem Fluss hingen immer noch dunkle Wolken, doch dahinter strahlte die Sonne wie ein Hoffnungsschimmer, der sich auf dem Wasser spiegelte. Alle atmeten auf, als sie endlich die Oberhand gewann und die Kleider unter ihren warmen Strahlen trockneten. Es ging nun stetig bergan. Aryana fiel mit Skridur und Floki etwas zurück, da das Pferd in dem unwegsamen Gelände nur langsam vorankam. Als sich der Morgen dem Ende neigte, waren ihre Kleider ein zweites Mal durchnässt, doch dieses Mal war die Anstrengung schuld daran.

Am Wasserfall eines Bächleins, das sich gurgelnd und spritzend in die Tiefe stürzte, blieben Solveig und Aryana schwer atmend stehen, um sich an seinem kalten Wasser zu laben und das Pferd zu tränken. Der mangelnde Schlaf der letzten Nacht spiegelte sich in ihren Gesichtern. Solveig hob Floki von dem Rücken des Pferdes. Munter platschten seine kleinen Hände durch das Wasser, während Aryana der kleinen Meyla damit das Gesicht benetzte. Ein Stück weiter unten hielt ein Elch im Grasen inne. Er hob seinen mächtigen Kopf und musterte argwöhnisch die kleine Reisegesellschaft, bevor er sicherheitshalber von dannen zog.

»Was gäbe ich jetzt für eine frische Brise voll salziger Meeresluft«, sagte Solveig matt und tauchte ihre Hände in das kühle Nass.

Aryana schnaufte verdrossen. »Ich wünschte, ich wäre Floki und könnte mich auf Skridurs Rücken empor tragen lassen. Meyla wird mit jedem Schritt schwerer.«

Solveig gab ein zustimmendes Geräusch von sich. »Sieh dir Erindís an. Trotz ihrer alten Knochen klettert sie wie eine Bergziege.«

Aryana betrachtete die alte Hebamme, die ihnen ungeduldig zuwinkte. Die grauen Haare klebten an ihrem Kopf wie das Fell einer Katze, die man aus dem Wasser gezogen hatte. Trotzdem strahlte sie eine Zuversicht und Stärke aus, die Aryana nicht im Mindesten empfand.

»Was habt ihr? Kommt weiter. Gegen Abend sind wir da.«

»Gegen Abend«, stöhnte Solveig. »Das ist noch eine halbe Ewigkeit.«

Nachdem das Pferd seinen Durst gelöscht hatte, stiegen sie immer weiter bergauf. Tatsächlich war der Nachmittag vergangen, als sie schließlich eine Leiter erreichten, die man an eine mehr als vier Mann hohe Felswand gestellt hatte. Es war nicht zu übersehen, dass der Weg hier endete.

»Was ist denn das?«, fragte Aryana entsetzt.

Erindís fuhr mit der Hand über das alte, verblichene Holz. »Nun, ich würde es eine Leiter nennen.«

»Das weiß ich selbst«, entgegnete sie mürrisch. »Trotzdem erscheint es mir höchst sonderbar.«

»Die Gegend, aus der Aryana stammt, ist nicht mehr als hügelig«, warf Solveig entschuldigend ein.

Erindís grinste. »Wir Nordleute bedienen uns solcher Dinge, wenn es keine andere Möglichkeit gibt, um an einen bestimmten Punkt zu gelangen.«

»Du meinst, wir sollen hier hinaufklettern?«

»Natürlich«, erwiderte Erindís gelassen, »oder siehst du einen besseren Weg?«

Aryanas Augen folgten der Hand der alten Hebamme, mit der sie einen weiten Bogen beschrieb. Der atemberaubende Blick ins Tal machte ihr bewusst, wie hoch sie gestiegen waren. Der große Strom der Gaula wirkte von hier oben fast lächerlich klein. Aryana schluckte. Sie hatte das Gefühl zu wanken und krallte ihre Finger in eine Felsmulde, um nicht abzustürzen. So musste sich ein Adlerjunges fühlen, das zum ersten Mal über den Horst blickte.

»Ich denke nicht daran, diese Leiter hinaufzuklettern«, aufgebracht betrachtete sie das verblichene Holz. Nicht auszudenken, was passieren würde, wenn eine der Sprossen brach.

»Nun, du wirst es trotzdem tun müssen«, erwiderte Erindís in aller Logik. »Es gibt zwei Wege, die zum Hof meiner Schwester führen. Diesen hier und einen weiteren, der viel gefährlicher ist. Man müsste auf der anderen Seite des Berges höher hinaufsteigen und von dort den Abstieg über die Felsklippen wagen, bis man die Stelle erreicht, auf der Jódís zu Hause ist.«

Aryana schluckte schwer. Das Gefühl der Angst kribbelte bis in ihre Fingerspitzen. »Warum hast du mir das nicht früher gesagt? Wenn ich gewusst hätte, wie gefährlich es ist, hierherzukommen, hätte ich es niemals gewagt.«

»Nun, du hast mich nicht danach gefragt und für mich zählte nur, dass du hier oben in Sicherheit bist. Von einer bequemen Reise war nie die Rede.«

»In Sicherheit«, echote Aryana. »Hältst du es für sicher, sich in den Fjells den Hals zu brechen?«

»Nun komm schon. Es ist ganz leicht. Sieh her.« Erindís kletterte behände die Leiter empor und streckte fordernd die Hand nach Aryana aus. »Was ist? Möchtest du mit der Schande leben, dass eine alte Frau besser klettern kann als du?«

»Was soll mit Skridur und der Ziege geschehen?« rief Aryana nach oben.

»Er muss unten bleiben. Bindet die Ziege irgendwo an. Wir werden sie später holen.«

»Nun Aryana«, der Schalk sprang Solveig mittlerweile aus den Augen. Auch sie war in den Bergen aufgewachsen und schien nicht die geringste Angst zu haben. »Gehst du allein hinauf, oder soll ich dich tragen?«

Aryanas Augen weiteten sich, dann reckte sie mit einer überheblichen Geste das Kinn. »Nein, danke«, sagte sie förmlich. »Ich brauche deine Hilfe nicht.«

Ihre Hände zitterten, als sie den Fuß auf die Leiter setzte. Es ging erstaunlich gut und sie erklomm Sprosse um Sprosse, bis sie sich etwa auf halber Höhe befand. Dort hörte sie, wie Erindís ihre Schwester begrüßte und sah gebannt nach oben. Sofort kam die Angst zurück. Der Himmel über ihr drehte sich. Ihre aufgeschreckte Seele gaukelte ihr Bilder vor, in denen sie den Berg hinunterstürzte. Sie hatte das Gefühl zu fallen, immer weiter in die Tiefe, bis ihr Körper am Boden zerschellte. Ihre Finger krallten sich um das Holz der Leiter. Sie atmete schwer und konzentrierte sich auf Meyla, die an ihrer Brust sorglos vor sich hinbrabbelte. Nun komm schon, sagte sie sich. Sieh weder nach oben noch nach unten.

»Aryana. Ist alles in Ordnung?«, rief Solveig, nun doch etwas besorgt.

»Ja, ja … Es … geht schon. Ich musste nur ein wenig verschnaufen.« Das Herz hämmerte ihr im Hals. Im Stillen verfluchte sie Erindís, ihren Mann und jeden anderen Nordländer, der ihr in den Sinn kam. Ihre Füße waren so schwer wie Blei, als sie mühsam einen vor den anderen setzte. Endlich ergriff sie Erindís' Arm, der sich ihr helfend entgegenstreckte. Der feste Boden unter ihren Füßen kam ihr tröstlich und unendlich sicher vor. Sie atmete erleichtert auf, um im nächsten Moment schockiert zurückzuprallen. Eine Bestie kam auf sie zu. Die Angst des Aufstiegs erschien ihr plötzlich unwichtig und klein.

»Was um Himmels willen ist denn *das?*«, schrie Aryana entsetzt. Sie legte ihre Arme schützend um Meyla. Ein bellendes Ungeheuer rannte ihr mit flatternden Ohren und hängenden Lefzen entgegen. Schwarz und so groß wie ein Kalb.

»Oh«, sagte Erindís ohne die geringste Besorgnis. »Das ist Bestla. Der Hund meiner Schwester. Bestla ist der Name einer Riesin. Er passt hervorragend zu ihr. Findest du nicht?«

Aryana fehlte der Atem, um etwas Passendes zu erwidern.

»Ich sagte dir doch, dass Jódís nicht ohne Schutz ist. Am Anfang ist Bestla ein wenig ungestüm, aber wenn sie dich erst einmal kennengelernt hat, wird sie freundlich und überaus liebenswürdig. Du wirst sehen.«

Aryana glaubte ihr kein einziges Wort. Sie hatte das drängende Gefühl, die Leiter, die sie eben so mühsam erklommen hatte, wieder hinuntereilen zu müssen, denn das Biest kam immer näher. Noch während sie überlegte, welches der beiden Übel das kleinere war, ertönte plötzlich ein Pfiff. Wie von Zauberhand blieb das Ungetüm stehen, ohne sie jedoch aus seinen blutrünstigen Augen zu lassen. Aryana schauderte bei seinem Anblick. Der breite Schädel war mit einem großen Maul ausgestattet, dessen herabhängende Lefzen eine stattliche Anzahl makelloser Zähne zum Vorschein brachten. An den Kopf schloss sich ein muskulöser Körper mit breitem Brustkorb und langen Beinen an. Das schwarze Fell war für ein Tier aus dem Norden ungewöhnlich kurz. Aryanas Blick wanderte zu der Frau, die mit langsamen Schritten auf sie zu schlenderte. Ihre Gestalt war ebenso wenig vertrauenerweckend wie die des Hundes, der aus hängenden Lidern zu ihr aufsah. »Ich dachte, ich lasse Bestla gleich zu Anfang auf euch los, damit sie nachher im Haus keinen Aufstand macht«, sagte sie.

»Wie überaus freundlich von dir«, erwiderte Aryana schneidend.

Die Frau lachte wölfisch und entblößte ihre wenigen Zähne, die wie einsame Zaunpfähle in ihrem Kiefer steckten. Ihre Haut sah aus wie gegerbtes Leder. Das Haar, das unter dem Kopftuch hervorlugte, war spärlich und dunkel. »Ich habe niemanden gebeten, mir hier oben Gesellschaft zu leisten.«

»Willkommen auf Stigen«, warf Erindís gutgelaunt ein. »Wie ich sehe, werdet ihr euch prächtig verstehen.« Sie packte Flokis kleine Hände und half Solveig, ihn über den Rand des Felsens zu befördern.

Leif nahm seine Axt und steckte sie in den Gürtel. Ein letztes Mal sah er sich im Haus um. Ob er es jemals wiedersehen würde? Seine Familie fehlte ihm. Alles fühlte sich fremd und unwirklich an ohne sie. Er vermisste den fröhlichen Lärm, den Floki und Solveig machten und Meylas Geschrei, wenn sie Hunger hatte. Das heftige Gefühl der Sehnsucht stach ihm in die Brust. Am meisten vermisste er Aryana, ihr Lachen, den melodischen Klang ihrer Stimme, wenn sie sprach, und ihre tröstliche Wärme.

Mutter machte ihm Sorgen. Sie sagte kaum noch etwas und zog sich zurück, als hätte sie eine Unterkunft in einem Schneckenhaus bezogen. Er seufzte leise. »Ich werde jetzt gehen, Mutter«, sagte er.

Sie nickte ernst und er verschwand.

Sein Weg führte ihn zur Siedlung. Die Wache musterte ihn, ließ ihn aber durch. Im Innern des Ringwalls herrschte das Durcheinander des Aufbruchs. Männer, die nicht in der Siedlung wohnten, kamen wie er durch das Tor und strömten auf die freien Plätze. Pferde wurden gesattelt. Frauen eilten mit Proviant an ihm vorbei und versuchten ihre umhertollenden Kinder in Schach zu halten, die den Abzug ihrer Väter für ein aufregendes Spiel hielten. Irgendwo krachte es donnernd, weil ein temperamentvolles Pferd mit den Hufen gegen eine Hauswand geschlagen hatte. Über all dem Gewühl spürte er den schweren Mantel der Angst. Die Frauen und Kinder würden ohne ausreichenden Schutz zurückbleiben müssen. Gott allein wusste, was mit ihnen geschah, wenn die Männer den Kampf verloren.

Als er auf die große Halle des Jarls zusteuerte, eilten seine Gedanken zu dem Thing zurück, das vor wenigen Tagen stattgefunden hatte. Ein schmerzlicher Stich fuhr ihm ins Herz. Er vermisste Cuthbert auf eine entsetzliche Art und Weise, denn im Gegensatz zu Aryana und den Kindern bestand nicht einmal die Aussicht, ihn jemals wiederzusehen. Diese elenden Bastarde! Er verfluchte die himmelschreiende Ungerechtigkeit, die Cuthbert widerfahren war. Die Versuchung zu gehen und die Siedlung samt ihrer Bewohner einfach ihrem Schicksal zu überlassen, drohte ihn zu überwältigen. Doch war es nicht Cuthbert, der sich einem Vermächtnis gleich nichts sehnlicher wünschte, als dass er blieb? Der ihm geraten hatte, sich um diese Menschen zu kümmern, ihnen beizustehen, trotz allem Leid, das sie in seinem Leben verursacht hatten? »Rechne ihnen ihre Schuld nicht an«, hatte Cuthbert gesagt. Langsam begriff er, was Cuthbert damit meinte. Er sollte ihnen die Liebe Gottes zeigen. Trotz aller Ungerechtigkeit, so wie Aryana es getan hatte. Er sollte anderen helfen, ohne auf die eigenen Belange Rücksicht zu nehmen.

Allmählich wurde ihm klar, dass es keinen besseren Weg gab, um den Menschen Gottes Liebe zu zeigen, denn auch Christus hatte sich für sie hingegeben. Nun sollte er dieses Opfer bringen. Er war sich nicht sicher, ob er das konnte, aber um Cuthberts willen würde er es wenigstens versuchen. Seine Gedanken schweiften weiter zu Hakon, seinem leiblichen Vater. Warum hatte er ihm geholfen? Nie gab es eine günstigere Gelegenheit, seinen ungehorsamen Sohn ein für allemal zu beseitigen. Warum hatte er sie nicht genutzt?

Er war nun bei Hakons Langhaus angelangt. In der Halle begannen sich die Männer zu sammeln. Leif ging nicht zur Tür, sondern über den Hof zum Pferdestall. Bard hob erstaunt den Kopf, als er ihn sah.

»Ich brauche mein Kettenhemd«, sagte Leif ohne Umschweife.

»Du willst mit ihnen in den Krieg ziehen?«

Leif nickte ernst. »Ich werde es zumindest versuchen.«

Bard kletterte die Leiter hinauf, wo er auf dem Dachboden ein bescheidenes Lager hatte. Zwischen den kärglichen Resten des Heuhaufens zog er ein schweres Bündel hervor. Es war der einzige Platz, wo er etwas verbergen konnte. Er befreite das verschnürte Hirschleder von den trockenen Grashalmen und trug es hinunter. »Hier ist es. Ich dachte schon, du würdest es nie mehr holen.«

Leif lächelte. »Das hatte ich auch nicht vor. Doch nun scheint es an der Zeit zu sein.« Er wickelte das Bündel aus und förderte das Kettenhemd Svens, seines Ziehvaters, zutage, das ihm seine Mutter vor langer Zeit gegeben hatte. Es war eine Menge Hacksilber wert, aber er hatte es nie übers Herz gebracht, es zu verkaufen. Ein leichter Rostfilm überzog die miteinander vernieteten Metallringe. Bard holte frischen Sand und zwei Lappen. Während sie es scheuerten, bis es glänzte, verstärkten sich die gedämpften Stimmen von nebenan. Dann zog Leif das Hemd über. Es war schwer, doch Leifs von der Arbeit gestählte Muskeln trugen es müheloser als zwei Jahre zuvor.

»Du musst dich beeilen«, sagte Bard. »Die Männer sammeln sich bereits.« Er schlug Leif kameradschaftlich auf die Schulter. »Was gäbe ich darum, mit dir in den Krieg zu ziehen.« Hakon hatte es ihm verwehrt zu kämpfen. Allzu leicht konnte sich ein Sklave in der Schlacht gegen seinen Herrn wenden.

»Ich habe noch eine Bitte«, sagte Leif ernst. »Aryana … Sie ist oben in den Fjells. Würdest du dich um sie kümmern, falls ich nicht mehr zurückkomme? Erindís wird dir sagen, wo sie ist.«

Bard nickte. »Das werde ich.« Er presste die Lippen aufeinander.

Leif sah den Schmerz in seinen Augen. Bard wusste ebenso gut wie er, was es bedeutete, einen Menschen zu verlieren.

Er verließ den Stall und betrat den Hof, der inzwischen voller Krieger war. Die Luft knisterte unter einem Gemisch aus bunten Schilden, blitzenden Helmen, stumpfen Lederkappen und stampfenden Pferden, die die Anspannung der Männer zu spüren schienen. Auch Hakon war unter ihnen.

»Was willst du hier?«, fragte Thorbrand eisig.

Es wurde still, als die anderen entdeckten, wen Thorbrand meinte.

»Ich will mit euch gehen.«

»Mach, dass du fortkommst.« Svala trat aus dem Schatten des Langhauses.

»Dies ist auch mein Land«, erwiderte er mit fester Stimme. »Willst du mir verwehren, es zu verteidigen?«

Svala lachte spöttisch. »Wann hast du das letzte Mal ein Schwert in der Hand gehalten?« Grobes Gelächter brandete auf, das Leif peinlich berührte. Der höhnische Zug um Svalas Mund wies darauf hin, dass genau dies ihre Absicht war. »Geh und hüte deine Mutter. Wir brauchen deine Hilfe nicht.«

»Du vergisst dich, Frau«, Hakons Stimme klang eisig. »Die Befehle gebe immer noch ich.«

Svala bedachte ihn mit einem mürrischen Blick. Leif spürte ihre Verunsicherung. Sie würde es nicht noch einmal wagen, die Männer gegen ihn aufzuhetzen. Nicht, wenn Hakon sie nicht unterstützte. Auf seltsame Weise fühlte er sich sicher.

»Leif ist einer von uns«, sprach Hakon weiter. »Es erfordert einiges an Mut, hierherzukommen und seine Dienste anzubieten, *obwohl* viele ihm nicht freundlich gesinnt sind. Wir sollten ihm die Gelegenheit geben, wieder gutzumachen, was er angerichtet hat.«

»Er hat ja noch nicht einmal ein Pferd«, warf Björn ein. Natürlich wusste inzwischen jeder, dass er Aryana mit den Kindern fortgeschickt hatte und dass Skridur sie begleitete.

»Er kann eines von meinen haben«, erwiderte Hakon gelassen.

Dann zogen sie los. Leif ritt auf *Hamur*, einem jungen Hengst, der diesen Namen redlich verdiente. Hakon war sehr freundlich zu ihm gewesen. Er hatte ihm Schwert, Schild und Helm gegeben. Dinge, die er früher einmal benutzt und durch neue, prächtigere ersetzt hatte. Doch ihren Dienst taten sie noch allemal. Je näher sie Sigurds Lager kamen, desto mehr erfasste ihn die Erregung. Ein Gefühl, seltsam fremd und vertraut zugleich. Das Innere seines Körpers war geladen wie die Luft, kurz bevor es blitzte. Hamur schien dies zu spüren. Er war ein temperamentvolles Tier mit rollenden Augen, bereit, bei der geringsten Gelegenheit durchzugehen. Leif hatte alle Mühe, ihn im Zaum zu halten.

Nach einem Tagesritt hatten sie ihr Ziel erreicht. Sie waren nur noch ein Stück von Sigurd und seinen Männern entfernt. Hakon ließ ein Lager errichten, damit sie sich ausruhen konnten bevor der Kampf begann, doch sie schliefen nicht viel in dieser Nacht. Im Angesicht des Todes fiel es schwer, sich in die Arme eines Traumes fallen zu lassen. Leif saß wie die meisten still und in sich gekehrt auf dem Boden und überprüfte ein letztes Mal die Waffen, während seine Gedanken bei seinen Lieben weilten. Eine Hand legte sich auf seine Schulter. Leif sah auf und erkannte Hrut, der neben ihm in die Knie ging.

»Das war sehr mutig von dir, was du heute getan hast.«

Leif lächelte traurig. »Es war Cuthberts Wunsch. Nicht meiner.«

»Es tut mir sehr leid, was mit dem Priester geschehen ist.« Man konnte es Hrut ansehen, dass er es aufrichtig meinte.

Hruts Gewissen regte sich. War nicht auch er schuld daran, dass der Priester ermordet wurde? Hatte er ihn nicht im Auftrag Hakons bespitzelt und verraten? Er scheuchte die Gedanken rasch fort. Svala hatte seinen Tod gefordert, nicht er, doch er hatte nichts getan, um es zu verhindern.

Hakon beobachtete Leif und Hrut. Er war mit sich zufrieden. Die Dinge entwickelten sich besser, als er gedacht hatte. Der verlorene Sohn war in den Schoß der Familie zurückgekehrt und mit ein bisschen Glück entwickelte er sich so, wie es sich Hakon erhoffte. Der morgige Tag würde zeigen, ob er dazu imstande war.

Der Schatten kroch aus der Tiefe der Täler, als Aryana allein am Rand des Felsens stand, der die vordere Grenze des Hofes darstellte. Das Haus, nicht mehr als eine geräumige Hütte mit drei Schlafbänken und einem kleinen Nebengebäude, das als Scheune, Vorratsraum und alles mögliche diente, befand sich auf einer terrassenartigen Ebene, deren Boden so glatt war, als ob sie eine riesige Axt in den Berg geschlagen hätte. Ihr hinterer Teil wurde durch eine schroffe Felswand begrenzt. Aryana verstand nun, was Erindís meinte, als sie sagte, dass die zweite Möglichkeit, zu Jódís' Hof zu gelangen, viel gefährlicher sei. Erindís war heute Morgen gegangen und hatte sie, nach einem aufmunternden Blick, mit ihrer übel gelaunten Schwester allein gelassen. »Es wird schon werden«, hatte sie gesagt, bevor sie die Leiter hinunterkletterte. Jódís war über den unerwarteten Besuch immer noch alles andere als begeistert. Und *ihr* war nicht wohl bei dem Gedanken, von nun an mit diesem sonderbaren Weib zusammenleben zu müssen. Der schrille Schrei eines Adlers ertönte. Sie blickte nach oben und sah ihm dabei zu, wie er mit anmutig geöffneten Schwingen durch die Luft segelte.

Die Ziege hatten sie mithilfe einer Seilwinde den Berg hinaufbefördert, wo sie sich nach kurzem Schreck zu Jódís' drei eigenen Ziegen gesellte, um das spärliche Futter mit ihnen zu teilen. Skridur war mit Erindís wieder auf dem Weg nach Hause. Aryana seufzte. Was gäbe sie darum, Flügel wie ein Adler zu haben. Sie würde sich in die Luft schwingen und ins Tal gleiten. Heim zu Leif. Nur für einen kurzen Moment, um sicherzugehen, dass es ihm gut ging.

Die Aussicht von hier oben war beängstigend und atemberaubend zugleich. Der Boden unter ihren Füßen begann zu wanken, als sie an die Höhe dachte, in der sie sich befand. Instinktiv trat sie einen Schritt zurück. Von hier aus konnte man Fjells und Täler überblicken und dahinter, ihren Blicken verborgen, lagen die Hügel des Fjordtales. Cuthberts fröhliche Äuglein schienen sie plötzlich schelmisch anzublinzeln. »Was würdest du wohl dazu sagen?«, murmelte sie. Dann drehte sie sich entschlossen um. Sie musste in die Höhle zurückkehren, in dessen Innern der Drache sie knurrend und widerwillig duldete. Aber sie würde sich nicht einschüchtern lassen – gleichgültig, was er vorhatte. Sie würde ihm dabei direkt ins Auge sehen.

»Kann dieses Balg nicht endlich Ruhe geben?« Es war Jódís' Stimme, die alles andere als freundlich klang.

Das Chaos traf Aryana so unvermittelt wie ein Gewitterschauer, als sie das Haus betrat. Solveig tätschelte völlig aufgelöst Meylas Rücken und lief in dem beengten Raum auf und ab. Trotz ihrer Bemühungen schrie die Kleine wie am Spieß. Floki, der sich in eine Ecke verzogen hatte, schniefte, kurz davor, aus lauter Mitgefühl in den Gesang miteinzustimmen. Bestla knurrte bedrohlich und Aryana hatte den Eindruck, dass ihre Herrin nichts lieber täte, als es ihr gleichzutun. Sie eilte zu Solveig und entwand Meyla ihren Armen.

»Scht«, sagte sie milde. »Ist ja schon gut.«

Getröstet durch Aryanas vertrauten Duft und die Geborgenheit ihrer Arme, ging Meylas Geschrei allmählich in stoßweise Schluchzer und schließlich in einen Schluckauf über.

»Na endlich«, sagte Jódís mit einem Seufzer der Erleichterung. Die Tunika, die sie trug, hing ihr wie ein loser Sack am Körper. Sie war schmal und flachbrüstig wie ein zehnjähriges Mädchen. Ihr hageres Gesicht, dessen Nase ein erbsengroßer Leberfleck zierte, verzog sich mürrisch. »Das Geplärr geht mir auf die Nerven. Sieh zu, dass es nicht wieder vorkommt.«

Aryana verbiss sich eine entsprechende Bemerkung. »Wo ist deine Familie?«, fragte sie stattdessen.

»Gestorben«, erwiderte Jódís. Sie warf Bestla einen Knochen hin.

Die Zähne des Hundes zermalmten ihn wie morsches Holz. Das Knacken, mit dem sie sich in die harte Masse gruben, ließ Aryana erschauern. »Sie sind alle gestorben. Vater, Mutter und zuletzt mein Mann.«

»Oh«, sagte Aryana betroffen. »Das tut mir leid.«

»Das muss dir nicht leidtun, Kindchen. Ich habe dem Bastard keine Träne nachgeweint. Schade nur, dass er mir vorher nicht ein oder zwei Kinder gemacht hat. Nicht einmal dazu war er imstande.« Sie tätschelte den großen Kopf des Hundes, der ihr einen liebevollen Blick aus triefenden Augen zuwarf. »Doch nun habe ich Bestla. Sie ist besser als jedes Balg.«

Aryana betrachtete zweifelnd den Hund. Bestlas feuchte Zunge fuhr über den Boden, um die letzten Reste des Knochens in ihr Maul zu befördern, dann gähnte sie herzhaft. Ihr fauliger Atem wehte bis zu Aryana herüber.

»Ein Pelzjäger, der jedes Jahr vorbeikommt, um mir frische Ware zu bringen, hat sie mir als kleinen Hund dagelassen, damit ich nicht so allein hier oben bin.« In Jódís Stimme lag plötzlich etwas Zärtliches. »Niemals hätte ich gedacht, dass sie so groß werden würde, doch sie ist ein guter Schutz in dieser einsamen Gegend. Und wenn sie dich erst einmal in ihr Herz geschlossen hat, ist sie so freundlich und zahm wie ein Lämmchen.« Wie zur Bestätigung seufzte Bestla leise, als Jódís sie sacht hinter dem Ohr kraulte.

Die Haare auf Aryanas Unterarmen stellten sich auf. Man konnte nicht sagen, dass Bestla eine Schönheit war und besonders vertrauenerweckend sah sie auch nicht aus. Doch es war unübersehbar, dass Jódís dieses Ungeheuer liebte.

»Kannst du eigentlich nähen?« Jódís zeigte auf Solveig, die sich ängstlich neben Aryana geschoben hatte und den Hund misstrauisch beäugte. Solveig nickte stumm.

»Wenn ihr schon meine Ruhe stört«, sprach Jódís weiter – der Anflug von Zärtlichkeit war verschwunden –, »könntet ihr mir wenigstens zur Hand gehen.« Sie öffnete ihre Truhe und holte einen schneeweißen Mantel hervor. »Der Pelzjäger bringt mir jedes Jahr

Felle, aus denen ich Mäntel nähen kann. Im Jahr darauf holt er sie wieder ab, um sie zu verkaufen. Es ist ein gutes Geschäft für uns beide.« Sie hielt den Mantel Aryana und Solveig hin. »Dieser hier ist aus dem Winterfell des Polarfuchses.« Aryana strich über den makellosen Pelz, der weich und seidig durch ihre Finger glitt. Der Mantel war tadellos gearbeitet. Man konnte die Nähte von der Vorderseite nicht erkennen.

»Er ist wunderschön.« Nicht im Mindesten hätte Aryana Jódís so etwas zugetraut. »Ich werde euch nachher zeigen, wie man so etwas macht«, sagte Jódís, »doch lasst uns vorher etwas essen. Ich habe Hunger.«

Am nächsten Tag traf das Heer Hakons auf Sigurds Lager. Späher hatten die Ankunft der Männer gemeldet. Es herrschte eine lärmende Hast hinter dem Wall, den Sigurd nun doch zu ihrem Schutz hatte anlegen lassen. Überheblich stand er auf dem höchsten Punkt der aufgeschütteten Erde. Den Alten, der allem Anschein nach sein Berater war, neben sich. Sein blank polierter Helm blitzte silbern in der Sonne.

Hakon hätte ihn am liebsten überrannt, doch der Wall war steil und er sah die Bogenschützen. Sie würden sie gnadenlos niedermachen, sobald sie versuchen würden, ihn zu erklimmen.

»Was willst du?«, rief Sigurd herablassend.

»Ich will, dass du mein Land verlässt«, erwiderte Hakon schneidend.

»Warum? Es ist ein gutes Land. Ich erwäge gerade, ob ich nicht für immer bleiben soll.«

Wütendes Gemurmel entstand unter Hakons Männern, das durch Gelächter auf der anderen Seite übertönt wurde.

»Ich habe dich nicht darum gebeten, hierzubleiben. Komm heraus und stell dich, oder sollen wir euch belagern, bis ihr wie hungrige Mäuse aus dem Loch kriecht?«

Sigurd lachte laut und spöttisch. »Ich habe keine Angst vor dir, alter Mann. Wenn wir miteinander kämpfen, wird euer Fleisch zur Speise der Adler werden.« Mit diesen Worten verschwand er.

Hakon ließ auf einer Wiese vor Sigurds Lager ein Kampffeld mit Haselruten abstecken. Als sie fertig waren, strömten die Krieger über den Wall. Das Banner, das sie mit sich führten, bestand aus einer der Windfahnen ihrer Schiffe, die das Bild eines Falken zierte. Sie waren kaum weniger als Hakons Heer, etwa hundert Mann und sie waren jung. Die Hälfte von Hakons Kriegern waren alte Kämpen, doch sie hatten schon viele Schlachten überstanden. Die Stärke der Jugend kämpfte gegen die Weisheit des Alters.

»Schildwall«, brüllte Hakon.

Die Schilde der Männer schlugen krachend aneinander. Sie hatten eine Reihe gebildet, die sich wie ein undurchdringlicher Lindwurm über den Platz schlängelte. Dahinter standen zwei weitere Reihen. Hakon befand sich in der Mitte seines Heeres. Ingjald, der das Banner mit dem Eberkopf hielt, war an seiner Seite. Leif hatte man einen Platz in der ersten Reihe zugewiesen, dort, wo der Kampf am heftigsten tobte und wo es die meisten Toten gab. Er wusste, dass er sich hier bewähren sollte – oder er starb. Doch er würde wieder ein Krieger sein, ein Krieger, der nicht kam, um zu rauben, sondern um sein Land zu verteidigen. Trotz dieser Erkenntnis fraß sich die schwelende Glut der Angst durch seinen Magen, als sich Sigurds Heer auf der gegenüberliegenden Seite formierte. Beide Schildwälle waren etwa gleich groß. Wenigstens war es ein beruhigendes Gefühl, dass der Feind nicht stärker war als sie.

»So kämpft nun«, schrie Hakon plötzlich. »Zeigt diesem Otterngezücht, wer die rechtmäßigen Herren dieses Landes sind. Seid tapfer, Männer und gebt den Vögeln Odins Futter!« Sein Kriegsruf ertönte, ein heiseres Gebrüll, das von den Kehlen der Männer widerhallte.

Leif wurde durch die hinteren Reihen nach vorne geschoben. Mit Wucht krachten die gegnerischen Schilde aufeinander. Die Heftigkeit des Aufpralls warf sie zurück. Dann brach der Tumult los. Schwerter stießen unter den Schilden hervor, um den Gegner an einer ungeschützten Stelle zu treffen, Äxte fuhren nieder. Speere wurden aus den hinteren Reihen geworfen und die Männer ächzten vor

Anstrengung. Leifs Schildarm begann zu schmerzen. Seine Schwerthand suchte nach Lücken und stieß wütend zu. Aus den Augenwinkeln sah er die blitzende Klinge einer Axt. Er duckte sich und entging um Haaresbreite dem scharfen Blatt, das krachend in das Holz seines Schildes fuhr.

Während sich die Sonne immer weiter über den Horizont schob und die Qual der Männer verstärkte, wogte die Schlacht, ohne die Aussicht eines Siegers, hin und her. Sigurds Männer waren schnell und stark, doch Hakons Truppe hielt tapfer dagegen. Dann traf Erling, den Mann neben Leif, ein Speer in die Brust. Sein Schild fiel mit ihm zu Boden. Leif und der Krieger, der auf der anderen Seite neben Erling gestanden hatte, versuchten die Lücke zu schließen. Doch die Männer hinter ihnen stolperten über den Gefallenen und stießen sie auseinander. Der Wall öffnete sich. Sigurds Männer nutzten die Gelegenheit und drangen durch die Lücke hindurch. Plötzlich veränderte sich der Kampf. Mann gegen Mann schlug nun aufeinander ein. Leif spürte, wie ein zu schwach geführter Schwerthieb seines Gegners von seinem Kettenhemd abglitt. Er riss den Schild hoch, hieb mit dem Schwert in die Richtung des Angreifers und stieß es ihm in die Gedärme, bevor er ihm den Todesstoß versetzte. Der Geruch nach Blut, Schweiß und Tod verstärkte sich und das angestrengte Stöhnen der Männer ging hier und da in Todesröcheln und Geschrei über. Irgendwann hörte Leif auf, über das, was er tat, nachzudenken. Er wurde zum Werkzeug, das verrichtete, wozu es bestimmt war: zu hauen, zu stechen und zu töten. Seine Arme und Beine schienen sich mühelos an das zu erinnern, was er einst bei Gorm gelernt hatte.

Plötzlich begann Sigurds Banner zu wanken. Einige seiner Männer bildeten hastig einen Ring um ihn. Der Mut schien sie zu verlassen, denn mit einem Mal flohen sie in fliegender Hast.

»Setzt ihnen nach«, brüllte Hakon.

Und das taten sie. Für einige von Sigurds Männern bedeutete ihre Flucht den Tod, doch der Rest schaffte es auf die Schiffe, die im Wasser ankerten. Dann sahen sie Sigurd, der wie eine schlaffe Puppe über der Schulter eines stämmigen Kriegers hing. Das flachsblonde Haar war blutgetränkt.

»In dem ist nicht mehr viel Leben«, meinte Hrut fröhlich. »Ich habe ihn mit meinem Schild zu Boden gestoßen und ihm dann einen Schwerthieb auf den Schädel versetzt. Sein Helm war so weich wie Butter. Zu mehr bin ich leider nicht gekommen, denn irgendjemand hat mich im selben Moment niedergeschlagen.«

Dann brüllten sie los, doch dieses Mal war es ein Siegesruf. Hakon nahm sein Schwert und schlug damit dröhnend auf seinen Schild ein. Die Krieger nahmen den Rhythmus auf und mit dieser schauerlichen Begleitmusik trieben sie ihre Feinde aus dem Land.

»Wir haben sie vertrieben«, Hakons Stimme klang erleichtert. »Den Göttern sei Dank!«

Außer Erling hatten sie achtzehn weitere Tote zu beklagen. Sigurd hatte noch mehr Männer verloren. Knut, den Schmied, hatte es böse erwischt. Sein Oberschenkel hatte einen Schwertstreich abbekommen. Die lange Schnittwunde reichte bis zum Knochen. Es war fraglich, ob er die schwere Verletzung überstehen würde. Fast alle anderen trugen leichtere Blessuren davon. Leifs Fingerknöchel waren zerschunden und von seiner Wange tropfte Blut. Er merkte es kaum. Die Anspannung des Kampfes war einer grenzenlosen Erleichterung gewichen, der Freude, es überlebt zu haben, und dem Stolz darüber, dass er es geschafft hatte. Er hatte bewiesen, dass er noch wusste, wie man kämpfte!

Zwei ihrer Feinde lebten noch trotz der grässlichen Wunden, die sie erlitten hatten. Hakon schloss ihre Hände um den Griff ihrer Streitaxt und schickte sie zu Odin nach Walhall. Dann zerstörten sie Sigurds Lager und überließen es zusammen mit dem Schauplatz ihres Kampfes den Aasfressern, die bald kommen würden, um ein Festmahl abzuhalten.

Von Rollo und Valgard fanden sie nicht die geringste Spur.

Die ganze Siedlung war außer sich vor Freude über den Sieg der Männer. Die wenigen Krieger, die zu Hause geblieben waren, um

Frauen und Kindern einen dürftigen Schutz zu bieten, bedauerten es, nicht Teil dieser ruhmreichen Schlacht geworden zu sein. Knut brachte man in sein Haus, wo sich Svala um ihn kümmerte.

Ein Fest wurde gefeiert, bei dem sie die Gefallenen ehrten und den Göttern dafür dankten, dass man sie noch einmal verschont hatte. Hakon schenkte Hrut bei dieser Gelegenheit einen Armreif. Er belohnte ihn damit vor aller Augen für die vernichtende Wunde, die er Sigurd zugefügt hatte. Ein schwacher Trost für Unn, die Rollos Tod verkraften musste.

Leif fiel es nicht schwer, den Feierlichkeiten fernzubleiben, denn er galt nach wie vor als Sonderling, dem man nicht mehr so leicht sein Vertrauen schenkte. So blieb er zu Hause und verrichtete die anfallende Arbeit. Die Zäune, die das reifende Getreide umgaben, mussten ständig kontrolliert und die Tiere versorgt werden. Das neue Vorratshaus war noch nicht fertig und er wollte wenigstens noch mit dem Bau der Scheune beginnen, den er sich für dieses Jahr vorgenommen hatte. Das Verhältnis zu seiner Mutter war nach wie vor nicht das beste, doch auch ihr lag der Hof am Herzen und sie half, wo sie konnte.

Seine Tage waren angefüllt von schwerer Arbeit, bis sein Körper erschöpft war und seine Seele kaum noch in der Lage, die brennende Sehnsucht nach Aryana zu schüren oder die Trauer über Cuthberts Verlust zu ertragen. Doch ein Satz brannte sich unauslöschlich in sein Gehirn ein: »Weiche nicht von dem Weg, den du eingeschlagen hast.«

miðsumar – Mittsommer

Der Wind strich durch Bronaghs Haar und löste ein paar vorwitzige Strähnen aus ihrem geflochtenen Zopf. Sie umtanzten ihr Gesicht wie leuchtende Spinnfäden, golden mit einem Hauch von Kupfer. Ihre helle Haut hatte nach einem anfänglichen Sonnenbrand eine zarte Bräune angenommen, auf der sich nun immer mehr Sommersprossen tummelten. Etwas, was sie mit zunehmendem Groll betrachtete, schon allein deshalb, weil es Wasif belustigte. Sie sah schrecklich aus. Wie sollte sie in diesem Zustand Bard gegenübertreten?

Sie fuhr sich mit der Zunge über die trockenen Lippen und schmeckte Salz, die fortwährende Dreingabe des Meeres, das sich in jeder Pore ihres Körpers, jeder Faser der Kleidung und jeder Ritze des Schiffes festzusetzen schien.

Das ehemalige Sklavenschiff segelte in einer leichten Brise dahin. Versonnen betrachtete sie die Dünung, die der Schiffskiel fächerförmig teilte. Bis jetzt waren sie zwar langsam, aber unversehrt vorangekommen. Wenn ihnen ein Schiff entgegenkam, wichen sie ihm so weit wie möglich aus. Zu leicht konnte der Verdacht aufkommen, dass etwas nicht stimmte. Dreimal hatten sie sich vor anderen Sklavenschiffen versteckt, die sie gerade noch rechtzeitig entdeckt hatten. Eine Schiffsladung befreiter Sklaven wäre eine verlockende Beute für andere Sklaventreiber gewesen, die das weite Meer besegelten. Ein einziger Satz genügte, um sie alle zu verraten. Und sie traute ihrem ehemaligen Steuermann nicht. Sie hatte ihn durch Thorlac ersetzt, der unter den Sklaven die meiste Erfahrung mit Schiffen hatte. Die Augen des anderen waren allzu oft unruhig und verschlagen über die Frauen gehuscht. Gerade jetzt fühlte sie seinen beleidigten Blick in ihrem Rücken, während er missmutig auf den Planken hockte. Es wäre ihr lieber gewesen, wenn er das Schiff verlassen hätte. Natürlich dachte er nicht daran, und bevor er sich nichts zuschulden kommen ließ, konnte sie ihn kaum wegschicken.

Wasif lehnte wie üblich groß, mächtig und mit gekreuzten Armen am Segelmast. Doch nun war seine Miene freundlich. Sein altes Leben war vergangen und er war voller Hoffnung auf eine neue, bessere Zukunft. So wie sie alle. Die Zwillinge Rikka und Röskva scherzten mit Ubbe, Áki, Grein und einem der Nordmänner aus Ismails Mannschaft, die sich wie balzende Birkhähne aufplusterten. Bronagh begann zu ahnen, dass wohl nicht jeder in das Haus seiner Eltern zurückkehren würde. Zu stattlich waren die jungen Männer, zu hübsch die Mädchen und zu verlockend die Anziehungskraft, die von dem anderen Geschlecht ausging. Sogar Wasif schien den Reizen der dunkelhaarigen Dagstjarna erlegen zu sein, obwohl er niemals eine Familie mit ihr gründen konnte.

Zu ihrer Linken lag die Sandküste einer Insel, hinter der sich Reric, ein Handelsplatz der *Abodriten,* zwischen ausgedehnten Schilfgebieten versteckte. Bisher hatten sie es vermieden, an küstennahen Handelsplätzen anzulegen, um neue Vorräte zu beschaffen, doch nun brauchten sie dringend frische Nahrung. Grin, einer der Männer aus Ismails ehemaliger Mannschaft, riet ihr aber, an Reric unbemerkt vorbeizusegeln, weshalb sie die Insel umfahren hatten, wo sie hinter Büschen und Bäumen verborgen waren. Sein Heimatdorf lag ganz in der Nähe. Er würde sich dort einen Karren besorgen, damit nach Reric fahren und ihnen die Nahrung beschaffen, die sie brauchten. Im Gegenzug forderte er seinen Lohn in Form einer schweren silbernen Kette, die mit Bernstein verziert war. Niemand hatte gegen Grins Forderung etwas einzuwenden. Es würde genug übrig bleiben, um sie alle zufriedenzustellen, denn in einer Kiste hatten sie Hacksilber und weitere Schmuckstücke gefunden. Und es *war* die unauffälligste Art, um an eine größere Menge Proviant heranzukommen. Anschließend wollte Grin in sein Dorf zurückkehren. Er war schon viele Winter nicht mehr dort gewesen und fand es an der Zeit, endlich sesshaft zu werden. Bronagh konnte Grin gut verstehen. Auch sie sehnte sich nach ihrem Zuhause. Wenn sie auch noch nicht wusste, wie sie es verhindern konnte, dort erneut als Sklavin zu enden. Schließlich war sie nichts anderes in Hakons Haus gewesen. Ob sie ihm das Schiff zum Verkauf anbieten sollte? Sie würde auf ihren Anteil an dem Schiff verzichten, im Gegenzug für ihre und Bards Freiheit. Würde Hakon auf diesen Handel eingehen? Oder war es besser, mit Bard zu fliehen und das Risiko in Kauf zu nehmen? Als freigelassene Sklaven hatten sie allerdings eine reizvollere Zukunft. Sie konnten zu den Bauern am Fluss gehen und dort einen eigenen kleinen Hof gründen. Vielleicht würde sie auch noch ihren Anteil an Schmuck und Waren opfern müssen, um Hakon zu dieser großherzigen Tat zu bewegen. Gierig genug war er jedenfalls. Aber von was sollten sie dann leben? Und da waren noch die anderen. Würden sie ihren gerechten Lohn erhalten, den das Schiff und die Waren abgaben? Oder war es sinnvoll, die Waren in einem anderen Hafen zu verkaufen? Aber dies war ebenfalls riskant. Kein Mann auf dem Schiff war jemals Händler gewesen. Falls ihre Tarnung misslang, war es um sie alle geschehen. Was also sollte sie tun? Sie musste eine gerechte Entscheidung treffen, denn die anderen vertrauten ihr und sie wollte niemanden hinters Licht führen.

»Wir sind nicht mehr weit von meinem Dorf entfernt.« Grin war die Freude anzusehen. Die Insel lag nun in ihrem Rücken. Thorlac steuerte auf eine sichelförmige Bucht zu, um deren westliche Begrenzung sich ein niederes Kliff zog, das gen Osten in eine flache Sandküste überging, bevor sie wieder anzusteigen begann. Dieser Teil der Küste war mit dichtem Schilf bewachsen. Grin deutete mit dem Finger darauf. »Versucht dort zu ankern. Es ist zwar keine vollkommene Tarnung, aber immerhin ein halbwegs brauchbares Versteck.«

Thorlac prüfte die Wassertiefe mit einem Lot und nickte zufrieden. Hinter dem Schilf würde der Knorr, von der Küste aus gesehen, nicht so leicht auffallen und das Wasser war tief genug, um hier zu ankern. »Vom Wasser aus werden wir allerdings mühelos zu sehen sein und sobald die Ebbe einsetzt, wird das Schiff trocken fallen.«

Was bedeutete, dass eine Flucht für mehrere Stunden unmöglich war. Eine Vorstellung, die niemanden begeisterte. Doch sie brauchten *unbedingt* frische Nahrung. Ihre Vorräte waren ohnehin schon mehr als mager.

Bronagh runzelte besorgt die Stirn, doch sie blieb fest. »Wir müssen das Risiko eingehen. Ohne Nahrung und frisches Wasser werden wir verhungern.«

Diese Aussicht war noch weniger verlockend als die andere.

»Ihr werdet euch schon zu helfen wissen«, meinte Grin gelassen. »Die Küste jedenfalls scheint nicht bewohnt zu sein.« Er wies auf das Land, das von Seeschwalben und Möwen bevölkert wurde. »Mit etwas Glück wird keiner merken, dass ihr überhaupt hier seid.«

Thorlac und Ubbe hievten den Anker ins Wasser, der lediglich aus einem schweren Stein bestand, den man mithilfe eines Lochs in seiner Mitte an ein Tau gebunden hatte. Bronagh gab Grin in der Zwischenzeit von dem Hacksilber, das er gegen Korn, Fleisch, Zwiebeln, Kohl und Bier eintauschen sollte. Es würde sich länger als Wasser in den Fässern halten.

Grin strahlte, als sie ihm den Beutel überreichte. Sie überlegte, wie alt er wohl sein mochte. Er hatte siebzehn Winter hinter sich, als er sein Dorf verließ. Seither mussten mehr als zehn Winter vergangen sein. Die Mühen der Jahre spiegelten sich in seinem breiten Gesicht und auch die See hatte ihre Spuren hinterlassen. Er war stets freundlich und zuverlässig. Sie vertraute ihm und bedauerte es, dass sie bald ohne ihn auskommen mussten. Er würde nicht allein neuen Proviant besorgen. Mieszko, ein alter Wende, den die Abenteuerlust an die Küste verschlagen hatte, begleitete ihn.

»Wir werden ein bis zwei Tage brauchen, bis wir zurück sind. Wartet so lange auf uns.« Grin sprang mit einem eleganten Schwung über das Dollbord, Mieszko, aufgrund seines Alters nicht mehr ganz so geschmeidig, tat es ihm schwerfällig nach. Das Wasser, durch das sie wateten, reichte ihnen bis zur Hüfte. Dann waren sie fort.

Bronagh holte tief Luft. Es gab einiges zu tun. Sie wies Áki und Sylfa an, auf dem Schiff zu bleiben, der Rest der Mannschaft ging an Land. Vielleicht konnten die beiden nordischen Seeleute ein oder zwei der Höckerschwäne erledigen, die mit ihren Jungen durch das Wasser zogen. Sand klebte an ihren nassen Kleidern, als sie das Ufer erreichten. Ein gutes Stück dahinter wuchsen Bäume und Sträucher, aus denen man Brennholz machen konnte. Grein, Loki und Ubbe machten sich auf den Weg, um es zu holen, während Thorlac und Wasif die Frauen bewachten, die aus einem nahen Bach Wasser holten und von den Resten ihres mageren Vorrats ein Essen zubereiteten. Bronagh erschrak fast zu Tode, als ihr ehemaliger Steuermann einen erlegten Schwan vor ihre Füße warf.

»Mach etwas Anständiges zu essen daraus«, giftete er.

Sie war viel zu hungrig, um mit ihm zu streiten und begann, das große Tier zu rupfen. Es würde ohnehin noch lange dauern, bis es endlich garte.

Wasif warf ihr einen vielsagenden Blick zu. Auch er traute dem Mann nicht.

Zu dem Schwan gesellten sich noch zwei weitere. Die Sonne sank, bis sie den verlockenden Geschmack der Schwäne, welche die Nordmänner gefangen hatten, endlich kosteten. Das Feuer war groß und würde weit zu riechen sein. Bronagh zog bei diesem Gedanken unbehaglich die Schultern hoch. Doch sie brauchten etwas zu essen und mit fünfzehn Menschen war es schwer, sich unsichtbar zu machen. Wasif schien ihre Gedanken zu erraten.

»Hab keine Angst«, sagte er liebevoll. »Ich werde die ganze Nacht aufbleiben und Wache halten.«

Bronagh erwiderte seinen freundschaftlichen Blick. Wasif war ihr ein guter Freund geworden. »Nein. Das wirst du nicht tun. Du brauchst Schlaf wie jeder andere. Grein und Loki können die erste Wache übernehmen, während du dich ausruhst. Sie haben heute schon genug gefaulenzt. Danach kannst du tun, was dir beliebt.«

Widerstrebend gab er nach. Er war rechtschaffen müde. Ein bisschen Schlaf würde ihm guttun. »Dann werde ich zusammen mit Ubbe die zweite Wache übernehmen.«

»So ist es besser«, sagte Bronagh in mütterlichem Tonfall.

Wasifs weiche Gesichtszüge nahmen einen ernsten Ton an. »Ich hoffe, Grin kommt bald zurück. Mir ist nicht wohl bei dem Gedanken, für längere Zeit hier festzusitzen.«

Sie legte ihm tröstend die Hand auf den Arm, obwohl auch sie ein ungutes Gefühl hatte. Sicher war es nur die Angst vor neuer Knechtschaft, die sie alle bedrückte. »Das werden wir auch nicht. Sobald Grin zurück ist, verschwinden wir.«

Wasif verrichtete sein Gebet, bevor er einen misstrauischen Blick auf das Schiff warf. Sylfa war zu ihnen ans Ufer gekommen, als die Ebbe einsetzte. Der Knorr war in seinem derzeitigen Zustand nicht befahrbar. Das Wasser war fort und er lag leicht zur Seite geneigt zwischen dem zerdrückten Schilf im Sand. Niemand konnte mit ihm davonsegeln, aber wenn man nicht wusste, wo er sich befand, konnte man ihn auch kaum erkennen. Er hatte Grein und Loki trotzdem eingeschärft, ihn nicht aus den Augen zu lassen und Áki würde zum Schutz der Ladung die Nacht auf den schiefen Planken verbringen. Wasif gähnte herzhaft. Er war furchtbar müde. Mit trägen Bewegungen suchte er sich einen freien Schlafplatz am Feuer. Dann wickelte er sich in seinen Mantel, legte den Krummsäbel neben sich und schob die Rolle des Gebetsteppichs unter seinen Kopf. Flüchtig lauschte er dem Geräusch seines Atems, bis ihn dieser in seinen Träumen davontrug, nach Hause in die Geborgenheit eines Nomadenzeltes.

Wasif schreckte plötzlich auf. Das Feuer war fast gänzlich heruntergebrannt und beleuchtete nur schemenhaft die dunkle Nacht. Er blieb reglos liegen und prüfte den Stand des Mondes. Die Zeit seiner Wache hatte begonnen. War es das drängende Gefühl, endlich aufzustehen, das ihn geweckt hatte? Der innere Rhythmus, der seinen Körper in Gang hielt, oder etwas anderes? Und weshalb hatten ihn Grein und Loki nicht geweckt? Er rührte sich nicht, während seine Augen nach den beiden Wachen suchten. Er fand Loki an die Reste des Brennholzes gelehnt. Sein Kinn war ihm auf die Brust gesunken. Wasif schnaubte verdrossen. Der Mistkerl schlief. Allah allein wusste, was in der Zwischenzeit alles hätte passieren können. Eine plötzliche Bewegung streifte sein Gesichtsfeld. Was war das? Es war Grein, der gurgelnd zu Boden ging. Noch ehe er einen neuen Gedanken fassen konnte, war Wasif auf den Beinen. Der Krummsäbel surrte durch die Luft und traf Greins Mörder. Wasif stieß ein triumphierendes Kriegsgeheul aus und stürmte mit schwingendem Säbel auf das Diebesgesindel los, das plötzlich aus allen Löchern zu kriechen schien.

Bronaghs Blut gefror vor Schreck zu Eis. Ein schauerlicher Schrei gellte durch die Nacht. Noch während sie aufsprang, wusste sie, dass es Wasif war, der geschrien hatte. Sie sah Schatten, die den großen Eunuchen bedrängten, als wäre er ein Keiler, den es zu erlegen galt.

Ein Mann stürzte auf sie zu, in seiner Hand blitzte ein Messer. Sie griff nach der Axt, die neben dem Brennholz gelegen hatte, und hieb ihm mit ungeschickten Händen das flache Blatt auf den Schädel. Dann drehte sie sich. Sein Messer schoss an ihrer Brust vorbei ins Leere. Die Miene des Mannes war verbissen, als er dicht neben dem Feuer auf dem Boden aufschlug. Noch im Sterben war sein Blick feindselig. Sie erkannte die Augen des Steuermanns, die voller Hass auf sie gerichtet waren.

Bronagh stand zitternd neben Wasif. Allein seinem scharfen Spürsinn verdankten sie es, dass sie noch einmal davongekommen waren. Grin und Mieszko hatten sie betrogen. Unter dem Vorwand, frischen Proviant zu beschaffen, hatten sie die Besatzung des Schiffes an Land gelockt. Doch statt der versprochenen Nahrung waren sie mit zwei weiteren Schergen zurückgekehrt, um sie heute Nacht zu überfallen. Die beiden Nordmänner wussten allem Anschein nach Bescheid, was Bronagh ihnen auch ohne weiteres zutraute, aber Grin …

»Das hätte nicht geschehen dürfen.« Wasifs Atem ging immer noch keuchend. Auch ihm war der Schreck deutlich anzusehen. Dagstjarna weinte, während die anderen Mädchen das Feuer schürten, oder sich um die Verletzten kümmerten. Er nahm sie tröstend in den Arm. Grein war tot und Loki hatte natürlich nicht geschlafen. Man hatte ihm die Kehle durchgeschnitten. Wahrscheinlich waren es seine erstickten Geräusche gewesen, die Wasif geweckt hatten. Sylva würde die Nacht nicht überleben. Blieben also nur noch Thorlac, der sich mit Ismails Krummsäbel zur Wehr setzen konnte, Áki, Ubbe und er selbst, um die Frauen zu beschützen. Es war ein schwacher Trost, dass Grin, Mieszko und die beiden Nordmänner ebenfalls tot waren. Die anderen waren geflohen, bevor sie einer der Männer erschlagen konnte. Wasif warf einen prüfenden Blick zum Schiff. Das Wasser stieg wieder.

»Lasst uns die Toten begraben«, sagte er. »Und dann lasst uns verschwinden.«

Sie begruben die Toten tief im Sand. Dann brachen sie in fliegender Hast das Lager ab und flüchteten auf das Schiff. Mit den ersten Strahlen der Sonne segelten sie davon.

»Dies darf nicht noch einmal geschehen«, Wasif sprach mehr zu sich selbst als zu Bronagh, die neben ihm auf dem vorderen Halbdeck hockte.

»Du könntest uns das Kämpfen lehren«, sagte sie nachdenklich.

Wasif hob entrüstet die Brauen. »Wem? Euch Frauen etwa?« Er lachte über diesen Witz.

»Warum nicht?«, erwiderte Bronagh. »Zu allen Zeiten hat es Kämpferinnen gegeben und hast du nicht selbst gesagt, dass ich Manns genug war, um unseren Peiniger zu töten?«

Wasif wiegte nachdenklich den Kopf. Er erinnerte sich noch lebhaft an das, was sie getan hatte. Vielleicht war es besser, wenn die Frauen sich selbst schützen konnten, statt in diesem Fall auf die Hilfe der Männer angewiesen zu sein.

»Nun denn«, erwiderte er, »dann lass uns ausprobieren, ob ihr wenigstens ein bisschen auf euch achten könnt.«

Bronagh lächelte. »Ganz unbrauchbar scheine zumindest ich nicht zu sein. Schließlich war der Steuermann trotz meiner ungeschickten Behandlung so tot wie eine erschlagene Maus.«

Aryana fuhr sich über die schweißnasse Stirn.

»Wie lange dauert das noch?«, bellte Jódís ungehalten.

»Gleich ist es soweit.« Seit dem frühen Morgen bewachte Aryana einen Topf mit Birkenpech, das sie im Freien vorsichtig einkochte, den spielenden Floki im Auge, der manchmal vergaß, in welcher Höhe er sich befand. Inzwischen war es Mittag. Die Sonne brannte unbarmherzig auf sie nieder, deren Qualen durch das rauchende Feuer und den abscheulichen Gestank des Pechs noch verstärkt wurden. Doch es musste sein. Jódís brauchte neue Pfeile. Aryana fächelte sich murrend etwas Luft zu. Jódís und Solveig hatten es sich im Haus gemütlich gemacht. Der fensterlose Raum milderte deutlich die Sommerhitze, während sie hier draußen schmorte. Die Tür stand offen, damit die beiden das Tageslicht ausnutzen konnten. Aryana sah die beiden auf einer der Bänke sitzen und mit gebeugten Köpfen hantieren, während Bestla in absonderlicher Haltung zu ihren Füßen auf dem Rücken lag.

Jódís fertigte besondere Pfeile an, wie Aryana und Solveig mittlerweile wussten. Sie waren so außergewöhnlich wie diejenige, die sie benutzte. – Ein weiterer Beweis für den zähen Überlebenswillen, über den Jódís verfügte. Als sie ihr das erste Mal beim Nähen der Fellmäntel geholfen hatten, war Aryana der sonderbare Dolch aufgefallen, mit dem Jódís die Fäden kürzte. Seine Klinge war dick und unregelmäßig.

»Die Klinge ist aus Feuerstein«, stellte Jódís nüchtern fest. »Als ich eines Tages Futter für meine Ziegen mähte, bin ich zufällig auf eine Flintader gestoßen. Und da es hier oben keinen Schmied gibt, hielt ich es für eine günstige Gelegenheit, den Stein nicht nur zum Feuermachen zu benutzen.«

Jódís lebte hauptsächlich von der Jagd. Der Boden gab nicht so viel her, um über einen ausreichenden Vorrat an Korn und Erbsen oder Kohl zu verfügen. Selbst für die Ziegen musste sie die Leiter hinuntersteigen, um an anderen Stellen Futter zu suchen und es dann mühevoll nach oben zu transportieren. Sie hatte Schlingen, mit denen sie den Tieren Fallen stellte, aber am liebsten jagte sie mit Pfeil und Bogen. Doch Pfeile konnten zerbrechen und Pfeilspitzen gingen allzu leicht verloren. Jódís wusste, dass ein richtig abgeschlagener Feuerstein so scharf wie eine geschliffene Klinge sein konnte. In langen, einsamen Winternächten versuchte sie sich darin, kleine scharfkantige Stücke aus dem Stein zu schlagen, die ihr als Pfeilspitzen dienen konnten. Inzwischen war sie längst eine Meisterin und auf ihr jüngstes Werk – den Dolch, den Aryana entdeckt hatte – besonders stolz.

Das Pech schien jetzt zäh genug zu sein. Aryana nahm ein Stöckchen, tunkte dessen Spitze in die heiße Masse und ließ es an der Luft abkühlen. Dann befühlte sie es vorsichtig mit dem Finger. Es war weder zu fest, noch so flüssig, dass es am Finger klebte oder Fäden zog. Zufrieden nahm sie den Topf vom Feuer, damit es abkühlen konnte.

In der Zwischenzeit hatten Jódís und Solveig Pfeilschäfte aus makellos gewachsenen Baumschösslingen zurechtgestutzt, wofür sie herkömmliche Messer mit einer Eisenklinge benutzten, denn Feuersteinmesser eigneten sich nicht zum Schnitzen.

»Ist das Pech nun endlich fertig?«, brummte Jódís.

Aryana tauchte ihre Hände in einen Eimer, der mit kühlem Quellwasser gefüllt war, und spritzte sich etwas davon mit einem erleichterten Seufzer ins Gesicht.

»Ich denke schon«, erwiderte sie.

Nachdem sich das Pech soweit abgekühlt hatte, dass es zähflüssig, aber nicht mehr kochend heiß war, holten sie den Topf nach drinnen. Jódís tauchte das gekerbte Ende eines Pfeilschaftes in die dunkle Masse, schob die vorbereitete Spitze aus Feuerstein in die nun klebrige Kerbe, bestrich die Verbindung noch einmal mit Pech und umwickelte sie an dieser Stelle mit einer feinen Sehne. Sobald das Pech getrocknet war, würde die Nahtstelle zwischen Holz, Stein und Sehne halten. Aryana und Solveig kümmerten sich um das andere Ende des Pfeilschaftes. Solveig hatte unter einem Adlerhorst Federn aufgelesen. Vorsichtig durchtrennte sie mit einem scharfen Messer den Kiel und teilte so die Federn in der Mitte. Jetzt mussten sie nur noch in gleich große Stücke gekürzt werden, damit Aryana jeweils drei dieser kurzen Stücke mit Birkenpech und einer dünnen Sehne am Pfeil befestigen konnte. Floki beobachtete sie aufmerksam, doch bald erlosch sein Wissensdurst und er widmete sich wieder angenehmeren Aufgaben.

»Streng dich mehr an«, knurrte Jódís, als Aryana voller Stolz ihren ersten befiederten Pfeil hochhielt. »Der Pfeil soll gerade fliegen, damit ich mein Ziel auch treffen kann.«

Aryana schnaufte. Die hagere Frau erinnerte sie an ihre Schwiegermutter, der man auch nie etwas recht machen konnte.

Es dämmerte bereits, als sie endlich fertig waren. Sie waren müde und begnügten sich mit dem Rest der Beeren, die Solveig am Vortag gesammelt hatte.

»Morgen gehe ich auf die Jagd«, erklärte Jódís, nachdem die Ziegen gemolken und Meyla versorgt war. »Du wirst mit mir kommen«, ihr dürrer, vom Pech geschwärzter Finger zeigte auf Aryana.

»Warum?«, fragte Aryana verblüfft.

»Weil du dich dabei nützlich machen kannst.« Mehr sagte Jódís nicht. Sie setzte sich auf ihre Schlafbank, wo Bestla sich schon gemütlich räkelte und die langen Vorderbeine von sich streckte. Jede Nacht lag der Hund wie ein Liebhaber auf ihrer Schlafstätte. Jódís schien nichts Schlimmes daran zu finden. Mit einem langgezogenen Seufzer schmiegte sie sich an das große Tier und bald drangen Schnarchlaute durch das Haus, die verkündeten, dass sowohl Jódís als auch Bestla schliefen.

Am nächsten Morgen kletterten die beiden Frauen die Leiter hinunter, während Solveig bei Floki und Meyla blieb. Aryanas Beine zitterten dabei immer noch, obwohl sie nun schon ein paar Mal nach unten und wieder hinaufgeklettert war. Es blieb ihr gar nichts anderes übrig, denn hin und wieder musste sie Jódís helfen, das Gras für die Ziegen herbeizuschaffen. Schließlich gehörte ihr selbst eine davon.

Jódís stieß einen lauten Pfiff aus, als sie unten angekommen war. Aryana wusste schon, was geschehen würde. Wie durch ein Wunder erschien Bestla und gesellte sich zu ihrer Herrin. »Sie nimmt einen anderen Weg«, hatte Jódís ihr erklärt, »einen, der für Menschen nicht begehbar ist, aber Bestla schafft ihn ohne große Mühe.« Jódís hatte ihren Bogen dabei und einen Köcher frischer Pfeile. Sie brauchte frischen Vorrat an Fleisch, denn der Verbrauch war durch drei weitere Mitbewohner in ihrem Haus sprunghaft angestiegen. Vor zwölf Tagen hatte Jódís den weiten Weg zur Gaula auf sich genommen, um Lachse zu fangen und war zwei Tage später mit drei ansehnlichen Tieren auf der Bergterrasse erschienen. Sie hatte zwei davon in den Räucherofen gehängt, der aus einem simplen Holzfass bestand, das auf einem Unterbau aus Lehm thronte. Im Vorderteil dieses Sockels entzündete Jódís ein schwelendes Feuer, dessen Rauch in das Fass geleitet wurde und so die Fische haltbar machte. Den anderen Lachs hatten sie heißhungrig verschlungen. Doch nun waren die Fische fast aufgebraucht und neue Nahrung musste beschafft werden.

Sie wanderten lange durch die gebirgige Landschaft und kontrollierten Schlingen, die unauffällig an Wildpfaden oder möglichen Futterplätzen angebracht waren. Ihre Ausbeute bestand aus zwei Birkhühnern, die einen herben Geschmack verströmten. An einem See, an dessen Ufer das Wollgras wie eine Flut kleiner Schneebälle blühte, rasteten sie und tranken von dem kühlen Wasser. Bestla schnüffelte, sprang voraus, sobald sie weiterzogen, und kehrte immer wieder zu ihnen zurück. Plötzlich stutzte Aryana. Der Hund hielt mit angewinkelter Pfote mitten in der Bewegung inne, als wäre er plötzlich zu Eis erstarrt. Seine Augen hefteten sich gebannt auf etwas, das sie zunächst nicht sehen konnte. Jódís bedeutete ihr mit einer Geste, auf ihrem Platz zu bleiben, während sie lautlos weiter in die Richtung schlich, in der Bestla etwas entdeckt haben musste. Ein Ast zitterte und nun sah Aryana, was Bestla zum Stehen gebracht hatte: Ein Hirsch äste zwischen den Bäumen. Sein Fell passte in einer fast vollkommenen Tarnung zu den Farben der Landschaft. Aryana hielt den Atem an. Würde Jódís es schaffen, so nah an ihn heranzukommen, dass sie einen tödlichen Schuss setzen konnte? Die Zeit, in der sich Jódís dem Hirsch näherte, wurde für Aryana zu einer Geduldsprobe. Endlich erschien ihr der Abstand zu dem Tier günstig zu sein. Gebannt sah Aryana zu, wie sie den Bogen spannte, der Pfeil von der Sehne schnellte und dem Hirsch in die Brust drang. Der Schreck ließ ihn für einen Moment erstarren, doch dann besann er sich und rannte in wilder Flucht davon. Bestla setzte ihm sofort hinterher.

Der Hirsch kam nicht weit. Bestla bewachte den toten Körper, bis Jódís und Aryana sie eingeholt hatten, ohne ihn anzurühren.

»Na also«, Jódís betrachtete zufrieden ihre Beute.

»Ein hervorragender Schuss«, stellte Aryana bewundernd fest.

»Nun müssen wir ihn nur noch nach Hause schaffen«, bemerkte Jódís trocken. Dies sollte sich als weitaus schwieriger erweisen, als den Hirsch zu töten. Jódís entfernte die Eingeweide des Tieres und wies Aryana an, einen stabilen Ast zu suchen, der ihnen als Tragstange dienen konnte. Nachdem sie die überflüssigen Zweige entfernt hatten, griff Jódís in ihren Beutel und zog zwei aus Tiersehnen gedrehte Schnüre hervor. Mit deren Hilfe befestigten sie die Beine des Hirsches an der Stange und stemmten sich die schwere Last auf die Schulter. Jetzt begriff Aryana, wie nützlich sie sich machen konnte.

Es wurde ein langer, schweißtreibender Weg. Das Licht begann zu schwinden, als sie endlich die Leiter erreichten, die dem Hof ihren Namen gab. Die Seilwinde war eine Erleichterung und als der Hirsch schließlich vor dem kleinen Häuschen lag, setzte sich Aryana vollkommen erschöpft ins kurze Gras. Floki freute sich, sie wiederzusehen und fiel sogar Bestla um den Hals, vor der er keine Scheu hatte. Aryana brachte nicht mehr als ein müdes Lächeln für ihn zustande.

»Was hast du?«, fragte Jódís verständnislos.

Solveig, die über ebenso wenig Mitgefühl wie Jódís verfügte, drückte ihr Meyla in den Arm. »Sie braucht bald wieder ihre Milch«, sagte sie, beleidigt darüber, dass sie den ganzen Tag allein mit den Kindern verbringen musste.

Ergeben nahm Aryana die Kleine, die freundlich vor sich hin plapperte, und sah Jódís dabei zu, wie sie dem Hirsch gekonnt das Fell abzog. Wieder benutzte sie den Dolch mit der Feuersteinklinge, der sich hervorragend dafür eignete. Anschließend zerteilte sie das Tier, von dem sie so gut wie alles verwerten konnte: Fleisch, Fell, Knochen, Geweih, Gedärme und Sehnen. Den Rest bekam Bestla, die schon gierig darauf wartete. Mit großen Bissen schlang der Hund die wenigen Brocken hinunter und legte sich dann zufrieden neben Aryana, um sie aus treuherzigen Augen anzublicken. Schleim tropfte von den hängenden Lefzen, doch Aryana konnte nichts anders. Sie hob vorsichtig die Hand und kraulte Bestla hinter dem Ohr. Der große Hund seufzte zufrieden, rülpste laut und schloss wohlig die Augen. Es war seltsam, Bestla war nach wie vor hässlich, doch Aryana spürte eine leise Zuneigung für das furchteinflößende Tier, was nicht zuletzt daran lag, dass so etwas wie Freundlichkeit von dem grobschlächtigen Körper ausging.

heyannir – Heumonat

Aryana schleppte frisches Heu die Leiter hinauf, das sie auf einer Bergwiese gemäht hatten. Die Scheune musste für den Winter gefüllt werden, damit die Ziegen genug zu fressen bekamen. Karg genug war es ohnehin. Jódís hatte ihnen erzählt, dass sie es oft mit trockenem Laub und kleinen Zweigen streckte, um die Tiere über den Winter zu bringen. Doch sie liebte die Milch und würde nur ungern darauf verzichten.

Aryana lächelte bei dem Gedanken, wie sie sich angestellt hatte, als sie das erste Mal die hohe Leiter erklimmen musste. Seither hatte sie es viele Male getan und nun ging es ganz von allein, selbst mit der schweren Last, die sie auf dem Rücken trug. Trotzdem war sie froh, endlich oben zu sein. Das Flechtwerk der Kiepe drückte ihr ins Kreuz, das schweißnass von der Anstrengung war. Oben angekommen trug sie den großen Tragekorb zur Scheune, um seinen Inhalt mit einem Seufzer der Erleichterung auf den Heuhaufen zu kippen.

Floki tollte über die Wiese, die das Haus umgab. Sie gesellte sich zu ihm und ging mit ihm ins Haus, um einen kräftigen Schluck Wasser zu trinken, das Solveig von der nahen Quelle geholt hatte. Meyla lag auf der Schlafbank und stieß prustend die Luft aus den vollen Backen. Kleine Bläschen bildeten sich vor ihrem Mund und liefen ihr als feuchte Spur über das Kinn. Sie lachte, als sie Aryana erkannte. Aryana drückte ihr einen Kuss auf die Wange, dann wandte sie sich Solveig zu, die aus der überschüssigen Ziegenmilch Käse herstellte.

»Wo ist Jódís?«

»Sie kontrolliert die Fallen. Du sollst den Rest des Heus noch heute in die Scheune schaffen. Es riecht nach Regen, hat sie gesagt.«

»So, so«, schnaubte Aryana. Es war noch eine Menge Arbeit, das gesamte Heu nach oben zu bringen. »Und woher weiß sie das?« Draußen herrschte strahlender Sonnenschein.

Solveig zuckte mit den Schultern. »Ich habe nicht die geringste Ahnung.«

»Also gut«, Aryana tauchte ihre Hände in das kühle Wasser und ließ ein paar Tropfen über den erhitzten Rücken rieseln. Die Härchen in ihrem Nacken stellten sich vor Behagen auf. »Dann werde ich mich wieder auf den Weg machen.«

Als Aryana die zweite Ladung Heu in die Scheune brachte, preschte Bestla laut bellend auf das Haus zu. Sie kratzte an der Tür, bis Solveig erschrocken öffnete.

»Was gibt es, Bestla?« Solveig war ebenso erstaunt wie Aryana, dass der Hund ohne Jódís zurückgekehrt war. Normalerweise trennte sich Bestla nur von ihrer Herrin, wenn sie selbst auf die Jagd ging, um ihren großen Bedarf an Futter zu decken. Vielleicht hatte sie dies heute getan und fand Jódís nun nicht mehr wieder.

»Sie wird schon noch kommen«, erwiderte Aryana ohne allzu große Besorgnis. Jódís war ein zäher Brocken.

Der Hund ließ ihnen keine Ruhe. Aufgeregt lief er immer wieder ein kurzes Stück davon, um kurz darauf laut bellend zurückzukehren.

»Ob nicht doch etwas geschehen ist?«, fragte Solveig zweifelnd.

Wie zur Antwort trat Bestla mit einer ihrer großen Pfoten nach Aryanas Schenkel.

»Au, du tust mir weh«, mahnte sie Aryana empört, doch Bestla hörte nicht auf und von Jódís war nach wie vor nichts zu sehen. »Ich werde sehen, ob ich sie finde«, sagte Aryana schließlich. »Du bleibst hier und kümmerst dich um die Kinder.«

»Es hätte mich auch gewundert, wenn du etwas anderes gesagt hättest«, meinte Solveig verdrießlich.

Aryana hatte jetzt keine Zeit für die Befindlichkeiten ihrer Schwägerin. Sie füllte einen Schlauch mit Wasser, ging entschlossen zur Leiter und stieg hinunter. »Zeig mir, wo deine Herrin ist«, befahl sie Bestla, als diese bei ihr ankam.

Der Weg war weit. Bestla rannte immer wieder voraus, um ungeduldig bellend darauf zu warten, dass Aryana endlich nachkam. Inzwischen war Aryana davon überzeugt, dass Jódís etwas zugestoßen sein musste, denn sie war nirgendwo zu sehen und der Hund benahm sich wie ein äußerst besorgter Liebhaber. Bestla führte sie immer tiefer ins Gebirge. Dann kamen sie durch ein Waldstück, das nur aus Nadelbäumen bestand. Ein großer, dunkler Fleck im sonnendurchfluteten Grün des restlichen Waldes. Den Boden bedeckte ein rostbrauner Teppich aus abgestorbenen Tannennadeln. Es war unheimlich und irgendwie gefährlich, darin zu gehen. Verstohlen sah sich Aryana um. Sie wusste, dass es in dieser Gegend Wölfe, Luchse und Bären gab, die schneller rannten als sie.

»Bestla!« Ihr Ruf klang wie ein Schrei, heiser und ängstlich. Sie konnte Bestla nirgendwo entdecken. Furcht kroch ihr wie eine Schlange den Rücken herauf. Sie fing an zu rennen. Wo war bloß dieser verdammte Hund? Am Ende des Waldstücks fand sie ihn. Er wartete ungeduldig am Rand einer Senke. Vor Erleichterung hätte sie Bestla küssen mögen, stattdessen tätschelte sie ihr über den großen Kopf. Bestla kümmerte sich nicht sonderlich darum. Sie schickte sich an, eine abschüssige Stelle hinunterzusteigen. Wachholderbüsche standen zwischen Bäumen und Felsbrocken, die wie hingestreut aus der Erde ragten. Nun endlich entdeckte Aryana, was Bestla aus der Fassung gebracht hatte. Jódís lag bäuchlings am Hang. Sie musste abgestürzt sein, etwas, was zu der berggewohnten Frau nicht passte. Vielleicht war sie gestolpert und hatte das Gleichgewicht verloren? Ihr Oberkörper hing über einem Felsbrocken, der den Sturz abgefangen hatte, doch auf dem Stein klebte Blut. Bestla war in der Zwischenzeit bei Jódís angekommen. Sie beschnüffelte das Gesicht ihrer Herrin und stieß dann mit der Nase leicht in ihre Seite. Jódís rührte sich nicht. Aryana fuhr der Schreck durch die Glieder. Die hagere Frau sah aus wie tot. Hastig machte sie sich an den Abstieg. Die Eile ließ ihren Fuß abgleiten und sie rutschte das letzte Stück auf ihrer Kehrseite hinunter. Dort wies sie Bestla an, zur Seite zu treten. Der Hund gehorchte mit einem beleidigten »Wuff«, nicht ohne Jódís auch nur einen Moment aus den Augen zu lassen. Aryana drehte Jódís vorsichtig auf den Rücken. Gott sei Dank, sie atmete noch, doch sie sah schrecklich aus. Eingetrocknetes Blut, das von einem großen geschwollenen Riss auf ihrer Stirn herrührte, verunstaltete Gesicht und Haare. Aryana befühlte Jódís Knochen. Sie fand keine Bruchstelle. Außer ein paar Blutergüssen schien ihr sonst nichts zu fehlen. Doch sie war immer noch besinnungslos und es sah nicht danach aus, als ob sie in nächster Zeit erwachen würde.

»Was machen wir nur?«, wandte sich Aryana an Bestla, obwohl sie natürlich wusste, dass der Hund ihr nicht antworten konnte. Bestla sah sie aus triefenden Augen an. Aryana begann zu ahnen, dass das Tier genau wusste, wie schlimm es um seine Herrin stand. Sie betrachtete den Hang, der etwa zwanzig Schritte unter ihr in einem breiten, trockenen Graben endete. Sie musste versuchen, Jódís nach unten zu schaffen. Sie war vollkommen außer Atem, als sie die bewusstlose Frau endlich in dem Graben auf trockenes Laub gebettet hatte. Dann riss sie ein Stück vom Saum ihres Unterkleids und träufelte Wasser aus dem Schlauch, den sie mitgenommen hatte, darauf. Sacht wusch sie damit die Wunde an Jódís Stirn. Ein schmerzvolles Stöhnen ließ sie für einen Moment innehalten, dann verband sie mit einem weiteren Streifen den gesäuberten Riss. Mehr konnte sie im Moment nicht tun. Nachdenklich betrachtete sie das Gesicht der sonderbaren Frau. Sie war um einiges jünger als Erindís, aber ihre von der Sonne verbrannte Haut wirkte so alt und zäh wie gegerbtes Leder. Der sehnige Körper strahlte trotz seiner Magerkeit eine unverwüstliche Robustheit aus. Sie mochte nicht daran glauben, dass Jódís so einfach sterben würde. Doch der immer noch andauernde Zustand der Ohnmacht bereitete ihr Sorge. Es war nur wenig, was sie für sie tun konnte. Auf jeden Fall würden sie die Nacht hier verbringen müssen. Die Sonne verschwand schon hinter dem Berggipfel, der sich über ihnen gen Himmel wölbte. Sie konnte nur hoffen, dass Jódís am folgenden Tag wieder bei Sinnen war und kräftig genug sein würde, um den anstrengenden Heimweg zu schaffen.

»Bleib bei ihr«, befahl sie Bestla, dann machte sie sich in der Dämmerung daran, Brennholz zu suchen, damit sie es in der Dunkelheit wenigstens ein bisschen wärmer hatten. Sobald die Sonne verschwand, wurde es im Gebirge empfindlich kühl. Keine der beiden Frauen hatte einen Mantel dabei, denn als sie aufbrachen, war der Tag schön und heiß gewesen. Nachdem sie genug Holz gesammelt hatte, holte sie einen Feuerstein aus dem Beutel, der an ihrem Gürtel hing. Zunder gab es im Wald zur Genüge und bald brannte ein wärmendes Feuer, dessen Schein in die Nacht zuckte. Bestla hatte sich neben ihre Herrin gelegt. Sie schenkte Jódís auf ihre Art Trost und Wärme. Als alles getan war, hockte sich Aryana zu Jódís Füßen, die sie so dicht wie möglich ans Feuer gelegt hatte. Erschöpft lauschte sie den unheimlichen Geräuschen der Nacht. Das gespenstische Heulen eines Wolfes ertönte und ließ in Aryana Trugbilder von reißenden Bestien und großen, wütenden Trollen entstehen. Diese verdammten Trolle. Wie kam sie jetzt nur darauf? Aldis hatte ihnen einmal erzählt, das die Trolle in den Fjells lebten, wo sie sich tagsüber in ihren Höhlen oder im Wald versteckten. Aber nachts kamen sie heraus und gingen auf die Jagd nach unvorsichtigen Frauen, um sie in ihre Höhle zu zerren. Gott allein wusste, was sie dort mit ihnen anstellten. »Pah, nichts weiter als ein Märchen«, sagte sie laut und erschrak über ihre eigene Stimme. Doch auch in ihrer Heimat gab es Gerüchte über die Schattenwesen, die nachts in den Wäldern umherstreifen. Unheimliche Geschöpfe, die ihre Gestalt wechseln konnten und vor denen man sich in Acht nehmen musste. Die Haare standen ihr förmlich zu Berge, als kurz darauf ein Ast knackte. War da vorne etwas? Sie versuchte, mit ihren Augen die Dunkelheit zu durchdringen. Wenig später zerriss der Schrei einer Eule geisterhaft die Luft. Ihr Blut schien vor Angst zu gefrieren. Sie warf einen Blick auf Bestla und atmete auf. Sie lag auf ihrem Platz neben Jódís. Wenigstens war der Hund da, um sie zu beschützen, doch ob er gegen ein ganzes Wolfsrudel oder einen Troll etwas ausrichten konnte? Wenn doch nur Leif hier wäre! Er würde sie jetzt beschützen. Eine überwältigende Sehnsucht fraß sich in ihr Herz. Wie es ihm wohl gehen mochte? Sorgte Aldis gut für ihn? Konnte er den Schmerz und die Trauer halbwegs überwinden? Sie lächelte. Bestimmt hatte er sich in die Arbeit gestürzt. Das tat er immer, wenn er über etwas hinwegkommen musste. So wie damals, als ihr Sohn gestorben war. Ihr Herz krampfte sich bei dem Gedanken an das kleine Wesen zusammen, das sie verloren hatten. Nun war auch Cuthbert von ihnen gegangen und Signy … So viele Tote in solch kurzer Zeit. Leif hatte ihr versprochen, nichts Unüberlegtes zu tun. Sie hoffte, dass er sich daran hielt. Fast zwei Monate waren vergangen, seit er sie mit Erindís in die Fjells geschickt hatte. Wann würde er endlich kommen, um sie zu holen? Die Männer waren damals in den Krieg gezogen. Sie *wusste* nicht einmal, ob er noch lebte. Vielleicht war das der Grund, weshalb er nicht kam? Vielleicht waren sie alle tot und sie hatte keine Ahnung davon? Ihr Kopf schien zu platzen bei all den schrecklichen Möglichkeiten, die ihm zugestoßen sein konnten. Sie würde es nicht ertragen, wenn sie auch noch ihren Mann verlieren würde. Aufgewühlt und voller Sorge flüchtete sie sich in ein Gebet und befahl dem alles an, der das Leben in seiner Hand hielt.

Ein großer Tropfen klatschte plötzlich auf ihren Scheitel. Auch das noch! Kurz darauf folgte ein Regenguss, der sich zischend ins Feuer ergoss und sie bis auf die Haut durchnässte. Jódís sollte also recht behalten, dachte Aryana knurrend, während sie das Feuer in Gang zu halten versuchte. Hatte sie doch schon heute Morgen prophezeit, dass es Regen geben würde, und sie konnte nun sehen, wie sie damit zurechtkam. Sie beugte sich über die immer noch besinnungslose Frau und versuchte ihr den Regen aus dem Gesicht zu wischen. Es nutzte nicht viel. Der Stoff ihres Kleides war zu durchnässt, um etwas damit zu trocknen. Bestla hatte sich nicht vom Fleck gerührt. Sie spürte die Wärme, die von dem Hundekörper ausging. Sie hatte etwas Tröstliches.

Jódís Verband war ebenfalls nass und ein großer dunkler Fleck prangte in seiner Mitte. Plötzlich drang ein Laut an Aryanas Ohr. Ein Grollen aus der Tiefe einer Kehle. Überrascht hielt Aryana inne. War es der Hund, der dieses Geräusch verursacht hatte? Doch Bestla hob ebenso erstaunt den Kopf wie sie selbst. Sie drehte Jódís Gesicht mehr zum Feuer, um es besser erkennen zu können. Tatsächlich öffnete sie wenig später angestrengt ein Auge und betrachtete Aryana so erstaunt, als ob sie diese noch nie gesehen hätte. Während die

Flammen sich zuckend an ihrer Wange spiegelten, forschte Jódís nachdenklich in Aryanas Gesicht.

»Ach, du bist es«, sagte sie schließlich. Aryana war sich nicht sicher, ob Dankbarkeit oder Freude in ihrer Stimme schwangen.

»Ja, ich bin es«, sagte sie froh und die Angst in ihr wich ein wenig. »Schlaf jetzt. Ich bleibe bei dir.«

Als Aryana am nächsten Morgen zitternd vor Kälte aus dem Schlaf hochschreckte, war Jódís bereits wach.

»Wie geht es dir heute?«, fragte sie.

»Siehst ... du das ... nicht?« antwortete Jódís stockend, aber eindeutig mürrisch.

Aryana war erleichtert darüber, dass Jódís bei klarem Verstand zu sein schien, obwohl man nun zweifellos sagen konnte, dass auch in dieser Lage weder Freundlichkeit noch Dankbarkeit zu den Grundzügen ihres Wesens gehörten. Doch sie war so schwach, dass sie nicht einmal sitzen konnte. Wie um alles in der Welt sollte sie Jódís in diesem Zustand nach Stigen zurückbringen?

Zuerst einmal würde sie das Feuer schüren. Bestla war für kurze Zeit in den Büschen verschwunden und bettete anschließend ihren schweren Kopf auf den eingefallenen Bauch ihrer Herrin. Jódís schien das nicht zu stören. Sie schloss die Augen und Aryana ließ die beiden in Frieden, um nach etwas Essbarem zu suchen. Der Boden federte weich und feucht unter ihren Füßen. Ihr Magen knurrte bedenklich und der Dunst, der zwischen den Bäumen hing und die Täler mit einem weißen Schleier bedeckte, hob ihre Stimmung nicht sonderlich. Das nächtliche Feuer hatte zwar ihr Kleid notdürftig getrocknet, doch sie fühlte sich immer noch ungemütlich und klamm. Zu ihrer Erleichterung fand sie bald darauf mehrere Preiselbeersträucher, deren Beeren rot und reif zwischen zartem, dunkelgrünem Laub leuchteten. Sie verschlang die Beeren hungrig, pflückte den Rest in die Schürze ihres Trägerrocks und kehrte zu Jódís und Bestla zurück. Jódís aß nur ein paar Beeren, dann drehte sie den Kopf zur Seite und erbrach sich ins Laub. Aryana runzelte nachdenklich die Stirn. Sie musste einen Weg finden, wie sie Jódís nach Hause bringen konnte. Sie würde nicht noch eine Nacht allein mit ihr im Wald verbringen. Jódís brauchte eine warme Schlafbank und ein anständiges Dach über dem Kopf. – Solveig würde sich ohnehin schon Sorgen machen. Laufen konnte Jódís auf gar keinen Fall. Sie nach Hause zu schleppen schied ebenfalls aus, denn trotz ihres mageren Aussehens war sie auf Dauer viel zu schwer. Selbst der Hund würde sie nicht tragen können. Ein Gedanke durchzuckte ihr Gehirn wie ein Blitz. *Der Hund.* Gab es eine Möglichkeit, mit der sich Bestla nützlich machen konnte? Vielleicht konnte sie ihre Herrin ziehen, statt tragen? Groß genug war sie ja. Aryana stand auf und lief suchend umher, während Jódís matt und mit geschlossenen Augen am Boden lag, unfähig, auch nur zu sprechen. Sie kam mit Ästen und biegsamen Zweigen zurück, die sie miteinander verflocht und daraus eine Art Schlitten baute. Dann nahm sie Jódís den Gürtel ab, verband ihn mit ihrem eigenen und vervollständigte das Ganze mit schlanken Zweigen. Das Ergebnis war ein notdürftiges Geschirr für Bestla, mit dessen Hilfe sie den Schlitten hoffentlich ziehen konnte. Anschließend rollte sie Jódís auf das flache Gestell.

»Bestla, komm her.« Sie wies den großen Hund an, vor den Schlitten zu treten, und schob ihm das Geschirr über den Kopf. Bestla brauchte eine Weile, bis sie begriff, was sie tun sollte, doch dann setzte sich der Schlitten in Bewegung und sie legte ihre ganze Kraft in das Bemühen, ihre Herrin nach Hause zu ziehen. Es wurde eine lange, unbequeme Reise. Der Schlitten holperte über jeden Stein und jede Unebenheit, schreckte Lemminge und andere Winzlinge aus Moos und Gräsern auf, doch es war immer noch besser als zu laufen. Aryana hastete zwischen Jódís und dem Hund hin und her. Sobald der Weg anstieg, lief Jódís Gefahr, aus dem Schlitten zu fallen. Aryana musste sie stützen, damit dies nicht geschah. Dann wieder brach Bestlas Geschirr auseinander und musste geflickt werden. Sie benötigten einen ganzen Tag, bis sie endlich die Leiter erreichten. Jódís hatte sich in regelmäßigen Abständen übergeben und am Ende hätte es Aryana ihr gleichgetan, wenn noch irgendetwas in ihrem

Magen gewesen wäre. Eine purpurne Sonne sank hinter die Fjells, als sie ihren Fuß auf die erste Sprosse stellte. Solveig war überglücklich, sie wiederzusehen. Floki tollte wie ein ausgelassenes Pferdchen um sie herum, selbst Meyla gluckste zufrieden, als sie ihre Pflegemutter erkannte. Ein Gefühl der Erleichterung beschlich Aryana. Sie hatten es geschafft! Sie hievten Jódís mithilfe der Seilwinde, die wirklich ein Segen war, den Berg hinauf. Jódís schloss erschöpft die Augen, als sie endlich warm zugedeckt und ohne ständiges Gerüttel auf ihrer Schlafbank lag. Aryana flößte ihr etwas warme Ziegenmilch ein, bevor sie nach der Wunde sah. Der Riss klaffte. Er würde eine hässliche Narbe hinterlassen, doch er sah nicht entzündet aus.

»Tut dir etwas weh?«, fragte Aryana.

Jódís lachte bitter. »Nach deiner lieblichen Behandlung tut mir so gut wie alles weh«, sagte sie schwach. »Und ich habe entsetzliche Kopfschmerzen.«

»Deine Dankbarkeit rührt mich wirklich sehr«, sagte Aryana in ironischem Tonfall. »Wenn du mich jetzt entschuldigen würdest. Ich bin kurz davor zu verhungern.« Mit diesen Worten überließ sie Jódís ihrem Schicksal und genoss ein reichliches Mahl, das Solveig zubereitet hatte.

Hakon räkelte sich im Sattel und reckte sein Gesicht der milden Sonne des Spätsommers entgegen. Der Geschmack des Heus, das auf den Wiesen geerntet und zu großen Garben gebündelt wurde, stieg ihm in die Nase. In den nächsten Tagen würde es auf Karren geladen und in die Scheunen gebracht werden. Das Korn stand knisternd und golden in den Ähren. Nach dem Heu würden sie die Ernte einbringen, die dieses Jahr beträchtlich ausfallen würde.

Ein prächtiger Sommer neigte sich dem Ende zu. Ein Sommer, den sie letztendlich zu Hause verbracht hatten. Niemand hatte es gewagt, die Siedlung für längere Zeit zu verlassen. Zu groß war die Bedrohung, die von Sigurd und seinen Schergen ausging. Sie konnten jederzeit zurückkommen und er selbst hatte sich zu schwach gefühlt, um nach der Schlacht seine Männer auf eine Wikingfahrt zu führen. Das Gelenk seiner Schwerthand schmerzte wieder einmal. Nach ihrem Sieg war er in seine alte Lebensweise zurückgefallen. Er wollte nicht länger auf die Vorzüge eines köstlichen Mahls und die Wirkung von Bier und Met verzichten, doch er verfluchte den körperlichen Verfall, der nun immer rascher vonstattenging.

Bis jetzt war Sigurd nicht mehr aufgetaucht. Wahrscheinlich war der Hund schon längst seinen Verletzungen erlegen. Allmählich entspannte sich die Lage. Die Bewohner der Siedlung begannen ihn zu vergessen und auch Hakon glaubte nicht mehr daran, dass er eines Tages zurückkehren würde.

Hakons Gedanken wanderten zu seinem Sohn. Es ärgerte ihn, dass sich Leif in der Siedlung nicht mehr hatte blicken lassen, obwohl er überaus freundlich und gütig zu ihm gewesen war. »Sturschädel« hatten sie ihn früher genannt. Er machte diesem Namen wieder einmal alle Ehre. Hrut war ein paar Mal bei ihm gewesen, doch auch er konnte ihn nicht dazu bewegen, seinen Vater zu besuchen. Er trauerte um seinen Priesterfreund und hatte es noch nicht gewagt, Aryana aus den Fjells zu holen. Hakon hätte es begrüßt, wenn sie für immer dort geblieben wäre. Die Zeit würde auch diese Wunden heilen und in seinen Träumen sah Hakon, wie Leif in der Siedlung ein und aus ging. Frei von allem, was ihm den Kopf verdreht hatte, und das tat, wozu er geboren wurde. Dieser Gedanke beruhigte ihn und er galoppierte mit Flugnir über die abgeernteten Wiesen, bis die Erschöpfung ihn zurück in seine Halle trieb.

Die schmale Sichel des Mondes beschien in dieser Nacht nur dürftig das dunkle Wasser. Zwei Schiffe mit abgesenktem Mast ruderten unbemerkt in die Mündung des Nid. Das rauschende Plätschern des Flusses verbarg die Geräusche der ins Wasser tauchenden Riemen und das Ächzen der hölzernen Schiffskörper fast gänzlich. Nach einer Weile roch der Anführer der Drekis die Nähe der Häuser, die sich in einer Reihe an das Flussufer schmiegten. Den schwachen Rauch der Herdfeuer und den Geruch von Mensch und Tier. Er gab seinen

Männern ein Zeichen, damit sie die Schiffe festmachten, dann ging er mit zehn seiner Krieger an Land.

Er war noch ein Jüngling mit flachsblondem Haar und feingliedrigem Körperbau. Eine wulstige Narbe, die sich bis zur Nasenwurzel zog, verunstaltete das hübsche Jungengesicht mit den hellen Augen. Sein Herz brannte vor Zorn über die Schande, die man ihm zugefügt hatte, doch er war Sigurd, der Falke, Nachfahre von Ogvald aus dem Geschlecht der Riesen. So leicht würde er sich nicht geschlagen geben. Überdies schienen ihm die Götter wohlgesinnt zu sein. Er war nur knapp dem Tod entronnen, aber er *war* wieder gesund geworden. Sein Helm hatte die Wucht des Schwerthiebs abgefangen. Zwar konnte er nicht verhindern, dass eine große, klaffende Wunde seinen Schädel verletzte, der Knochen jedoch blieb unversehrt. Die Schmerzen, die der heftige Schlag ausgelöst hatte, waren schier unerträglich gewesen, während das Wundfieber ihn wie glühende Kohlen verzehrte. Als es ihm besser ging, hatte er Örn befohlen, neue Krieger auszuheben, damit sie die Toten ersetzen konnten. Nun war er zurück, wütender und stärker als je zuvor. Alles in ihm drängte nach Rache. Rache, die vernichtend sein und den Ruf, den er verloren hatte, wieder herstellen würde.

Geduckt schlichen sie auf die Häuser zu. Das Dorf lag in tiefem Schlaf. Niemand bemerkte, wie sie sich am Flussufer entlang tasteten, und selbst bei Vollmond würde die Wache der Siedlung sie hier nicht entdecken können.

Die Häuser waren solide gebaut und die Türen nachts verriegelt, doch er wusste, wie er die Bauern hinaustreiben konnte. Sigurd nahm das kleine Feuertöpfchen, das er bei sich trug. Er hielt einen mit Pech getränkten Lappen, den er an einer Pfeilspitze befestigt hatte, in die schwelende Glut und schoss damit auf eines der Dächer. Die von der Sonne ausgedörrte Grasbedeckung begann sachte zu glimmen. Sigurd nahm einen weiteren Pfeil und setzte ihn ein Stück daneben, während seine Männer sich um die anderen Dächer kümmerten. Ein befriedigtes Lächeln huschte über seine Lippen. Es war klug, die Häuser von der Flussseite aus zu beschießen. Von der Siedlung aus würde man es nicht sehen und die Dorfbewohner würden das Feuer erst entdecken, wenn es sie aus dem Schlaf riss. Bis dahin war noch etwas Zeit. Sobald die Dachstühle richtig brannten, würden seine Männer bereit sein. Er hatte ihnen befohlen, auf den Schiffen zu bleiben, bis es so weit war. Örn hatte es ihm geraten, um eine schnelle Flucht zu ermöglichen, falls der Plan misslang. Der alte Mann war für seinen Geschmack etwas zu ängstlich, aber vielleicht hatte er dieses Mal recht. Sie hatten schon einmal Hals über Kopf fliehen müssen.

Ein drängendes Gefühl ließ Asvald erwachen. Seine Blase drückte – bereits das zweite Mal in dieser Nacht. Asvald seufzte und versuchte nicht weiter darauf zu achten, doch es gelang ihm nicht. Missmutig erhob er sich schließlich und schlurfte ins Freie. Das wiederholte nächtliche Aufstehen verdarb ihm die Freude am Schlafen und die Tatsache, dass sich langsam aber sicher die ersten Zeichen des Alters einstellten, trug nicht zur Verbesserung seiner Stimmung bei. – Nicht einmal mehr anständig pissen konnte er.

Die Dunkelheit schlug ihm wie eine unsichtbare Wand entgegen. Er brauchte eine Weile, bis sich seine Augen daran gewöhnt hatten. Der Wind fuhr ihm kühl unter die Tunika und die feinen Härchen seiner Haut richteten sich auf. Nun schnell zum Misthaufen und danach wieder hinein in die Wärme seiner Schlafbank. Er war noch nicht weit von der Tür entfernt, als ihn ein Geräusch vom Fluss her erstarren ließ. Was war das? Noch bevor er einen vernünftigen Gedanken fassen konnte, stach ihm der Geruch nach brennendem Pech in die Nase. Dann sah er das Aufleuchten eines Brandpfeils, bevor er im Schatten der Dächer verschwand. Asvald keuchte auf. Rasch ging er die paar Schritte zurück, öffnete die Tür einen Spaltbreit und schlüpfte hindurch. Helga und die Kinder schliefen, ohne die geringste Ahnung, was um sie herum vorging. Er konnte ihre arglosen Gesichter im schwachen Schein des nächtlichen Feuers erkennen.

»Helga«, er rüttelte unsanft an der Schulter seiner Frau. »Helga, wach auf«, flüsterte er.

»Was ist denn?«, murmelte Helga schlaftrunken.

In Asvalds Ohren klang es viel zu laut. Er drückte ihr die Hand auf den Mund. Entsetzt riss Helga die Augen auf. Mit einem Schlag war sie wach.

»Hör mir zu«, raunte Asvald drängend. »Da draußen sind Männer. Ich schätze, sie werden uns überfallen. Wir müssen die Kinder wecken und so schnell wie möglich verschwinden.«

Keines der vier Kinder gab einen Mucks von sich, nachdem ihre Eltern ihnen flüsternd erklärt hatten, wie ernst die Lage war. Noch sah das Dach von innen unversehrt aus, doch Asvald gab sich nicht der Hoffnung hin, dass ihr Haus von den brennenden Pfeilen verschont wurde. Es würde nicht mehr lange dauern, bis es lichterloh brannte. Er küsste seine Kinder, dann drängte er sich als Erster zur Tür hinaus. Draußen war es immer noch ruhig und friedlich. Ein deutlicher Brandgeruch stieg ihm in die Nase, aber es war niemand zu sehen. Diese Mistkerle warteten in aller Seelenruhe darauf, dass sie wie ausgeräucherte Füchse den Bau verließen. Helgi trat als Nächster vor die Tür, gefolgt von seinen drei Geschwistern und Helga, die leise die Tür schloss. Sie schoben sich an der Hauswand entlang und schlichen weiter in der Deckung von Zäunen und Büschen, bis die Häuser hinter ihnen lagen. Dort küsste Asvald seine Frau.

»Lauft weiter zur Siedlung«, flüsterte er heiser. Noch bevor sie etwas erwidern konnte, war er verschwunden.

»Los, Kinder«, zischte sie. »Bringen wir uns in Sicherheit.«

Sie waren noch nicht weit gekommen, als ein ohrenbetäubendes Geschrei die Ruhe der Nacht zerstörte. Es war Asvald, der die anderen Dorfbewohner warnte.

Leif schreckte aus dem Schlaf und war sofort hellwach. »Überfall!« Dieses Wort genügte, um ihn wie einen Pfeil von seiner Bank schießen zu lassen. Asvald! Es war Asvalds Stimme gewesen, die geschrien hatte. Er musste ihm helfen. Während er in die Hose stieg, fiel sein Blick auf das Schwert, das Hakon nicht mehr zurückgenommen hatte. Jetzt war er froh darum. Er riss es vom Regalbord und stürmte zur Tür.

»Steh auf, Mutter«, rief er im Rennen.

Das Kreischen einer Frau drang an sein Ohr. Mit fliegenden Fingern zog er am Türriegel. Beißender Qualm stieg ihm in die Nase, als sie sich öffnete. Er entdeckte die feurigen Nester der Brandpfeile, die wie leuchtende Augen auf den Dächern glimmten. Menschliche Gestalten hasteten geisterhaft durch die Nacht. Alles rannte wild durcheinander. Von weiter vorne hörte er Kampfeslärm. Er entdeckte Asvald und Gísl mit seiner Familie und Erindís, die in ängstlicher Hast auf ihn zuwackelt kam.

»Bringt euch in Sicherheit«, zischte Asvald, »sonst seid ihr verloren.«

Leif öffnete den Mund, um zu widersprechen. Er konnte doch nicht so einfach davonrennen. Was war mit seinem Hof, den er sich mühevoll aufgebaut hatte?

Asvald packte ihn drängend am Arm. »Lass die Tiere frei. Den Rest lass stehen und liegen, hörst du? Hier geht es nur noch ums nackte Überleben.« Er schob Erindís in Leifs Richtung. »Hier. Kümmere dich um sie. Sie hat es auch schon für dich getan.«

Leif nickte und zog Erindís ins Haus. Verblüfft starrte er auf Aldis, die auf ihrer Schlafbank lag, als wäre nichts geschehen.

»Mutter! Was machst du?«, zischte er. »Steh auf. Wir müssen fliehen.«

Aldis' Blick war abweisend. »Ich werde nirgendwohin fliehen«, erwiderte sie.

»Was soll das?« Leif funkelte sie zornig an. »Willst du unser aller Leben aufs Spiel setzen?«

»Nein«, erwiderte Aldis ruhig. »Nur mein eigenes.«

»Aber – warum?«

»Wohin soll ich gehen? Zurück zu Hakon und ihn um Hilfe bitten? Was glaubst du würde dann geschehen? Ich werde nicht noch einmal mein Haus verlassen und diesem Mistkerl eine weitere Gelegenheit geben, mich zu demütigen. Eher sterbe ich.«

Leif blickte gehetzt von seiner Mutter zur Tür. Der Lärm draußen kam näher.

»Mutter!«

»Geh jetzt«, sagte Aldis bitter. »Geh zu deinem Vater und lass mich in Frieden.«

Erindís zog sacht am Ärmel seiner Tunika. »Komm«, sagte sie sanft. »Es hat keinen Zweck. Sie muss ihren eigenen Weg gehen.«

Er warf Mutter noch einen letzten Blick zu, dann nahm er Erindís beim Arm und hastete nach draußen. Er führte sie zum Stall, öffnete das Gatter, hinter dem ängstliches Gemeckere und Geblöke zu vernehmen war, und trieb die Tiere nach draußen. Dann setzte er die alte Hebamme auf Skridur, der angesichts des Brandgeruchs nervös schnaubte, schob sich hinter sie und ließ das Pferd durch die offene Tür traben.

Sie gehörten zu den letzten, die zum Tor der Siedlung aufbrachen. Hinter ihrem Wall waren sie in Sicherheit – falls sie es rechtzeitig schafften.

Mit konzentrierten Bewegungen kämmte Aldis ihr goldenes Haar, das seit einiger Zeit von silbernen Fäden durchzogen wurde. Trotz ihres Alters war sie immer noch eine schöne Frau. Was sie nicht zuletzt ihrer aufrechten Haltung, ihrem stolzen Blick und den Rundungen ihrer Figur zu verdanken hatte, die sich immer noch dort befanden, wo sie hingehörten. Sie legte ihren Kamm beiseite und glättete mit den Händen ihre Tunika. Danach schlüpfte sie in den Trägerrock, den sie mithilfe zweier Ovalfibeln befestigte. Sie hatte nicht vor, im Nachtgewand zu sterben. Während sie ihr Haar im Nacken zu einem Knoten schlang und den Gürtel anlegte, dachte sich flüchtig daran, dass sie letzte Woche einen Zahn verloren hatte. Es war nicht weiter schlimm. Sie würde ihn ohnehin nicht mehr brauchen. Ihre Augen brannten. Das Dach hatte nun eindeutig Feuer gefangen und manche Stellen schimmerten gelb durch die Sparren. Die ersten Ascheflocken rieselten zu Boden. Noch bekam sie genügend Luft. Sie schüttelte das Fell auf, das auf ihrer Schlafbank lag, und setzte sich erhobenen Hauptes darauf.

Ihre Gedanken eilten zu Sven, ihrem verstorbenen Ehemann, Hakon und schließlich den Kindern. Fast all ihre Wünsche und Träume hatten sich in Luft aufgelöst. Ihr Leben war so gut wie nie nach ihren Wünschen verlaufen. Sie bedauerte nicht, dass es vorüber war. Doch einen Wunsch würde sie sich erfüllen. Es war die Art ihres Todes. Sie würde selbst entscheiden, wie sie starb. Sie dachte nicht daran zu warten, bis sie jämmerlich krepierte. Sie wollte mit Anstand und Würde sterben, so wie es sich für eine Frau ihres Standes gehörte. Die Tür wurde aufgerissen und eine Schar Männer stürmte herein, um das Haus zu plündern, bevor es zu spät war. Aldis umfasste den Griff ihres Messers, das sie bereithielt, fester.

»Willkommen in meinem Haus«, sagte sie stolz.

Die Männer prallten erschrocken zurück und beobachteten mit aufgerissenen Augen, wie sie das Messer in beide Hände nahm und es sich mit einem kräftigen Ruck in die Brust stieß.

Aldis fühlte das Eisen, das kalt durch den Zwischenraum ihrer Rippen glitt. Sie keuchte auf. Der Schmerz explodierte wie eine aufgeplatzte Eiterbeule in ihrem Innern. Leuchtende Punkte tanzten plötzlich vor ihren Augen. Dazwischen nahm Aldis die Männer wahr, die sie anstarrten, als wäre sie eine Trollfrau, die trampelnd aus ihrer Höhle kam. Sie zwang sich, aufrecht sitzen zu bleiben, bis ihr Blick sich verschleierte und die schwarze Schwinge des Todes alles um sie herum in eine unergründliche Leere hüllte.

»Machen wir, dass wir fortkommen«, sagte einer der Männer entsetzt. Niemand widersprach ihm, als sie das Haus so hastig, wie sie gekommen waren, wieder verließen.

Der Warnruf des Horns schallte klagend vom Wehrturm der Siedlung. Sigurd schäumte vor Wut. Sie waren zu früh entdeckt worden. Die Männer befanden sich noch auf den Schiffen, als die Dorfbewohner zu fliehen begannen, und waren nicht schnell genug an Ort und Stelle, um sie aufzuhalten. Außerdem kannten sie sich in der Gegend nicht aus. Für einen Ortskundigen war es ein Leichtes, zwischen den Büschen zu verschwinden.

»Das ist deine Schuld«, spie er Örn ins Gesicht. »Deine Ratschläge taugen nichts. Sie sind wie das Gezeter eines ängstlichen Weibes. Wären die Männer früher an Land gegangen, hätten wir sie mühelos überrannt.«

Örns Augen verengten sich zu Schlitzen, doch er vermied es, etwas zu erwidern.

Die Häuser brannten nun lichterloh. Ihr heller Schein beleuchtete das umliegende Gelände bis zum Siedlungswall. Menschen drängten sich auf dem Wehrgang des Palisadenzauns. Die dunklen Umrisse ihrer Köpfe überragten die angespitzten Pfähle und hoben sich deutlich von ihnen ab.

»Belagert das Tor«, befahl Sigurd. »Wir greifen an, sobald sie herauskommen.«

Hakon starrte wie alle anderen auf das Bild aus roten und gelben Flammen am Flussufer, zwischen denen sich das schwarze Holz der Dachstühle wie verkohlte Walfischgerippe abzeichnete. Eine der Bauersfrauen stieß einen entsetzten Schrei aus, als ein kleineres Gebäude, vermutlich ein Vorratshaus oder eine Werkstatt, zu einem stiebenden Funkenhaufen zusammenfiel. Nichts würde von den Bauernhäusern übrig bleiben, auch vom Haus seines Sohnes nicht. Doch das war nicht seine größte Sorge. Bedrohlicher waren die Männer, die sich wie schwarze Ameisen von dem leuchtenden Hintergrund abhoben und sich zu einer undurchdringlichen Mauer vor dem Tor zusammenschlossen.

»Schick einen Mann über den Wall, solange es noch möglich ist«, raunte er Ingjald zu. »Er soll Hilfe holen.«

Ingjald nickte. »Du willst sie nicht angreifen?«

»Nein«, erwiderte Hakon. »Es sind zu viele.«

Ingjald machte sich daran, einen Mann auszuwählen, der dieser Aufgabe gewachsen war, während Hakon weiter die Krieger beobachtete. Sie schrien ihnen nun Beleidigungen zu, um sie zum Herauskommen zu bewegen. Er würde nicht so dumm sein und sich durch dieses Gefasel zu einer unüberlegten Handlung hinreißen lassen. Wenn sie sich gegen diese Übermacht in den Kampf stürzten, waren sie binnen kurzer Zeit verloren. Er hatte einen anderen Plan, doch der würde nur funktionieren, wenn der Bote es schaffte, diejenigen Krieger zusammenzutrommeln, die schon längst wieder auf ihre Höfe zurückgekehrt waren. Wenn nicht, waren sie verloren.

Langsam begriffen die Männer, dass sie nicht herauskommen würden. Ihr Anführer trat vor. Er reckte sein Schwert in den feurigen Himmel und stieß dabei einen wütenden Schrei aus. Sein Körper war feingliedrig und sein Haar leuchtete hell im Schein des Feuers.

»Komm heraus, Hakon«, schrie er. »Oder bist du ein Skräling, der sich wie ein ängstlicher Hund in seiner Höhle verkriecht?«

»Du schon wieder«, murmelte Hakon wenig erfreut, als er Sigurd erkannte. »Und ich dachte, wir hätten dich zu den Toten geschickt.«

Sigurd schwang wütend das Schwert. Der verdammte Skräling wollte tatsächlich nicht mit ihm kämpfen.

»Versteck dich meinetwegen weiter hinter dem Wall. Ich warte hier, bis du deine Meinung geändert hast.« Er lachte und ein triumphierendes Gefühl begann sein Herz zu erfüllen. Er hatte Zeit. Er brauchte nur zu warten, bis das Tor sich wie eine reife Frucht öffnete. Dann würde er Hakon stürzen und sich selbst zum König dieser Siedlung machen, so wie es seine Vorfahren einst getan hatten.

Leif stand auf dem Wall und betrachtete den Aschehaufen, der einmal sein Haus gewesen war. Fast alles, wofür er hart geschuftet hatte, lag in dem gräulich dampfenden Hügel, der mit verkohlten Holzstücken, geschmolzenem Metall und Dreck gespickt war. Unwiederbringlich zerstört durch die Willkür anderer, deren Herz nicht wie seines an jedem Zoll gehangen hatte. Erindís legte ihm mitfühlend die Hand auf den Arm.

»Deine Mutter hat es bestimmt längst hinter sich«, sagte sie.

Er fühlte, dass sie recht hatte. Mutter hatte sich umgebracht, bevor das Feuer oder einer der Männer ihr etwas anhaben konnte. Dessen war er sich sicher.

Seine Gedanken wanderten zu Aryana, Solveig und Floki. Wie gut, dass wenigstens sie in Sicherheit waren, doch wo sollten sie jetzt leben? Vielleicht hatte Mutter doch das bessere Teil gewählt. Wenigstens musste sie sich keine Sorgen mehr darüber machen, wo sie in Zukunft wohnen sollte. Was Cuthbert wohl dazu zu sagen hätte? Ob er dann immer noch darauf bestehen würde, dass er an dem dreieinigen Gott festhielt? Doch zerfiel ohne diesen Gott nicht alles zur Sinnlosigkeit? Und war Gott nicht einer, in dessen Trost man sich bergen konnte?

Keiner konnte im Moment hinaus, denn Sigurd belagerte mit seinen Männern das Tor und den Ringwall. Er würde nicht mehr abziehen, bis sie sich ergaben oder vor Hunger gestorben waren, und das würde bald geschehen, denn die Ernte stand noch auf den Feldern. Ohne frische Nahrung würden auch die Tiere verenden. Die Hoffnung der gesamten Siedlung konzentrierte sich auf Kraki, den Ingjald als Boten über den Wall geschickt hatte. Wenn er es rechtzeitig schaffte, die Männer zusammenzutrommeln, konnte sich ihr Schicksal noch wenden.

Mit jedem Tag, dem sie ihrem Ziel näher kamen, verstärkte sich das Gefühl, das wie ein wimmelnder Ameisenhaufen in Bronaghs Magen kribbelte. Der Wind frischte auf und blies ihr energisch ins Gesicht. Sie zog den Mantel fester um ihre Schultern. Mittlerweile fuhren sie an der Küste des Nordlands entlang. Die Luft war hier kühler und das Meer rauer. Trotzdem war sie glücklich, dass sie es so weit geschafft hatten. Sie waren nicht bis zur Schlei zurückgesegelt, sondern hatten sich in das schmale Fahrwasser zwischen den Inseln der Dänen gewagt, dessen Weg Thorlac kannte, um von dort ins Nordmeer zu gelangen.

Sylva war am Tag nach dem Überfall gestorben. Sie hatten ihn in ein Tuch gewickelt und im Meer begraben. Mehr konnten sie nicht für ihn tun.

Sie schmunzelte, als sie an den Händler dachte, der ihnen zwei Tage nach ihrer überstürzten Flucht über den Weg gelaufen war. Er war ein Geschenk Gottes gewesen. Ein dürres Männlein mittleren Alters, das mit seinem voll bepackten Karren die Küste entlangfuhr. Er pfiff ein fröhliches Lied und beim Anblick seiner Ladung war ihnen das Wasser im Mund zusammengelaufen. Die prallen Säcke und verschlossenen Fässer auf seiner Ladefläche ließen auf jede Menge an Essbarem schließen. Inzwischen waren sie mehr als hungrig. Seit jener unheilvollen Nacht hatten sie außer ein paar mageren Fischen, die man überdies unter zehn Menschen aufteilen musste, nichts mehr gegessen.

Sie ruderten so nah wie möglich an das Männlein heran, was an diesem Teil der Küste nicht weiter schwierig war. Die beiden Ochsen, die er vor den Karren gespannt hatte, begannen sie ebenso misstrauisch zu beäugen wie ihr Herr. Das fröhliche Lied auf den Lippen des Händlers erstarb.

»Wohin soll es gehen, guter Mann?«, rief Bronagh ihm zu.

Statt einer Antwort reckte der Händler entschlossen sein spitzes Kinn. Er holte eine Peitsche hervor und schlug damit auf die beiden Ochsen ein, um sie zur Eile anzutreiben. Offensichtlich waren sie ihm nicht geheuer.

»Habt keine Angst, guter Mann«, rief Bronagh beschwichtigend. »Wir sind ehrliche Menschen, die auf der Suche nach frischem Proviant sind.«

»Dann kauft ihn auf dem nächsten Markt«, rief der Händler.

»Dafür haben wir keine Zeit. Wir müssen noch eine weite Strecke zurücklegen, bevor die Stürme das Meer so sehr aufwühlen, dass man nicht mehr darauf reisen kann. Und vielleicht wollt ihr ja ein gutes Geschäft machen?«

»Wer sagt mir, dass dies mit euch der Fall sein wird?« Die Augen des Männleins hingen misstrauisch an Wasif, der die Hände auf das Dollbord stützte.

»Nun, ich habe gutes Silber«, erwiderte Bronagh.

Sie erntete ein herzliches Lachen des Händlers. »Dann zeig es mir.«

Bronagh öffnete Ismails Kiste, holte eine Handvoll Silber heraus und hielt es so in die Sonne, dass es glitzerte. Das Leuchten des Silbers schien die Vorsicht des Händlers dahinschmelzen zu lassen. Fast augenblicklich zog er an den Zügeln seiner Lasttiere und brachte den Karren zum Stehen.

»Halt es noch einmal hoch, damit ich es sehen kann«, rief er.

Bronagh tat wie geheißen.

Der Händler schien mit dem, was er sah, zufrieden zu sein.

»Was habt ihr auf eurem Karren, guter Mann?«

»Bestes Korn, mehrere Fässchen Honig von wirklich ausgezeichneter Qualität, Salz und etwas Käse«, berichtete er überschwänglich.

Sie kauften dem Händler alles ab, sogar einen der Ochsen, den er entbehren konnte, weil der Karren nun leer war. Sie schlachteten ihn an Ort und Stelle, luden alles auf das Schiff und suchten eine geschützte Bucht auf, um endlich etwas zwischen die Zähne zu bekommen. Das Fleisch des Ochsen war zäh wie Schuhleder, doch es füllte den knurrenden Magen. Den Rest rieben sie mit Salz ein und legten ihn in einen Teil der alten Proviantfässer.

Seit jener Zeit unterrichtete Wasif vor allem die Frauen in der Kunst des Kämpfens. Sie besaßen nichts außer zwei Krummsäbeln und einer Axt zum Holzschlagen, doch sie hatten den Schergen, die sie überfallen hatten, Messer, eine weitere Axt und einen Sax abgenommen. Wasif zeigte ihnen, wie sie ohne große Kraftanstrengung ihren möglichen Gegnern schaden konnten. Der Kniff dabei beruhte auf Schnelligkeit und Täuschung und darauf, an den richtigen Stellen zu treffen. Wasif war ein strenger Lehrer. Wenn das Schiff seinen Kurs hielt und mühelos über die Wellen glitt, trieb er sie zum Üben an. Dann mussten sie die gleichen Handgriffe in einer schier endlosen Abfolge wiederholen, bis das Hirn nicht mehr darüber nachdachte, was der Körper tat. Sie dachte an die jungen Krieger, denen sie in Hakons Siedlung manchmal bei diesen Übungen zugeschaut hatte. Auch sie hatten nichts anderes getan. Und wenn aus ihr auch keine Kriegerin wurde, so würde sie sich bei einem erneuten Angriff doch besser zu wehren wissen. Ein wenig begann sie sich wie eine der sagenumwobenen Schildmaiden zu fühlen, von denen ihr Bard vor langer Zeit erzählt hatte.

Es war das erste Mal seit zwei Wochen, dass Jódís den Kopf, ohne das Gefühl, sich übergeben zu müssen, aufrecht halten konnte.

Aryana hatte sie in dieser Zeit gepflegt und die Wunde mit ihrem bewährten Sud aus Zinnkraut und Zwiebeln behandelt, das glücklicherweise beides hier oben wuchs. Die Wunde dankte es ihr, indem sie problemlos abheilte, ihre Besitzerin mit Genörgel und Gemurre. Doch so war sie nun einmal. Aryana hatte sich längst an die rüde Behandlung gewöhnt, die Jódís nicht nur ihr angedeihen ließ. Auch Solveig und Floki waren nicht dagegen gefeit und erst recht nicht Meyla, wenn sie weinte. Bestla hingegen schien die Ruppigkeit ihrer Herrin wieder gutmachen zu wollen. Oft drückte sie ihren schweren Körper an Aryana und blickte sie mit treuherzigen Augen an, oder sie fuhr mit ihrer sabbernden Zunge über Aryanas Hände. Inzwischen hatte sie sich mit dem Hund angefreundet und konnte es sich kaum noch vorstellen, Bestla jemals Furcht einflößend oder gar abstoßend gefunden zu haben.

Meyla gedieh prächtig. Sie war rund und pausbäckig, wie es sich für ein Kind ihres Alters gehörte. Katla wäre stolz auf sie gewesen und Leif sicher auch … Aryana schnaubte überdrüssig. Noch immer hatte sie weder eine Nachricht noch das geringste Lebenszeichen von ihm. Wann würde er endlich kommen, um sie zurückzuholen? Die Luft wurde mit jedem Tag kühler. Der Winter konnte in den Fjells plötzlich und überraschend kommen. Wusste er das nicht? Natürlich wusste er das, aber vielleicht konnte er sie gar nicht mehr nach Hause holen? Vielleicht ist er längst tot, flüsterte eine leise, gemeine Stimme in ihrem Innern. Aryana brachte sie resolut zum Schweigen. Nein! Er würde kommen. Sie musste sich nur noch ein wenig gedulden. Er mochte seine Gründe haben, warum er so lange auf sich warten ließ, außerdem hatte sie versprochen, ihm zu gehorchen, und sie würde es auch tun. Er würde ihr nie wieder vertrauen, wenn sie es nicht tat.

»Was glotzt du denn so?«, fragte Jódís ungehalten.

»Oh, es ist nichts«, Aryana fühlte sich ertappt. Sie hatte ganz vergessen, was sie gerade tun wollte. »Hier, iss deine Suppe.« Sie reichte Jódís die Schüssel, die sie in der Hand gehalten hatte.

Jódís nahm sie mit zitternden Händen entgegen. »Du hast noch was gut bei mir«, sagte sie plötzlich.

»Was denn?«, fragte Aryana erstaunt.

Jódís' Blick nahm erstaunlicherweise einen Hauch von Freundlichkeit an, als sie fortfuhr zu sprechen. »Das weiß ich noch nicht, aber eines steht fest: Ohne dich wäre ich jetzt tot.«

Leif machte sich zu Hakons Halle auf, in der er die letzten drei Wochen verbracht hatte. Wo sollte er auch sonst hin? Zwar hatte ihm Hrut angeboten, bei ihnen zu wohnen, doch das Haus platzte ohnehin schon aus allen Nähten und er wollte Unn in ihrer Trauer nicht noch einen weiteren Besucher aufladen. Außerdem hatte Hakon darauf bestanden, dass er bei ihm wohnte.

Hakon hatte die Bauern freundlich aufgenommen. Es waren nur wenige, die es nicht bis zum Tor geschafft hatten, aber der Platz in den Häusern reichte nicht für alle aus. Der Rest – Asvalds und Gísls Familie und er selbst – kam in Hakons Halle unter, bis sie eines Tages wieder an den Fluss zurückkehren konnten. – Falls dies überhaupt der Fall sein würde, denn Sigurd überzog das Land weiter mit Raub und Mord, wie man an der immer größer werdenden Herde an Pferden und Schlachtvieh feststellen konnte, das sich in ihrem Lager gut sichtbar sammelte.

Fast kam sich Leif so vor, als ob er Hakons Halle nie verlassen hätte, außer dass diese von deutlich mehr Menschen bevölkert wurde und die Sorge um Aryana ihm fast den Verstand raubte. Er kannte seine Frau und wusste, dass sie langsam unruhig wurde, weil er immer noch nicht zurückgekommen war. Er konnte nur hoffen, dass sie nicht auf dumme Gedanken kam und sich allein auf den Weg ins Tal machte. Sie würde direkt in Sigurds Arme laufen. Nicht auszudenken, was dann mit ihr geschah.

Hakon war immer noch so freundlich zu ihm, dass er nicht wusste, was er davon halten sollte. Vielleicht war es die Milde des Alters, das sich in Gesicht und Körper zunehmend offenbarte?

Leifs Magen knurrte vernehmlich. Die Fülle an Nahrung in den Kochkesseln nahm von Tag zu Tag mehr ab. Es fehlte nicht nur an Korn, sondern an vielen frischen Zutaten, die sie normalerweise in

Wald und Wiesen sammelten. An Kräutern, Früchten, Pilzen und Beeren, mit denen sie um diese Zeit ihre Kammern füllten. Selbst das Brennholz wurde knapp. Den Tieren erging es noch schlimmer. Sie brüllten vor Hunger in ihren Ställen, denn innerhalb des Walls gab es kaum frisches Gras, und das Heu verrottete draußen, sauber zu Garben aufgeschichtet. Das Gebrüll drückte auf die ohnehin schon schlechte Stimmung. Er wusste, was manche flüsterten: Es wäre besser gewesen, man hätte Sigurd gleich die Tore aufgemacht, dann wäre ihnen wenigstens das Schicksal erspart geblieben, inmitten des Walls elendiglich zu verhungern.

Sie hatten damit begonnen, die Tiere zu schlachten. Nur die Schwächsten zunächst, doch ihr Fleisch würde nicht lange reichen bei der Menge an Menschen, die sich in die Siedlung drängte. Und wenn sie die anderen schlachteten, würden sie keine Milch mehr haben, keine Butter, keinen Käse und keine Wolle.

Leif grüßte Knut, der in der Sonne vor seinem Haus saß. Wenigstens ihm ging es besser. Es hatte lange gedauert, bis seine Wunde wieder verheilt war. Doch zur allgemeinen Verblüffung hatte sie es getan und nun war Knut fast wieder der Alte. Knut grüßte freundlich lächelnd zurück. Die misstrauische Feindseligkeit, mit der man ihn betrachtet hatte, schien langsam zu weichen. Anscheinend hatten die Leute festgestellt, dass er ein ganz normaler Mensch war, so wie jeder andere auch. Vielleicht war es auch die drohende Gefahr, die sie näher zusammenrücken ließ, ungeachtet dessen, was man voneinander dachte oder fühlte. Oder das Fehlen von Svalas Sticheleien, das die Menschen zugänglicher machte. Sie war schon vor der Belagerung zum Hof ihres Bruders zurückgekehrt, wo sie normalerweise wohnte.

In der Halle wimmelte es von Kindern, Sklavinnen und Frauen, die aus kargen Zutaten ein magenfüllendes Essen zu zaubern versuchten. Die Männer hatten sich auf eine der Bänke zurückgezogen, wo Hakon mit Asvald *Tafl* spielte. Ein Spiel, das aus einem viereckigen Holzbrett bestand, in das man kleine Felder eingeritzt hatte. In der Mitte des Bretts stand Hakons König. Eine aus Bernstein gearbeitete Figur mit einem großen Kopf, mächtigem Bart und kurzen Beinen, der von zwölf Kriegern – einfachen schwarzen Kieselsteinen – beschützt wurde. Asvald spielte den Angreifer. Er hatte die doppelte Anzahl an Kriegern zur Verfügung, die zur besseren Unterscheidung weiß waren, aber keinen König. Seine Aufgabe bestand darin, den König gefangen zu nehmen, während dieser versuchte, aus der belagerten Siedlung zu fliehen und an die sichere Landesgrenze zu gelangen. Es war geradezu schockierend, wie sehr das Spiel ihre eigene Lage spiegelte, nur dass es in ihrem Fall nicht um kleine Figuren aus Bernstein und einfache Kieselsteine ging, sondern um Menschen. Um Fleisch und Blut, Tod und Verderben für eine der beiden Seiten. Leif schnaubte. Es war mehr als wahrscheinlich, dass sie diese Seite sein würden. Er war sich sicher, dass die Männer dasselbe dachten, doch sie spielten es scheinbar ungerührt, während Gísl sie beobachtete und Asvald immer wieder Ratschläge erteilte, wie er Hakon schlagen konnte. Hakon war ein Meister dieses Spiels, was auch an der Tatsache lag, dass er mehr Zeit als die Bauern dafür hatte. Er machte es Asvald nicht leicht, der mit seiner Übermacht in das Herrschaftsgebiet des Königs einzudringen versuchte, während dieser scheinbar mühelos zur Landesgrenze zog. Hakons eisgraue Augen starrten gleichmütig auf das Spielbrett, aber die Sorge war ihm anzusehen. Tiefe Furchen hatten sich in sein Gesicht gegraben, dessen Farbe von wenig Schlaf zeugte. Doch seine Miene hellte sich mit jedem weiteren Zug mehr auf. Als er endlich gewonnen hatte, blickte er seinem Sohn direkt in die Augen.

»Ruf die Männer zusammen«, sagte er fröhlich. »Ich habe einen Plan.«

Mit vorsichtigen Schritten schlich Svanhild durch die finstere Nacht. Der bewölkte Himmel bot die perfekte Deckung, die sie so dringend brauchte, denn niemand durfte sie jetzt sehen. In ihren Armen hielt sie einen großen Krug Starkbier, das sie rechtzeitig beiseitegeschafft hatte. Inzwischen gab es außer diesem Krug keinen Tropfen Bier mehr in der Siedlung. Sie konnten das wertvolle Korn nicht an einen

Trank verschwenden. Wasser genügte, wenn man nicht mehr genug zu beißen hatte.

Als die Männer heute Abend ihre Häuser verlassen hatten, um sich in Hakons Halle zu beraten, wusste sie, dass die Zeit reif war. Sie hatte gewartet, bis auf den Schlafbänken, auf denen mehr Menschen als üblich lagen, endlich Ruhe eingekehrt war, dann hatte sie sich aus dem Haus gestohlen. Sie hatte nur diesen einen Versuch; wenn sie ihn verdarb, würde es vorbei sein.

Mittlerweile war sie am Tor angelangt und holte tief Luft, um sich Mut zu machen. Sie horchte in die Nacht und entschied sich für den rechten der beiden Wehrtürme. Als sie auf der letzten Stufe angekommen war und in den schwach erleuchteten Raum spähte, sah sie, dass sie sich nicht getäuscht hatte. Eine der Wachen stand an der Fensteröffnung, um das Tor zu bewachen, während die zweite ihren Rundgang machte. Allem Anschein nach war es Glum. Er war ein Mann mittleren Alters und, wie sie wusste, einer ihrer glühendsten Verehrer. Sie lächelte zufrieden. In diesem Moment drehte ihr Glum sein Gesicht zu und fuhr erschrocken zurück, als er in der Dunkelheit eine Gestalt entdeckte. Im Lichtschein des Kienspans, der an einer Halterung in der Wand steckte, erkannte sie, dass sie recht hatte. Er war es wirklich.

Sie setzte ihr schönstes Lächeln auf und vergaß dabei, dass er es wahrscheinlich gar nicht sehen konnte. »Guten Abend, Glum.«

»Ach, du bist es«, sagte er erleichtert. Er hatte ihre Stimme erkannt. »Was machst du hier oben?«

»Ich soll euch etwas bringen«, erwiderte Svanhild in artigem Tonfall. »Es ist das letzte Bier aus unserem Haus und Hruts Tante meinte, dass ihr es am meisten verdient habt, weil ihr hier oben die halbe Nacht Wache schieben müsst.« Sie streckte ihm den Krug entgegen. »Hier.«

Glum nahm ihn dankbar an. »Das ist sehr nett von deiner Tante«, erwiderte er. »Ich werde ihn mit Herstein teilen, sobald er seine Runde beendet hat.«

»Lasst es euch schmecken.« Svanhild machte kehrt und schritt die Stufen wieder hinunter. Am Fuß des Wehrturms blieb sie lauschend stehen. Herstein traf nach einiger Zeit bei Glum ein. Sie hörte leises Gelächter. Die beiden Männer schienen den Krug gleich in Angriff genommen zu haben, was gut war. Trotzdem zupfte sie mit fahrigen Fingern an ihrem Trägerrock. Sie durfte nicht zu lange fortbleiben. Nicht auszudenken, was geschehen würde, wenn Hrut bemerkte, dass sie nicht auf ihrer Bank lag und schlief. Sie hatte etwas getrockneten Fliegenpilz zu Pulver zerrieben und in das Bier getan. Es musste einfach klappen, dass die Männer einen gehörigen Rausch davon bekamen. Wenn nicht, würde sie wieder umkehren müssen. – Doch es schien zu wirken, denn bald verkündete leises Schnarchen, dass die beiden Wächter tief und fest schliefen.

Jetzt, dachte Svanhild und öffnete sacht den Riegel der kleinen Tür, die in das große Tor eingelassen war. Sie schlüpfte hindurch, kletterte durch die Rinne des Grabens und stahl sich auf Sigurds Lager zu. Der Himmel war immer noch bewölkt. Niemand bemerkte den schwarzen Schatten, der durch die Nacht schlich, bis sie in den Lichtkreis eines Feuers trat, an dem sich die Männer, die von außen die Siedlung bewachten, wärmten. Sie konnten es kaum glauben, dass sich eine Frau allein aus der Siedlung wagte, und starrten wie Fische, die man aus dem Wasser gezogen hatte.

»Sieh nur, Yngvar, was für ein hübsches Täubchen der Wind herbeigeweht hat«, sagte der Vorlauteste unter ihnen zu seinem Nebenmann.

»Bring mich zu deinem Herrn«, befahl Svanhild so herrisch und unerschrocken, wie sie konnte.

Der Mann trat so nah an sie heran, dass es ihr unbehaglich wurde. »Warum sollte ich?«, fragte er anzüglich.

Svanhild brach der Schweiß aus, dann trat sie ihrem Gegenüber mit aller Kraft ans Schienbein. Sie war zu kurz vor dem Ziel, um sich von diesem Kerl aufhalten zu lassen. Die anderen lachten und sie trat zurück in den Schatten, damit man sie von der Siedlung aus nicht sehen konnte. »Weil ich eine Botschaft für deinen Herrn habe, die ihm einen Vorteil verschaffen könnte. Es sei denn, ich überlege mir die Sache noch einmal«, sagte sie drohend.

Der Mann rieb sich das Schienbein und musterte sie mit einem Blick, der dem eines reißenden Wolfes glich. Er ersparte sich eine passende Antwort. »Komm mit«, zischte er zwischen den Zähnen hindurch, dann ging er knurrend vor ihr her.

Er führte Svanhild in die Mitte des Lagers. Überall standen Zelte, die wie kleine Dächer aus der Erde regten. Aus manchen drangen Schnarchgeräusche und an den Lagerfeuern unterhielten sich Männer. Es summte und brummte wie in einem Bienenstock. An einem Feuer, das vor dem größten Zelt brannte, blieb der Mann stehen.

»Sieh her, Sigurd, was ich dir mitgebracht habe«, sagte er.

Die drei Männer, die am Feuer saßen, hoben erstaunt die Köpfe. Sie erkannte ihn sofort wieder. Das Gesicht, auf dem die Schatten der Flammen tanzten, war hübscher, als sie gedacht hatte, wenn auch die Narbe auf seiner Stirn diesen Eindruck wieder etwas schmälerte. Doch das helle, fast farblose Haar und die stolze Haltung stimmten mit dem überein, was sie auf dem Schiff von ihm zu sehen bekommen hatte, als er an ihrer Hochzeit den Fjord hinaufruderte. Er verkörperte genau das, was sie sich sehnlichst wünschte. Von Hakon war sie bitter enttäuscht. Er hatte ihr seit jenem Tag, an dem er sie abwies, keine Beachtung mehr geschenkt. Und das, nachdem sie sich geradezu verbogen hatte, um ihm zu gefallen. Hatte sie nicht sogar Hrut dazu gebracht, sie zu heiraten, obwohl sie ihn gar nicht wollte? Doch all die Reichtümer, die er Hrut versprochen hatte, sobald sie auf Wikingfahrt gingen, trafen nicht ein, denn die Männer waren nicht fortgewesen. Der einzige Vorteil, den er ihr verschafft hatte, war der kleine Bernsteinanhänger gewesen. Doch so leicht würde ihr Hakon nicht davonkommen. Er war ein schwacher Jarl, der dieses Amt nicht länger verdiente. Es gab bessere, mutigere Männer als ihn. Sigurd war solch ein Mann und wenn sie es geschickt anstellte, konnte er das Werkzeug sein, dass sie brauchte, um Rache an Hakon zu üben – und vielleicht war er williger, ihr das zu geben, was sie begehrte.

Sigurds Blick schien sie zu durchbohren. »Was willst du?«, fragte er in barschem Ton.

Svanhild schluckte, doch dann nahm sie allen Mut zusammen. Ihre Stimme klang gelassen, als sie sprach. »Ich weiß etwas, das wichtig für dich sein könnte.« Sie ließ den Satz in der Luft hängen und erwiderte Sigurds unverschämten Blick.

»Was sollte das sein?«

»Es betrifft den Jarl. Seine Schwiegertochter befindet sich nicht in der Siedlung, doch sie bedeutet Hakons Sohn sehr viel. Und da Hakon seinem Sohn wohlgesonnen ist, könnte ihre Gefangennahme erheblichen Einfluss auf seine weiteren Entscheidungen haben.«

»Du meinst, er würde Zugeständnisse machen, um sie freizubekommen?«

»So ist es. Du hättest ein Druckmittel, um ihn zur baldigen Aufgabe zu zwingen *und* ich könnte dir sagen, wo sie ist.« Sie wusste tatsächlich, wo Aryana war. Sie hatte Leif und Erindís bei einer ihrer leisen Unterredungen belauscht.

Sigurd betrachtete die junge Frau, die ihm unerschrocken ins Gesicht starrte. Selbst er hätte hinter den zarten Zügen und der lieblichen Stimme nicht diese kühle Berechnung vermutet. Trotzdem, sie gefiel ihm außerordentlich gut. »Warum tust du das?«, fragte er.

»Unser Jarl ist ein kränklicher alter Mann«, erwiderte sie. »Ein schwacher Führer in diesen unsicheren Zeiten, findest du nicht? *Und* weil du mich dafür belohnen wirst, wenn du unser neuer Jarl geworden bist.« Sie lächelte auf eine Art und Weise, die keinen Zweifel darüber ließ, was sie damit meinte.

»Dann sag mir, wo ich die Frau finden kann.«

Rollo traute seinen Augen nicht, die hohl und matt hinter den Lidern hervorblinzelten. Noch immer war er Sigurds Gefangener. Nach Hakons Sieg hatte er gedacht, dass sie ihn umbringen würden, um wenigstens ein bisschen Vergeltung zu üben, doch sie hatten ihn mitgenommen und nach Sigurds Genesung wieder auf eines der Schiffe gebracht. Widerwillig hatte er ihnen den Weg zu den Bauernhäusern gezeigt. Sigurd hatte so lange auf ihn eingeprügelt, bis er nicht mehr anders konnte. Seither hatte man ihn an den Baum gekettet, an dessen Rinde nun sein Rücken lehnte, und Rollo begann zu ahnen, dass Sigurds Rache nicht aus seinem schnellen Tod bestand, sondern darin, ihn zusehen zu lassen, wie seine Familie langsam zugrunde ging. Doch das, was er eben gesehen und gehört hatte, war eine der schlimmsten Qualen, die er bis jetzt erlebte. Hruts Frau war eine Verräterin. Dort, wo er saß, brannte kein Feuer und zum ersten Mal war er froh darum, obwohl er jämmerlich fror. Sie nahm ihn nicht wahr, als sie an ihm vorbeihuschte. Als sie fort war, zog er ärgerlich an seinen Ketten. Er musste die anderen warnen, bevor dieses Miststück die ganze Siedlung ins offene Messer laufen ließ.

Sigurd blickte Svanhild nach, bis die Dunkelheit sie verschluckte. »Schick ein paar Männer aus«, befahl er Örn. »Vier Krieger sollten genügen, um mit drei schwachen Weibern und zwei Kindern fertig zu werden. Dann werden wir sehen, ob es sich wirklich so verhält, wie die Kleine behauptet.«

Am nächsten Tag verließen sechs Reiter die Siedlung und ritten auf den freien Platz vor dem Tor. Sie wurden bereits erwartet. Sigurd, ebenfalls hoch zu Ross, sah ihnen mit fünf weiteren Kriegern erwartungsvoll entgegen. Der rasche Fortgang der Dinge überraschte ihn. Nachdem die junge Frau sie verließ, war kurz nach Tagesanbruch ein Bote ins Lager gekommen, der ihnen mitgeteilt hatte, dass der Jarl eine Unterredung wünschte. Sie hatten sich auf fünf Gefolgsmänner geeinigt.

Hakon hatte dieselbe Zahl an Kriegern bei sich: Ingjald, Thorbrand, Hrut, Björn und seinen Sohn, auf den er bestanden hatte.

Es war ein grauer Tag, die Luft war kühl und wehte den nahenden Atem des Herbstes herbei.

Hakons Gesicht wirkte so gleichmütig, als hätte man ihn zum Trinkgelage geladen, doch seine Muskeln spannten sich wie eine gezogene Bogensehne über seine Knochen. Noch immer gab es keine Nachricht von Kraki und es wurde immer unwahrscheinlicher, dass die Hilfe, auf die sie warteten, rechtzeitig kommen würde. – Wenn sie überhaupt kam. Vielleicht spielte es auch keine Rolle mehr, denn er hatte sich etwas anderes ausgedacht. Heute würde sich das Geschick der Siedlung entscheiden, doch der Grat war schmal zwischen Sieg und Ehre oder Tod und Verderben. Hakon hatte Sigurd beobachtet. Er war so arrogant wie ein balzender Auerhahn, der vor seinen Hennen stolzierte. Vielleicht war es diese Eitelkeit, mit der man ihn packen konnte. Er hatte lange darüber nachgedacht, doch gestern, als er mit Asvald Tafl gespielt hatte, war ihm der rettende Einfall gekommen. Es gab eine Möglichkeit, wie der König mit seinem Gefolge die belagerte Siedlung verlassen konnte. Sogar wie er sie halten und die zahlenmäßige Übermacht des Gegners nutzen konnte. Gestern Abend hatte er den Männern seinen Vorschlag unterbreitet. Er brauchte sie. Wenn sie nicht mitspielten, würde es nicht funktionieren. Sie hatten die halbe Nacht darüber verhandelt, doch schließlich waren sie einverstanden gewesen. Jetzt ging es nur noch darum, das Ganze Sigurd schmackhaft zu machen, ohne dass er Verdacht schöpfte.

Die Stimmung war angespannt, als die Männer von ihren Pferden stiegen und die beiden Führer sich auf die Felle setzten, die man auf dem Boden ausgelegt hatte. Ihre Gefolgsleute standen mit grimmigen Gesichtern, die Hand am Schwertgriff hinter ihnen.

»Was willst du von mir?«, begann Sigurd ohne Umschweife. Er musterte Hakon geringschätzig.

Ingjald sog hörbar die Luft ein. Es war eine bewusste Beleidigung, ohne die üblichen Höflichkeitsfloskeln zum eigentlichen Zweck des Gesprächs zu kommen. Hakon blieb gelassen. Er würde sich von diesem Heißsporn nicht zu einer übereilten Reaktion hinreißen lassen, die er hinterher verwünschte. Stattdessen betrachtete er die fast zierlich wirkende Gestalt und das hübsche Jungengesicht, das durch die Narbe auf der Stirn verwegener wirkte. Seine Augen waren von einem hellen, unschuldigen Blau, umrandet von farblosen Wimpern. Der Bart wuchs spärlich und war so blond wie sein Haar. Fast hatte man das Gefühl, ihn vor der Schrecklichkeit der Welt bewahren zu müssen.

»Ich möchte dir einen Vorschlag machen«, begann Hakon.

Sigurd erwiderte seinen Blick mit den kühlen Augen eines Falken, der seine Beute fixiert.

Vielleicht trug er deshalb diesen Namen, dachte Hakon zerstreut, *der Falke*. »Du bist ein schlauer Mann, zweifellos ein guter Anführer, denn die Mannschaft gehorcht dir, und das, obwohl du noch sehr jung bist.«

Sigurds Gesicht blieb reglos. Doch Hakon sah für einen kurzen Moment das leise Aufleuchten der Verblüffung in seinen Augen, bevor sie ihn wieder betont gleichgültig anstarrten. Na also, dachte Hakon. Wusste ich doch, dass man dich mit schmeichelnden Worten kitzeln kann »Wie ich sehe, besitzt du zwei sehr gute Schiffe.«

»Worauf willst du hinaus?«, unterbrach ihn Sigurd barsch.

Die Wut schoss Hakon wie siedendes Wasser in den Magen. Der Mistkerl konnte es nicht lassen, ihn zu reizen. Seine Hand ballte sich zur Faust. Am liebsten hätte er ihm mitten ins Gesicht geschlagen, doch er zwang sich, ruhig zu bleiben. Schiere Willenskraft brachte ihn dazu, die Hand wieder zu öffnen. Seine Worte waren freundlich, als er weitersprach. »Warum tun wir uns nicht zusammen? Wir hätten fünf Schiffe. Ein ernst zu nehmendes Heer für jeden, der sich uns in den Weg stellt. Im Land der Angelsachsen wären wir eine unschlagbare Gefahr, und die Beute, die wir machen, würde für uns beide reichen.«

Sigurd schenkte ihm ein Lächeln. Er sah aus wie ein Kind, dem man ein Geschenk machte. Es schien einfacher zu sein, als er gedacht hatte. Sigurd würde den Köder schnappen.

»Sag mir, Hakon, welcher von uns beiden würde dann der Herr der Schiffe sein?«, fragte Sigurd spitzbübisch.

»Es kann nur einen Herrn geben«, erwiderte Hakon. Sein Tonfall wurde schneidend. »Und *das* bin immer noch ich. Schließlich habe ich die älteren Rechte, findest du nicht? Doch du wärest mein engster Berater, der zweite Mann an meiner Seite. Und wenn ich eines Tages sterbe, könntest du der Jarl dieser Siedlung werden.«

Gespannt beobachtete Hakon Sigurds Reaktion. Natürlich würde Sigurd nicht lange sein engster Berater bleiben. Wenn seine Männer sich erst einmal eingelebt hatten und begannen, sich mit den jungen Mädchen der Siedlung zu verheiraten, würde er ganz plötzlich zu Tode kommen. Es mochte Unfälle geben, die keine waren. Niemand würde je etwas darüber erfahren, denn er war ein Meister dieses Handwerks.

Sigurds Blick wurde abwägend. Das Angebot, das ihm der Jarl unterbreitete, war verlockend. Und wenn er wirklich krank war, wie es das Mädchen behauptet hatte? Dann würde es nicht mehr allzu lange dauern, bis er zum Zug kam – und im entgegengesetzten Fall konnte man immer noch etwas nachhelfen. Mit einem Schlag würde er der Herr über eine Siedlung, fünf Schiffe und eine große Anzahl Krieger sein. Das Gesicht des alten Mannes war arglos. Keine Lüge schien sich hinter der steilen Falte zwischen seinen Augenbrauen zu verstecken. Er ließ seinen Blick über Hakons Gefolgschaft schweifen. Hier sah er etwas anderes. Verschlossene Gesichter blickten ihn an. Die Miene des rothaarigen Hünen wirkte so feindselig, als würde er ihn mit Freuden erwürgen, wenn er die Gelegenheit dazu bekäme. Seine Augen verweilten für einen Moment bei dem jungen Mann, der direkt hinter dem Jarl stand. Auch er war groß und stattlich, wenn auch nicht ganz so hochgewachsen wie der Hüne neben ihm. Doch es war etwas anderes, was seine Aufmerksamkeit erregte: Er besaß eine gewisse Ähnlichkeit mit Hakon. Zwar wiesen seine Haare einen goldenen Farbton auf und die Augen hatten eine andere Form und Farbe, doch es war die gleiche Miene, die ihn aufmerksam beobachtete. Er musste der Sohn des Jarls sein. Der Mann, dessen Frau seine Männer gerade aus den Fjells holten. Das Mädchen hatte ihn als harmlosen Skräling beschrieben. Zumindest in diesem Punkt musste sie sich irren – *oder* sie hatte ihn absichtlich getäuscht. Sigurd verzog grinsend das Gesicht. Hakon hatte einen Fehler gemacht. Er hätte ihm nicht seinen Sohn präsentieren dürfen. Als sein Erbe würde er die Herrschaft niemals kampflos an ihn abtreten. Selbst wenn er sein Weib als Druckmittel hatte – was war schon eine Frau im Vergleich zu Macht und Ehre! Und seine Augen sagten ihm, dass er nicht der Einzige sein würde.

Zu Hakons Entsetzen fing Sigurd schallend zu lachen an. Tränen liefen ihm die Wangen hinab und er hielt sich den Bauch, als ob er einen guten Witz gehört hätte. Er spürte, wie seine Männer nervös wurden. Sie hatten den ausdrücklichen Befehl, nur dann einzugreifen, wenn es die Situation verlangte. Hakon hoffte, dass sie sich daran halten würden.

»Du glaubst doch nicht, dass ich mich mit der Stellung des Beraters zufriedengebe, wenn ich die Krone haben kann?«, fragte Sigurd immer noch lachend.

»Ich dachte, dass du klug genug bist, das Leben der Männer zu schonen.« Hakon ließ den Blick über Sigurds Gefolge schweifen. Seine Krieger wussten, was er meinte. Wenn es zum Kampf kam, würden sie den Preis für Sigurds Machthunger bezahlen müssen. »Wenn du Herr über diese Siedlung werden willst, wird es das Leben vieler Männer kosten«, erwiderte er bissig. »Guter Männer auf beiden Seiten, die es nicht verdient haben, sinnlos in den Tod geschickt zu werden. Mit dieser Lösung könnten wir ihr Leben erhalten.«

»So? Darum geht es dir also. Du willst das Leben der Krieger schonen. Nun, dann habe ich einen anderen Vorschlag für dich. Einen, der in dieser Hinsicht genauso gut ist wie der deinige. Lass uns einen Holmgang machen.«

Hakon sah ihn verblüfft an. Sigurd konnte geradezu spüren, wie er die Möglichkeit abwägte, gegen einen wesentlich jüngeren und wendigeren Mann zu gewinnen. Doch wenn er ablehnte, würde er sein Ansehen verlieren und niemand folgte einem schwachen Jarl. Er hatte ihn in der Zange – aber er wollte kein peinliches Gemetzel. Er wollte etwas, das ihm Ruhm und Ehre einbrachte und einen vollkommenen Sieg. »Da du aber schon ein alter Mann bist«, fuhr Sigurd ohne jede Gnade fort, »und ein ungleicher Kampf ohne Ehre ist, mache ich dir ein Angebot.«

Hakons Brauen hoben sich misstrauisch. Der Kerl war schlimmer als eine Schlange.

»Du besitzt einen schönen Hengst.« Sigurd wies mit dem Finger auf Flugnir. »Ich möchte ihn gegen meinen eigenen kämpfen sehen.« Sein Kinn wies auf das Tier, mit dem er auf den Platz geritten war. Er gehörte zu der Beute, den ein Teil seiner Männer von einem der umliegenden Bauernhöfe geraubt hatten, während die anderen die Siedlung bewachten.

Hakon atmete auf. Der Hengst, ein Falbe mit einem Aalstrich auf dem Rücken, war ein schönes, kräftiges Tier, doch Flugnir stand ihm in nichts nach. Flugnir war ein mutiger und kampferprobter Hengst. Es war gut möglich, dass er gewann. Sein Sieg war auf jeden Fall wahrscheinlicher als bei einem Kampf zwischen Sigurd und ihm. Hakons Schwerthand war schon lange nicht mehr das, was sie einmal war und er machte sich keine Hoffnungen, dass sich dies in jüngster Zeit noch einmal ändern würde. Das Alter lag plötzlich wie eine schwere Last auf seinen Schultern. »Ich bin damit einverstanden«, erwiderte er. »Der Gewinner wird Herr über die Siedlung und sämtliche Schiffe werden.«

»Und der Verlierer?«

»Er wird sich in die Hände des Siegers begeben. Was dann geschieht, mag derjenige entscheiden, dessen Hengst der Gewinner des Kampfes ist.«

Sigurd nickte zufrieden. »So soll es sein.«

Hakon erhob sich. »Dieser Platz scheint mir günstig für einen solchen Kampf zu sein. In zwei Tagen sehen wir uns um dieselbe Zeit wieder.«

Sigurd sah den Männern nachdenklich hinterher. Sein Hengst musste gewinnen! Das war es, was er gewollt hatte. Denn dann würde alles ganz einfach sein. Solch ein Kampf war ein ungeschriebenes Gesetz in diesem Land und das Volk musste sich dem beugen, was Hakon zugesagt hatte. Niemand würde ihm mehr Schwierigkeiten machen und er würde der unumstößliche Herrscher der Siedlung sein.

Die Siedlungsbewohner säumten zu beiden Seiten die Holzbohlenstraße, als Hakon zurückkehrte. Die Gesichter der sechs Männer wirkten erschöpft, ließen aber keine Schlüsse über den Ausgang der Unterredung zu. So folgten sie ihnen murmelnd und spekulierend bis zu Hakons Hof, wo er vom Pferd stieg und sich an sie wandte. Auch Svanhild war unter den Zuhörern. Ihr Herz klopfte wild. Sie wusste, weshalb Hakon Sigurd aufgesucht hatte, doch es war möglich, dass dieser sie verraten hatte. Ein Raunen ging durch die Menge, als Hakon ihnen erzählte, wie die Verhandlungen ausgegangen waren. Svanhild atmete auf. Weder Worte noch Blicke wiesen darauf hin, dass Hakon etwas von ihrem nächtlichen Ausflug wusste und Hrut war erst nach Hause gekommen, als sie längst schon wieder zwischen den Fellen lag. Ein kleines Lächeln stahl sich auf ihre Lippen. Die Dinge schienen sich ganz nach ihren Wünschen zu entwickeln, denn selbst wenn Sigurds Hengst verlor, hatte er noch etwas in der Hand, mit dem er Hakon erpressen konnte.

Leifs Herz war beklommen, als sie schließlich die Halle betraten. Er hatte Hakon beobachtet und zum ersten Mal entdeckte er Angst in den stolzen Zügen des wettergegerbten Gesichts. Ob er wollte oder nicht, er spürte einen leisen Anflug von Mitgefühl für den Mann, der eigentlich sein Vater war. Hakon war kein Dummkopf. Sigurds Hengst war nicht weniger kräftig als Flugnir. Trotzdem war es möglich, dass Flugnir siegte, doch es war die freche Siegesgewissheit Sigurds, dessen ungezügelte jugendliche Stärke, die Hakon verunsicherte.

Die ganze Stimmung in der Halle war angespannt, Asvald und Gísl hatten sich zu ihren Familien gesellt und so kam es, dass er mit Hakon allein auf dessen Bank saß. Lange Zeit hüllten sich die beiden Männer in Schweigen.

»Nun, mein Sohn, was meinst du?«, unterbrach Hakon schließlich die Stille.

Das Wort »Sohn« ging Leif durch Mark und Bein. »Was sollte ich meinen?«, fragte er zerstreut.

»Welches der beiden Tiere wird übermorgen gewinnen?«

Leif zuckte mit den Schultern. »Ich weiß es nicht. Beides ist möglich«, antwortete er. »Doch ich denke, dass dies an anderer Stelle entschieden wird«, setzte er nachdenklich hinzu.

»Du meinst, die Götter werden diesen Kampf entscheiden?«

»Ist es nicht das, woran du glaubst?«

Hakon nickte langsam. »Das ist wohl wahr, obwohl ich mich auch auf meine eigene Stärke verlassen habe. Doch nun muss ich zusehen, wie sie mich immer mehr verlässt.« Hakon räusperte sich. Es schien, als ob er sich für dieses Eingeständnis schämte. »Nun denn«, sagte er leichthin. »Für diesen Kampf wird sie ohnehin nicht ausschlaggebend sein. Der Kampfgeist der Hengste wird über Sieg und Niederlage entscheiden.«

Leif wusste, was Hakon meinte. Sie waren zum bloßen Zusehen verdammt. Es gab nichts, das sie außer dem Anfeuern der Tiere tun konnten. »Möchtest du, dass ich zu meinem Gott bete?«, fragte er plötzlich.

Hakon sah ihn lange und durchdringend an. »Warum nicht?«, sagte er schließlich. »Vielleicht kann mir dieser Gott auch einmal von Nutzen sein, obwohl ich nicht weiß, warum er mir einen Gefallen tun sollte.«

Ein leises »Wuff« ließ Jódís aus dem Schlaf hochschrecken. Es war mitten in der Nacht, wie sie anhand des Feuers unschwer erkennen konnte. Das Feuer war heruntergebrannt, aber die noch kräftige Glut beschien den Raum mit einem zarten rötlichen Schein. Bestla hob misstrauisch den Kopf und spitzte die Ohren.

»Was ist los?«, flüsterte Jódís. Sie legte dem großen Tier die Hand auf das Fell. Ihre Finger fühlten den Rhythmus des grollenden Knurrens, das aus Bestlas Kehle drang. Irgendetwas schien sie zu beunruhigen. Leise glitt Jódís von ihrer Schlafbank und schlich zu dem Spalt in der Außenwand des Hauses, dort wo sich das Holz verzogen hatte. Sie hatte ihn den Sommer über nie verschlossen. Wozu auch? Ein bisschen frische Luft konnte schließlich nicht schaden und die freie Sicht bis hin zur Leiter würde vielleicht noch einmal von Nutzen sein. Kurz bevor der Winter kam, blieb noch genug Zeit, den Spalt mit Moos abzudichten, damit es nicht zog. Sie presste ein Auge an die breite Ritze und spähte hinaus. Der volle Mond schien gespenstisch auf das Land. Bestlas massiger Körper drückte sich an ihren Schenkel. Ihr Knurren wurde lauter.

»Sei still«, zischte Jódís.

Augenblicklich verstummte der Hund.

Jódís spähte über die silbrige Landschaft, bis ihr die Augen tränten, doch sie konnte nichts entdecken. Sie gähnte herzhaft und rieb sich über das Gesicht. Wahrscheinlich war irgendein Tier zu nah am Haus vorbeigehuscht, was Bestla ihm übel genommen hatte. Sie konnte ganz beruhigt wieder zwischen die Felle kriechen und weiterschlafen. Jódís drehte sich, um in die Richtung ihrer Schlafbank zu laufen, doch Bestla versperrte ihr den Weg. Um ein Haar wäre sie über das große Tier gefallen.

»Was ist denn?«, zischte sie. »Was hast du denn? Es ist doch alles gut.« Besänftigend tätschelte sie Bestlas Rücken. Der Körper des Hundes war hart und angespannt. Zwischen den Schultern sträubte sich das Fell wie Igelstacheln in die Höhe. Diese Tatsache veranlasste Jódís, sich noch einmal umzudrehen und erneut durch den Spalt zu spähen. Gerade rechtzeitig, wie ihr Verstand nüchtern feststellte, während ihr Körper erstarrte. Eine Gestalt schob sich über den Rand der Terrasse. Ein Mann, der eindeutig nicht in friedlicher Absicht gekommen war, denn er schlich geduckt weiter. Und hinter ihm kam noch einer. Eilends schlich Jódís zu Aryana hinüber. Sie durften jetzt keine Zeit verlieren.

»Steh auf«, zischte sie leise und rüttelte sacht an ihrem Oberkörper. »Du musst mir helfen. Wir werden überfallen.«

Aryanas Körper erstarrte wie der des Hundes. Ihre Augen weiteten sich zu glotzäugigen Kugeln, aber ihr Mund blieb verschlossen. Sie hatte verstanden.

Rasch holte Jódís Köcher und Bogen und ging erneut auf ihren Posten. Welch ein Glück, dass ihr Kopf inzwischen klar genug zum Zielen war. Sie hatte keine Erinnerung mehr an das, was sich damals zugetragen hatte, als sie die Schlingen kontrollierte. Es spielte auch keine Rolle mehr. Hauptsache, sie war soweit gesund, dass sie diese Kerle erledigen konnte, bevor sie dasselbe mit ihr taten. Inzwischen huschten vier Männer über die Lichtung. Jódís schluckte. Hoffentlich kamen nicht noch mehr. Aryana hatte sich an ihre Seite geschlichen. Jódís hörte ihren schnellen Atem und roch den schwachen Duft der Angst, der von ihr ausging. Auch ihr lief inzwischen ein dünnes Rinnsal aus Schweiß den Rücken hinab.

»Öffne für einen Moment die Tür und lass den Hund hinaus«, flüsterte sie ihr zu. Jódís grinste schadenfroh in sich hinein, als sie die Spitze eines Pfeils durch die Ritze schob. Dieses Otterngezücht würde Augen machen, wenn Bestla wie der *Fenriswolf* selbst aus den Pforten der Finsternis schoss. Die Tür öffnete sich und sie sah die schwarzen Umrisse der Männer erstarren. Wie aus dem Nichts rannte Bestla bellend und geifernd auf sie zu. Bevor sie reagieren konnten, hatte sie den ersten schon an der Kehle gepackt, während Jódís auf denjenigen zielte, der dem Haus am nächsten stand. Der Spalt war breit genug, um einen Pfeil hindurchzuschießen. Sie traf ihn am Kopf. Er fiel um wie eine Tür, die man aus den Angeln gerissen hatte und sorgte für noch mehr Verwirrung. Die beiden anderen Männer blickten hastig und mit einem leisen Ausruf des Entsetzens um sich. Einer flüchtete hinter das Haus, der andere eilte zu der Leiter. Jódís hatte schon den nächsten Pfeil in den Bogen gespannt, doch seine Federn berührten den Rand der Ritze und er verfehlte sein Ziel. Der nächste traf die Schulter des Mannes, als er bereits die Sprossen hinabkletterte. Es genügte, um ihn aus dem Gleichgewicht zu bringen. Mit einem Schrei kippte er nach hinten und verschwand jäh in der Tiefe.

Ein jaulender Schmerzenslaut lenkte ihren Blick zu Bestla. Sie ließ abrupt von ihrem Opfer ab, das nun schlaff und leblos am Boden lag.

»Bestla«, rief sie mit erstickter Stimme. »Was ist?«

»Was ist passiert?« Aryana packte Jódís so fest am Arm, dass es schmerzte. Auch sie machte sich Sorgen um den Hund. Doch Jódís hatte keine Zeit zu antworten.

»Bestla«, rief sie erneut. »Hol dir den anderen. Er ist hinter dem Haus.« Es war mehr als wahrscheinlich, dass Bestla sie nicht wörtlich verstand. Vermutlich brauchte sie ihren Befehl nicht einmal, der nur Ausdruck ihrer eigenen Angst war. Bestla wusste auch so, was zu tun war. Sie verschwand in der silbrigen Nacht und entzog sich ihrem Blick, doch die Geräusche, die der Fels widerhallte, genügten. Nach einem kurzen Gefecht, in dem sowohl der Mann als auch Bestla vor Schmerz geschrien hatten, war es still.

»Was ist denn hier los?«, murmelte Solveig plötzlich mit schlaftrunkener Stimme, während Floki und Meyla immer noch tief und fest schliefen.

Niemand antwortete ihr. Die beiden Frauen standen reglos im Raum und klammerten sich wie zwei Ertrinkende aneinander, völlig eins in ihrer Sorge um das Tier, das höchstwahrscheinlich ihr Leben gerettet hatte. Nur einen Augenblick später ertönte ein Kratzen an der Tür. Aryana atmete erleichtert auf und wurde sich plötzlich bewusst, dass sie die ganze Zeit die Luft angehalten hatte. Natürlich war es Bestla. Sie jaulte leise. Aryana hastete zur Tür, vorbei an Solveig, die verdutzt den Kopf drehte.

»Bestla!« Der Hund stank aus dem Maul, als sie sich bückte, um den kräftigen Hals zu umarmen. Es war ihr egal. Sie war froh und glücklich, dass Bestla noch am Leben war. Dann gab sie den Weg frei. Bestla lief hechelnd und schwanzwedelnd zu Jódís. Sie zog das linke Hinterbein etwas nach. Hastig ging Aryana zum Feuer und schürte es. Dann hielt sie einen Kienspan in die aufkeimenden Flammen und beleuchtete damit Bestlas Kehrseite.

»Sie ist verletzt«, sagte sie, »aber es scheint nicht weiter schlimm zu sein. Ich werde mich nachher um die Wunde kümmern. Zuerst sollten wir draußen nach dem Rechten sehen.«

Jódís nickte. Es war am besten, sich zunächst davon zu überzeugen, dass sie außer Gefahr waren. Dann konnten sie sich ganz in Ruhe um Bestla kümmern.

Die drei Männer waren tot und der vierte konnte den Sturz von der hohen Leiter kaum überlebt haben.

»Wir werden sie begraben müssen«, sagte Aryana nüchtern und leuchtete über das Gesicht dessen, den Jódís getötet hatte. Außer dem Pfeil, der in der leeren Augenhöhle steckte, war er unversehrt. Sie zuckte erschrocken zurück.

»Was ist?«, fragte Jódís ungehalten.

»Ich kenne den Mann.« Sie konnte sich unmöglich irren. Es war einer der Männer, die Signy getötet hatten. Sein Gesicht hatte sich unauslöschlich in ihr Gehirn eingebrannt. War es möglich, dass sich Sigurd immer noch im Fjord befand? Hatte er am Ende doch über Hakon und seine Männer gesiegt? Ihr Herz begann bei diesem Gedanken heftig zu schlagen. »Die Menschen in der Siedlung. Mein Mann … und deine Schwester. Es könnte sein, dass sie dort unten in großer Gefahr schweben.« Sie spürte, wie sich ihre Kehle verengte und ihr das Atmen schwer machte. Ihre Befürchtungen schienen langsam zur Gewissheit zu werden.

Jódís musterte sie mit gerunzelter Stirn. »Bist du dir sicher?«

Aryana erzählte ihr mit knappen Worten, was sie vor Signys Haus gesehen hatte. Ihre Stimme krächzte und sie fühlte die grenzenlose Angst, die sie damals empfunden hatte. Es war Todesangst gewesen. Doch nun sorgte sie sich nicht um sich selbst, sondern um Leif und all die anderen, die unten am Fjord wohnten. Es durfte einfach nicht sein, dass ihnen etwas zugestoßen war.

Jódís hörte ihr schweigend zu. »Lass uns nachschauen, wie es Bestla geht«, auch ihre Stimme klang nun besorgt.

Bestla lag auf der Schlafbank und leckte das Blut von ihrem Schenkel. Aryana fand eine drei Finger breite Stichwunde, wahrscheinlich von einem Messer, die Gott sei Dank nicht sehr tief war. Trotz des Schmerzes, den sie verursachte, konnte Bestla das Bein bewegen und wenn sich die Wunde nicht entzündete, würde sie bald verheilt sein. Aryana bereitete ihr den gleichen Sud, den sie schon für Jódís gekocht hatte. Sie reinigte die Wunde damit, dann presste sie einen mit Sud getränkten Lappen darauf und verband das Ganze mit einem Stoffstreifen. Bestla ließ sie gewähren und schlief danach tief und fest.

Am nächsten Morgen machten sie sich daran, die Männer zu begraben. Eine ehrenvolle Verbrennung hatten sie nach Jódís Meinung nicht verdient. Sie bestand darauf, es unterhalb der Leiter zu tun. Der Platz auf der Terrasse war ohnehin schon knapp bemessen und sie begehrte nicht, mit Mördern und Dieben auf engstem Raum zu hausen, selbst wenn diese schon tot waren. Also schafften sie die drei Männer mithilfe der Seilwinde nach unten, wo der vierte mit verrenkten Gliedern am Fuß der Leiter lag. Es war fast Mittag, als sie die schlichten Gräber endlich mit Steinen bedeckten. Aryana fröstelte. Trotz des Sonnenscheins fuhr der Wind heute kalt und scharf unter ihre Kleider. Angesichts der nächtlichen Ereignisse und vor lauter Sorge um Leif hatte sie kein Auge mehr zugetan. Sie war über alle Maßen erschöpft, als die schwere Arbeit endlich vorüber war, doch Jódís ließ ihr keine Ruhe.

»Los, ans Werk«, blaffte sie. »Bestlas Verband muss gewechselt werden, außerdem brauchen wir dringend Futter für die Ziegen.«

Aryana funkelte sie böse an. Sie war müde, sie fror und ihr Magen knurrte. Etwas zu essen wäre das Mindeste gewesen, um einigermaßen bei Kräften zu bleiben. Die entsprechende Erwiderung lag schon auf ihrer Zunge, doch sie stockte, als Jódís ungerührt weitersprach. »Und danach werden wir uns ein Bild davon machen, was dort unten los ist.«

Bronagh kniff nachdenklich die Augen zusammen, während sie am Dollbord lehnte. Sie befanden sich in einem der Seitenarme des Fjords, an dessen Ufer sich Hakons Siedlung befand. Sie hielt es vor Spannung kaum mehr aus. Trotzdem wollte sie das Schiff nicht direkt zur Siedlung lenken. Sie war über ein Jahr lang nicht mehr dort gewesen und sie kannte Hakon zu gut, um ihm unvorbereitet in die Arme zu laufen. Wenn sie erst einmal dort waren, würde es kein Zurück mehr geben. Es war besser, zunächst in der Gaula zu ankern und sich von dort über das Land zur Siedlung zu schleichen. Dann konnte sie sich in aller Ruhe ein Bild machen. Am meisten aber hoffte sie, dass ihr Bard beim Brennholzsammeln über den Weg lief. Wenn sie ihn sah, konnte sie ihn in ihren Plan einweihen. Sie war gespannt, was er dazu sagen würde. Ein Schauer aus Freude und Angst schoss durch ihre Glieder. Hoffentlich freute er sich, sie zu sehen. Und wenn er es nicht tat? Die Eifersucht flog sie an wie eine Fledermaus, die plötzlich im Dunkeln vorbeihuschte. Ihre Fingernägel krallten sich schmerzhaft in ihre Handflächen. Es gab noch mehr Frauen in Hakons Haus, die alles andere als unansehnlich waren. Sie würde ihm die Augen auskratzen, wenn er sich mit einer von ihnen getröstet hatte.

Sie hatte den anderen von ihrem Plan, das Schiff und die Waren an Hakon zu verkaufen, erzählt. Sie waren damit einverstanden, denn niemand fand eine Lösung, die weniger gefährlich gewesen wäre. Doch auch dieser Plan barg gewisse Risiken und Bronagh spürte die angespannte Nervosität, die in der Luft lag. Falls er klappte, würden sich einige allein auf den Nachhauseweg machen. Manche würden vielleicht auch bleiben, denn Bronagh hatte ihnen erzählt, wie gut es sich in dieser Gegend leben ließ, was ja auch stimmte. Allerdings wirkte die Landschaft heute alles andere als einladend. Der bewölkte Himmel färbte das Meer und die Küste in ein kaltes unwirtliches Grau und auf den Gipfeln der Fjells lagen Schneekappen, die von kalten Wintern kündeten.

»Ich glaube, dort vorne ist es«, rief sie Thorlac zu. Sie war sich nicht sicher gewesen, ob die Richtung stimmte, doch vor ihren Augen tauchte nun die Mündung eines Flusses auf. Sie erkannte die Gaula an der Sandbank, die fast wie ein Pfropf in der Mündung steckte und nur zwei schmale Rinnen für die Schiffe freiließ. Sie war schon einmal hier gewesen. Es kam ihr wie eine Ewigkeit vor. Sie ankerten in einer Biegung des Flusses, dessen Ufer mit Büschen und Bäumen bewachsen war und zum Wasser hin über einen schmalen Streifen aus Kies und Sand verfügte, geschützt vor dem Wind und neugierigen Blicken. Mit zitternden Beinen ging Bronagh an Land. Es war Mittag. Dagstjarna, Gersemi, Ida und die Zwillinge bauten mit Áki ein Lager auf, während Thorlac und Ubbe an dem fischreichen Fluss auf die Jagd gingen. Bronagh überließ sie sich selbst und machte sich mit Wasif auf, um endlich einen Blick auf die Siedlung zu erhaschen, von dem sie schon so lange geträumt hatte. Es war tröstlich, Wasif in ihrer Nähe zu wissen. Der Furcht einflößende Hüne lief wie ein Leibwächter neben ihr her und stand ihren ausgreifenden Schritten in nichts nach.

»Du kannst es wohl kaum erwarten, deinen Liebsten wiederzusehen«, bemerkte er schmunzelnd.

»So ist es«, sagte sie lächelnd. »Ach, Wasif. Ich kann es kaum glauben, dass ich so kurz vor dem Ziel bin und doch ist mein Herz voller Angst.«

Er berührte fast zärtlich ihre schmale Schulter, die gegen seine eigene wie die eines Kindes wirkte. »Bald wirst du bei ihm sein«, sagte er zuversichtlich. »Alles wird gut werden.«

»Hoffentlich«, bekannte sie kleinlaut. Die Menschen auf dem Schiff vertrauten ihr, sie wollte sie nicht wegen ihrer eigenen Schwierigkeiten ins Verderben schicken. Nicht auszudenken, wenn sie von Neuem versklavt wurden.

Wasifs weiche Züge betrachteten sie mit einem aufmunternden Blick. »Wir sind schon *so weit* gekommen, warum sollte ausgerechnet jetzt noch etwas schiefgehen?«

»Du kennst Hakon nicht«, antwortete sie bitter.

»Nein. Ich kenne ihn nicht, aber ich habe Ismail gekannt.«

Sie lächelte und schöpfte dabei neuen Mut. »Du hast recht. Warum sollte ich nicht auch mit Hakon fertig werden? *Und,* ich werde ihm nicht allein unter die Augen treten.« Ihr Lächeln wurde breiter. »Allein deine Gestalt wird ihn dazu bringen, etwas freundlicher zu sein.«

Wasif schmollte wie ein kleines Kind. »Bin ich denn wirklich so Furcht einflößend?«

»Das bist du in der Tat«, erwiderte sie immer noch lachend. »Aber wenn man dich besser kennt, entdeckt man, dass du ein großer, sanfter Riese bist. Doch wir werden Hakon keine Gelegenheit geben, dich so gut kennenzulernen. Vorerst jedenfalls nicht.« Sie wusste, dass Wasif vorhatte, sein Glück mit Dagstjarna in der Siedlung zu suchen. Es war ihm tatsächlich gelungen, das Herz der hübschen Nordländerin zu gewinnen. Er würde nicht mit ihr zu den Herden seines Vaters zurückkehren. Der Weg war zu weit und wer wusste schon, was ihn dort erwartete.

Nach etwa zwei Wegstunden hatten sie ihr Ziel erreicht. Sie erklommen einen der Hügel, die in der Nähe der Siedlung lagen. Als sie dessen Kuppe erreichten, breitete sich der Ringwall vor ihnen aus, tröstlich und furchterregend zugleich. Bronagh zog Wasif in den Schutz der Büsche. »Da ist sie«, sagte sie atemlos. Sie war zu Hause. Ein Glücksgefühl durchströmte warm ihren Körper. Alles sah aus wie immer, das Fjordtal, die Felder und – sie prallte erschrocken zurück. Die Häuser am Fluss! Sie waren *zerstört*. Fassungslos betrachtete sie die riesigen Haufen aus Asche und Dreck, die an der Stelle der Häuser lagen. Jetzt erst nahm sie das Lager wahr, das wie ein Fremdkörper zwischen ihnen und der Siedlung stand. Und die Krieger, die eindeutig nicht in friedlicher Absicht gekommen waren, denn das Tor der Siedlung war verschlossen und die Brücke hatte man hochgezogen. »Das … ist … doch nicht möglich«, stammelte sie. Plötzlich fehlte ihr die Luft zum Atmen. Bard! Hoffentlich war ihm nichts passiert. »Hier stimmt etwas nicht«, sagte Bronagh.

»Das sehe ich«, erwiderte Wasif. »Ich glaube, wir sind gerade zur rechten Zeit gekommen.«

Der leichte Morgennebel hatte sich schon längst gelichtet, als Hakon sich auf Flugnir schwang. Das Fell des dunkelbraunen Hengstes glänzte mit dem silberbeschlagenen Zaumzeug um die Wette, das Bard ihm angelegt hatte. Auch Hakon hatte seine besten Kleider an. Sein Haar war ordentlich gekämmt und hing ihm in üppigen Locken über Schultern und Mantel, der von einer goldenen Fibel zusammengehalten wurde. In seinem Schwertgehänge steckte das fränkische Schwert, das den Namen +VLFBERH+T trug. Sein Gesicht wirkte bleich, doch der Ausdruck seiner Augen war so kalt und berechnend, wie man es von ihm gewohnt war. Erhobenen Hauptes ritt er den Holzbohlenweg entlang. Die Armreife, die er seinen einstigen Gegnern abgenommen hatte, klimperten dabei leise. Kurz bevor er das Tor erreichte, wendete er sein Pferd und zog sein Schwert aus der Scheide. Er hob es hoch in die Luft und reckte seine Spitze gen Himmel.

»Odin möge für mich streiten«, rief er, dann machte er kehrt und ritt durch das Tor. Sein Gefolge, das aus denselben Männern wie zwei Tage zuvor bestand, begleitete ihn. Die Menge hinter ihm geriet in Bewegung. Hakon hörte das Trappeln ihrer Füße, als die Bewohner der Siedlung die beiden Wehrtürme bestiegen, um auf den Wall zu gelangen.

Sigurd erwartete ihn schon. Aufrecht und breitbeinig stand er da. Ein spöttischer Zug lag um seine Lippen. Sigurds Männer hatten ein Geviert abgesteckt und tummelten sich nun hinter den Grenzen des Kampfplatzes. Eine ockerfarbene Sonne beschien die rossige Stute, die man in aller Eile aufgetrieben hatte und die inmitten des Platzes angepflockt war. Ihr Duft erregte Flugnirs Aufmerksamkeit. Er reckte den Kopf, stülpte die Oberlippe auf und sog die Luft durch die Zähne. Hakon spürte, wie der Hengst unruhig wurde. Er fing an zu tänzeln, jeder Muskel seines Körpers spannte sich an. Ein lang gezogenes Wiehern ertönte aus seiner Kehle, das von Sigurds Hengst auf der anderen Seite des Platzes beantwortet wurde. Hakon hatte Mühe, das Pferd unter Kontrolle zu halten.

»Ruhig, mein Alter«, sagte er begütigend und tätschelte ihm den Hals. Dann ritt er mit seinen Männern das letzte Stück zu Sigurd und sattelte Flugnir ab.

»Bist du bereit, alter Mann?«, Sigurd grinste frech.

»Ich bin bereit«, erwiderte Hakon ungerührt.

»Du kennst die Bedingungen: Derjenige, dessen Hengst gewinnt, wird Herr über die Siedlung und sämtlicher Schiffe werden. Der Verlierer wird sich in die Hände des Siegers begeben.«

Hakon wich Sigurds Blick nicht aus. »So sei es«, erwiderte er.

Sigurd musterte die Männer, die hinter Hakon standen. »Werden die Männer sich an dein Wort halten?«

Hakons Blick war ernst, als er seinen Kopf in ihre Richtung drehte. »Das haben sie immer getan und sie werden es auch heute tun«, erwiderte er fest, »wenn du dich an deines hältst.«

»Dann lass uns beginnen.«

Die Zuschauer auf dem Wall hielten den Atem an. Auch Sigurds Männer blickten gebannt auf das Schauspiel, das sich nun anbahnte. Die Regeln des Kampfes waren einfach: Die Hengste kämpften solange miteinander, bis einer der beiden von dem anderen getötet wurde oder am Boden lag und nicht mehr aufstehen konnte.

Hakon und Sigurd führten die beiden Tiere in die Nähe der Stute. Eine Welle der Erregung fuhr durch die Hengste, während die Stute bockte und sich zu befreien versuchte. Die Hengste waren nun kaum noch zu halten, doch Hakon und Sigurd schlugen mit Stöcken auf sie ein, bis sie vollkommen außer sich waren. Dann wurden sie freigelassen. Die beiden Pferde legten die Ohren an. Ihre zu Schlitzen verengten Augen beobachteten einander misstrauisch, während ihre Körper unter einem Gemisch aus Angst und Empörung und den Lockrufen der Stute im Hintergrund zitterten. Man hatte sie eilends beiseite geschafft, damit sie den Kampf nicht behinderte. Sigurds Hengst, dessen Name Djarfur war, stieg in die Höhe. Schaum troff ihm von den Lippen. Seine Vorderhufe trommelten auf Flugnir ein, der sein Gewicht ebenfalls auf die Hinterbeine verlagert hatte und Djarfur Auge in Auge gegenüberstand. Flugnirs Fell glänzte vor Schweiß, doch er wehrte sich tapfer und hielt sich dabei nicht schlecht. Dann bleckte er die Zähne und biss seinem Gegner in den Hals, bis dieser ein lang gezogenes Kreischen von sich gab, das jedem durch Mark und Bein ging. Die Erregung der Pferde erfasste die Zuschauer. Geschrei und Getöse erhob sich, um die beiden Hengste anzufeuern. Flugnir ließ sich auf die Vorderhufe fallen und drehte dem Falben seine Kehrseite zu. Blitzschnell keilte er aus. Er traf seinen Gegner mit kräftigen Tritten an Brust und Hals. Djarfur wich zurück. Er suchte sein Heil in der Flucht. Sigurds Gesicht wurde rot vor Zorn, als sein Hengst eine Lücke zwischen den Zuschauern suchte, durch die er ausbrechen konnte, während Flugnir mit hocherhobenem Kopf über das Geviert trabte. »Treibt ihn zurück«, schrie er. Die Stockschläge von Sigurds Männern hielten Djarfur davon ab, ein Feigling zu sein. Der Falbe rollte wild mit den Augen. Mit verzweifelter Wut ging er wieder zum Angriff über. Diesmal war der Kampf härter, doch die wütenden Schreie der Pferde gingen fast im Getöse der Menschen unter, nur Hakon und Sigurd beobachteten die Tiere reglos und mit ernsten Mienen. Die Hufe der Hengste trommelten immer wieder aufeinander ein. Schaum stand vor ihrem Maul, ihre Körper waren schmutzig und an einigen Stellen von blutigen Bissen gezeichnet. Für einen Moment entfernten sie sich voneinander. Ihr Atem ging stoßweise, doch das unablässige Geschrei der Menschen peitschte sie an. Sie prallten geradezu aufeinander, stellten sich auf die Hinterbeine und ließen ihre Vorderhufe wie Faustschläge gegen den Körper des anderen wirbeln. Plötzlich rutschte Flugnir über den aufgewühlten Boden. Ein entsetzter Schrei, der aus der Kehle eines einzigen Mannes hätte stammen können, drang von der Siedlung herüber. Sein schwerer Körper fiel zur Seite. Blitzschnell nutzte Djarfur die Gelegenheit. Er drehte sich und trat mit seiner Hinterhand hart nach dem auf der Erde liegenden Tier. Flugnirs Kopf flog empor, dann sank er zurück und der Hengst blieb schwer atmend liegen. Mit einem Schlag trat eine atemlose Stille ein, die so dicht war, dass man sie fast greifen konnte.

Hakon eilte mit seinen Männern auf das Pferd zu. Sein Körper war dreckig und mit Bisswunden übersät, doch ansonsten unversehrt. Eine Dreckspur zog sich über seine Stirn und darunter erkannte Hakon den Grund, weshalb Flugnir am Boden blieb. »Sein Schädel ist eingedrückt«, sagte er mit belegter Stimme. Die Augen des Hengstes flatterten. Er machte Anstalten aufzustehen, doch er schaffte es nicht. »Wahrscheinlich ist das Hirn darunter verletzt. – Er wird nicht weiterkämpfen können.« Sacht strich ihm Hakon über die Nüstern. »Ist schon gut«, flüsterte er. »Du hast tapfer gekämpft.« Dann zog er sein Messer und beendete das Leiden des Tieres.

Hakon hielt sich sehr gerade, als er sich erhob. »Der Kampf ist vorbei«, rief er. »Djarfur hat gewonnen.« Wie ein Schlafwandler ging Hakon auf den Besitzer des Siegerhengstes zu. Er fühlte sich seltsam unwirklich, so als wäre die Wirklichkeit nur ein Traum.

Unter Sigurds Männern brach unbändiger Jubel aus, während auf dem Wall immer noch bedrückte Stille herrschte. Sigurds Haltung schien über sich hinauszuwachsen. Seine Miene strahlte die gelassene Ruhe des Siegers aus, eine Art Gewissheit, mit der er nie an eine mögliche Niederlage geglaubt hatte. »Du weißt, was das zu bedeuten hat!«

Hakon nickte. Langsam ließ er noch einmal seine Augen über den Fjord, die Schiffe und den riesigen Wall schweifen, auf dem die Menschen mit entsetzten Gesichtern in seine Richtung starrten. Dann fiel sein Blick auf die Männer, die ihn begleiteten. Ihre Mienen waren bitter. Auch an ihnen würde der Ausgang des Kampfes nicht spurlos vorübergehen. Er sah in die dunklen Augen seines Sohnes. Die Augen seiner Mutter, die ihm schon in den Tod vorausgegangen war. Er entdeckte Bestürzung darin und ein klein wenig tröstete es ihn, nicht die gleiche Kälte wie bei Aldis darin zu entdecken. Ein letztes Mal wanderte sein Blick zu den Menschen, deren Jarl er lange Zeit gewesen war. »Nichts ist ewig«, sagte er mit einem trotzigen Lächeln auf den Lippen, dann begab er sich in Sigurds Hände.

Leif spähte nachdenklich über die spitzen Zähne des Palisadenzauns, der die Krone des Ringwalls bildete. Volle zwei Tage waren vergangen, seit Hakon sich in Sigurds Hände begeben hatte. Zwei Tage, in denen nicht das Geringste passiert war. Er begriff nicht, warum sich Sigurd so viel Zeit ließ. Wollte er sie mürbe machen, bis sie so viel Hunger hatten, dass sie sich nicht mehr wehren konnten? Aber dann würden er und seine Krieger im Winter ebenfalls nichts mehr zu essen haben, denn das Korn stand nach wie vor auf den Feldern. Von hier oben konnte man an manchen Stellen schon schwarze Flecke zwischen dem Goldteppich der Ähren sehen. Drohende Anzeichen von Schimmel und Fäulnis. Wenn das Korn nicht bald geerntet wurde, würden sich die Flecke immer weiter über die Felder ausbreiten.

Drüben im Lager schien alles ruhig zu sein. Niemand wusste, was Sigurd mit Hakon anstellte, und sosehr man sich auch von hier oben bemühte, es war nichts zu entdecken. In der Siedlung herrschte eine Art bedrückte Mutlosigkeit, mit der jeder darauf wartete, dass Sigurd endlich kam, um seinen Siegespreis in Empfang zu nehmen. Darüber, was dann geschah, wurde heftig spekuliert, doch niemand konnte es mit Bestimmtheit sagen, außer der Tatsache, dass es nicht mehr lange dauern würde, bis Sigurd sich zum neuen Herrscher der Siedlung aufschwang. Mit seinen Männern im Rücken konnte er tun, was ihm beliebte, denn die Götter hatten über den Kampf entschieden und die Nornen spannen die Fäden des Schicksals, ohne dass sie etwas daran ändern konnten. So jedenfalls war die Meinung der Siedlungsbewohner. Vielleicht war Sigurd ja auch ein guter Herr und ihr Geschick mochte sich zum Guten wenden – wenn nicht, würden sie sich beugen müssen.

Leif betrachtete wehmütig die Reste seines Hauses. Ob sie wohl jemals wieder in Frieden dort wohnen konnten? Seine Gedanken wanderten zu Aryana. Dieses Mal schien sie seinen Rat zu befolgen und es war besser, wenn sie noch eine Weile bei Erindís' Schwester blieb. So lange jedenfalls, bis er wusste, was Sigurd mit ihnen vorhatte.

Plötzlich kam Bewegung in das Lager und seine Aufmerksamkeit wurde auf die Ansammlung aus Zelten und Kochfeuern gelenkt, die sich wie ein überflüssiges Körperteil vor dem Fluss breitgemacht hatten. Er sah Reiter in Richtung der Siedlung aufbrechen. Leif reckte den Kopf und zählte fünf Pferde, doch nur vier wurden geritten. Ein Reiter hielt ein weiteres Pferd am Zügel, auf dessen Rücken ein großer Sack befestigt war. Als sie näher kamen, stockte ihm der Atem. Es war kein Sack, sondern ein Mensch, dessen Arme und Beine an den Seiten des Pferdes herunterbaumelten, und er trug unverwechselbar Hakons Kleider. Die Abordnung ritt bis vor das Tor, dort zügelten die Männer ihre Pferde. Sie stiegen ab und befreiten das Lasttier von der leblosen Gestalt, um sie ohne jedes Gefühl auf den Boden fallen zu lassen. Ein Ruck ging durch die Wachen, die neben ihm auf dem Wall standen. Auch sie hatten erkannt, wen man vor die Siedlung geworfen hatte. Einer der Reiter reckte hochmütig den Kopf. Es war der Alte, der Sigurd stets wie ein Schatten folgte. Seine Stimme dröhnte laut und klar zu ihnen hinauf: »Macht euch bereit, denn morgen wird euer neuer Herr in die Halle des Jarls einziehen.« Dann zogen sie ab.

Ein flaues Gefühl breitete sich in Leifs Magen aus. Er zwang sich, es nicht zu beachten und rannte mit den anderen die Treppe des Wehrturms hinunter.

»Öffnet das Tor«, brüllte er, dann hängte er sich selbst an eine der Winden, die den Mechanismus der Brücke in Gang setzten. Die Leute hinter ihm murmelten aufgeregt. Er kümmerte sich nicht darum, sondern hastete mit langen Schritten nach draußen, sobald sich die Brücke über den Graben gelegt hatte. Es war wirklich Hakon, der mit ausgestreckten Gliedern am Boden lag. Sein Anblick war erbärmlich, die Kleidung schmutzig und zerrissen und er selbst sah nicht besser aus. Entsetzt sank Leif vor ihm auf die Knie, während immer mehr Männer einen schweigenden Ring um sie bildeten.

»Vater!« Mit einem leisen Ausdruck des Erstaunens erkannte er den Sinn dieses Wortes. Hatte er wirklich *Vater* gesagt? Doch dann blieb sein Blick verblüfft und bestürzt zugleich an Hakons Gesicht hängen. Seine Augen. Sie waren nicht mehr da! Erst jetzt nahm er den Geruch nach Blut und verbranntem Fleisch wahr, der in der Luft hing. Sie hatten ihn geblendet! »Diese Schweine«, stieß er wütend hervor.

Ein leises Stöhnen entrang sich Hakons Kehle. Leif zuckte erschrocken zurück. Hakon *lebte* noch. »Sei ganz ruhig«, flüsterte er. »Du bist wieder zu Hause.« Leif griff nach seinem Arm, um ihn zu beruhigen, doch das Stöhnen wurde lauter. Abrupt ließ er seinen Blick von Hakons Gesicht zu seinem Arm gleiten. Sein Magen ballte sich zusammen.

»Bei allen Göttern«, murmelte Hrut hinter ihm.

Der Arm besaß nicht mehr die natürliche Proportion, die Hakon zu eigen war. Er war kürzer und ab dem Punkt, wo sich einst das Handgelenk befunden hatte, war nun gähnende Leere. Sie hatten ihm die Schwerthand abgehackt und den Stumpf mit einem Lappen umwickelt. Blut sickerte durch das dreckige Tuch. Sigurd hatte ganze Arbeit geleistet. Er hatte ihn zwar nicht getötet, doch dies hier war grausamer als ein schneller Tod. Nie wieder würde Hakon sehen können und nie wieder würde er ein Schwert in seiner Hand halten. Er hatte ihn vollkommen unfähig gemacht, jemals wieder die Jarlswürde zu empfangen und er würde sich nicht mehr wehren können, selbst wenn er die schweren Verletzungen überlebte. Die Erkenntnis darüber raubte Leif fast den Atem. »Bringt ihn in seine Halle«, stieß er hervor.

Wie schon fünf Tage zuvor säumten die Menschen die Holzbohlenstraße, als man Hakon in die Siedlung brachte, doch dieses Mal sah Leif Entsetzen in den Gesichtern. Frauen schlugen die Hände vor den Mund und er hörte ihr Schluchzen, während ihre Männer mit finsteren Mienen vor sich hinstarrten. Am schlimmsten aber waren die verstörten Blicke der Kinder. Selbst Inga, Vigdis und Raghild waren erschüttert darüber, wie man ihren Herrn zugerichtet hatte und das obwohl er nicht immer gut zu ihnen gewesen war. Die Männer legten ihn vorsichtig auf seine Schlafbank, doch Hakon spürte nichts. Er war in den Zustand friedlicher Besinnungslosigkeit zurückgeglitten, die ihm seine Lage erträglich machte.

»Ich glaube nicht, dass er das überleben wird«, meinte Ingjald nüchtern. »Wenn ich es wäre, würde ich es ohnehin nicht mehr wollen.«

Leif wusste, was Ingjald meinte; auch er glaubte nicht daran, dass Hakon länger als ein bis zwei Tage überleben würde. »Lasst uns allein«, sagte er tonlos.

Hrut klopfte ihm aufmunternd auf die Schulter. In seinem Blick spiegelte sich die grenzenlose Erschütterung über Hakons Zustand. Dann ging er mit Björn, Ingjald und Thorbrand hinaus.

»Schürt das Feuer«, befahl Leif den Sklavinnen, »und holt saubere Lappen.« Zum ersten Mal bedauerte er es, dass seine Frau nicht hier sein konnte. Sie hätte gewusst, was jetzt zu tun war. Hakons Lippen waren so blass wie seine Haut. Er musste viel Blut verloren haben. Vorsichtig wickelte Leif den Stumpf aus und erkannte den Grund für den hohen Blutverlust. Die Wunde war nicht mit einer heißen Klinge verschlossen worden. Selbst er wusste, wie man das machte. Sie hatten ihn wie ein Tier ausbluten lassen. Nun war es zu spät. Er wickelte ein sauberes Tuch darum und legte Hakon den Arm sanft auf die Brust. Dann tränkte er einen Lappen mit kühlem Wasser und bedeckte damit die verbrannten Stellen, an der einmal seine Augen waren, jene kalten, eisgrauen Augen, die oft so kühl und berechnend in die Welt geblickt hatten. Es war schockierend, dass sie nicht mehr da waren, wo sie hingehörten. Was gäbe er darum, wenn sie ihn noch einmal anschauen könnten. Bittere Galle kroch ihm die Kehle hinauf. Er stand abrupt auf und ging nach draußen, um sich in die Büsche zu übergeben. Der Geruch nach Krankheit und Tod schien an ihm zu haften und er holte einige Male tief Luft, um seine Lungen mit der kühlen Brise nach feuchter Erde und dem Wasser des Fjords zu füllen, bevor er sich wieder auf den Weg ins Haus machte.

Asvald nickte ihm freundlich zu, als er den langen Raum betrat, durch den sich zwei parallel verlaufende Pfeilerreihen zogen, die das riesige Dach stützten. Asvald und Gísl hatten sich mit ihren Familien taktvoll in eine Ecke des Raumes verzogen. Trotz der Kinder war es fast vollkommen still. Der Geruch nach Fleischbrühe zog nun angenehm durch die Halle und weckte in ihm ungeachtet der Übelkeit das Verlangen nach etwas Essbarem.

»Ich koche ihm eine Suppe«, erklärte Raghild. Sie hatte das wenige Brennholz, das ihnen noch zur Verfügung stand, zusammengeklaubt, um ein anständiges Feuer zu entfachen. »Vielleicht kann er ein paar Löffel davon zu sich nehmen, wenn er aufwacht.«

Leif nickte lächelnd. »Ich danke dir.«

Es dauerte nicht lange, bis Hakon mit den Zähnen zu klappern begann. Leif entfernte den kühlen Umschlag von seinem Gesicht, und Inga brachte ihm Felle, die sie über ihn deckten, damit er es warm hatte. Doch kurz darauf brach Hakon der Schweiß aus. Er stöhnte und stieß die Felle mit seiner gesunden Hand von sich.

»Hol eine leichte Decke«, sagte Leif zu Inga. Dies schien die beste Lösung zu sein, denn Hakon lag nun still auf seiner Schlafbank. Man hätte es fast friedlich nennen können, wären da nicht die schrecklichen Verletzungen gewesen, die seinen Körper verunstalteten. Leif setzte sich neben ihn und bewachte seinen Schlaf. Svens Tod kam ihm in den Sinn. Sven war Hakons Bruder gewesen und lange Zeit hielt ihn Leif für seinen wirklichen Vater. In gewissem Sinne war er das auch, denn Sven war immer für ihn da, zumindest dann, wenn er nicht mit Hakon auf Wikingfahrt ging. Auch er war auf seiner Schlafbank gestorben und so wie in diesem Moment hatte Leif nichts weiter tun können, als hilflos dabei zuzusehen. Hakon sah seinem Bruder sehr ähnlich. Auf eine absurde Art und Weise kam es ihm so vor, als ob er seinen Vater nun zum zweiten Mal verlieren würde. Plötzlich fühlte er so etwas wie Zuneigung für den Mann, den er so lange abgelehnt hatte – ob er es nun wollte oder nicht. Vielleicht war es Hakons erbarmungswürdiger Anblick, der diese Gefühle in ihm weckte. Vielleicht aber auch die Bande des Blutes, die man nun mal nicht ungeschehen machen konnte.

Eine lange Zeit verging. Irgendwann nickte Leif ein, bis ihn eine fahrige Bewegung aus dem Schlaf holte. Es war Hakons Hand, die nach ihm tastete.

»Leif … bist du es?« Hakons Stimme war schwach. Leif beugte sich über sein Gesicht, um ihn besser verstehen zu können.

»Ja, ich bin es«, erwiderte er.

»Das … ist gut.«

»Raghild hat dir eine Suppe gekocht. Möchtest du etwas davon essen?«

Ein Lächeln stahl sich über Hakons Lippen. »Nein«, erwiderte er. »Ich habe keinen Hunger, nur … fürchterlichen Durst.«

Leif holte etwas Wasser und flößte es ihm ein.

Hakon verzog das Gesicht. »Gibt es kein Bier in diesem Haus?«, flüsterte er vorwurfsvoll.

Leif lächelte. »Nein. Es ist uns schon vor ein paar Tagen ausgegangen.«

Eine ganze Weile war es still. Leif spürte, dass Hakon Kraft sammelte, um weitersprechen zu können.

»Was werdet ihr nun tun?«, fragte er nach einer Weile.

Leif zuckte mit den Schultern. »Ich weiß es nicht.«

»Ihr werdet nicht … glücklich mit Sigurd werden … Er ist ein Scheusal.«

»Das sehe ich«, erwiderte Leif trocken.

»Dann hilf den Menschen, sich zu wehren«, Hakon nahm seine ganze Kraft zusammen, um seiner Stimme die nötige Dringlichkeit zu verleihen. Seine unversehrte Hand packte Leifs Arm. »Du musst … die Siedlung retten.«

»Ich?«, fragte Leif verdutzt. »Ich glaube nicht, dass ich das kann. Sie würden ohnehin nicht auf mich hören, schließlich bin ich in ihren Augen immer ein Sonderling gewesen.«

»Es ist auch dein … Krieg, ob es dir nun gefällt oder nicht, denn *mein* Blut und das Blut Egils fließen in deinen Adern. Du bist Erbe eines stolzen Geschlechts, Nachfahre großer Krieger und Jarle … Sigurd wird nicht eher ruhen, bis er auch dich vernichtet hat … und du wärest ein besserer Anführer, als es dieses arrogante Scheusal jemals sein wird … Zeig ihnen, dass du dazu fähig bist.« Wieder herrschte für einen Moment Stille, bevor Hakon weitersprach. »Ich weiß, dass ich dir ein schlechter Vater war. Ich kann es nicht wieder … gutmachen. – Bitte, verzeih mir.«

In Leifs Hals steckte ein Kloß. Nie im Leben hätte er mit diesen Worten gerechnet. Seine Erlebnisse mit Hakon liefen wie ein Bildteppich vor seinem inneren Auge ab. All die Gemeinheiten, die er durch ihn ertragen musste – aber auch das, was Hakon in letzter Zeit für ihn getan hatte. Verdankte er ihm letztendlich nicht sogar sein Leben und das seiner Familie, als Svala ihren Opfertod forderte? Konnte es sein, dass Hakon ihn vielleicht sogar ein wenig liebte? Und konnte er einem sterbenden Mann diese Bitte abschlagen? Die Antwort fiel ihm nicht leicht. »Ich verzeihe dir«, brachte er endlich mühsam hervor.

Hakon lächelte erleichtert. »Dann sterbe ich … als freier Mann. – Gib … mir ein Schwert … Ich möchte … ein Schwert in der Hand halten, wenn ich Odin gegenübertrete.« Hakon war ohne sein fränkisches Schwert zurückgekehrt. Sigurd hatte es an sich genommen, doch es hingen noch weitere als Schmuckstücke an der Wand seiner Halle. Leif holte das Schönste herunter und legte es Hakon auf die Brust. Hakon umfasste den Schwertgriff mit seiner unversehrten linken Hand. Sein Atem ging röchelnd. »Tu mir einen … Gefallen«, flüsterte er. »Schick mich brennend zu den Göttern und verscharre mich nicht wie einen … räudigen Hund in der Erde.«

Leif legte seine Hand auf die seines Vaters. »Ich verspreche es dir«, sagte er.

Bald darauf schwanden Hakon erneut die Sinne. Sein Atem wurde schwächer. Kurz bevor er ganz ausblieb, umfassten seine Finger den Schwertgriff fester.

Und dann starb Hakon, Sohn des alten Egil, Erbauer der Siedlung am Nid und ihr unbeugsamer Herrscher. Ein Mann, den man gefürchtet und bewundert hatte. Mit einem leisen Seufzer glitt er hinüber in eine andere Welt.

Leif richtete sich auf. Seine Stimme war heiser, als er den Tod des Jarls verkündete. »Ruft die Männer zusammen«, wandte er sich schließlich an Asvald und Gísl. »Damit wir Sigurd den Empfang bereiten, den er verdient.«

Bronagh hockte am Ufer der Gaula, wo sie mit Gersemi, einem hochgewachsenen Mädchen mit hellem Haar, die dreckigen Holzteller mit Sand und feinem Kies abrieb. Es war nicht einfach, so viele Menschen jeden Tag satt zu bekommen. Ihre Vorräte gingen bald wieder zur Neige, doch Thorlac und Ubbe hatten Lachse entdeckt, die sich vor der Mündung des Flusses sammelten, um bei günstigem Wasserstand in den Fluss aufzusteigen. Sie fingen jeden Tag mehrere der großen, silbernen Fische, die elegant durchs Wasser glitten.

Heute hatte Áki eine Grube ausgehoben und in deren Mitte ein Feuer entfacht. Während es niederbrannte, füllte er die Bäuche der getöteten Fische mit Kräutern und wickelte sie anschließend in große Farnblätter ein. Dann beschmierte er das Ganze mit feuchtem Lehm, der in der Hitze des Feuers trocknen würde und dafür sorgte, dass das zarte Fleisch schön saftig blieb. Áki legte die Lachse in die nun heiße

Grube, schichtete etwas Erde darüber und entfachte auf diesem Untergrund ein neues Feuer. Es dauerte einige Zeit, bis die Fische gar waren und man sie von ihrer Kruste aus Lehm und Farnblättern befreien konnte. Doch ihr Warten wurde belohnt. Das zartrosa Fleisch war köstlich. Einzig Bronagh schmeckte nichts davon. Ihre Gedanken weilten bei den Menschen in der Siedlung. Es musste einen Weg geben, um ihnen zu helfen. Schon viel zu lange saßen sie einfach nur herum, ohne das Geringste zu unternehmen. Doch was sollten sie tun?

»Warum greifen wir sie nicht an?«, hatte Thorlac gefragt, als sie mit Wasif zurückgekommen war. Der Schock steckte noch in ihren Gliedern. Sie war kaum fähig gewesen, zum Schiff zurückzulaufen, so sehr hatte sie der Anblick der Siedlung aus dem Gleichgewicht gebracht. »Wenn wir es schaffen, sie zu vertreiben, wird uns dieser Hakon auf ewig zum Dank verpflichtet sein«, sprach Thorlac weiter.

Wasif lachte schallend. »Falls wir das Ganze überleben. Ich schätze, das wird das größte Problem dabei sein.«

»Wir können nicht gegen sie kämpfen«, warf Bronagh nüchtern ein. »Es sind zu viele. Was sollen vier Männer und sechs Frauen gegen eine solche Übermacht ausrichten?«

Das war ihre größte Schwierigkeit: Sie waren zu wenige, doch es *musste* trotzdem etwas geben, was sie tun konnten. Sie war nur noch nicht darauf gekommen. Ratlos blickte sie in das klare Wasser des Flusses, sah dem Wogen der Wasserpflanzen und den eleganten Schwimmbewegungen der Fische zu, während ihre Hände einen Teller umklammerten. Sie würden nicht mehr lange an diesem Ort bleiben können. Abordnungen der feindlichen Krieger streiften umher. Es grenzte an ein Wunder, dass man sie noch nicht entdeckt hatte. Mechanisch tauchte sie ihre Hand ins Wasser und förderte Sand und kleine Steinchen zutage, die von der Feuchtigkeit bedeckt wie Edelsteine funkelten. Es konnte nicht sein, dass sie so kurz vor dem Ziel aufgeben mussten. Es *durfte* einfach nicht sein.

»Bist du soweit?«

Bronagh schreckte auf. Sie hatte Gersemi ganz vergessen, obwohl sie nur eine Armeslänge von ihr entfernt am Ufer hockte.

»Einen Augenblick noch«, erwiderte sie und scheuerte den Holzteller sauber.

Plötzlich ertönte ein lautes Platschen. Das Wasser spritzte so heftig auf, dass es ihr das Gesicht besprengte. Gersemi stieß neben ihr einen Schrei aus. Nachdem sie sich das Wasser aus den Augen gewischt hatte, sah Bronagh, dass Gersemi entsetzt aufgesprungen war und dabei einen Stapel Teller umgestoßen hatte. Sie blickte wie gebannt auf etwas Schreckliches, das aus dem Wasser aufzutauchen schien. Hastig lenkte Bronagh ihren Blick wieder nach vorne und entdeckte in diesem Moment, was Gersemi aus der Fassung gebracht hatte. Der große Kopf eines Seeungeheuers schoss mit blitzenden Zähnen geradewegs auf sie zu. Bronagh wollte schreien, doch aus ihrem Mund drang nur ein schwaches »Oh«, das von einer gebieterischen Stimme übertönt wurde.

»Bestla! Komm her!« Das Ungetüm kletterte die Uferböschung herauf, blieb einem Moment schwer atmend stehen und schüttelte sich ausgiebig, bis Bronaghs Kleider vollkommen durchnässt waren. Dann schlenderte es gelassen und ohne sie eines Blickes zu würdigen, auf die zwei Frauen zu, die an der Flussbiegung entlang auf sie zukamen. Ihr Herz klopfte wie ein Schmiedehammer. Gersemi schien es ähnlich zu ergehen, denn ihr Mund stand offen, als ob sie meilenweit gerannt wäre.

Die Frauen kamen rasch näher, das Untier nun im Gefolge. Bronagh und Gersemi ließen es nicht aus den Augen. Es hätte sie nicht gewundert, wenn es zurückkommen würde, um sich auf sie zu stürzen.

Stattdessen hielt eine der Frauen in ihrer Bewegung inne. »Bronagh! Bist du es wirklich?«, rief sie erstaunt.

Bronagh erstarrte und betrachtete die Frau genauer. Sie war von zierlicher Gestalt und ihr Haar leuchtete wie ein Kupferkessel in der Sonne. Ein Lachen stahl sich über ihre Lippen. »Ja, ich bin es«, rief sie, dann rannte sie auf Aryana zu, die sie mit ausgebreiteten Armen in Empfang nahm.

»Dem Herrn sei Dank, du bist zurück«, sagte Aryana überglücklich. »Ich hätte nicht gedacht, dass ich dich jemals wiedersehen würde.«

Bronagh musterte Aryana liebevoll. Ihr Gesicht war braun gebrannt und ihr Körper wirkte gesund und von der Arbeit gestählt. »Das Bauernleben scheint dir gut zu bekommen«, bemerkte sie strahlend. Ihr Blick fiel auf die Frau, die Aryana begleitete. Die magere Gestalt mit der großen Narbe auf der Stirn und dem dunklen Fleck auf der Nase war so unheimlich wie das Ungeheuer, das sie bewachte. »Was ist das eigentlich für ein Tier?«, fragte sie ängstlich.

»Oh, das ist nur Bestla«, erwiderte Aryana arglos. »Vor ihr brauchst du keine Angst zu haben. Sie ist nur ein zu groß geratener Hund. Am Anfang ist Bestla ein wenig ungestüm, aber wenn sie dich erst einmal kennengelernt hat, ist sie freundlich und überaus liebenswürdig.« Es waren Erindís' Worte, die sie aussprach. Sie schmunzelte bei dem Gedanken an ihr erstes Treffen mit Bestla.

»Was für ein passender Name«, erwiderte Bronagh trocken, doch wie zur Bestätigung ihrer Harmlosigkeit blickte Bestla sie aus treuherzigen Augen an. Bronagh riss sich von ihrem Anblick los. »Warum bist du hier und nicht in der Siedlung?«, fragte sie.

»Das ist eine lange Geschichte«, antwortete Aryana. Mit knappen Worten schilderte sie Cuthberts Tod und wie man sie zu Jódís gebracht hatte, um sie vor weiterem Unheil zu schützen.

Bronagh schüttelte traurig den Kopf. »Der arme Pater. Er wollte niemandem etwas Böses.«

»Es war Svalas Schuld«, entgegnete Aryana bitter. »Sie fürchtete um die Macht der Götter in der Siedlung – und um ihre eigene.«

»Nun, damit scheint es nun vorbei zu sein. – Die Siedlung wird belagert.«

Aryana keuchte entsetzt auf. Sie hatte geahnt, dass etwas passiert sein musste und nun bestätigten sich ihre schlimmsten Befürchtungen. Den ganzen Weg über hatte sie Jódís zur Eile angetrieben. Der Abstieg vom Berg war nicht so schwierig wie der Aufstieg gewesen, den sie damals mit Erindís und den Kindern unternommen hatte. Solveig war mit Floki und Meyla auf Jódís' Hof geblieben. Irgendjemand musste die Ziegen füttern und dort oben waren sie in Sicherheit. Das hoffte sie jedenfalls. Aryanas Beine waren gestählt von der ewigen Kletterei, die notwendig war, um Nahrung für sie und die Tiere zu beschaffen und da sie durch die Kinder nicht behindert wurden, hatten sie keine zwei Tage gebraucht, um an die Mündung der Gaula zu gelangen. Sie packte Bronagh bei den Schultern. »Wie geht es Leif? Weißt du, ob er noch lebt?«

»Nein, ich weiß nicht das Geringste«, erwiderte diese trostlos. »Nicht einmal, ob Bard noch am Leben ist.«

Aryana nickte traurig.

»Kommt mit in unser Lager«, Bronagh hakte sich bei Aryana unter. »Die anderen werden schon gespannt darauf sein, euch kennenzulernen.«

Sie schlenderten zu den Männern und Frauen hinüber, die neugierig auf sie warteten. Bestlas Ankunft hatte auch sie aufgeschreckt. Ubbe nahm Gersemi tröstend in den Arm, die immer noch ängstlich zitterte. Es war ihm anzusehen, dass er diese Gelegenheit für ein Geschenk der Götter hielt. Aryana und Jódís betrachteten staunend den dunkelhäutigen Hünen, der mit einem merkwürdig gebogenen Schwert bewaffnet war.

»Das ist Wasif«, Bronagh stellte sich wie selbstverständlich neben ihn und sah lächelnd zu ihm auf. »Er kommt aus einem fernen Land, in dem es so heiß ist, dass ganze Landstriche zu Sand und Staub zerfallen.« Wasif nickte den beiden Frauen mit einem Lächeln zu, das seine weißen Zähne zur Geltung brachte. Aryana und Jódís' musterten ihn mit einer Mischung aus Misstrauen und unverhohlener Neugier. Nun war es an Bronagh zu erzählen, wie sie den weiten Weg ins Nordland geschafft hatte.

»Das macht dir so leicht keiner nach«, in Aryanas Stimme schwang Bewunderung mit und sogar Jódís grunzte anerkennend.

»Doch nun sind wir hier.« Bronaghs hübsches Gesicht war voller Sorge. »Und es gibt nichts, was wir tun könnten, um den Menschen in der Siedlung zu helfen.«

»Du sagst, dass sie mit zwei Drekis am Nidufer ankern?«, fragte

Jódís grübelnd. Bestla lag zu Jódís' Füßen und leckte ihre Wunde, von der Aryana gestern den Verband entfernt hatte. Sie heilte gut. Nur abends hinkte Bestla noch ein wenig. »Warum tun wir es nicht nach der Art der Nordmänner und zünden ihre Schiffe an?«, sprach Jódís nachdenklich weiter. »Damit könnten wir sie empfindlich treffen und wer weiß, vielleicht ermuntert es die Siedlungsbewohner zur Gegenwehr, wenn sie sehen, dass Hilfe kommt.«

»Ein guter Plan«, entgegnete Wasif. »Zumindest könnten wir beträchtliche Verwirrung stiften.«

Jódís bedachte ihn mit einem breiten Lächeln. Der Kerl schien mehr Verstand zu haben, als sie gedacht hatte. Auch die anderen fanden ihren Vorschlag annehmbar.

»Wir tun es noch heute Nacht«, sagte Bronagh. Es war besser, es gleich zu tun, bevor sie alle der Mut verließ. »Wir zünden die Schiffe an, dann ziehen wir uns zurück und warten, was als Nächstes geschieht.«

Sie brachen das Lager ab, und bevor es dunkel wurde, ruderte der Knorr den Fjord hinauf, um der Küste zu folgen, die hier einen weiten Bogen machte. Das Land, an dem sie vorbeifuhren, war alles andere als flach und bot ausreichenden Schutz, um von der Siedlung aus nicht gesehen zu werden. Doch das Ufer war tückisch. Sie hatten alle Hände voll zu tun, damit das Schiff nicht auf Grund lief oder auf eine der Schären, von denen manche kaum aus dem Wasser ragten. Sie tasteten sich langsam voran und es war mitten in der Nacht, als Thorlac kurz vor der Siedlung vier Menschen und einen Hund an Land ließ: Bronagh, Aryana, Jódís und Wasif. Ihre Beine waren bis zur Hüfte nass, als sie sich am Ufer, zitternd vor Kälte, von einer Deckung zur nächsten pirschten, doch zwei Feuertöpfchen lagen warm und sicher in Bronaghs und Aryanas Händen. Sie hatten beschlossen, dass Thorlac mit dem Rest ihrer Gemeinschaft wieder ein Stück zurückruderte, bis das Schiff in Sicherheit war. Dort würde er auf Bronagh, Wasif und die beiden Frauen warten.

Bronagh rauschte der Schlag ihres Herzens in den Ohren. Sie versuchte ihre Angst mit der Tatsache zu besänftigen, dass Wasif bei ihnen war. Jódís und Bestla schienen ebenfalls ein guter Schutz zu sein, wie ihr Aryana versicherte. Der Eindruck, den sie von dem Hund und seiner Herrin hatte, ließ sie nicht im Geringsten an Aryanas Worten zweifeln. Endlich gelangten sie zum Lager, das von Männerstimmen und den Geräuschen des nächtlichen Lebens widerhallte. Fasziniert stellte Bronagh fest, dass niemand sie zu bemerken schien. An einer der Feuerstellen brandete Gelächter auf. Das Lachen wird euch schon noch vergehen, dachte sie grimmig. Vorsichtig schlängelten sie sich weiter durchs Gebüsch, bis die Schatten der Drekis vor ihnen auftauchten, die von den Flammen eines Feuers dicht am Ufer des Nid stammten. Vier Männer wärmten sich daran. Es waren die Wachen der Schiffe.

Aryana hatte sie ebenfalls entdeckt. Sie befanden sich auf der Höhe der Bauernhäuser, deren unförmige Hügel ebenfalls von dem Feuer schwach beleuchtet wurden. Sie roch den bitteren Geschmack der Asche, der von den Hügeln ausging. Ihr Magen krampfte sich wütend zusammen.

Wasif bedeutete den beiden Frauen zu warten, während er mit Jódís weiter an die Wachen heranschlich. Sie bewegten sich im Schatten der Schiffe und krochen dann auf dem Bauch weiter. Hinter einem Gebüsch, das nur noch zwei Manneslängen vom Feuer entfernt war, blieben sie reglos liegen. Besorgt blickte Wasif auf die Männer. Zwei Wachen waren problemlos zu beseitigen. Wenn man sie überraschte, konnte man sie aus dem Weg schaffen, ohne Aufsehen zu erregen. Aber vier? Er warf Jódís einen Blick zu, doch sie regte sich nicht. Sie schien zu dem gleichen Schluss wie er gelangt zu sein. Jetzt hieß es warten. Wenn die Männer aufstehen und nach den Schiffen sehen würden, konnte man sie vielleicht einzeln schnappen. Wasif schnaubte vorsichtig durch die Nase. Es würde eine lange Nacht werden. Verärgert beobachtete er, wie die Wachen ihre Hände über den Flammen wärmten, während seine Muskeln vor Kälte zitterten.

»Ich kann es kaum noch erwarten, bis wir morgen in die Siedlung einziehen«, sagte einer von ihnen.

Wasif spürte eine Bewegung und ahnte, dass sich Jódís' Kopf interessiert in die Höhe reckte.

»Du willst doch nur wissen, wie hübsch die Mädchen dort sind«, erwiderte ein anderer lachend.

»Nein«, entgegnete der erste gekränkt. »Ich will sehen, wie Sigurd die Jarlswürde in Empfang nimmt und wir endlich wieder ein Dach über dem Kopf haben. Die Nächte werden langsam empfindlich kühl.«

»Obwohl das mit den Mädchen kein übler Gedanke ist«, meinte ein anderer. »Ob sie wohl alle so hübsch sind wie diejenige, die vor ein paar Tagen in unser Lager kam?«

»Morgen wirst du es sehen. Ich hoffe nur, dass es nicht das Einzige ist, was es dort zu holen gibt.«

Wasif zuckte zusammen, als Jódís ihn unvermittelt berührte. Sie bedeutete ihm mit einem Wink, sich zurückzuziehen. Er folgte ihr ohne zu zögern.

»Hast du gehört, was sie gesagt haben?«, wisperte Jódís in Wasifs Richtung, als sie sich mit Aryana und Bronagh weit genug vom Lager entfernt hatten.

»Was?«, flüsterte Aryana ungeduldig.

»Dieser Sigurd will morgen in die Siedlung einziehen. Dann ist das Tor offen. Wenn wir die Schiffe genau zu diesem Zeitpunkt anzünden, könnten wir die Siedlungsbewohner besser als heute Nacht zur Gegenwehr ermuntern. *Und* wir könnten seine Schergen vielleicht davon überzeugen, dass ein weiteres Heer den Menschen zu Hilfe kommt, was sie veranlassen wird, wieder aus der Siedlung hinauszurennen, bevor sich die Falle schließt. Auf jeden Fall würden wir ein Durcheinander auslösen, dass diesem Otterngezücht die Freude an ihrem Einzug gründlich verderben wird.«

»Und was ist, wenn sich die Siedlungsbewohner nicht mehr wehren können?«, fragte Bronagh.

»Dann war alles umsonst«, entgegnete Jódís nüchtern.

»Wir müssen es trotzdem wagen«, entgegnete Wasif. »Wenn wir warten, bis das Heer abgezogen ist, könnten wir auch leichter mit den Wachen fertig werden. Niemand wird es hören, wenn wir sie erledigen.«

»Verschieben wir das Ganze auf morgen«, bestimmte Bronagh. »Wenn die Aussichten auf einen Erfolg größer sind.«

In der Siedlung traf man inzwischen die Vorbereitungen für Sigurds Empfang. Sie hatten nur diese eine Nacht, aber sie würde genügen. Während der Zeit, die Leif an Hakons Schlafbank ausharrte, war in ihm ein Plan gereift, der einfach aber wirkungsvoll war. Wenn er klappte, würden sie auch mit den Kriegern, die ihnen zur Verfügung standen, die Siedlung halten können. Die Männer waren zunächst über Leifs Vorschlag verblüfft gewesen, doch er strahlte eine Autorität aus, die sie nie zuvor an ihm bemerkt hatten. Er führte ihnen noch einmal Sigurds Grausamkeit vor Augen. Und er gab ihnen Mut. Vielleicht war dieser Sonderling ihre einzige Hoffnung? Vielleicht war er verrückt genug, um sie aus dieser aussichtslosen Lage zu befreien? Auf jeden Fall hatte er recht, wenn er sagte, dass es immer noch besser war, im Kampf um die Siedlung zu sterben, als sich den Grausamkeiten eines gnadenlosen Herrschers auszusetzen. Und dass er das war, hatte Sigurd hinlänglich bewiesen.

Die Sonne schob sich langsam über den Horizont, als sie feierlich das Tor öffneten und die Brücke über den Graben senkten. Die Männer standen für ihren letzten Kampf bereit. Das Tageslicht spiegelte sich in den polierten Helmen, Schwertgriffen und Axtblättern ihrer Träger. Manche hatten, wie Leif, ein Kettenhemd angelegt, andere schützten Brünnen und Kappen aus Leder, doch gleich, was sie trugen, ihre Gesichter blickten entschlossen dem Feind entgegen. Dieser ließ nicht allzu lange auf sich warten. Sie sahen die Reiter kommen. Sigurd ritt auf seinem Hengst Djarfur an der Spitze des Zuges. Die Ringe seines Kettenhemds schimmerten gräulich in der Sonne. Ein neuer Helm mit einem Nasenschutz und einem Pferdeschweif, der wie Frauenhaar von seiner Spitze hing, zierte seinen Kopf. Er schlug den Weg zur Brücke ein, die Windfahne mit dem Falken flatterte an der Spitze seiner Lanze und ragte hoch über ihm auf. Hinter ihm kamen etwa zwanzig weitere Reiter, die in Zweierreihen zu ihm aufschlossen. Danach folgte das Hauptheer, eine ganze

Horde Krieger zu Fuß. Die Hufe der Pferde polterten in scharfem Trab die Brücke herauf, Sigurd hatte es offenbar eilig, seinen Platz einzunehmen. Jetzt, dachte Leif, als der blonde Jüngling Djarfur hocherhobenen Hauptes über die Straße lenkte. Sein Pferd hatte etwa die Hälfte der Holzbohlen überschritten, bevor sich diese mit den Bohlen eines weiteren Weges kreuzten. Ein schmerzerfülltes Wiehern drang plötzlich aus der Kehle des Hengstes. Er stieg in die Höhe und warf Sigurd krachend zu Boden. Dann brach das Chaos aus. Mehrere Pferde traten in die langen Nägel, die sie heute Nacht mit Knuts Hilfe zwischen die Holzbohlen gesteckt hatten. Die Tiere stiegen in die Höhe, warfen ihre Reiter ab oder traten auf die Männer, die am Boden lagen, während hinter ihnen die letzten Pferde durchs Tor drängten, deren Reiter die Gefahr zu spät erkannten. Die Pferde gerieten in Panik, doch sie konnten nicht fliehen, weil ein paar Frauen kochendes Pech von den Wehrtürmen gossen und auf der Brücke ebenfalls für heillose Verwirrung und erhebliche Schmerzen sorgten.

»Greift an«, schrie Leif. Er lief mit gezogenem Schwert auf Sigurd zu, der sich eben wieder vom Boden hochrappelte.

»Geh mir aus dem Weg«, schrie Sigurd. »Ich bin gekommen, um meine Jarlswürde in Empfang zu nehmen.«

In Leifs Gesicht stahl sich ein breites, unverschämtes Grinsen. »Dann komm und hol sie dir.« Mit einer kraftvollen Bewegung schwang er sein Schwert durch die Luft, bis es in einem singenden Ton vibrierte. Sigurd schäumte vor Wut. Wie ein Berserker ging er auf Leif los, der den Angriff geschickt parierte.

Währenddessen war das Lager bis auf ein paar Wachen, die Schiffe und Zelte bewachten, vollkommen leer.

Bronagh nickte Aryana entschlossen zu. Die beiden Frauen schlichen zu den Schiffen. Jódís, Bestla und Wasif kümmerten sich derweil um die Wachen. Sie hatten die Feuertöpfchen die ganze Nacht mit trockenem Gras und kleinen Zweigen gefüttert. Nun steckten sie damit die gerefften Segel in Brand, die zusammen mit den abgesenkten Masten im Kielraum verstaut waren. Das Feuer griff auf das geteerte Holz der Riemen über, die ebenfalls dort lagerten und bald loderten hohe Flammen über die Dollborde hinaus, die den Innenraum der Schiffe verzehrten. Bis zu diesem Zeitpunkt bemerkte niemand, was an Bord der Drekis vor sich ging, denn die Wachen riefen keine Hilfe mehr herbei und in der Siedlung tobte unverkennbar eine Schlacht, die ihre eigene Aufmerksamkeit forderte. Doch dann drehten sich die Männer am Ende des Heeres, das sich wie ein großer Lindwurm über den Weg zur Brücke schlängelte.

»Bei Gott«, sagte Aryana. »Sie werden uns alle umbringen!«

Bronagh sah gehetzt hinter sich. Es gab kein Schiff mehr, auf dem sie fliehen konnten und ihrem eigenen Steuermann hatte sie befohlen, sich mit dem Knorr ein gutes Stück zu entfernen, damit wenigstens die anderen in Sicherheit waren. Die Strecke war zu groß, um noch rechtzeitig zu ihnen zu gelangen. Außerdem wären sie auf ihrem Weg dorthin direkt in die Arme der Krieger gelaufen. Diese kamen nun rasch näher. Ihr wütendes Geschrei, mit dem sie die übelsten Verwünschungen in ihre Richtung schickten, war deutlich zu hören. Die Frauen hielten vor Angst die Luft an, selbst Jódís und Wasif schien es die Sprache verschlagen zu haben. Nur Bestla knurrte drohend vor sich hin. Plötzlich mischte sich unter das Geschrei der Krieger ein neuer Ton, der lauter war als ihr eigener. Sie wandten ihre Köpfe zur Seite und prallten verblüfft zurück.

Wasif und den Frauen stand der Mund offen. Ein anderes Heer griff den Lindwurm an und in der vordersten Reihe erkannte Aryana Kraki.

»Wir bekommen Hilfe«, sagte sie vollkommen erleichtert darüber, ihrem unausweichlichen Schicksal entronnen zu sein.

»Dann lasst uns ihnen helfen«, erwiderte Jódís, die ihre Sprache wiedergefunden hatte. Sie zückte ihren Bogen.

»Ihr bleibt hier«, Wasif warf Bronagh und Aryana einen strengen Blick zu, damit sie sich ja daran hielten. »Es sind genug Männer da, um die Siedlung zu verteidigen.« Dann stürzte er sich in die Schlacht.

Sigurds Wut war kaum zu bremsen. Leif ließ ihn toben und parierte mit Schwert und Schild, um ihn müde zu machen. Eine große Ruhe hatte ihn ergriffen und er sagte sich, wenn sein Gott wollte, dass er diesen Kampf gewann, dann würde er siegen. Um sie herum tobte eine Schlacht aus kämpfenden Männern und panischen Pferden, die blindlings auskeilten. Die meisten Frauen und Kinder hatten sich in die schützenden Häuser zurückgezogen und die Türen verriegelt, doch Asvalds Sohn Helgi führte eine Meute aus Jungen an, die noch nicht zum Kampf mit Axt und Schwert taugte. Sie hatten ihnen kurze Jagdbogen gegeben, deren Pfeile nun auf die Angreifer niederprasselten. Auch Bard kämpfte mit. Leif konnte die Männer überzeugen, dass man denjenigen Sklaven, die sich für den Kampf eigneten, die Freiheit versprach – falls sie siegten. Ein ungeheurer Ansporn für diese Männer, der ihnen nun von Nutzen war. Aus den Augenwinkeln sah Leif die kämpfenden Knäuel um sich herum, während Sigurd weiter auf ihn eindrosch.

Der Kampf war ein zähes Geschäft und zog sich in die Länge. Leifs Schild brach an mehreren Stellen. Die Splitter des Holzes spießten sich durch den Stoff seines Hemdes und steckten im Fleisch seines Unterarms, doch er hielt ihn trotzig fest. Der Schweiß rann nun in Strömen über seinen Rücken. Seine Arme und Beine wurden schwer, während Sigurd mit unverminderter Kraft weiter tobte. Er, der seinen Angreifer müde machen wollte, ermattete nun selbst immer mehr.

Sigurd fühlte Leifs Schwäche und die Gewissheit des nahenden Sieges. Seine Schwerthiebe wurden nun nicht mehr von seiner Wut geleitet, sondern von einer frechen Überlegenheit, was weitaus gefährlicher war.

Der Schweiß rann Leif in die Augen. Er blinzelte ihn mühsam fort, den Schild noch immer in seiner Hand. Er drehte sich und lenkte Sigurd in die Richtung dreier Pferde, die sich mit angelegten Ohren aneinanderdrängten, bis dieser mit dem Rücken zu ihnen stand. Er machte einen Ausfall, ging mit letzter Kraft auf Sigurd los und stieß einen markerschütternden Schrei aus. Durch den Schleier vor seinen Augen sah er, dass die Pferde das taten, was er erwartet hatte: Sie stoben auseinander und keilten dabei wild mit den Hufen aus. Einer der Hufe traf Sigurd an der Kehrseite. Er strauchelte und taumelte auf Leif zu. Leifs Arm spannte sich an. Er riss die Reste seines Schildes empor und schmetterte den Knauf mit aller Kraft auf den Nasenschutz von Sigurds Helm. Der Pferdeschweif an der Helmspitze bäumte sich auf, als Sigurd mit einem Ausdruck des Erstaunens nach hinten fiel. Blut quoll aus seiner zerschlagenen Nase und lief ihm in den Mund.

»Ich sollte mit dir das Gleiche tun, was du mit meinem Vater getan hast«, zischte Leif, »doch ich bin kein Scheusal.« Dann stieß er ihm sein Schwert in die Kehle.

Das Letzte, was Sigurd fühlte, war die grenzenlose Verwunderung darüber, dass man ihn hereingelegt hatte, obwohl er doch alles getan hatte, um dies zu verhindern. Er rang gurgelnd nach Luft, doch stattdessen füllten sich seine Lungen mit seinem eigenen Blut. Sein einst hübsches Gesicht verzerrte sich zu einer wütenden Fratze. Er war Sigurd, der Falke, grausam und gerissen – doch er hatte verloren.

Leif riss die Lanze mit dem Falkenbanner in die Höhe, die in den Staub gefallen war. Mit beiden Händen schwenkte er sie durch die Luft. »Ergebt euch«, brüllte er. »Denn euer Herr ist gefallen.« Dann zerbrach er das Holz und warf es neben Sigurd auf die Erde.

So starb Sigurd, Nachfahre von Ogvald, aus Ogvaldsnes, der ein direkter Nachkomme des Riesen Ymir war und von dem manche später behaupteten, dass es besser gewesen wäre, wenn er sich mit seinen Männern zum Rand der Erdscheibe aufgemacht hätte. Dort, wo die Wasser in die Tiefe stürzten.

Auch draußen kam der Kampf zum Erliegen. Die Männer, die mit Kraki gekommen waren, siegten über die Feinde, die sich nicht hinter den schützenden Wall zurückziehen konnten, weil das Tor mit kämpfenden Leibern und wild gewordenen Pferden verstopft war. Das kochende Pech aus den Wehrtürmen tat ein Übriges. So blieb ihnen nur die Flucht nach vorne, doch auf ihre Schiffe konnten sie sich nicht retten. Dicke Rauchschwaden zogen vom Nid herauf, die von der Zerstörung der Drekis kündeten. Sie saßen in der Falle.

Aryana und Bronagh mussten am Ende doch noch kämpfen. Ein paar Männer kamen mit drohenden Gesichtern auf sie zu, um ihre Wut an den wehrlosen Frauen auszulassen. Nun konnte sich Bronagh ein klein wenig wie eine Schildmaid fühlen und das anwenden, was sie bei Wasif gelernt hatte. Schließlich kam Bestla, die ihrem Namen alle Ehre machte.

Aryana zitterte am ganzen Körper, doch es war vorbei. Ihre Feinde waren geschlagen und der Rest hatte sich ergeben.

»Aryana!« Es war Kraki, der auf sie zueilte, wobei er einen respektvollen Abstand zwischen sich und Bestla einhielt und sie argwöhnisch beäugte. »Odin sei Dank. Dir ist nichts geschehen.«

»Nein, Gott sei Dank«, erwiderte sie lächelnd. »Doch was ist mit den anderen? Geht es Leif gut?«

»Und was ist mit Bard?«, warf Bronagh ängstlich ein.

»Ich weiß es nicht«, gestand Kraki. »Doch als ich die Siedlung verließ, waren sie beide noch am Leben.«

»Dann lasst uns endlich nachsehen«, sagte Aryana, »damit die Ungewissheit ein Ende hat.« Sie hielt entschlossen auf den Wall zu. Bronagh, Kraki und Wasif folgten ihr mit Jódís und Bestla.

Der Schaden, den die Schlacht angerichtet hatte, war groß. Überall lagen verletzte und sterbende Männer. In Aryanas Herz bildete sich ein eisiger Fleck. Ihre Augen huschten über die Gesichter der Krieger, von denen viele noch jung waren. Jeden Moment konnte sie ihren eigenen Mann unter den Gefallenen entdecken. Der Tod würde auch ihn nicht verschonen, wenn seine Zeit gekommen war. Ihre Beine zitterten inzwischen so sehr, dass sie es kaum schaffte, sich einen Weg über die Brücke zu bahnen, zwischen Leibern und klebrigem Pech. Doch als sie das Tor erreichte, wurde ihr Blick auf einen Krieger gelenkt. Sein Helm war blutverschmiert und darunter quollen goldene Locken in wirren Strähnen hervor. Er schnaufte wie ein ausgepumptes Pferd, aber seine Haltung war aufrecht und voller Würde.

»Leif«, sie hätte ihn unter einem ganzen Heer von Kriegern erkannt – und er *lebte*.

Erstaunt hob Leif den Kopf. »Aryana.« Mit langen Schritten kam er auf Aryana zu und hielt abrupt vor ihr inne. Seine Augen verfinsterten sich. »Du«, sagte er, »hast mir versprochen, in den Fjells zu bleiben, bis ich komme, um dich zu holen.«

Sie sah mit schuldbewusster Miene zu ihm auf und einen Moment lang wusste sie nicht, was sie antworten sollte.

Doch dann erhellte sich sein Gesicht und er lachte, als ob er sein Glück nicht fassen könne. »Doch ich bin so froh, dich wiederzusehen.« Er nahm sie in seine Arme und drückte sie, bis sie lachend protestierte.

»Was ist mit deinem Arm?«, fragte sie besorgt.

»Och, nichts Besonderes«, erwiderte er. »Du kannst dich später darum kümmern.«

Jetzt erst entdeckte er Bronagh, die mit suchenden Augen zwischen den Männern umherwanderte. »Das ist ja Bronagh«, sagte er fasziniert. »Wie kommt sie denn hierher?« Er wusste, wen sie suchte, doch sie fand ihn nicht und ihr Blick wurde immer trostloser. Bard war nicht unter den Männern, weder bei denen, die am Boden lagen noch bei denen, die auf den Beinen standen. Noch bevor Leif nach ihr rufen konnte, öffnete sich die Tür eines Hauses und Bard trat mit einer Schöpfkelle und einem Eimer über die Schwelle.

»Hier ist Wasser für die Männer«, sagte er, dann fiel sein Blick auf eine zierliche Gestalt mit rotblondem Haar und grünen Augen. Bard stockte und ließ Eimer und Schöpfkelle fallen. Bronagh bedachte ihn mit einem schüchternen Lächeln, als er wie ein Schlafwandler auf sie zuwankte.

»Hab keine Angst«, sagte sie scheu. »Ich bin es wirklich.«

Bard keuchte auf. Dann nahm er vorsichtig ihr Gesicht in seine Hände und strich mit den Daumen über die zarte Haut und den anmutigen Schwung ihrer Wangenknochen. Einen Moment lang fürchtete er, sie könnte unter seinen Fingern zerrinnen wie ein flüchtiger Traum. Doch sie war es wirklich! Nun wurde er mutiger. Er wirbelte Bronagh voll überschäumender Freude um seine eigene Achse. Niemand hinderte ihn daran, denn Hakon war tot und Bard war jetzt ein freier Mann. Er lachte und jauchzte mit Bronagh, bis sie gegen Wasif stießen, der Bronagh nicht aus den Augen gelassen hatte.

»Wer ist der Kerl da?«, knurrte Bard.

»Wasif ist ein Freund«, erwiderte sie streng. »Es gibt keinen Grund, eifersüchtig zu sein. Nicht, nachdem ich so viel auf mich genommen habe, um dich endlich wiederzusehen.« Dann flog sie erneut in seine Arme.

Der warnende Ruf des Horns erklang plötzlich vom Wall.

»Was ist denn nun schon wieder?«, knurrte Leif ungehalten.

Sie eilten nach oben und sahen einen Knorr, der im Hafen vor Anker ging. »Dies ist unser Schiff«, bemerkte Bronagh voller Stolz. »Der Rest unserer Mannschaft hat es wohl nicht länger ohne uns ausgehalten.«

Leif und Bard betrachteten sie verwundert.

»Nun, was dachtet ihr, wie ich hier hergekommen bin? Sollte ich fliegen wie ein Vogel? Aber das ist eine lange Geschichte, die ich euch bald erzählen werde.«

Die Sonne begann schon wieder zu sinken, als sich die Männer erneut in Hakons Halle versammelten. Viele waren mit Blessuren übersät, einige hatte es auch härter erwischt, aber die Stimmung war sehr viel fröhlicher als einen Tag zuvor.

Ingjald ergriff das Wort: »Wir sollten Leif danken, dass er uns aus den Händen Sigurds befreit hat.«

Die Männer stimmten ihm jubelnd zu.

»Wir haben es in letzter Zeit nicht immer gut mit dir gemeint«, wandte sich Ingjald nun an Leif. »Trotzdem hast du treu zu uns gehalten, als wir es am dringendsten brauchten. – Und du hast großes Geschick darin bewiesen.«

Leif schluckte, doch er sagte nichts.

Ingjald warf einen Blick in die Runde. »Leif sollte unser Führer sein, bis das Thing einberufen wird, bei dem wir einen neuen Jarl wählen.«

»So soll es sein«, erwiderte Björn, der wie ein einäugiger Riese aussah, weil er ein geschwollenes blaues Auge hatte, das ihm die Lider zusammendrückte.

»So soll es sein«, rief auch Hrut und dann brach zustimmendes Gebrüll los, das Leif zum Lächeln brachte.

So schnell konnte sich ein Schicksal wenden, dachte er verblüfft. Vor wenigen Wochen hätten sie ihn am liebsten umgebracht und nun sollte er ihr Führer sein.

»Nun«, sagte er »wenn das euer Wunsch ist, werde ich es tun. So lasst uns als Erstes in Sigurds Lager gehen, um zu sehen, was noch davon übrig geblieben ist. Und dann werden wir Hakon mit allen Ehren bestatten.«

Als das Lager Sigurds durchsucht wurde, entdeckte Hrut seinen Onkel. Mehr tot als lebendig kauerte er neben dem Baum, an dem ihn Sigurd festgekettet hatte.

»Rollo, du lebst!« Hrut war außer sich vor Freude.

»Hrut, mein Junge«, erwiderte Rollo erleichtert. »Ihr seid keinen Tag zu früh, doch es ist gut, dich zu sehen.«

Hrut ließ es sich nicht nehmen, Rollo persönlich bei seiner Tante abzuliefern. Er nahm ihn sanft auf die Schulter und trug Rollo zu seinem Haus, während er ihm erzählte, wie es seiner Familie in der Zwischenzeit ergangen war. Rollo war schon immer klein und schmal gewesen, aber nun war er so leicht wie eine Feder. Seinen Verstand schien er allerdings nicht eingebüßt zu haben, denn er hörte ihm aufmerksam zu und war erleichtert, dass niemand Schaden genommen hatte.

»Sieh nur, Tante, wen ich dir mitgebracht habe«, rief Hrut fröhlich, als er das Haus betrat. In dem verrußten Raum herrschte große Geschäftigkeit. Es würde noch lange dauern, bis die Häuser am Ufer des Nid wieder aufgebaut waren und so blieben die Bauern, die Hruts Familie beherbergte, eben so lange hier. Unn versuchte gerade Ordnung in das Durcheinander zu bringen, indem sie einen Jungen, der sich den Fuß verletzt hatte, zu Aryana schickte, anordnete, wer in den Wald gehen sollte, um endlich wieder frische Nahrung auf den Tisch zu bekommen und wer draußen beim Aufräumen helfen konnte. Sie hörte Hrut kaum, doch ihr Auge streifte den Körper, den er nun vorsichtig auf eine Schlafbank legte.

»Rollo!« Ihre Gesichtsfarbe wechselte so schnell, dass Hrut befürchtete, sie würde jeden Moment umfallen. »Du bist am Leben!«, stotterte sie.

Rollo lächelte ein Totenkopflächeln. Seine Haut spannte sich über die Knochen, als ob kein Fleisch mehr darunter läge. »Wie kommt ihr nur alle darauf, dass ich tot sein könnte? Du wolltest mich wohl endlich los sein, wie?«

Unns Gesicht nahm einen entrüsteten Ausdruck an. »Wie kannst du so etwas sagen?«, giftete sie. »Weißt du, welche Sorgen ich mir um dich gemacht habe? Du gemeiner Schuft, du!« Dann stürzte sie sich auf Rollo und umarmte ihn mit einer ungestümen Leidenschaft, bei der Hrut fürchtete, sie würde Rollo damit den Rest geben.

Hrut grinste und legte Svanhild zufrieden den Arm um die Schulter. Es machte ihm Freude, die beiden so glücklich zu sehen.

Plötzlich fiel Rollos Blick auf Hruts Frau. »Du«, sagte er böse, »verlässt sofort mein Haus.«

Hrut und Svanhild fuhren vor Schreck auseinander. »Aber warum? Was hast du denn, Onkel?«, fragte Hrut verwirrt.

Rollo bebte am ganzen Körper, sein Gesicht war wutverzerrt. »Diese Frau ist eine Schlange«, schrie er. »Ich habe gesehen, wie sie eines Nachts in Sigurds Lager kam und sich ihm angebiedert hat. Sie erzählte ihm, wo sich Aryana versteckt hält, damit Sigurd etwas besitzt, um Hakon zu schaden. Wenn Aryana etwas zugestoßen ist, so ist es allein ihre Schuld! Davon abgesehen hätte sie unser aller Tod in Kauf genommen, nur um ihren eigenen Vorteil daraus zu schlagen.«

Im Haus war es nun vollkommen still. Alle Blicke richteten sich auf Svanhild, die beschämt ihre Lider senkte.

»Aber Rollo! Bist dir wirklich sicher, dass es Svanhild war?«, warf Unn ungläubig ein.

»Meine Augen sind immer noch scharf genug, um die Frau meines Neffen wiederzuerkennen«, erwiderte Rollo schneidend. »Lasst euch nicht von ihrem lieblichen Äußeren täuschen. Sie ist schlimmer als *Loki*.«

Die Narben in Hruts Gesicht begannen aufzuflammen, als er prüfend das Kinn seiner Frau hob, um ihr in die Augen zu sehen. »Ist das wahr?«, fragte er erstickt.

Svanhilds Mund zuckte nervös.

»Darum also hast du uns in jener Nacht das Bier gebracht«, bemerkte Glum fassungslos. Er war Hrut mit einem Stapel Brennholz im Arm gefolgt, das in den Häusern verteilt wurde.

Hrut bedachte ihn mit einem unverständigen Blick. Er schien die Anschuldigungen, die man gegen seine Frau vorbrachte, immer weniger zu begreifen. »Sie hat was?«

»Sie hat uns Bier gebracht«, erwiderte Glum in aller Logik, »als wir in der Nacht, bevor Hakon mit Sigurd verhandelte, die Wache auf dem Wall übernommen hatten. Mit den besten Grüßen von ihrer Tante.«

»Aber zu diesem Zeitpunkt hatten wir gar kein Bier mehr«, sagte Unn erstaunt.

»Besser, wenn ihr es nicht getrunken habt«, meinte Glum. »Es ist uns nicht bekommen. Herstein und ich waren so betrunken, dass wir bis zum nächsten Morgen geschlafen haben. Danach haben wir uns so geschämt, dass wir beschlossen, es niemandem zu erzählen. Wenn wir allerdings gewusst hätten, dass sich die Kleine in dieser Zeit davongeschlichen hat …«

Hruts Gedanken rasten. Er packte Svanhild bei den Armen und schüttelte sie. »Ist das wahr?«, schrie er.

Svanhild wusste, dass es keinen Zweck mehr hatte zu leugnen. Die Stimmen dreier Männer standen gegen ihre eigene. »Ja, es ist wahr«, gab sie trotzig zurück.

Entsetzt ließ Hrut sie los. »Aber warum?«, fragte er entgeistert. »Warum tust du mir so etwas an? Habe ich nicht alles getan, um dich glücklich zu machen?«

Ihre Augen wurden kalt. »Du hast es zumindest versucht«, erwiderte sie eisig. »Doch es war nicht genug. Ich hätte es wissen müssen, denn ich wollte dich von Anfang an nicht.«

Hrut taumelte zurück und ließ sich auf eine Schlafbank fallen.

»Es war Hakons Idee, dass ich dich heirate«, fuhr Svanhild fort. Ihre Stimme war kalt und ohne Gnade. »Er hat mir versprochen, dass du zu einer Menge Silber kommen würdest und ich das Leben einer reichen Ehefrau führen könnte. Alles nur, damit ich dich heirate, obwohl ich deinen Anblick alles andere als anziehend fand. Doch nichts davon trat ein. Weder besitze ich ein eigenes Haus noch Gold, Schmuck oder Silber. Nur diesen lächerlichen Bernsteinanhänger, den ich noch nicht einmal öffentlich tragen durfte.« Sie griff in ihren Beutel und warf Hrut den Anhänger vor die Füße. »Keines seiner Versprechen hat Hakon gehalten. Er war nichts weiter als ein alternder Mann, der jedes Jahr eine andere Ausrede gefunden hätte, warum er nicht mehr auf Wikingfahrt geht.«

Hrut starrte ungläubig auf den Bernstein, der zu seinen Füßen lag. Er war so zerbrochen wie sein Herz. Was hatte er nicht alles getan, um die Liebe dieser Frau zu gewinnen? Er war Hakons Spitzel gewesen, hatte seinen besten Freund betrogen und den Tod des Priesters in Kauf genommen, nur um das nötige Silber zu erhalten, das er für sie brauchte. Doch nun war Hakon nicht mehr dazu gekommen, es ihm zu geben. Einen Augenblick fragte er sich, ob er wohl jemals etwas davon erfahren hätte, wenn alles gut gegangen und er mit Hakon diesen Sommer zum Land der Angelsachsen aufgebrochen wäre.

»Bring sie in die Jarlshalle«, seine Stimme war wutverzerrt, als er sich an Glum wandte. »Leif soll entscheiden, was mit ihr geschehen soll.« Dann stand er auf und verließ das Haus. Sein Leben lag in Scherben und es gab niemanden, der es wieder zusammenfügen konnte.

kornskurðarmánaðr – Herbstmonat

Es dauerte ein paar Tage, bis die Ordnung in der Siedlung wiederhergestellt war. Kraki hatte zwar lange gebraucht, um genügend

Männer zusammenzutrommeln, die sie von Sigurd befreien sollten. Doch der Weg zu den verstreut liegenden Höfen war weit und die Männer trennten sich nur ungern von ihren Familien, die gerade die Ernte einholten. Wenn man es aber genau betrachtete, waren sie gerade zur rechten Zeit gekommen und nun halfen sie den Siedlungsbewohnern, das Korn zu ernten und Heu und Stroh in die Scheunen zu bringen, bevor auch der brauchbare Rest verfaulte. Bronaghs Schiffsbesatzung half tatkräftig mit. Niemand wollte sie von Neuem versklaven, denn die Siedlungsbewohner waren froh, das Bronagh gekommen war, um die Schiffe anzuzünden, was einen nicht unerheblichen Einfluss auf ihren Sieg genommen hatte. Bronagh war so glücklich wie schon lange nicht mehr. Sie lebte nun mit Bard in der großen Halle, wo auch Leif und Aryana mit Asvalds und Gísls Familien wohnten, bis die Männer einen neuen Jarl auserkoren. Der Argwohn, mit dem man Leif betrachtet hatte, war verschwunden. Stattdessen schien so etwas wie Bewunderung an seine Stelle getreten zu sein. Leif verstand es selbst nicht. Doch vielleicht hatte Sigurds Empfang den Männern vor Augen geführt, dass noch etwas anderes in ihm steckte. Vielleicht hatte Hakon ja recht, wenn er sagte, dass er ein guter Anführer wäre, denn nun wurde er nach seiner Meinung gefragt, wenn es in der Siedlung etwas zu regeln galt. Er hatte angeordnet, dass man Svanhild im Wehrturm gefangen hielt, bis die Männer beim Thing über ihr weiteres Schicksal befanden. Es raubte ihm fast den Atem, als er hörte, dass sie Aryana in große Gefahr gebracht hatte, und er war froh, dass ihr Plan nicht aufgegangen war. Aber er sorgte sich auch um Hrut, für den das Doppelleben seiner Frau eine herbe Enttäuschung darstellte. Die feindlichen Krieger, die überlebt hatten, wurden in ihr Lager zurückgebracht, wo man sie nachts bewachte und tagsüber einen Scheiterhaufen errichten ließ, auf den sie schließlich eines von Hakons Drekis zogen. Danach sollten sie die Reste der verbrannten Häuser abtragen, damit möglichst schnell neue gebaut werden konnten. Doch vor dem nächsten Sommer würden die Häuser nicht fertig werden und so stellte man sich auf ein enges Miteinander in der Siedlung ein.

Auch Aryana hatte viel zu tun. Sie kümmerte sich mit Erindís und Bronagh um die Verwundeten oder half mit, ein Kind auf die Welt zu bringen. Die Geburt dieser Kinder war wie ein Hoffnungsstrahl, denn eine neue Generation würde frei in den Häusern ihrer Eltern aufwachsen, statt hilflos mit ansehen zu müssen, wie diese von einem feindlichen Herrscher unterjocht wurden.

Jódís kehrte mit zwei Männern nach Stigen zurück. Sie wollte nicht länger als nötig unter so vielen Menschen sein. Aryana nahm Jódís zum Abschied herzlich in die Arme. »Ich danke dir«, sagte sie. Wider Willen hatte sie das mürrische Wesen in ihr Herz geschlossen.

»Ich habe doch gesagt, dass du noch was gut bei mir hast«, brummte Jódís. »Pass in Zukunft besser auf sie auf«, wandte sie sich mürrisch an Leif, während seine Frau sich liebevoll über das sabbernde Untier beugte und es ebenso herzlich wie zuvor seine Herrin an sich drückte.

Ein paar Tage später brachten die Männer Solveig und Floki zurück, zusammen mit Meyla, deren fröhliches Geplapper durch die Halle schallte.

Und pünktlich zu Hakons Bestattung tauchte Svala wieder in der Siedlung auf.

Der Scheiterhaufen stand in der Nähe der Küste, nicht weit von ihrem Thingplatz entfernt. Leif fand diese Stelle passend, denn auch dort erinnerten die Bautasteine an den Tod großer Männer und nichts anderes war Hakon gewesen. Heute Morgen hatten sie ihn aus seinem vorläufigen Grab geholt, in dem er lag, bis das Korn geerntet und die Vorbereitungen für das Begräbnis abgeschlossen waren. Hakons Sklavinnen bemühten sich darum, ihn so schön wie möglich herzurichten, und da er in der glücklichen Lage war, mehrere Gewänder zu besitzen, war es nicht schwierig, etwas Passendes zu finden. Seine Hose war einfach, doch seine Füße steckten in weichen Stiefeln aus Kalbsleder, die eigentlich viel zu schade waren, um sie einem Toten anzuziehen, doch Leif wollte den letzten Wunsch seines Vaters nicht unerfüllt lassen. Wenn er schon verbrannt werden wollte, dann sollte es auch nach der Sitte der Väter geschehen. Nur eines würde er auf keinen Fall erlauben: Keine Sklavin sollte ihr Leben lassen, um seinen Vater auf der Reise nach Walhall zu begleiten. Aber alles andere würde geschehen und so hatte Hakon ein mit Borten verziertes Hemd, seine glitzernden Armreife und einen edlen Mantel aus Zobelfell an, der mit einer goldenen Fibel verschlossen war. Das Fell des Mantels wiederholte sich in der Mütze, die man Hakon tief ins Gesicht gezogen hatte, um die Tatsache zu verbergen, dass seine Augen nicht mehr an der Stelle saßen, wo sie hingehörten. Ingjald und Thorbrand trugen einen Lehnstuhl, auf den man ihn gesetzt hatte, und zogen damit zum Schiff. Die ganze Siedlung folgte ihnen in einem langen, schweigenden Trauerzug. Ein Pferd aus Hakons Stall folgte dem Jarl in den Tod. Leif trug das Schwert, das sein Vater in der Hand gehalten hatte, als er starb, eine Axt, seinen Schild und einen Sax. Er hatte Sigurd das fränkische Schwert wieder abgenommen, doch er brachte es nicht über sich, es im Feuer zu zerstören. Der nächste Jarl sollte es erhalten, denn es war ein gutes Schwert und man wusste nie, wann man wieder eines brauchte.

Sie waren nun bei dem Schiff angelangt. Es war das Dreki, das Hakon immer selbst gesteuert hatte. Ingjald und Thorbrand stellten ihren Jarl mitsamt dem Stuhl auf das Schiff, dann legte Leif seine persönliche Habe um ihn herum. Die Männer bauten ein Zelt auf, damit Hakon von nun an ihren Blicken verborgen blieb. Währenddessen schlachtete man das Pferd und warf die zerteilten Stücke in den Kielraum. Als alles fertig war, ging Leif mit einer brennenden Fackel nach vorne. Sein Herz pochte in seinen Adern, doch seine Stimme war klar, als er sprach: »Wir haben uns hier versammelt, um Hakon, Egils Sohn, auf seine letzte Reise zu schicken. Möge er zu Odin auffahren, um in der Halle der gefallenen Krieger mit denen zu speisen, die ihm schon vorausgegangen sind.« Dann hielt er die Fackel in den Scheiterhaufen und warf sie anschließend auf das Schiff. Einige der Männer taten es ihm gleich. Während die Flammen sich immer weiter durch das Holz fraßen, trommelten die Krieger mit Schwertern und Äxten auf ihre Schilder, um ihrem toten Jarl die letzte Ehre zu erweisen.

Auf dem kurzen bescheidenen Mahl, das nun folgte, wurde das erste Bier ausgeschenkt, das sie gebraut hatten. Es war kein berauschendes Fest, das üblicherweise stattgefunden hätte, doch sie mussten sparsam sein. Der Winter war lang und das Essen würde für die vielen Menschen reichen müssen, die sich dieses Jahr in der Siedlung drängten.

Leif gesellte sich zu Hrut, der mit stumpfem Blick das Horn entgegennahm, das Leif ihm reichte.

»Du bist traurig, mein Freund«, sagte Leif voller Mitgefühl. Er war genauso bestürzt über Svanhilds Ränke, wie es Hrut selbst war.

»Nenn mich nicht Freund«, erwiderte Hrut bitter. »Ich habe kein Recht, von dir so genannt zu werden.«

Leif legte ihm tröstend die Hand auf die Schulter. »Du kannst nichts dafür, was deine Frau getan hat.«

Hrut schüttelte den Kopf, als ob er eine Fliege vertreiben wollte. »Noch immer kann ich es kaum glauben.« Sein Blick war so von Trauer erfüllt, dass es Leif ins Herz schnitt. »Aber ich habe wohl nichts anderes verdient.«

»Ich kann verstehen, dass du erschüttert bist …«

»Nichts kannst du verstehen«, fiel ihm Hrut ins Wort. »Dein Gesicht ist nicht entstellt wie meines. Doch ich war so dumm zu glauben, dass sie mich trotzdem lieben würde. Dabei wird es nie eine geben, die mich so liebt, wie ich nun mal bin.«

»Woher willst du das wissen? Nicht alle Frauen sind wie Svanhild. Du bist jung genug, um einer anderen zu begegnen, die erkennt, was für ein guter Mensch du bist.«

»Ein guter Mensch? Du weißt nicht, was du sagst«, brach es aus Hrut hervor. »Ich bin nicht besser als Svanhild. Ich habe dich betrogen und für Hakon den Spitzel gespielt, damit er wusste, was in deinem Haus vorgeht.«

Leif horchte erstaunt auf, doch dann verwandelte sich seine Erkenntnis in Groll. Deshalb also war Hrut letzten Winter bei ihm aufgetaucht. Er wollte ihn aushorchen, doch er hatte ihm bereitwillig seine Tür geöffnet und ihm so die Informationen geliefert, die Hakon brauchte.

»Ich habe ihm von dem Priester erzählt. Jedes Wort, das er in deinem Haus von sich gegeben hat. Und am Ende war ich es, der ihm geraten hat, Cuthbert zu beseitigen, obwohl ich ihn als freundlichen und barmherzigen Mann kennengelernt hatte. Mein schlechtes Gewissen hat mich dabei fast umgebracht, aber ich habe es trotzdem getan. Und das alles nur, damit ich die Frau heiraten konnte, dich ich liebte.«

Leif schluckte. Seine Hände ballten sich zu Fäusten. Am liebsten wäre er Hrut an die Kehle gesprungen, um ihn auf der Stelle zu erwürgen. Doch er mäßigte sich. Hrut sah aus wie ein geschlagenes Kind. Er büßte jetzt schon bitterlich für das, was er getan hatte. Und auch wenn er Hrut ein Leben lang grollte, würde es Cuthbert nicht mehr lebendig machen. Trotzdem war es mehr als schwierig, es nicht zu tun. Das Gesicht des alten Priesters stieg plötzlich vor seinen Augen auf. Er erinnerte sich daran, was Cuthbert gesagt hatte, als Hrut undankbar und schmollend auf seiner Schlafbank lag, nachdem sie ihm das Bein gerichtet hatten. ›Wenn du Menschen für den dreieinigen Gott gewinnen willst, musst du sie lieben. Ganz gleich, was sie dir antun. Und du musst bereit sein, ihnen zu verzeihen. Nur so kannst du sie von der Wahrheit überzeugen.‹ Menschen für den dreieinigen Gott gewinnen, war es nicht das, was er wollte?

»Es ist schlimm, was du getan hast«, sagte Leif schließlich zögernd. »Doch ich werde versuchen, dir zu verzeihen. Schließlich bist du einer der besten Freunde, die ich jemals hatte.«

Hrut sah ihm verblüfft in die Augen. Er suchte den Hass und die verdeckte Lüge darin, doch er fand nichts dergleichen. »Du verzeihst mir?«

Leif nickte. »Ja, das tue ich. Ich habe im letzten Jahr selbst genug Fehler gemacht, aber ich kenne einen, der mir diese Fehler vergibt. Warum sollte ich es nicht auch bei dir tun?«

Sie schwiegen eine Weile und jeder hing in dieser Zeit seinen eigenen Gedanken nach.

»Weißt du«, sagte Hrut plötzlich. »Ich glaube nicht, dass Hakon dir Böses gewollt hat. Und am Ende hat er dich sogar geliebt. Zumindest in der Art, in der es ihm möglich war.«

»Ja, das denke ich auch«, sagte Leif gedankenverloren.

Der Tag des Things nahte, auf dem bestimmt wurde, wer ihr neuer Jarl werden sollte. Das Wetter war nicht so freundlich wie im Herbst zuvor. Im Fjordtal hing der Nebel, der sich oft erst gegen Mittag verzog und eine empfindliche Kälte kündete von der baldigen Ankunft des Schnees. Svalas Blick war so düster wie das Wetter. Sie bedachte Leif damit, sooft sie ihn zu Gesicht bekam, und in ihm entstand das ungemütliche Gefühl, dass sie wieder einmal etwas ausheckte. Trotzdem war sie offenbar die Einzige, die noch eine Gefahr in ihm sah. Er glaubte nicht, dass es noch einmal so weit kommen würde, dass man ihn mitsamt seiner Familie aus dem Weg schaffen wollte. Ein letztes Mal schwärmten die Menschen der Siedlung aus, um von den Schätzen des Waldes zu holen, solange es die Witterung erlaubte, dann war der Tag des Things da.

Die Männer sammelten sich auf dem grasbewachsenen Hügel mit den Bautasteinen, von dem aus man nun einen Blick auf die frisch aufgeschüttete Erde von Hakons Grabhügel hatte. Diejenigen Krieger, die den Rest der Männer mit ihrer Stimme vertraten, setzten sich in den Halbkreis und man bedeutete Leif, sich zu ihnen zu setzen. Dieses Mal stand kein Hochstuhl in der Mitte, selbst Svala nicht, die mit finsteren Augen unter den Zuschauern weilte.

Ingjald ergriff das Wort, was ihm, als einem ihrer Ältesten, auch durchaus zustand. »Ihr wisst alle, weshalb wir heute hier sind«, fing er an, »und natürlich ist es nicht das erste Mal, dass wir uns den Kopf darüber zerbrechen, wer unser neuer Jarl werden soll. Viel wurde darüber geredet, doch so oft wir darüber sprachen, es wurde nur ein Name genannt, der würdig ist, diesen Titel zu tragen.«

»Wer ist es?«, fragte Leif interessiert, denn mit ihm hatte kaum jemand darüber gesprochen. Aber er hatte sich seine eigenen Gedanken gemacht. Hrut kam nicht mehr dafür infrage, da er seine Frau nicht davon abhalten konnte, Schaden anzurichten. Björn? Nun, er war ein Hitzkopf. Aber Knut wäre fähig dazu, auch wenn er etwas wortkarg war, vielleicht auch Thorbrand oder Ingjald selbst.

Ingjald lächelte. »Du bist es«, sagte er schlicht.

Leif fühlte sich, als ob ihn der Blitz getroffen hätte. »Ich?«, fragte er verdutzt. Er blickte in die Runde der Männer und sah nichts als Wohlwollen. »Seid ihr euch sicher? Vor ein paar Wochen hättet ihr mich noch dem Tod preisgegeben – und nun soll ich euer Jarl werden?«

»Du hast recht«, erwiderte Ingjald, »und es tut uns aufrichtig leid, was damals geschah. Aber Dinge können sich ändern. Du hast bewiesen, dass dir die Siedlung am Herzen liegt und dass du ein guter Anführer bist. Allein dir haben wir es zu verdanken, dass wir wieder frei und voller Hoffnung sind. Und schließlich fließt das Blut Hakons in deinen Adern.«

Leif schüttelte ungläubig den Kopf, doch er lächelte.

»Nimmst du diese Ehre an?«, fragte Ingjald.

In Leifs Kopf überschlugen sich die Gedanken. Dies war tatsächlich eine Ehre, von der er nie zu träumen gewagt hatte. Bis jetzt war ein Leben als einfacher Bauer das Einzige, was ihm übrig blieb, doch mit der Jarlswürde ergaben sich ganz neue Möglichkeiten. Er konnte endlich das tun, was ihm so sehr am Herzen lag: Er konnte den Menschen von seinem Gott erzählen und er würde es ohne Angst tun können.

»Ja«, sagte er. »Wenn das euer Wille ist, nehme ich diese Ehre an.«

Ingjald lächelte. »Doch eine Bedingung ist daran geknüpft, die du erfüllen musst.«

Leif hob verwundert die Augen. »Und die wäre?«

»Als unser Jarl musst du deinen neuen Glauben ablegen und nach alter Väter Sitte unseren eigenen Göttern opfern.«

Leifs Herzschlag setzte für einen Moment aus. Das war es also. Sie wollten ihn zwar als Jarl der Siedlung, nicht aber seinen neuen Glauben. Er fühlte Svalas Blick auf sich gerichtet, doch er zwang sich, sie nicht anzusehen. *Das* hatte er ihr zu verdanken. »Wenn das so ist«, sagte er, »erbitte ich einen Tag Bedenkzeit, denn dies ist eine Entscheidung, die nicht leichtfertig getroffen werden sollte.« Er sah noch einmal in die Runde. Die Männer sahen sich unschlüssig an, doch dann nickten sie.

»Also gut«, meinte Ingjald. »Der Tag sei dir gewährt.«

»Kommt morgen um die Mittagszeit zur Jarlshalle«, bestimmte Leif. »Bringt eure Frauen und Kinder mit, dann werde ich euch meine Entscheidung mitteilen.«

Der Rest des Things wurde für Leif zur Qual, doch es gab noch viel zu regeln und er zwang sich, sich auf das zu konzentrieren, was es zu entscheiden galt.

Die Männer beschlossen, dass Sigurds Krieger, welche den Kampf überlebt hatten und zur Arbeit taugten, selbst wählen durften, ob sie in der Siedlung bleiben oder nach Hause gehen wollten. Einige hatten Yngvar zu ihrem Wortführer gemacht. Er sagte, dass sie gerne hierbleiben wollten, um sich der Herrschaft des neuen Jarls zu unterstellen, da sie zu Hause keine Aussicht auf das Erbe eines Hofes hatten. Sie baten um Plätze, wo sie sich Hütten bauen konnten, bis es ihnen möglich war, ein richtiges Haus zu errichten. Der Rest wollte zu neuen Abenteuern aufbrechen oder würde sich mit Örn nach Hause durchschlagen, wo er nun endlich auf einen friedlichen Lebensabend hoffte. Auch Wasif und Dagstjarna bekamen einen Platz am Flussufer zugewiesen, ebenso Bronagh und Bard. Áki und Thorlac wollten sich mit den Zwillingen Rikka und Röskva vermählen und ebenfalls bleiben. Im Gegenzug würde das Schiff in den Besitz des Jarls übergehen. Sein Inhalt wurde unter den ehemaligen Sklaven verteilt. Ubbe, Gersemi und Ida bekamen einen größeren Anteil am Hacksilber, denn sie wollten als Einzige weiterziehen.

Schließlich wurde über Svanhilds Schicksal entschieden. Sie sah fürchterlich aus, als man sie aus dem Wehrturm holte. Offensichtlich war ihr die Zeit darin nicht sehr bekommen.

»Bitte«, flüsterte sie. »Habt Erbarmen mit mir. Ich bin doch nur eine schwache Frau.« Svanhilds Stimme war so lieblich wie die eines unschuldigen Mädchens. Mit flehenden Augen schaute sie in die Richtung ihres Mannes. Doch die Männer kannten keine Gnade und Hrut blickte mit verschlossenem Gesicht zu Boden. Die Beweise für ihre Tat waren erdrückend. Kraki hätte ebenfalls noch ein Wörtchen dazu zu sagen gehabt, doch er behielt es für sich. Hrut war schon genug gedemütigt worden. Und so wurde Svanhild für drei Winter aus der Gegend verbannt. Jeder, der sie in dieser Zeit in der Nähe der Siedlung entdeckte, konnte sie töten.

Als das Thing zu Ende war, schlich Leif wie betäubt nach Hause. In seinem Kopf raste es. Als Jarl konnte er so vieles erreichen. Er konnte dafür sorgen, dass die Siedlung von Neuem erblühte und die Menschen in Frieden miteinander lebten. Er würde die Macht besitzen, Dinge zu ändern, die nach seinem Verständnis nicht richtig waren. Doch was für einen Wert hatte das, wenn er dafür seinen Gott verleugnen musste? Sollte er es trotzdem tun?

»Leif, was ist mit dir?«, fragte Aryana erschrocken. »Wie siehst du nur aus?«

Er erzählte ihr, was sich auf dem Thingplatz ereignet hatte.

»Großer Gott!«, brach es aus Aryana heraus. »Was wirst du nun tun?«

»Ich weiß es nicht«, erwiderte er. »Bete für mich, dass ich mich für das entscheide, was richtig ist.« Dann verließ er die Halle. Er musste allein sein, um in Ruhe über alles nachzudenken. Es war fast Morgen, als er zurückkam. Aryana lag immer noch ruhelos auf ihrer Schlafbank. Sie hatte vor Sorge kein Auge zugetan. Er kroch zu ihr und als er merkte, dass sie wach war, nahm er sie so leidenschaftlich in die Arme, als ob es das letzte Mal sein würde, dass er dies tat.

Endlich schlief er ein. Er hatte seinen Kopf an ihre Brust gebettet und atmete ruhig und getröstet wie ein kleines Kind. Doch bald darauf erwachte die Halle und beendete den kurzen Schlaf. Über das, was er vorhatte, verlor er kein einziges Wort.

Die Siedlungsbewohner trafen sich schwatzend vor der Halle des Jarls. Heute würde Leif ihnen mitteilen, wie er sich entschieden hatte und sie waren schon gespannt darauf, welche Antwort er ihnen geben würde. Die Kinder spielten in aller Sorglosigkeit Verstecken zwischen den Büschen, die den Hof begrenzten. Was kümmerte sie das Gerede der Erwachsenen? Als Leif mit Aryana und Meyla an seiner Seite vor die Halle trat, wurden die Kinder rasch aufgefordert, ruhig zu sein.

»Ich habe meine Entscheidung getroffen«, verkündete er. »Ich werde mich eurem Wunsch beugen und nach der Sitte unserer Väter den alten Göttern opfern.«

Ein erleichtertes Seufzen ging durch die Menge. Leif sah in die zufriedenen Gesichter der Menschen, während sich Aryana an seiner Seite versteifte.

»Doch wenn ich schon opfern soll, so will ich das edelste aller Opfer wählen. Ich will Menschenblut darbringen und was könnte größer sein, als wenn sich euer Jarl selbst als Opfer anbietet? So soll es mein Blut sein, das den Göttern dargebracht wird, denn ich kann von meinem Gott nicht lassen und auch er hat sich für diejenigen geopfert, die er liebt.«

Ein entsetztes Kreischen drang aus den Mündern einiger Frauen. Aryana riss vor Schreck die Augen auf. Das konnte doch nicht sein Ernst sein! Sie öffnete den Mund, um zu widersprechen, doch Svala kam ihr zuvor.

»Welch eine interessante Idee«, rief sie in die Runde. »Höchst edelmütig und tapfer. Wir sollten sie ohne zu zögern in die Tat umsetzen.«

»Hast du in letzter Zeit nicht schon genug Unheil angerichtet?«, rief Asvald. »Etliche Monate habe ich diesen Mann beobachtet und obwohl er gerade durch uns vieles erdulden musste, hielt er treu zu seinem Volk.«

»Hat er es geschafft, dich mit seinem süßlichen Geschwätz einzuwickeln?«, erwiderte Svala mit schneidender Stimme. »Merkst du nicht, dass er gerade das zu erreichen sucht? Er will uns unsere alten Götter wegnehmen und uns seinen neuen Gott aufzwingen. Aber das wird unser Untergang sein.«

»Woher willst du das wissen?«, erwiderte Hrut. »Ich habe eine ganze Weile bei ihm gewohnt und konnte nichts Schlechtes daran finden. Niemals hat er mich dazu gezwungen, seinem Gott zu huldigen. Im Gegenteil, sein Glaube befähigt die Menschen dazu, freundlich und barmherzig zu sein, und das, obwohl ich zugeben muss, dass ich ihm und seiner Familie eine Menge Schwierigkeiten bereitet habe.«

»Auch seine Frau hat viel Gutes unter uns getan«, rief Gísl. »Meine Fríða ist nur durch ihre Hilfe wieder gesund geworden.«

»Vergesst nicht die Kinder, die sie auf die Welt geholt hat«, warf Erindís ein.

»Und was ist mit Grimas Enkelin?« Svalas Stimme überschlug sich fast. Grima konnte ihrem Ärger nicht mehr selbst Luft machen, denn sie war bei dem Überfall auf die Bauernhäuser gestorben. Niemand aus ihrem Haus hatte überlebt.

»Die kleine Meyla wäre längst tot, wenn Aryana nicht so mutig gewesen wäre«, giftete Erindís zurück.

»Wenn ihr es genau betrachtet«, ereiferte sich jetzt Knut, »war es Leifs Gott, der uns durch ihn vor Sigurd und seinen Schergen bewahrt hat.«

»Ich will nicht, dass Leif stirbt«, rief Fríða. Ihre Stimme wankte etwas, doch sie stellte sich mutig vor die anderen.

»Ich auch nicht«, sagte Helga und trat neben ihre Nichte. »Warum verlangt ihr von Leif, seinen Glauben zu verleugnen? Sollten wir es nicht lieber mit ihm *und* seinem Gott versuchen, wo er uns doch so viel Gutes gebracht hat?«

Leifs Kehle fühlte sich wie ausgetrocknet an. Er nahm Aryanas Hand, doch er wagte nicht, sie anzusehen. Vor seinen Augen vollzog sich das Wunder, auf das er gewartet hatte.

Plötzlich redeten alle durcheinander. Svala schrie und tobte und bedeckte sie mit Flüchen, doch die Siedlungsbewohner waren nicht mehr zu halten.

»Wir werden dein Opfer nicht annehmen«, rief Ingjald endlich und gebot der Menge damit, zu schweigen. »Du hast bewiesen, dass dir die Siedlung mit all ihren Bewohnern wirklich am Herzen liegt. Und dass du deinem Gott so sehr vertraust, dass du dein Leben für ihn geben würdest.« Er richtete seinen Blick auf die Menschen, die sich im Hof drängten. »Warum also sollten wir nicht das Gleiche tun?«

Zustimmendes Gebrüll erhob sich.

Svala stieß ihren Stab auf die Erde. »Er wird euch alle ins Verderben reißen«, schrie sie, doch niemand hörte ihr zu. Stattdessen richteten sich die Blicke auf Leif, der staunend neben seiner Frau stand, die genauso wenig wie er fassen konnte, was sich vor ihren Augen abspielte.

»Wenn es euer Wunsch ist«, rief er schließlich »werde ich euer Jarl sein und wir werden die alten Götter ablegen, um einem neuen Gott zu folgen. Dem Gott der Liebe und des Friedens und der Barmherzigkeit. Und nächstes Jahr werde ich einen Priester holen, der euch im Glauben an den Christgott unterweisen kann und euch auf seinen Namen taufen wird.«

»So soll es sein«, riefen sie. Dann brach große Freude aus, die nur von Svalas Gekeife beeinträchtigt wurde, bis man sie aus der Siedlung trieb.

»Du gemeiner Schuft«, sagte Aryana entrüstet, als sie endlich wieder unter sich waren. »Wie konntest du so etwas tun?«

»Nun, es war das Einzige, was mir eingefallen ist«, erwiderte er. »Wie sagte Cuthbert immer: Wenn unser Gott sich nicht zu schade war, für uns zu sterben, warum sollten wir dann nicht auch für ihn sterben können? Doch ich habe die halbe Nacht damit zugebracht, den Herrn zu überzeugen, dass dies nicht unbedingt der Fall sein musste. Ich hätte dich nur ungern allein gelassen.«

Aryanas grüne Augen verengten sich zu Schlitzen. »Und was hättest du getan, wenn sie es *trotzdem* gefordert hätten?«

»Dann wäre ich gestorben«, erwiderte er in aller Logik.

Epilog

So wurde aus der kriegerischen Siedlung am Nid ein friedlicher Handelsplatz, dessen Schiffe in den hohen Norden reisten, um von den Samen allerlei Dinge wie wertvolle Pelze, Vogelfedern und Walrosshaut zu erstehen. Aus der Haut drehten sie Schiffstaue und aus den Pelzen wurden Mäntel und Pelzmützen genäht. Aber es gab auch noch andere Dinge, die sie herstellen konnten. Wasif entdeckte seine kunstfertige Ader. Er schnitzte aus den langen Zähnen der Walrosse wundervollen Schmuck, kleine Figuren und Spielsteine, die in anderen Handelssiedlungen sehr begehrt waren. Und Hrut versuchte sich zusammen mit Knut als Gold- und Silberschmied.

Sobald sie genug beisammen hatten, reisten die Schiffe weiter nach Süden, um die Waren an den dortigen Handelsplätzen zu verkaufen oder gegen Dinge einzutauschen, die im Norden begehrt wurden.

Ihre erste Fahrt aber führte Leif und seine Mannschaft nach Hedeby, und als sie wiederkamen, hielt Bard einen kleinen Jungen an der Hand, der ihm fast aufs Haar glich. Bronagh schloss ihn überglücklich in die Arme. Der kleine Junge musterte sie mit runden, scheuen Augen. Seine Mutter war für ihn eine Fremde geworden. Bronagh fühlte einen Stich in ihrem Herzen, doch dann lächelte sie tapfer. »Hab keine Angst«, sagte sie zärtlich. »Wir haben viel Zeit, um uns von Neuem kennenzulernen.« Es hatte sich in letzter Zeit so vieles für sie zum Guten gewandt. Warum sollte es ihr nicht auch gelingen, das Vertrauen ihres Sohnes zurückzugewinnen?

Dann betrachtete sie wie alle anderen den jungen Priester, der mit wackligen Beinen seine ersten Schritte an Land unternahm. Leif hatte ihn davon überzeugen können, die gefährliche Fahrt tief ins Land der Nordmänner zu wagen, denn viele Menschen warteten darauf, getauft zu werden. Letzten Winter hatte er Hakons Truhen durchgesehen, die zusammen mit der Jarlshalle in seinen Besitz übergegangen waren. Neben vielen anderen Dingen fand er ein dickes Buch, das mit kunstvollen Bildern verziert war und einer Schrift, die er nicht lesen konnte. Aryana stieß einen verblüfften Ton aus, als er ihr das Buch zeigte. Nachdem sie aufmerksam darin geblättert hatte, versicherte sie ihm, dass es sich um die Kopie der Evangelien handelte, die einst in der Kapelle ihres Vaters lag. Der Priester sprühte vor Begeisterung, als er ihm davon erzählte. Er würde es gut gebrauchen können.

»Guten Tag, Pater«, sagte Aryana nun, doch ihr Lächeln galt Leif, der neben dem Priester stand. Sie sah aus wie das blühende Leben und es war offenkundig, dass sie wieder ein Kind erwartete. »Ich freue mich, dass Ihr wohlbehalten bei uns angekommen seid.«

»Die Freude ist ganz meinerseits«, erwiderte der junge Priester, dann sah er nach unten, wo jemand an seiner langen Kutte zupfte. »Oh, wer ist denn das?«, fragte er.

»Das ist Meyla«, sagte Leif. Er beugte sich hinunter, um die Kleine hochzuheben, die gerade ihre ersten tapsigen Schritte machte. »Sie ist meine Tochter.« Verschmitzt sah er seiner Frau in die Augen, als er Meyla auf den Arm nahm. Bald würden sie ein eigenes Kind haben und wie alle Männer hoffte er, dass es ein Sohn wurde, doch Meyla war etwas Besonderes. Sie würde immer ihren persönlichen Platz in seinem Herzen haben. Voller Freude streckte er die Arme aus und wirbelte Meyla durch die Luft, bis sie vor Vergnügen jauchzte.

Begriffserklärung

Abodriten: Unterstamm der Wenden (Westslawen)

Ægir: Seekönig

Djarfur: der Mutige, Kühne

Dreki: Drachenschiff

Fenriswolf: gefährlicher Riesenwolf in der nordischen Mythologie

Fjells: Gebirge, Berge

Flugnir: der Fliegende

Hamur: der Temperamentvolle

Hedeby: Haithabu, eine der bedeutendsten Handelsplätze Nord-
europas. Seine Blütezeit begann nach 808, als der däni-
sche König Gudfred den slawischen Handelsort Rerik
zerstörte und die ihm dort steuerpflichtigen Kaufleute
nach Haithabu umsiedelte. Die Siedlung selbst wurde
vermutlich im 8. Jahrhundert gegründet. Ihre erste ur-
kundliche Erwähnung ist auf das Jahr 804 datiert und
beschreibt Haithabu bereits als Handelsplatz.

Hel: Totengöttin

Jarl: nordischer Fürstentitel

Järv: nordische Bezeichnung für einen Vielfraß (Marderart)

Knorr: Lastschiff

Loki: Gott der Lüge und des Betrugs; schön von Gestalt, aber
böse

Skräling: Weichling, Feigling, Schwächling

Skridur: der Schnelle

Svear: nordischer Stamm im heutigen Schweden

Tafl: auch Hnefatafl genannt, schon im frühen Mittelalter ein
beliebtes Brettspiel der Skandinavier, bei dem zwei un-
gleiche Kräfte miteinander kämpften

Völva: Seherin, Heilerin, Zauberfrau

Wenden: Westslawen

Yggdrasil: immergrüner Weltenbaum oder Weltesche in der nordischen Mythologie

Dank

Danken möchte ich all jenen, die mir geholfen haben, diesen Roman zu schreiben, und mir mit Rat und Tat zur Seite standen. Besonders Klaus Lusch, der wieder einmal geduldig jede Seite meines Manuskripts durchgelesen und mir wertvolle Tipps gegeben hat. Birgit Sester für ihre Freundschaft und unerschütterliche Motivation. Frau Drews, der Direktorin des Wikingermuseums Haithabu, für ihre hilfreichen Auskünfte. Der Dogge Gina, die mir die Vorlage für Bestla lieferte. Und schließlich Herrn Kern von mediaKern für sein Vertrauen, das er in mich gesetzt hat.

Mein innigster Dank aber gilt meinem Mann. Wofür? Das sage ich ihm selbst.